O PEQUENO CADERNO DAS
coisas não ditas

CLARE POOLEY

O PEQUENO CADERNO DAS
coisas não ditas

Tradução
Ana Rodrigues

4ª edição
Rio de Janeiro-RJ / São Paulo-SP, 2024

VERUS EDITORA

Editora
Raïssa Castro

Coordenadora editorial
Ana Paula Gomes

Copidesque
Lígia Alves

Revisão
Ana Paula Gomes

Diagramação
Abreu's System

Título original
The Authenticity Project

ISBN: 978-65-5924-044-9

Copyright © Quilson Ltd, 2020
Todos os direitos reservados.

Tradução © Verus Editora, 2022

Direitos reservados em língua portuguesa, no Brasil, por Verus Editora. Nenhuma parte desta obra pode ser reproduzida ou transmitida por qualquer forma e/ou quaisquer meios (eletrônico ou mecânico, incluindo fotocópia e gravação) ou arquivada em qualquer sistema ou banco de dados sem permissão escrita da editora.

Verus Editora Ltda.
Rua Argentina, 171, São Cristóvão, Rio de Janeiro/RJ, 20921-380
www.veruseditora.com.br

CIP-BRASIL. CATALOGAÇÃO NA PUBLICAÇÃO
SINDICATO NACIONAL DOS EDITORES DE LIVROS, RJ

P862p

Pooley, Clare, 1970-
 O pequeno caderno das coisas não ditas / Clare Pooley; tradução Ana Rodrigues. – 4. ed. – Rio de Janeiro : Verus, 2024.
 23 cm.

Tradução de: The authenticity project
ISBN 978-65-5924-044-9

1. Romance inglês. I. Rodrigues, Ana. II. Título.

21-73574   CDD: 823
                        CDU: 82-31(410.1)

Leandra Felix da Cruz Candido – Bibliotecária – CRB-7/6135

Revisado conforme o novo acordo ortográfico.

Seja um leitor preferencial Record.
Cadastre-se no site www.record.com.br e receba
informações sobre nossos lançamentos e nossas promoções.

Atendimento e venda direta ao leitor:
sac@record.com.br

*Para o meu pai, Peter Pooley,
que me ensinou a amar as palavras*

Monica

Ela havia tentado devolver o caderno. Assim que percebeu que tinha sido esquecido, ela o pegara e correra atrás do extraordinário dono. Mas ele já se fora. Aliás, havia se afastado com rapidez surpreendente para alguém tão velho. Talvez realmente não quisesse ser alcançado.

Era um caderno simples, verde-claro, como o que Monica tinha sempre com ela na escola, cheio de detalhes dos deveres de casa. As amigas dela costumavam cobrir os cadernos com desenhos de corações, flores e o nome dos paqueras mais recentes, mas Monica não era de ficar rabiscando no dela. Tinha respeito demais por um bom artigo de papelaria.

Na capa do caderno havia duas palavras, escritas em uma linda letra curvilínea:

Projeto Autenticidade

Em uma letra menor, em um dos cantos na parte de baixo, estava a data: *Outubro de 2018*. Talvez, pensou Monica, houvesse um endereço ou pelo menos um nome dentro do caderno, assim ela poderia devolvê-lo. Embora fosse um objeto simples, tinha um ar de importância.

Ela abriu na primeira página. Havia alguns poucos parágrafos escritos ali.

Quanto você realmente conhece as pessoas que moram perto da sua casa? Quanto elas realmente conhecem você? Por acaso você sabe o nome dos seus vizinhos? Saberia se eles estivessem com problemas, ou se passassem dias sem sair de casa?

Todo mundo mente sobre a própria vida. O que aconteceria se, em vez disso, você compartilhasse a verdade? Aquela única coisa que define você, que faz todo o resto a seu respeito se encaixar? Não na internet, mas com as pessoas reais ao seu redor?

Talvez nada. Ou talvez contar essa história acabasse mudando a sua vida, ou a vida de alguém que você nem conhece.

Isso é o que eu quero descobrir.

Havia mais na página seguinte, e Monica estava morrendo de vontade de ler, mas aquela era uma das horas mais cheias do dia no café, e ela sabia que era crucial não se atrasar no que estava programado. Só assim não enlouqueceria. Monica enfiou o caderno no espaço embaixo da gaveta da caixa registradora, com os cardápios extras e os folhetos de propaganda de vários fornecedores. Ela o leria mais tarde, quando pudesse se concentrar direito.

Monica se esticou no sofá do seu apartamento, no andar de cima do café, com uma taça grande de sauvignon blanc em uma das mãos e o caderno abandonado na outra. As perguntas que lera naquela manhã não saíam de sua cabeça, como se exigissem resposta. Ela passava o dia falando com pessoas, servindo café e bolo para elas, conversando sobre o tempo e sobre as últimas fofocas de celebridades. Mas quando fora a última vez que contara a alguém alguma coisa sobre si mesma que *realmente importava*? E o que de fato sabia sobre aquelas pessoas, além de se gostavam de leite no café ou de açúcar no chá? Monica abriu o caderno na segunda página.

Meu nome é Julian Jessop. Tenho setenta e nove anos e sou um artista. Há cinquenta e sete anos moro no Chelsea Studios, na Fulham Road.

Esses são os fatos básicos, mas aqui vai a verdade: EU ME SINTO SOZINHO.

Com frequência passo dias sem falar com ninguém. Às vezes, quando tenho que falar (porque alguém me ligou para vender um seguro de vida, por exemplo), descubro que a minha voz sai parecendo um coaxar, porque acabou se encolhendo e morrendo na garganta, negligenciada.

A idade me tornou invisível. Acho isso particularmente difícil, porque sempre fui visto. Todos sabiam quem eu era. Não precisava me apresentar, bastava ficar parado na porta e logo meu nome se erguia em uma cadeia de sussurros ao redor do ambiente, seguido por vários olhares furtivos na minha direção.

Eu adorava me olhar no espelho, e passava bem devagar na frente das vitrines das lojas, conferindo o corte do meu paletó ou o ondulado do meu cabelo. Agora, se o meu reflexo me pega desprevenido, mal me reconheço. É irônico que a Mary, que teria aceitado bem a inevitabilidade do envelhecimento, tenha morrido relativamente nova, aos sessenta anos, enquanto eu ainda estou por aqui, forçado a testemunhar a minha própria desintegração gradual.

Como artista, eu observo as pessoas. Analisando seus relacionamentos, percebi que sempre há um equilíbrio de poder. Um dos parceiros é mais amado, e o outro ama mais. Eu certamente era o mais amado. Agora percebo que eu subestimava Mary, com sua beleza comum, saudável, de rosto corado, e sua atenção e disponibilidade constantes. Só aprendi a apreciá-la depois que ela se foi.

Monica parou para virar a página e tomar um gole de vinho. Não sabia se gostava muito de Julian, embora sentisse pena dele. E tinha a impressão de que ele preferiria ser desgostado a ser objeto de piedade. Ela continuou a ler.

Quando Mary morava aqui, nosso chalé estava sempre cheio de gente. As crianças da vizinhança entravam e saíam, e Mary as brindava com histórias, conselhos e guloseimas. Meus amigos artistas menos bem-sucedidos costumavam aparecer sem aviso para jantar, assim como as modelos que posavam para mim. Mary fingia receber bem as mulheres, portanto talvez só eu percebesse que ela nunca lhes oferecia chocolate com o café.

Estávamos sempre ocupados. Nossa vida social girava ao redor do Clube de Arte de Chelsea e dos bistrôs e lojas da King's Road e da Sloane Square. Mary trabalhava muito como parteira, e eu atravessava o país pintando retratos de pessoas que se achavam dignas de registro para a posteridade.

Desde o fim dos anos 60, toda sexta às cinco da tarde nós íamos até o Cemitério de Brompton, aqui perto, cujos quatro cantos ligam Fulham, Chelsea, South Kensington e Earl's Court, o que o tornava um ponto de encontro conveniente para todos os nossos amigos. Planejávamos o fim de semana diante do túmulo do almirante Angus Whitewater. Não conhecíamos o almirante, mas por acaso ele tinha uma bela placa de mármore preto em cima de seu lugar de descanso eterno que era o apoio perfeito para drinques.

De várias maneiras, eu morri com Mary. Ignorei todos os telefonemas e cartas. Deixei a tinta secar e endurecer na paleta e, em uma noite insuportavelmente longa, destruí todas as minhas telas com pinturas em andamento, rasguei-as em faixas multicoloridas, depois piquei como confetes com a tesoura de costura de Mary. Quando finalmente emergi do casulo, cerca de cinco anos mais tarde, os vizinhos tinham se mudado, os amigos haviam desistido, meu agente tinha me abandonado, e foi então que me dei conta de que eu me tornara imperceptível. Tinha feito a metamorfose reversa, de borboleta a lagarta.

Ainda ergo um copo de licor Baileys Irish Cream, o favorito de Mary, diante do túmulo do almirante toda sexta no fim da tarde, mas agora somos só eu e os fantasmas do passado.

Essa é a minha história. Por favor, sinta-se à vontade para jogar este caderno no lixo. Ou talvez você decida contar a sua própria verdade nestas páginas e passar meu caderninho adiante. Quem sabe ache catártico, como eu achei.

O que acontece agora depende de você.

Monica

Ela pesquisou o nome dele no Google, obviamente. Julian Jessop era descrito pela Wikipédia como um pintor de retratos que gozara de repentina notoriedade nos anos 60 e 70. Ele tinha sido aluno de Lucian Freud na Slade, a faculdade de belas-artes. Rumores diziam que os dois haviam trocado insultos (e, pelo que se insinuava no texto, mulheres) ao longo de anos. Lucian tinha a vantagem da fama muito maior, mas Julian era dezessete anos mais novo. Monica pensou em Mary, exausta depois de longos turnos trazendo ao mundo os bebês de outras mulheres, se perguntando por onde andaria o marido. Para ser honesta, ela parecia meio capacho de Julian. Por que não o deixara? E voltou a lembrar a si mesma, como tentava fazer com frequência, que havia coisas piores que ser solteira.

Um dos autorretratos de Julian ficara exposto por um breve período na National Portrait Gallery, em uma mostra intitulada *A escola londrina de Lucian Freud*. Monica clicou na imagem para aumentá-la e lá estava ele, o homem que ela vira no café na manhã anterior, mas com a pele lisa, como uma passa que tivesse voltado a ser uva. Julian Jessop com cerca de trinta anos, os cabelos loiros penteados para trás, as maçãs do rosto bem marcadas, a boca em uma expressão ligeiramente zombeteira e aqueles penetrantes olhos azuis. Quando ele olhou para ela na véspera, foi como se estivesse examinando sua alma — uma sensação um tanto desconcertante quando se está tentando discutir os méritos de um muffin de mirtilo em relação a um quadrado de caramelo.

Monica checou as horas. Eram dez para as cinco da tarde.

— Benji, pode tomar conta da loja por uma meia hora? — perguntou ao barista.

Ela mal esperou que ele assentisse, concordando, e já pegou o casaco. Monica examinou as mesas enquanto atravessava o café, parando para limpar um grande farelo de bolo red velvet na mesa doze. Como não vira aquilo? Já na Fulham Road, jogou o farelo na direção de um pombo.

Monica raramente se sentava no andar de cima do ônibus. Ela se orgulhava de cumprir as orientações de segurança e saúde, e subir as escadas de um veículo em movimento parecia um risco desnecessário. Mas, daquela vez, precisava de uma visão privilegiada.

Monica ficou observando o pontinho azul no Google Maps se mover lentamente ao longo da Fulham Road na direção do Chelsea Studios. O ônibus parou na Fulham Broadway, então seguiu na direção de Stamford Bridge. O enorme e moderno estádio do Chelsea Futebol Clube se erguia adiante, e sob sua sombra, prensada entre as duas entradas do clube — uma para os funcionários e a outra para os torcedores —, ficava uma minúscula vila, perfeita, com chalés e casinhas, atrás de um muro sem graça pelo qual Monica provavelmente já passara centenas de vezes.

Grata, ao menos uma vez, pelo trânsito lento, Monica tentou adivinhar qual daquelas casas era a de Julian. Uma delas se erguia ligeiramente solitária e parecia um pouco mais maltratada, como o próprio Julian. Ela apostaria os ganhos do dia — algo que não podia se permitir fazer levianamente, dada sua situação econômica — que aquela era a casa dele.

Monica desceu do ônibus na parada seguinte e dobrou quase imediatamente à esquerda, entrando no Cemitério de Brompton. A luz estava baixa, projetando longas sombras, e havia uma brisa fria e outonal no ar. O cemitério era um dos lugares favoritos de Monica, um oásis atemporal de calma na cidade. Ela adorava os túmulos ornamentados — uma última demonstração de superioridade. *Cuidarei para que tenha sua lápide de mármore com uma citação bíblica elegante e um Jesus crucificado em tamanho real.* Monica também gostava de ver os anjos de pedra, muitos já sem algumas partes vitais do corpo, e os nomes antiquados nos túmulos vitorianos: Ethel, Mildred, Alan. Quando as pessoas pararam de ser batizadas de Alan? Aliás, será que alguém ainda dava o nome de Monica a um bebê? Mesmo em 1981, os pais dela tinham fugido do comum, rejeitando nomes como Emily, Sophie e Olivia. Monica, um nome em extinção. Ela podia até visualizar os créditos na tela do cinema: *A última das Monicas.*

Enquanto caminhava a passos rápidos ao longo dos túmulos de soldados caídos em batalha e de russos exilados, Monica podia sentir a natureza viva ao redor — os esquilos cinza, as raposas urbanas, os corvos pretos — guardando os túmulos como as almas dos mortos.

Onde estava o almirante? Monica seguiu para a esquerda, procurando um senhor segurando uma garrafa de Baileys Irish Cream. E se deu conta de que não sabia exatamente por que estava fazendo aquilo. Não queria falar com Julian, ao menos não ainda. Desconfiava de que, se o abordasse diretamente, acabaria correndo o risco de constrangê-lo. E não queria começar com o pé esquerdo.

Monica continuou na direção da extremidade norte do cemitério, parando brevemente, como sempre fazia, diante do túmulo de Emmeline Pankhurst para assentir em agradecimento. Ela deu a volta no topo do cemitério e estava descendo pelo outro lado, usando uma trilha menos conhecida, quando percebeu um movimento a sua direita. Ali, sentado (em uma atitude meio sacrílega) em um túmulo de mármore entalhado, estava Julian, com um copo na mão.

Monica passou direto por ele, mantendo a cabeça baixa para não encontrar seus olhos. Assim que Julian foi embora, cerca de dez minutos mais tarde, ela voltou para ler o que estava gravado na lápide.

CLARE POOLEY

ALMIRANTE ANGUS WHITEWATER
DE PONT STREET
Morto em 5 de junho de 1963, aos 74 anos
Líder respeitado, marido e pai amado, amigo leal
TAMBÉM, BEATRICE WHITEWATER
Morta em 7 de agosto de 1964, aos 69 anos

    Monica ficou irritada ao ver que havia vários adjetivos elogiosos depois do nome do almirante, enquanto a esposa tinha apenas uma data e um espaço para a eternidade sob a tumba do marido.
    Ela ficou parada ali por algum tempo, cercada pelo silêncio do cemitério, imaginando um grupo de pessoas jovens e bonitas, com cortes de cabelo inspirados nos Beatles, minissaias e calças boca de sino, conversando e brincando umas com as outras, e de repente se sentiu muito solitária.

Julian

Julian usava a solidão e o isolamento como se costuma usar sapatos velhos, que não calçam bem — você se acostuma, de certa forma acha até confortável, mas com o tempo os sapatos acabam ficando deformados, causando calos e joanetes que não vão embora.

Eram dez da manhã, portanto ele estava descendo a Fulham Street. Por cerca de cinco anos depois que Mary se fora, com frequência Julian nem levantava da cama, e o dia se transformava em noite sem que se desse conta, as semanas passando sem nenhum padrão. Então ele descobriu que rotina era essencial. Os hábitos eram como boias de sinalização em que ele podia se agarrar para não se afogar. Na mesma hora, toda manhã, Julian saía e caminhava pelas ruas do bairro por uma hora, aproveitando para comprar o que precisasse no caminho. Na lista daquele dia havia:

Ovos
Leite (1 caixa)
Pó para pudim Angel Delight sabor caramelo, se tiver

(Ele vinha achando cada vez mais difícil encontrar o pó para pudim daquela marca.)

E, como era sábado, ele compraria uma revista de moda. Naquela semana era a vez da *Vogue*. Sua favorita.

Às vezes, se o jornaleiro não estivesse muito ocupado, eles conversavam sobre as manchetes mais recentes ou sobre o tempo. Nesses dias, Julian se sentia quase como um cidadão plenamente funcional, alguém com conhecidos que sabiam seu nome e opiniões que importavam. Uma vez ele chegou até a marcar uma consulta com o dentista, só para poder passar um período do dia com outra pessoa. Depois de ficar toda a consulta com a boca aberta, sem poder falar, enquanto o sr. Patel fazia sabe-se lá o que com um conjunto de instrumentos de metal e um tubo que emitia um barulho horrível de sucção, Julian percebeu que sua tática não fora muito inteligente. Ele saiu do dentista com um sermão sobre higiene das gengivas latejando nos ouvidos e a determinação de não voltar pelo máximo de tempo possível. Se perdesse os dentes, paciência. Já havia perdido todo o resto.

Julian parou para olhar a vitrine do Monica's Café, que já estava cheio de clientes. Ele passava por aquela rua fazia tantos anos que, em sua mente, conseguia rever as várias encarnações daquela loja em particular, como quando arrancamos camada após camada de papel de parede antigo ao redecorar um cômodo. Nos anos 60, tinha funcionado ali a Eel and Pie Shop, especializada em tortas e pratos com enguias — até a carne de enguia deixar de ser apreciada e o lugar se tornar uma loja de discos. Nos anos 80, uma locadora de vídeo ocupara o lugar, e depois, até alguns anos antes, uma loja de balas e doces. Enguias, discos de vinil e fitas VHS — tudo relegado à lata de lixo da história. Até mesmo as balas estavam sendo demonizadas, culpadas do fato de as crianças estarem ficando cada vez mais gordas. Com certeza não era culpa dos doces, certo? Era culpa das crianças, ou das mães delas.

Julian estava convencido de que escolhera o lugar certo para deixar o Projeto Autenticidade. Ele gostava do fato de ter pedido chá com leite e não ter sido bombardeado com questionamentos complicados sobre que tipo de folha de chá desejava e que tipo de leite. O chá fora servido em uma xícara de louça adequada e ninguém exigira saber seu nome. O nome de Julian costumava assinar telas. Não era para ser rabiscado em copos descartáveis, como faziam no Starbucks. Ele estremeceu ao se lembrar.

Julian costumava se sentar em uma poltrona de couro macia e marcada pelo tempo no canto mais extremo do café, em uma área cercada de estantes que ele a ouvira chamar de biblioteca. Em um mundo onde tudo parecia ser eletrônico e o papel era um meio que desaparecia rapidamente, Julian achava a biblioteca maravilhosamente nostálgica, com seu cheiro de livros antigos misturado ao aroma de grãos de café recém-moídos.

Ele se perguntou o que teria acontecido com o caderninho que deixara ali. Com frequência tinha a sensação de estar desaparecendo sem deixar rastro. Um dia, em um futuro não muito distante, acabaria finalmente afundando na água e mal deixaria uma ondulação atrás de si. Através daquele caderno, ao menos uma pessoa o veria — devidamente. E escrever ali tinha sido um conforto, como afrouxar os cadarços daqueles sapatos desconfortáveis e deixar os pés respirarem com um pouco mais de facilidade.

Ele seguiu em frente.

Hazard

Era segunda-feira à noite e estava ficando tarde, mas Timothy Hazard Ford, conhecido por todos como Hazard, estava evitando ir para casa. Ele sabia por experiência própria que a única forma de escapar da depressão depois de um fim de semana era continuar como se nada tivesse acontecido. Ele começara a atrasar cada vez mais o início da semana e a adiantar cada vez mais a chegada do fim de semana, até os dois quase se encontrarem no meio do caminho. Havia um breve momento de terror por volta de quarta-feira, então ele mergulhava de cabeça de novo.

Hazard não conseguira persuadir nenhum de seus colegas de trabalho a acompanhá-lo até um dos bares no centro de Londres naquela noite, por isso acabou voltando para Fulham e parou no bar de vinhos de sempre. Examinou os poucos clientes para ver se conhecia alguém. Avistou, então, uma loira muito magra, com as pernas enroladas ao redor de um banco alto e o torso inclinado sobre o balcão, parecendo um canudo glamoroso. Ele tinha quase certeza de que a loira era colega de academia de uma garota com quem Jake tinha saído. Ele não fazia ideia do nome dela, mas ela era a única pessoa disponível para compartilhar um drinque e isso a tornava, naquele momento, sua melhor amiga.

Hazard caminhou na direção da moça com o sorriso que reservava exatamente para ocasiões como aquela. Algum sexto sentido fez com que ela se virasse na direção dele, então ela sorriu e acenou. Bingo. Funcionava sempre.

Ele acabou descobrindo que ela se chamava Blanche. Um nome idiota, pensou, e ele certamente entendia de nomes idiotas. Hazard se acomodou com calma no banco ao lado dela, sorriu e assentiu quando ela o apresentou ao grupo de amigos cujos nomes pareceram flutuar ao redor dele como bolhas para logo estourarem, não deixando impressão alguma. Hazard não estava interessado em como eles se chamavam, só na resistência deles ao álcool e, talvez, em seus escrúpulos. Quanto menos tivessem, melhor.

Hazard entrou facilmente na rotina de sempre. Tirou um maço de notas do bolso e pagou uma rodada de bebidas para todos, se exibindo, pedindo garrafas em vez de copos para cada um e champanhe no lugar do vinho que estavam tomando. Ele soltou, então, algumas de suas histórias testadas e aprovadas. E buscou em sua longa lista de conhecidos os que também eram conhecidos do grupo daquela noite, para logo começar a contar uma sequência de fofocas obscenas, possivelmente inventadas.

O grupo se aglomerou ao redor de Hazard, como sempre acontecia, mas aos poucos, conforme as horas passavam no relógio grande na parede atrás do bar, as pessoas começaram a ir embora. *Preciso ir, ainda é só segunda-feira*, diziam, ou *Amanhã é um dia importante*, ou *Preciso me recuperar do fim de semana, sabe como é*. No fim sobraram apenas Hazard e Blanche, e ainda eram nove da noite. Ele percebeu que ela estava pronta para ir embora também e sentiu uma onda de pânico crescente.

— Ei, Blanche, ainda é cedo. Por que não vamos até a minha casa? — disse ele, pousando a mão no braço dela de um modo que sugeria tudo mesmo que, basicamente, não prometesse nada.

— Claro. Por que não? — respondeu ela, como ele sabia que faria.

A porta giratória do bar cuspiu os dois para a rua. Hazard passou o braço ao redor de Blanche, eles atravessaram a rua e seguiram pela calçada, sem perceber — ou se importar — que não estavam deixando espaço para mais ninguém passar.

Hazard não viu a morena baixinha parada diante dele como um bloqueio no trânsito até ser tarde demais. Ele esbarrou na moça, então percebeu que ela estava segurando uma taça de vinho tinto, que agora pingava comicamente do rosto dela e, mais importante, escorria pela camisa elegante dele como sangue de um ferimento a faca.

— Ah, merda — falou Hazard, olhando com raiva para a culpada.

— Ei, você esbarrou em mim! — retrucou a mulher, a voz aguda de indignação. Uma gota de vinho tremulava na ponta do nariz dela como um mergulhador relutante, para logo cair.

— Bom, e o que você acha que estava fazendo parada no meio da calçada com uma taça de vinho na mão? — gritou ele de volta para ela. — Não pode beber no bar como uma pessoa normal?

— Ei, deixa pra lá, vamos indo — disse Blanche, dando risadinhas de um jeito que fez os nervos de Hazard se esticarem como cordas.

— Vaca idiota — ele murmurou, mantendo a voz tão baixa que a vaca idiota em questão não ouviu. Blanche soltou mais risadinhas.

Vários pensamentos colidiram na mente de Hazard quando ele foi acordado pelo alarme estridente. Um: *Não é possível que eu tenha tido mais que três horas de sono.* Dois: *Eu me sinto ainda pior hoje do que me sentia ontem, onde estava com a cabeça?* E três: *Tem uma loira na minha cama com quem eu não quero lidar e cujo nome não consigo lembrar.*

Felizmente, Hazard já estivera na mesma situação antes. Ele desligou o alarme enquanto a garota ainda dormia, a boca aberta como uma boneca inflável, e levantou com cuidado o braço dela que estava apoiado em seu peito. A mão da garota ficou pendurada como um peixe morto. Hazard, então, pousou devagar o braço dela em cima dos lençóis amarfanhados e suados. A garota parecia ter deixado tanto do rosto dela no travesseiro dele — o vermelho dos lábios, o preto dos olhos e o marfim da pele do rosto — que Hazard ficou surpreso por ainda lhe restar alguma coisa. Ele saiu da cama e franziu a testa ao sentir o cérebro chacoalhar dentro do crânio como uma bola em um jogo de bilhar. Foi até a cômoda no canto do quarto e ali, como esperava, encontrou um pedaço de papel com uma anotação rabiscada: "O NOME DELA É BLANCHE". Meu Deus, ele era bom nisso.

Hazard tomou banho e se vestiu o mais rápido e silenciosamente que conseguiu, então encontrou outro pedaço de papel e escreveu um bilhete:

Querida Blanche, você estava linda dormindo e em um sono profundo demais para ser acordada. Obrigado pela noite passada. Você foi incrível. Certifique-se de fechar direito a porta da frente quando sair. Me liga.

Ela fora incrível? Como Hazard não tinha lembrança absolutamente nenhuma do que acontecera depois das dez horas da noite anterior, quando seu fornecedor de drogas apareceu (ainda mais rápido que o normal, por ser uma segunda-feira), aquilo pouco importava. Após anotar o número do celular no fim do bilhete — tomando o cuidado de trocar dois dígitos de lugar, para evitar que fosse de alguma utilidade —, ele deixou o papel em cima do travesseiro, ao lado da hóspede indesejada. Hazard esperava não encontrar nenhum traço dela quando voltasse.

Ele caminhou no piloto automático até a estação de metrô. Apesar de ser outubro, em pleno outono, estava usando óculos escuros para proteger os olhos da luz fraca da manhã. Hazard fez uma pausa quando passou pelo lugar onde havia colidido com a mulher na noite anterior. Tinha quase certeza de que ainda conseguia ver respingos de vinho vermelho-sangue na calçada, como vestígios de um assalto. E se viu tomado por uma lembrança desagradável: uma morena bonita e mal-humorada, olhando para ele com uma expressão de que realmente o odiava. As mulheres nunca olhavam para ele daquele jeito. Hazard não gostava de ser odiado.

Naquele momento, um pensamento o pegou de surpresa, com a força violenta de uma verdade indesejada: ele também se odiava. Até a menor molécula do seu ser, o átomo mais minúsculo, a partícula subatômica mais microscópica.

Alguma coisa tinha que mudar. Na verdade, *tudo* tinha que mudar.

Monica

Monica sempre amara números. Ela adorava a lógica, a previsibilidade dos números. Achava imensamente satisfatório equilibrar um lado de uma equação com o outro, resolver x e descobrir y. Mas os números no papel diante dela naquele momento não estavam se comportando. Não importava quantas vezes ela somasse os dígitos na coluna da esquerda (entradas), eles não conseguiam cobrir o total à direita (saída).

Monica se lembrou de seus anos como advogada corporativa, quando somar números era uma tarefa, mas nunca algo que a mantivesse acordada à noite. Para cada hora que ela passava debruçada sobre algum contrato, ou lendo estatutos intermináveis, o cliente lhe pagava duzentas e cinquenta libras. Ela tinha que vender *cem* cappuccinos médios atualmente para ganhar o mesmo.

Por que se permitira fazer uma mudança de vida tão monumental, com tamanho entusiasmo e por uma razão tão emocional? Justo ela, que achava difícil escolher um recheio de sanduíche sem repassar uma lista mental de prós e contras, comparando preços, valores nutricionais e quantidade de calorias.

Ela havia experimentado todos os cafés que ficavam no caminho entre o apartamento e o trabalho dela. Havia os que não tinham a menor personalidade, os já cansados e sujos e aquelas caricaturas, as cadeias de produção em massa. Toda vez que Monica gastava dinheiro em um café medíocre e caro para viagem, imaginava o estabelecimento ideal. O lugar não seria de cimento queimado, plástico moldado, com tubulações expostas, nem teria mesas e luminárias em estilo industrial — no café de Monica, o cliente teria a sensação de ter sido convidado a entrar na casa de alguém. Encontraria poltronas confortáveis e descombinadas, arte eclética nas paredes, jornais e livros. Aliás, haveria livros em todos os lugares, não apenas em exibição, mas para serem pegos, lidos e levados para casa — desde que o cliente deixasse outro no lugar. O barista não perguntaria o nome do cliente para escrever errado no copo. Ele (ou ela, acrescentou Monica rapidamente) já saberia o nome. E perguntaria pelos filhos da pessoa, lembraria o nome do gato.

Então, andando pela Fulham Road um dia, Monica reparou que a loja de balas velha e poeirenta, que estava ali desde sempre, finalmente havia fechado. Uma placa grande na frente anunciava: "ALUGA-SE". E algum engraçadinho já até pichara a placa.

Toda vez que Monica passava pela loja vazia, era como se ouvisse a voz da mãe. Em suas últimas semanas de vida, naquele período que cheirava a doença e decadência e tivera como trilha sonora os bipes eletrônicos constantes das máquinas médicas, ela havia tentado com urgência transmitir uma sabedoria de décadas à filha, antes que fosse tarde demais. *Escuta, Monica. Anota o que estou dizendo, Monica. Não se esqueça, Monica. Emmeline Pankhurst não se acorrentou àquelas grades para que acabássemos passando a vida como uma engrenagem minúscula na roda de outra pessoa. Seja sua própria chefe. Crie algo. Empregue pessoas. Não tenha medo. Faça algo que realmente ama. Faça tudo isso valer a pena.* E fora o que Monica fizera.

Monica desejou poder batizar o café em homenagem à mãe, mas ela se chamava Charity, e pareceu uma péssima decisão comercial dar ao lugar um nome que implicava caridade, não necessidade de pagamento. As coisas, como logo ficou claro, já eram difíceis o bastante.

Só porque aquele café era o sonho dela, não significava que qualquer outra pessoa necessariamente o compartilharia. Ou, pelo menos, não o suficiente para cobrir os custos, e Monica não podia continuar eternamente fazendo vista grossa para o déficit — o banco não permitiria. A cabeça dela estava latejando. Monica foi até o bar e serviu o restante de uma garrafa de vinho tinto em uma taça grande.

Ser chefe era muito bom, disse à mãe mentalmente, e ela amava o café — a essência do lugar já havia penetrado em seus ossos —, mas era uma vida solitária. Ela não tinha mais as fofocas do escritório ao redor do bebedouro, sentia falta da camaradagem nascida nas sessões de horas extras, todos debruçados sobre uma pizza, e se lembrava com carinho até daqueles dias ridículos de estímulo ao trabalho em equipe, do jargão do escritório e dos impenetráveis acrônimos de três letras. Monica amava a equipe que trabalhava com ela no café, mas sempre havia uma pequena distância entre eles, porque ela era a responsável pelo sustento de todos, e no momento não conseguia nem dar conta do próprio sustento.

Ela se lembrou das perguntas que aquele homem — Julian — havia feito no caderno que deixara exatamente na mesa a que Monica estava sentada agora. Ela havia aprovado a escolha dele. Não conseguia evitar julgar as pessoas pelo lugar onde decidiam se sentar no café. *Quanto você realmente conhece as pessoas que moram perto da sua casa? Quanto elas realmente conhecem você?*

Ela pensou em todas as pessoas que tinham entrado e saído naquele dia, o sino na porta tocando alegremente a cada abertura. Estavam todos conectados, mais do que nunca, a milhares de pessoas — amigos nas redes sociais, amigos de amigos. Ainda assim, será que, como ela, eles sentiam que não tinham ninguém com quem pudessem realmente conversar? Não sobre a celebridade da vez despejada de uma casa qualquer, de uma ilha ou de uma selva, mas sobre coisas importantes — as coisas que os mantinham acordados à noite. Como números que não obedeciam às suas ordens.

Monica guardou novamente os papéis na pasta, pegou o celular, abriu o Facebook e rolou a tela. Nas redes sociais dela, ainda não havia sinal de Duncan, o homem que ela namorava até algumas semanas antes. Ele sumira sem dar explicação. Duncan, o vegano que se recusava a comer *abacate* porque os agricultores exploravam a polinização das abelhas, mas achava perfeitamente aceitável transar com ela e depois simplesmente *desaparecer*. Ele se importava mais com as suscetibilidades de uma *abelha* do que com ela.

Monica continuou rolando a tela, apesar de saber que não encontraria nenhum conforto ali, e sim uma forma branda de automutilação. Hayley tinha alterado seu status de relacionamento para "noiva". Muitos vivas para ela. Pam havia postado sobre sua vida com os três filhos, uma ostentação mal disfarçada de autodepreciação; e Sally compartilhara a ultrassonografia do bebê que estava esperando — doze semanas.

Ultrassonografias de gravidez. Qual era o sentido de compartilhar isso? Eram todas iguais e nenhum dos bebês realmente se parecia com uma criança — era mais como um mapa meteorológico prevendo uma área de alta pressão sobre o norte da Espanha. Ainda assim, toda vez que Monica via uma, prendia a respiração e se sentia tomada por um anseio profundo e dominada por uma onda humilhante de inveja. Às vezes ela se sentia como um velho Ford Fiesta, quebrado no acostamento, enquanto todos a ultrapassavam rapidamente na pista.

Alguém tinha deixado um exemplar da revista *HELLO!* em cima de uma mesa naquele dia, com uma manchete enorme que parecia gritar sobre a alegria de uma atriz de Hollywood grávida aos quarenta e três anos. Monica lera cuidadosamente a matéria durante seu intervalo no café, procurando pistas de como a mulher conseguira aquilo. Fertilização in vitro? Doação de óvulos? A atriz havia congelado os óvulos anos antes? Ou acontecera naturalmente? Quanto tempo os ovários de Monica ainda tinham? Será que já estavam arrumando as malas para uma aposentadoria tranquila na Costa Brava?

Monica pegou sua taça de vinho e deu uma volta pelo café, apagando as luzes e ajeitando alguma cadeira ou mesa fora do lugar. Saiu para a rua — chaves em uma das mãos, taça na outra —, trancou a porta do café e se virou para destrancar a porta que levava ao apartamento, em cima da loja.

Então, do nada, um cara grande, rebocando uma loira feito a caçamba de uma moto, esbarrou nela com tanta força que Monica ficou momentaneamente sem fôlego, e o vinho na taça que estava segurando se lançou para cima, direto no rosto dela e na camisa dele. Monica sentiu os filetes de rioja escorrendo pelo nariz e pingando do queixo. E esperou o pedido de desculpas abjeto dele.

— Ah, merda — disse o homem.

Ela sentiu um calor subir pelo peito, deixando seu rosto vermelho, o maxilar cerrado com força.

— Ei, você esbarrou em mim! — protestou.

— Bom, e o que você acha que estava fazendo parada no meio da calçada com uma taça de vinho na mão? — retrucou o homem. — Não pode beber no bar como uma pessoa normal?

O rosto dele, com seus planos perfeitamente simétricos, deveria ser de uma beleza clássica, mas estava comprometido pela expressão de profunda zombaria. A loira o levou embora, rindo feito uma imbecil.

— Vaca idiota — Monica o ouviu dizer, a voz deliberadamente alta para que ela escutasse o insulto.

Monica entrou no apartamento. *Querido, cheguei*, disse, como sempre fazia, baixinho e para ninguém, e por um minuto achou que iria chorar. Ela deixou a taça vazia no escorredor da cozinha e limpou o vinho do rosto com um pano de prato. Estava desesperada para falar com alguém, mas não conseguia pensar em ninguém para ligar. Seus amigos estavam todos ocupados com a própria vida e não gostariam que Monica contaminasse a noite deles com sua infelicidade. Não adiantava ligar para o pai, já que Bernadette, sua madrasta, que a via como uma história inconveniente do passado na vida do novo marido, bancava a vigia e, sem dúvida, diria que o pai dela estava ocupado escrevendo e não queria ser perturbado.

Então Monica viu, em cima da mesa de centro, onde o deixara alguns dias antes, o caderno verde-pálido com o título *Projeto Autenticidade*. Pegou o caderno e abriu novamente na primeira página. *Todo mundo mente sobre a própria vida. O que aconteceria se, em vez disso, você compartilhasse a verdade? Aquela única coisa que define você, que faz todo o resto a seu respeito se encaixar?*

Por que não?, pensou Monica, sentindo uma empolgação fora do comum com a perspectiva de ser impulsiva. Ela demorou algum tempo para encontrar uma caneta decente. Parecia um pouco desrespeitoso dar sequência à cuidadosa caligrafia de Julian com rabiscos feitos com uma esferográfica velha. Virou até a próxima página vazia e começou a escrever.

Hazard

Hazard se perguntou quanto de sua vida passara debruçado sobre caixas de descarga de vasos sanitários. Provavelmente dias inteiros, somando tudo. Quantas bactérias potencialmente letais estaria inalando com uma carreira toscamente esticada da melhor cocaína colombiana? E quanto daquilo era realmente cocaína e não talco, veneno de rato ou laxante? Aquelas eram perguntas que não o incomodariam por muito tempo mais, já que estava diante de sua última carreira do último grama de cocaína que compraria na vida.

Hazard procurou uma cédula de dinheiro no bolso, antes de lembrar que havia usado sua única nota de vinte libras na garrafa de vinho que estava pela metade. Naquele bar de vinhos elegante e caro, uma nota de vinte comprava uma garrafa de alguma coisa que estava mais perto de metanol, no espectro de bebidas, que de um bom vinho. Mas servia. Ele checou todos os bolsos e tirou uma folha A4 dobrada de dentro do paletó. Uma cópia da sua carta de demissão. Bem, aquilo tinha um belo simbolismo, pensou, enquanto rasgava um dos cantos da folha e o enrolava em um tubo apertado.

Depois de aspirar o pó com força, o gosto químico já conhecido acertou o fundo da garganta de Hazard, e em minutos o nervosismo foi substituído por uma sensação, se não de euforia (aqueles dias já haviam ido embora fazia tempo), ao menos de bem-estar. Hazard amassou o papel com o saquinho plástico que guardava o pó, jogou tudo dentro do vaso sanitário e ficou olhando enquanto eram sugados para as profundezas dos esgotos de Londres.

Com muito cuidado, Hazard levantou a tampa pesada de louça da caixa de descarga do vaso e encostou-a na parede. Pegou o iPhone no bolso — o modelo mais recente, obviamente — e jogou na água dentro da caixa. O aparelho fez um *plop* satisfatório enquanto afundava. Hazard colocou a tampa de volta, prendendo o telefone lá dentro, sozinho no escuro. Agora não poderia ligar para seu fornecedor. Ou para qualquer um que conhecesse o fornecedor. O único número naquele telefone que ele sabia de cor era o dos pais, e era o único de que precisava, embora fosse ter que compensar muita coisa na próxima vez que ligasse para eles.

Hazard checou o próprio reflexo no espelho, limpou qualquer resquício de pó branco das narinas inflamadas e voltou para a mesa a que estava sentado, pisando com mais determinação do que quando se levantara. Sua positividade era parcialmente química, mas ele também sentia uma pontada de uma sensação que não experimentava havia muito tempo. Orgulho.

Olhou para a mesa, confuso. Alguma coisa estava diferente. A garrafa de vinho ainda estava lá, ao lado de duas taças (assim parecia que ele estava esperando alguém, não que iria beber sozinho) e de uma cópia do jornal que ele fingia ler. Mas havia outra coisa também. Um caderno. Ele tinha um igual quando era um operador da bolsa novato, cheio de anotações do *Financial Times* e das dicas quentes que os operadores veteranos jogavam para ele, como se lidassem com um filhote de cachorro entusiasmado. Mas esse caderno tinha *Projeto Autenticidade* escrito na capa. Aquilo soava como um monte de bobagens New Age. Hazard procurou alguém que se encaixasse na categoria "espiritualizado" e pudesse ter deixado o caderno no lugar errado, mas havia apenas a aglomeração habitual de bebedores de meio de semana, dedicados a se livrar das tensões do dia de trabalho.

Ele empurrou o caderno para a beira da mesa, para que o dono pudesse identificá-lo, enquanto se concentrava na importante missão de terminar o vinho à sua frente. Seria sua última garrafa. Porque cocaína e álcool andavam juntos, como peixe e fritas, ovos e bacon, ecstasy e sexo. Se ele iria desistir de uma, teria que desistir do outro. E também do emprego, porque, depois de anos navegando pelos mercados financeiros em uma onda de euforia química, não achava que conseguiria — ou que iria querer — fazer aquilo sóbrio.

Sóbrio. Que palavra horrível. Sério, sensato, solene, seguro, sisudo — nenhuma delas lembrava Hazard, que era um caso de determinismo nominativo em ação, já que seu nome queria dizer "risco", "perigo". Hazard pousou a mão com firmeza na coxa direita, que balançava para cima e para baixo sob a mesa. Ele percebeu que também estava apertando os dentes. Não dormia direito fazia trinta e seis horas, desde a noite que passara com Blanche. Sua mente estava ligada, desesperada por mais estímulo, lutando contra o corpo exausto e ansiando pelo esquecimento do sono. Hazard finalmente se deu conta de que estava exausto de tudo, da vida que levava, com seu constante carrossel de altos e baixos, da sordidez das ligações desesperadas para o fornecedor de drogas, do fungar constante e dos sangramentos de nariz cada vez mais dramáticos. Como a carreirinha ocasional em uma festa, que o deixava com a sensação de ser capaz de voar, acabara se transformando em algo que ele se via obrigado a fazer para conseguir sair da cama pela manhã?

Como ninguém parecia interessado no caderno abandonado, Hazard o abriu. A página estava coberta por uma caligrafia apertada. Ele tentou ler, mas as letras pareciam dançar ao redor da página. Hazard fechou um dos olhos e tentou de novo. As palavras se acomodaram em linhas mais ordenadas. Folheou algumas páginas e descobriu que havia duas letras diferentes — a primeira era uma caligrafia elaborada, a segunda mais simples, arredondada e comum. Hazard estava intrigado, mas ler com apenas um dos olhos era cansativo e o fazia parecer um doido, por isso ele fechou o caderno e o guardou no bolso do paletó.

* * *

O PEQUENO CADERNO DAS COISAS NÃO DITAS

Vinte e quatro horas mais tarde, Hazard estava procurando uma caneta no bolso e encontrou novamente o caderno. Levou algum tempo para que conseguisse lembrar como aquilo tinha ido parar ali. Seu cérebro era uma bruma. Ele sentia uma dor de cabeça terrível, e, embora estivesse mais cansado que em qualquer outro momento de que conseguisse se lembrar, o sono lhe escapava. Com o caderno na mão, Hazard se deitou na cama, um emaranhado de lençóis e cobertas suados e rançosos, e começou a ler.

Quanto você realmente conhece as pessoas que moram perto da sua casa? Quanto elas realmente conhecem você? Por acaso você sabe o nome dos seus vizinhos? Saberia se eles estivessem com problemas, ou se passassem dias sem sair de casa?

Hazard sorriu para si mesmo. Era um viciado em cocaína. A única pessoa que lhe interessava era ele mesmo.

O que aconteceria se, em vez disso, você compartilhasse a verdade?

Ha! Ele provavelmente seria preso. Certamente demitido. Embora agora fosse um pouco tarde demais para demiti-lo.

Hazard continuou a ler. Tinha gostado de Julian. Se tivesse nascido uns quarenta anos antes, ou se Julian tivesse nascido quarenta anos depois, conseguia imaginar que teriam sido amigos — se divertindo juntos pela cidade, tocando o terror. Mas Hazard não estava muito convencido da ideia de contar a própria história (ele não queria contá-la nem para si mesmo, que dirá para outra pessoa). Autenticidade era algo que ele podia passar muito bem sem. Vinha se escondendo dela fazia anos. Ele virou a página. Quem, se perguntou, pegara o caderno antes dele?

Meu nome é Monica, e encontrei este caderno no meu café.
Depois de ler a história de Julian sobre se sentir invisível, você provavelmente está imaginando o estereótipo de um aposentado, todo vestido de bege, calça com elástico na cintura e sapatos ortopédicos.

Bem, preciso lhe dizer que esse não é o Julian. Eu o vi escrevendo neste caderno antes de abandoná-lo, e é o septuagenário menos invisível que já cruzou o meu caminho. Ele se parece com o Gandalf (mas sem a barba) e se veste como Rupert, o Urso, com um blazer de veludo amarelo-mostarda e calça xadrez. Porém ele está certo sobre ter sido bonito. Dê uma olhada no autorretrato pintado por Julian. Ficou exposto por algum tempo na National Portrait Gallery.

Hazard estendeu a mão para pegar o celular, para procurar no Google o retrato de Julian, mas então lembrou que o aparelho estava mergulhado na caixa de descarga do vaso sanitário do bar de vinhos. Por que achara que aquilo era uma boa ideia?

Receio que eu seja bem menos interessante que Julian.

Hazard não duvidava disso. Ele podia ver pela letra cautelosa e precisa que a mulher era um pesadelo de tensão. Pelo menos não era do tipo que desenha carinhas sorridentes dentro da letra O.

Aqui vai a minha verdade, terrivelmente previsível e tediosamente biológica: eu quero muito um bebê. E um marido. Talvez um cachorro e um Volvo também. Para ser sincera, quero toda essa coisa de família estereotípica e nuclear.

Hazard reparou no uso de uma vírgula por Monica. Parecia um pouco incongruente. Ele achava que as pessoas não davam mais importância à gramática. Elas mal escreviam. Eram só mensagens e emojis.

Ah, meu Deus, isso parece tão mal colocado. Afinal eu sou feminista. Rejeito totalmente a ideia de que preciso de um homem para me completar, me apoiar ou mesmo para uma produção independente. Sou uma mulher de negócios e, cá entre nós, um pouco controladora.

Provavelmente seria uma péssima mãe. No entanto, por mais que eu tente pensar racionalmente sobre tudo isso, ainda sinto como se houvesse um vácuo em permanente expansão dentro de mim, um vácuo que um dia vai acabar me engolindo completamente.

Hazard parou de ler para tomar mais dois comprimidos de paracetamol. Não sabia se tinha disposição para toda aquela angústia hormonal no momento. Um dos comprimidos ficou preso no fundo da garganta, provocando ânsias de vômito. Hazard reparou em um longo fio de cabelo loiro em cima do travesseiro ao seu lado, como uma recordação de outra vida. Ele jogou o fio de cabelo no chão.

Eu trabalhava como advogada em uma firma grande, de prestígio, no centro financeiro da cidade. Eles me pagavam uma pequena fortuna para fazer seus números de igualdade de gêneros parecerem bons, e eu trocava a minha vida por horas pagas. Eu trabalhava em todos os momentos que podia, incluindo grande parte do fim de semana. Quando me sobrava algum tempo livre, eu ia para a academia deixar o estresse na esteira. A única vida social que eu tinha girava em torno de festas no trabalho e almoços ou jantares com clientes. Tinha a sensação de que continuava em contato com meus amigos de escola e de faculdade, porque via o status deles no Facebook, mas a verdade é que eu não encontro muitos na vida real há anos.

A minha vida talvez tivesse seguido desse jeito para sempre, mergulhada no trabalho, fazendo o que se esperava de mim, conquistando promoções e elogios sem importância, se não fosse por algo que a minha mãe me disse, e por uma mulher chamada Tanya.

Nunca conheci Tanya pessoalmente, ao menos acho que não, mas a vida dela foi muito parecida com a minha — mais uma advogada de alto desempenho no centro da cidade, só que dez anos mais velha que eu. Um domingo, ela foi para o escritório, como sempre fazia. O chefe dela estava lá e disse que ela não deveria trabalhar todo fim de semana, que deveria ter uma vida fora dali. Ele falou de forma gentil e bem--intencionada, mas aquela conversa deve ter servido como um gatilho, provavelmente fez Tanya perceber como sua vida era vazia, porque no domingo seguinte ela entrou no prédio do escritório, como sempre, pegou o elevador até o último andar e se jogou do terraço. Os jornais publicaram uma foto de Tanya no dia da formatura dela, parada entre o pai e a mãe orgulhosos, os olhos cheios de esperança e expectativa.

Eu não queria ser a Tanya, mas pude ver que era para onde a minha vida estava caminhando. Eu estava com trinta e cinco anos, solteira e não tinha mais nada na vida a não ser pelo trabalho. Assim, quando a minha tia-avó Lettice morreu e me deixou uma pequena herança, acrescentei esse dinheiro ao muito que tinha conseguido poupar ao longo dos anos e fiz a primeira, e única, coisa surpreendente na minha vida: pedi demissão. Aluguei uma loja de doces em mau estado na Fulham Road, transformei-a em um café e o batizei de Monica's.

O Monica's Café. Hazard sabia onde era. Ficava bem na frente do bar onde ele encontrara o caderno. Mas nunca tinha entrado ali. Preferia os cafés mais anônimos, onde a equipe de baristas tinha alta rotatividade e provavelmente não repararia que em muitas manhãs ele entrava cambaleando, de ressaca, ou que com frequência precisava desenrolar uma nota de dinheiro antes de entregar a eles. O Monica's sempre parecera terrivelmente *aconchegante. Saudável.* Tudo orgânico, com as receitas favoritas da vovó. Lugares como aquele faziam Hazard se sentir um pouco sujo. O nome também o incomodava. Monica é o tipo de nome que se espera de uma professora. Ou de uma cartomante. Até mesmo de uma dona de bordel. *Madame Monica, massagens com final feliz.* Não era um bom nome para um café. Ele continuou a ler.

Ser minha própria chefe, em vez de um nome em um quadradinho de uma hierarquia organizacional complicada, ainda é motivo de empolgação (assim como uma enorme curva de aprendizado;

basta dizer que Benji não é o meu primeiro barista). Mas sobra um grande vazio. Sei que parece muito antiquado, mas eu realmente quero o conto de fadas. Quero o príncipe encantado, e quero o "felizes para sempre".

Eu entrei no Tinder. Tive inúmeros encontros. Tento não ser exigente demais, tento ignorar o fato de que eles não leram Dickens, têm unhas sujas ou falam com a boca cheia. Tive alguns relacionamentos mais sérios, e um ou dois que achei sinceramente que dariam em algum lugar. Mas acabei ouvindo as mesmas desculpas, o "Não é você, sou eu. Não estou pronto para me acomodar...", blá-blá-blá. Então, seis meses mais tarde, recebo uma notificação do Facebook dizendo que o status de relacionamento do cara mudou para "noivo", e sei que ERA eu o problema, mas não sei por quê.

Hazard poderia arriscar um palpite.

Por toda a minha vida, eu fiz planos. Estive no controle. Eu escrevo listas, estabeleço objetivos e metas, faço as coisas acontecerem. Mas tenho trinta e sete anos e meu tempo está acabando.

Trinta e sete. Hazard ficou ruminando o número em seu cérebro avariado. Definitivamente teria deslizado a tela para a esquerda no Tinder, dispensando-a, apesar de ter trinta e oito. Ele se lembrou de explicar a um colega no banco que, quando se compram frutas no supermercado (não que ele comprasse frutas, ou mesmo fosse ao supermercado), não se escolhem os pêssegos maduros demais. Na experiência dele, mulheres mais velhas eram encrenca. Elas tinham expectativas. Objetivos. O cara já sabia que, em poucas semanas, acabaria tendo *a conversa*. E acabaria discutindo os rumos do relacionamento, como se estivesse no ônibus 22, descendo a Piccadilly. Ele estremeceu.

Sempre que uma amiga posta no Facebook uma foto da ultrassonografia do bebê que está esperando, eu curto a foto, ligo para o casal e cumprimento os dois, entusiasmada, mas para ser sincera a minha vontade é urrar e perguntar: por que não eu? Então preciso dar um pulo no departamento de armarinho da Peter Jones, porque ninguém consegue se sentir estressado ali, cercado de meadas de lã, agulhas de crochê e uma variedade de botões, certo?

Meada? Aquilo era uma palavra? E ainda existia departamento de armarinho? Com certeza as pessoas já compravam tudo pronto na Primark, não? E que jeito estranho de desestressar. Muito menos eficiente que simplesmente entornar uma dose dupla de vodca. Ah, Deus, por que ele tinha que começar a pensar em vodca?

Meu relógio biológico está soando tão alto que me mantém acordada à noite. Fico ali deitada, amaldiçoando o fato de que meus hormônios estão me transformando em um clichê.

Então, é isso. Fiz o que Julian pediu. Espero não acabar me arrependendo.

Quanto ao Julian, bem, eu tenho um plano.

É claro que a mulher tinha um plano, pensou Hazard. Ele conhecia o tipo. Provavelmente tinha tudo dividido em subseções, cada uma com um indicador-chave de desempenho. Monica fazia Hazard se lembrar de uma ex-namorada que, em uma noite memorável, mostrara uma apresentação de PowerPoint do relacionamento deles — pontos fortes e fracos, oportunidades e riscos. Ele caíra fora rapidinho.

Sei exatamente como fazê-lo voltar à ativa. Eu imprimi um anúncio procurando um artista local para dar aulas semanais no café à noite. Colei o anúncio na vitrine e agora só preciso esperar que ele se candidate ao posto. E vou deixar este caderno em cima de uma mesa no bar de vinhos do outro lado da rua. Se você é a pessoa que pegou o caderno, o próximo passo está nas suas mãos.

Hazard baixou os olhos para as próprias mãos, a antítese de "um lugar seguro". Elas não haviam parado de tremer desde o último porre, vinte e quatro horas antes, no dia em que encontrara o caderno. Droga. Por que ele? Além de tudo o mais, ele iria sair do país no dia seguinte. Teria que passar no Monica's a caminho da estação de metrô. Entraria para tomar um café, daria uma boa olhada nela e devolveria o caderno para que Monica pudesse entregar para alguém mais adequado.

Quando já estava fechando o caderno, Hazard percebeu que Monica tinha escrito alguma coisa na página seguinte.

P.S. Eu encapei o caderno com plástico adesivo transparente para garantir alguma proteção, mas mesmo assim, por favor, tente não deixá-lo na chuva.

Com certa surpresa, Hazard se pegou sorrindo.

Julian

Julian descolou o bilhete escrito à mão que estava grudado na porta da frente e entrou em casa. Não parou para ler. Sabia o que dizia o bilhete e, além disso, estava tudo escrito em letras maiúsculas — o que ele achava um pouco rude e exagerado, indigno da sua atenção.

Julian preparou uma xícara de chá, se sentou em uma poltrona, desamarrou os cadarços, tirou os sapatos e pousou os pés no descanso forrado com tapeçaria esfarrapada à sua frente, que já tinha depressões no formato de seus pés. Pegou a última revista que comprara — uma *Bazaar* que vinha racionando cuidadosamente, para que durasse até o fim da semana — e, quando estava começando a se perder nas páginas, foi grosseiramente interrompido por uma batida na janela. Julian afundou na poltrona, para que a cabeça dele não fosse visível de trás. Nos últimos quinze anos, se tornara um especialista em ignorar visitas — ajudado pelo fato de que suas janelas não tinham sido lavadas pela maior parte desse tempo, e sua opacidade era uma consequência feliz, embora não intencional, desse desleixo.

Os vizinhos de Julian estavam se tornando cada vez mais intrusivos em suas tentativas de atrair atenção. Com um suspiro, ele pôs a revista de lado e pegou o bilhete onde o havia deixado. E leu, estremecendo ao ver o ponto de exclamação diante de seu sobrenome.

O PEQUENO CADERNO DAS COISAS NÃO DITAS

SR. JESSOP!
PRECISAMOS CONVERSAR!
NÓS (SEUS VIZINHOS) DESEJAMOS ACEITAR
A OFERTA DO PROPRIETÁRIO ABSOLUTO.
PRECISAMOS DA SUA APROVAÇÃO,
SEM A QUAL NÃO PODEMOS DAR SEGUIMENTO.
POR FAVOR, ENTRE EM CONTATO COM PATRICIA ARBUCKLE,
DO Nº 4, COM A MÁXIMA URGÊNCIA!

Julian havia comprado aquela casa em 1961, quando o arrendamento do terreno ainda tinha sessenta e sete anos restantes de prazo. Parecia uma eternidade, lá de seus vinte anos, e certamente não era nada com que se preocupar. Agora, restavam apenas dez anos de arrendamento, e o proprietário absoluto estava se recusando a estender o prazo, pois queria usar o terreno onde ficavam os estúdios para construir um "complexo de entretenimento corporativo", fosse lá o que aquilo significasse, para o estádio Stamford Bridge. O estádio tinha crescido e se modernizado em torno de Julian durante os anos em que ele vivera à sua sombra, enquanto o próprio Julian fora se tornando menor e cada vez menos moderno. Agora a situação ameaçava explodir, como um edema maligno e monstruoso, varrendo todos em seu caminho em um rio de pus.

Ele sabia que o mais lógico a fazer seria aceitar. Se esperassem o fim do contrato, suas propriedades não valeriam nada. O proprietário do terreno estava disposto a comprar as casas naquele momento, pagando o valor de mercado. Mas ele não estava interessado em comprar todas aquelas propriedades se ainda fosse lhe restar a casa de Julian bem no meio do suposto canteiro de obras.

Julian sabia que os vizinhos estavam ficando cada vez mais desesperados com a perspectiva de as economias de sua vida desaparecerem — já que essas economias estavam, como acontecia com a maioria dos londrinos, depositadas nos tijolos e no cimento de suas casas. Contudo, por mais que tentasse, ele simplesmente não conseguia se imaginar vivendo em outro lugar. Certamente não era pedir demais querer passar seus últimos anos na casa em que vivera a maior parte da vida, certo? Uma década deveria ser suficiente. E que utilidade teria para ele a oferta em dinheiro do proprietário? Julian tinha uma renda bem razoável de seus investimentos, não levava um estilo de vida extravagante, e os poucos parentes que lhe restavam ele não encontrava havia anos. Não tinha preocupação alguma com a perspectiva de que seu legado desaparecesse em uma montanha de documentos legais e prazos expirados.

No entanto, ele sabia que era egoísmo recusar a oferta. Passara muitos anos sendo indescritivelmente egoísta e vinha pagando por esse comportamento fazia algum tempo. Realmente queria pensar que havia mudado — que agora era um homem arrependido, até humilde. Por isso, não dissera "não". Mas também não conseguia dizer "sim". Em vez disso, estava enfiando os dedos metafóricos nos ouvidos metafóricos e ignorando o problema, apesar de saber que ele não iria embora.

Após cinco minutos ou mais de batidas cada vez mais frenéticas, e de uma exclamação final exasperada — *Eu sei que você está aí, velhote* —, o vizinho de Julian finalmente desistiu. Velhote? Sinceramente.

O chalé de Julian era mais que uma casa, e certamente mais que um investimento financeiro. Era tudo. Tudo o que ele tinha. Abrigava todas as suas lembranças do passado e a única visão que conseguia ter do futuro. Toda vez que Julian olhava para a porta da frente, conseguia se ver recém-casado, entrando por ali com a esposa, o coração explodindo de felicidade, convencido de que a mulher que segurava nos braços seria tudo de que precisaria. Quando estava diante do fogão, conseguia ver Mary de avental, os cabelos presos, mexendo uma panela gigante de seu famoso *boeuf bourguignon*. Quando ele se sentava diante da lareira, Mary se acomodava no tapete à sua frente, os joelhos puxados contra o peito, os cabelos retos, cortados na altura do queixo, caindo para a frente enquanto ela lia o último romance que pegara emprestado na biblioteca do bairro.

Havia também as lembranças desagradáveis. Mary chorando baixinho, segurando uma carta de amor que encontrara presa no cavalete dele, deixada por uma de suas modelos. Mary de pé no alto da escada em espiral que levava ao quarto deles, atirando na cabeça dele os sapatos de salto alto de outra mulher. Muitas vezes, quando Julian se olhava no espelho, o reflexo de Mary o encarava de volta, os olhos cheios de tristeza e decepção.

Julian não evitava as más lembranças. Na verdade, as encorajava. Eram sua penitência. E, de um jeito estranho, ele as achava bastante reconfortantes. Pelo menos provavam que ele ainda era capaz de sentir. A dor que causavam lhe dava um alívio momentâneo, mais ou menos como riscar a pele com um de seus bisturis de artista e vê-la sangrar, o que ele só fazia em dias muito ruins. Além de tudo o mais, sua pele agora demorava muito mais para cicatrizar.

Julian olhou em volta, para as paredes de sua casa, quase todos os centímetros cobertos por um quebra-cabeça de pinturas e esboços emoldurados. Cada um deles contava uma história. Ele poderia se perder por horas apenas olhando para aquelas imagens. Era capaz de se lembrar das conversas que tivera com o artista, dos conselhos e inspirações compartilhados diante de garrafas de vinho. Julian sabia como cada uma daquelas peças tinha chegado ali — um presente de aniversário, um agradecimento pela hospitalidade infinita de Mary ou uma compra feita em uma exposição privada, porque ele admirara particularmente a obra. Até a ordem das peças na parede tinha um significado. Às vezes cronológica, outras temática — mulheres bonitas, pontos históricos de Londres, perspectivas peculiares, ou um uso específico de luz e sombra. Como poderia tirar tudo aquilo dali? Onde mais se encaixariam?

Eram quase cinco da tarde. Julian pegou uma garrafa de Baileys do armário de bebidas, virou um pouco em um cantil de prata, encolheu os ombros e, depois de se certificar de que o terreno estava livre de vizinhos irados, partiu para o cemitério.

Ele percebeu algo diferente no túmulo do almirante já a certa distância, mas demorou um pouco para ajustar o foco. Era outra carta — caneta preta em papel branco. Os vizinhos estavam deixando bilhetes para ele por *toda* parte? Será que o estavam seguindo? Julian sentiu a irritação aumentar. Aquilo era perseguição.

Ao se aproximar, percebeu que não era um bilhete dos vizinhos. Era um anúncio que ele já vira antes, naquela manhã mesmo. Não havia se dado conta disso de manhã, mas agora ficava claro que o anúncio fora pensado especificamente para ele.

Monica

No sábado, Monica estava começando a perder a fé em seu plano brilhante. Já haviam se passado vários dias desde que colara o cartaz na janela do café, e nem sinal de Julian. Nesse meio-tempo, ela tivera que recusar educadamente uma série de candidatos ao cargo de professor de artes, usando desculpas cada vez mais absurdas. Quem iria imaginar que havia tantos artistas locais procurando trabalho? Como ex-advogada, Monica também estava dolorosamente consciente de estar violando todas as leis trabalhistas, embora uma parte dela gostasse da ideia de, pela primeira vez na vida, fazer algo ligeiramente transgressor.

O outro problema era que, toda vez que alguém entrava no café, Monica se perguntava se aquela era a pessoa que teria pegado o caderno que ela deixara em cima da mesa vazia no bar de vinhos e lera as divagações terrivelmente embaraçosas de uma solteirona desesperada. Droga. O que ela estava pensando quando fez aquilo? Se pudesse simplesmente excluir aquelas páginas, como se faz com um post inconveniente no Facebook. Autenticidade, concluiu, era algo totalmente superestimado.

Uma mulher foi até o balcão, segurando no colo uma bebê minúscula, de não mais que três meses — a menininha estava vestida com a roupinha mais fofa, um vestidinho retrô e um cardigã. A bebê fixou em Monica os grandes olhos azuis, que pareciam ter aprendido havia muito pouco tempo como focalizar em alguma coisa. Monica sentiu um aperto no estômago. Recitou seu mantra em silêncio: *Sou uma mulher forte e independente. Não preciso de você...* Como se a bebê pudesse ler seus pensamentos, soltou um uivo de furar os tímpanos e seu rosto ficou tenso e vermelho, como a versão humana de um emoji de cara furiosa. *Obrigada*, disse Monica à bebê, apenas com o movimento dos lábios, e se virou para preparar o chá de hortelã. Quando estava entregando a xícara à mãe da menininha, a porta se abriu e Julian entrou.

Na última vez que o vira, ele tinha a aparência de um excêntrico cavalheiro eduardiano. Monica presumira que o guarda-roupa inteiro do velho artista fosse inspirado naquela época. Mas parecia que não, porque agora ele estava vestido no estilo New Romantic, de meados dos anos 80 — calça preta de corte justo, botas curtas de camurça e uma camisa branca *com babados*. Muitos. Era o tipo de visual que normalmente teria sido finalizado com uma generosa camada de delineador. Monica ficou aliviada ao descobrir que Julian não tinha levado a caracterização tão longe.

Ele se sentou à mesma mesa da biblioteca que ocupara da última vez. Monica se aproximou, nervosa, para anotar o pedido dele. Será que Julian tinha visto o anúncio? Era por isso que estava ali? Ela olhou para a vitrine do café onde tinha colado o cartaz. Não estava mais lá. Olhou de novo, como se o anúncio pudesse ter reaparecido magicamente, mas não, restavam apenas alguns pedacinhos de papel colados na fita adesiva que ela grudara nos quatro cantos do cartaz. Monica fez uma anotação mental para remover as marcas com um pouco de vinagre.

Bem, já era aquele plano. Mas seu aborrecimento rapidamente se transformou em alívio. Tinha sido mesmo uma ideia estúpida. Ela se dirigiu a Julian com um pouco mais de confiança, agora que parecia que ele só estava ali para tomar um café.

— O que eu posso lhe servir? — perguntou em tom animado.

— Gostaria de um café preto forte, por favor — respondeu ele (nada de bebidas extravagantes, reparou Monica) enquanto desdobrava a folha de papel que estava segurando, alisava os vincos e a colocava sobre a mesa à sua frente. Era o anúncio dela. Mas não o original, uma cópia.

Monica sentiu o rosto corar.

— Estou certo ao pensar que isso foi feito para mim? — perguntou Julian.

— Por que, você é artista? — ela gaguejou, como a participante de um quiz, procurando a resposta certa, sem saber se deveria dizer a verdade ou fingir que não tinha entendido.

Ele manteve o olhar fixo no dela por algum tempo, como uma serpente hipnotizando um pequeno roedor.

— Sou — respondeu. — Acho que por isso o seu anúncio foi colado em um muro do Chelsea Studios, onde eu moro. Não uma cópia, mas três. — Ele bateu com o dedo três vezes no papel em cima da mesa, para enfatizar o que havia dito. — E pode ter sido coincidência, mas ontem fui visitar o almirante no Cemitério de Brompton, no meu horário habitual, e ali, *na lápide dele*, encontrei mais uma cópia do seu anúncio. Então deduzi que você provavelmente encontrou o meu caderninho e está falando comigo. A propósito, não estou muito certo sobre o tipo de letra que você usou. Eu teria ficado com a Times New Roman. Não se consegue errar muito com Times New Roman, eu acho.

Àquela altura, Monica — que ainda estava de pé ao lado da mesa de Julian — se sentia como uma colegial travessa sendo repreendida pelo diretor. Ou melhor, era assim que imaginava que se sentiria, já que obviamente nunca tinha se visto naquela posição.

— Posso? — perguntou, indicando com um gesto a cadeira oposta a Julian. Ele assentiu ligeiramente com a cabeça. Monica se sentou e levou um momento para se recompor. Não seria intimidada. Ela pensou na mãe.

— *Caso se sinta ansiosa, Monica, imagine que você é Boudicca, a rainha dos celtas! Ou Elizabeth I, ou a Madonna!*

— A mãe de Jesus? — perguntara Monica.

— *Não, bobinha! Mansa e boazinha demais! Eu estava falando da estrela pop.*

E a mãe rira tanto que os vizinhos bateram na parede.

Então Monica incorporou a Madonna e virou-se com um olhar firme para o homem bastante imponente e ligeiramente irritado diante dela.

— Você está certo, eu peguei o seu caderno e o anúncio foi escrito para você, mas não colei o cartaz no muro nem deixei no túmulo do almirante. — Julian ergueu uma sobrancelha, em uma impressionante demonstração de ceticismo. — Fiz apenas um e colei na vitrine. — Ela indicou com a cabeça o espaço vazio onde o cartaz estivera. — Isto é uma cópia. Não fui eu que fiz. E não tenho ideia de quem fez. — Aquela questão a perturbava. Por que raio alguém roubaria o cartaz?

— Bom, se não foi você, deve ter sido outra pessoa que leu a minha história — concluiu Julian. — Caso contrário, como saberia onde eu moro? Ou sobre o almirante? Com certeza não pode ser coincidência que a única lápide ostentando uma cópia do seu cartaz seja a que eu visito há quarenta anos.

O desconforto de Monica aumentou quando ela se deu conta de que, se mais alguém havia lido a história de Julian, também lera a dela. Ela arquivou mentalmente esse pensamento na categoria "desconfortável demais para ser considerado no momento". Sem dúvida o revisitaria mais tarde.

— Mas então, você está interessado? — perguntou a Julian. — Está disposto a dar aulas de artes à noite aqui? No café?

A pergunta pairou no ar por tanto tempo que Monica se perguntou se deveria repeti-la. Então o rosto de Julian se enrugou como uma sanfona e ele sorriu.

— Bem, já que você e, ao que parece, mais alguém tiveram tanto trabalho, seria rude se eu não aceitasse, não acha? A propósito, sou o Julian — disse ele e estendeu a mão.

— Eu sei — ela respondeu, apertando a mão estendida. — E eu sou a Monica.

— Estou ansioso para trabalhar com você, Monica. Tenho um palpite de que nós dois podemos nos tornar bons amigos.

Monica foi preparar o café dele, com a sensação de que acabara de ganhar dez pontos para a Grifinória.

Hazard

Hazard olhou para a praia em forma de crescente, com palmeiras por toda a orla. O mar da China Meridional era de um turquesa perfeito, o céu sem uma única nuvem. Se visse aquilo no Instagram, ele presumiria que a foto tinha sido retocada no computador e recebera um filtro. Mas, depois de três semanas ali, toda aquela perfeição estava começando a lhe dar nos nervos. Durante sua caminhada matinal pela praia (antes de a areia ficar quente demais para que pudesse andar descalço), ele se pegou desejando encontrar um cocô de cachorro no meio da areia branca e solta. Qualquer coisa para agitar um pouco aquela beleza monótona. Hazard com frequência sentia vontade de gritar por socorro, mas sabia que aquela praia era como o espaço sideral — ninguém o escutaria gritar.

Hazard já estivera naquela ilha, cinco anos antes. Estava em Koh Samui com amigos e eles haviam saído de barco por alguns dias. O lugar era isolado demais para o gosto de Hazard, e ele logo se sentira ansioso para voltar aos bares, clubes e luais de Samui, sem mencionar eletricidade confiável, água quente e wi-fi. No entanto, escondida entre as intermináveis lembranças turvas e infelizes de noites de sexo casual, mensagens de texto inapropriadas que mandara bêbado e encontros com traficantes duvidosos em becos escuros, a lembrança daquele lugar cintilava como um oásis de tranquilidade no deserto inóspito de sua história recente. Então, quando finalmente tomou a decisão de ficar limpo e organizar a própria vida, Hazard comprou uma passagem só de ida para lá. Com certeza, aquela ilha era longe demais de tudo, o que evitaria que ele se metesse em confusão, e barata o suficiente para que fosse capaz de se sustentar ali por alguns meses, se necessário, com o último bônus que recebera no trabalho, certo?

Em uma das extremidades da pequena praia havia um café — Lucky Mother — e, no outro extremo, um bar chamado Monkey Nuts (que só tinha nozes como petisco). Distribuídos entre os dois, como um fio de pérolas, mas sem o brilho, havia vinte e cinco bangalôs erguidos entre as palmeiras e com vista para o mar. Hazard ocupava o bangalô número 8. Era uma construção simples de madeira, não muito maior que o galpão do jardim do pai dele.

Ali dentro havia um quarto quase totalmente ocupado por uma cama de casal, protegida por um grande mosquiteiro, cheio de buracos grandes o bastante para permitir verdadeiras festas de insetos famintos. Um banheiro pequeno com vaso sanitário e chuveiro só com água fria ficava de um dos lados do quarto, como uma cápsula de escape acoplada à nave mãe. As janelas eram pouco mais que escotilhas, protegidas por mais telas mosquiteiras. Os outros móveis eram uma mesinha de cabeceira feita de um velho engradado de cerveja, uma única estante, que abrigava uma coleção heterogênea e eclética de livros legados a Hazard por viajantes de passagem, além de alguns ganchos nos quais ele pendurava a variedade de sarongues que tinha comprado na cidade. Ele se perguntou o que seus antigos colegas pensariam de ele não vestir nada além de uma *saia* o dia todo.

Hazard se balançava suavemente na rede pendurada entre dois suportes, um em cada extremidade do deque de madeira que dava a volta em toda a extensão da cabana. Ficou olhando um pequeno barco a motor atracar na praia, recolher os cerca de quinze turistas que iam para Samui e deixar apenas os moradores para trás. O céu começava a mostrar tons impressionantes de rosa e laranja conforme o sol mergulhava no horizonte. Hazard sabia que em questão de minutos estaria escuro. Ali, tão perto do equador, o sol fazia uma saída apressada. Não havia despedidas vistosas e lentas, como ele estava acostumado na Inglaterra — ali era mais como o apagar das luzes no dormitório do colégio interno.

Ele ouviu o gerador do Lucky Mother ser ligado e sentiu o leve cheiro de gasolina, depois o som de Andy e Barbara (uma ocidentalização aproximada de seus nomes tailandeses, pensou Hazard) se preparando para servir as refeições noturnas.

Haviam se passado vinte e três dias desde a última vez que Hazard consumira qualquer bebida alcoólica ou droga. Ele tinha certeza disso, porque vinha entalhando um registro na base de madeira de sua cama, como um prisioneiro em Alcatraz, e não um turista em um dos cantos mais lindos da Terra. Naquela manhã, ele contara quatro pequenos grupos de cinco marcas e três extras. Tinham sido dias longos, pontuados por ondas de dor de cabeça, sudorese e tremores, e noites de sonhos vívidos, em que revivia seus excessos mais loucos. Na noite anterior, Hazard tinha sonhado que estava cheirando cocaína na barriga firme e bronzeada de Barbara. Ele mal conseguiu olhar para a mulher no café da manhã.

No entanto, Hazard estava começando a se sentir melhor, ao menos fisicamente. O entorpecimento e o cansaço começavam a diminuir, mas tinham sido substituídos por um tsunami de *emoções*. Por aqueles incômodos sentimentos de culpa, arrependimento, medo, tédio e pavor que ele costumava afastar com uma dose de vodca ou uma carreira de cocaína. Hazard se via assombrado por lembranças de segredos expostos para garantir uma boa história na mesa do bar, de namoradas traídas por uma rapidinha no banheiro da danceteria, de negócios desastrosos frutos da sensação química de invulnerabilidade. E estranhamente, no meio de toda essa introspecção horrível, ele se pegava pensando nas histórias daquele caderno verde. Tinha visões de Mary tentando ignorar as modelos de Julian, de Julian rasgando suas telas no meio da noite, de Tanya caída na calçada e de Monica distribuindo muffins e sonhando com o amor.

Quando Hazard passara no Monica's Café para devolver o caderno, se dera conta, para seu horror, de que a proprietária do lugar era a mulher com quem ele colidira na noite anterior ao dia em que pedira demissão e virara as costas a tudo o que restava de sua vida pregressa. Hazard saíra rapidamente, antes que ela o visse. Assim, ainda estava com o caderno, e, quanto mais o segurava, mais os segredos se fixavam em seu cérebro, recusando-se a ir embora. Ele se perguntou se Monica havia conseguido convencer Julian a dar a aula de artes e que tipo de cara a faria feliz.

O som de um sino soou ao longo da praia. Sete da noite. Hora do jantar. O Lucky Mother servia apenas um prato à noite. Era o único lugar por perto onde era possível comer, e ali o cliente comia o que era servido. Após décadas tendo infinitas opções, todas as decisões subdivididas em seções — chá ou café? Cappuccino, americano ou latte? Leite normal, desnatado ou de soja? —, Hazard achava a falta de opções curiosamente revigorante.

O restaurante aberto, com piso de madeira e telhado de palha, tinha uma única mesa grande ocupando toda a sua extensão. Havia mesas menores distribuídas aqui e ali, mas os recém-chegados rapidamente descobriam que a coisa certa a fazer era se juntar ao grupo da mesa comunitária, a menos que quisesse ser olhado por todos com desconfiança, como se estivessem se perguntando o que você tinha a esconder.

Enquanto observava os outros ocupantes da praia caminharem na direção do Lucky Mother, Hazard teve uma ideia. Muitas das pessoas que ele conhecera ali eram de Londres ou tinham uma visita planejada à cidade. Ele poderia examinar todos eles e encontrar um namorado para Monica. Afinal sabia um pouco sobre ela. Mais do que algum dia se preocupara em saber sobre a maioria de suas namoradas. Poderia ser como uma fada madrinha para ela, seu Cupido secreto. Seria divertido. Ou, pelo menos, seria algo para *fazer*.

Hazard se sentou, sentindo-se revigorado por sua nova missão, e avaliou disfarçadamente os outros viajantes. Até onde sabia, naquele momento só três outros hóspedes permanentes estavam ali havia mais tempo que ele. A maior parte das pessoas ficava cerca de cinco dias, no máximo.

Neil, vizinho de Hazard no número 9, era quem estava ali fazia mais tempo. Quase um ano. Ele inventara algum tipo de aplicativo, que vendera para uma grande empresa de tecnologia, e desde então se entregara ao seu hippie interior. Neil tentara lhe ensinar a meditar, talvez percebendo seu tumulto íntimo, mas Hazard fora incapaz de limpar a mente e não pensar nos pés do sujeito, cobertos de pele morta e amarelada, as unhas grossas e ásperas, como cascos. Aquilo tirava Neil do páreo no novo jogo de Hazard. Por mais desesperada que Monica estivesse, aqueles pés eram impraticáveis. Na verdade, pensou, o que Neil precisava era de um bom banho. Monica lhe parecia uma mulher que levava a higiene pessoal muito a sério.

Rita e Daphne eram as duas outras hóspedes que estavam ali havia um bom tempo; ambas aposentadas, uma viúva, a outra nunca se casara, as duas árduas defensoras das boas maneiras. Hazard viu Rita olhar com severidade para uma das hóspedes, que esticara o braço bruscamente na frente dela para pegar a jarra de água. Cada uma delas tinha o próprio bangalô. Daphne, em teoria, ficava no número 7, mas Hazard, que se tornara um madrugador, só a via *entrando* pela manhã no bangalô que ocupava, não saindo, o que o levara a suspeitar de que as duas estavam desfrutando de uma aventura sáfica no outono de seus anos. E por que não, ora?

Andy colocou um prato com um peixe assado enorme — grande o bastante para compartilhar entre três ou quatro pessoas — diante de Hazard com um floreio.

O olho experiente de Hazard examinou a mesa comprida, dispensando todos os casais, em estágios variados de intimidade, e qualquer homem com menos de trinta anos. Mesmo se um deles tivesse a mente aberta o suficiente para encarar uma mulher mais velha, provavelmente não estaria pronto para toda a questão da *procriação*, que para Monica era inegociável.

O olhar de Hazard se deteve por um instante em duas garotas californianas. Não deviam ter mais de vinte e cinco anos, com aquele frescor inocente de um pêssego recém-saído da caixa. Hazard se perguntou, distraidamente, se deveria fazer uma investida em uma delas. Talvez em ambas. Mas achava que não estava pronto para tentar abordar alguém sem a falsa confiança garantida por uma bebida ou uma carreira.

Agora que pensava a respeito, Hazard se deu conta de que não transava desde Blanche. Na verdade, não transava *sóbrio* desde... Ele rebobinou a memória cada vez mais para trás, antes de chegar à conclusão de que *nunca* transara sóbrio. A ideia era aterrorizante. Como era possível estar tão presente durante algo tão íntimo e revelador? Com certeza todo aquele aperta, empurra e geme, com um peido ocasional, seria profundamente embaraçoso sem o efeito entorpecente dos narcóticos, não? Talvez ele nunca mais transasse. Estranhamente, o pensamento era quase menos aterrorizante que a ideia de jamais beber ou usar drogas novamente, e ele já vinha vivendo aquela realidade fazia semanas.

Hazard se virou para o sueco à sua esquerda e estendeu a mão. Ele parecia um bom começo.

— Oi, você deve ser novo aqui. Sou o Hazard.

— Gunther — se apresentou o homem, com um sorriso que exibia uma ortodontia escandinava impressionante.

— De onde você é e para onde está indo? — Hazard empregou a estratégia de apresentação padrão na ilha, um pouco como discutir o clima em Londres. Não fazia sentido discutir o clima ali, já que era invariavelmente o mesmo.

— Sou de Estocolmo e estou a caminho de Bangcoc, Hong Kong, depois Londres. E você?

Ele comemorou internamente a menção a Londres. Aquilo poderia funcionar.

— Sou de Londres. Vim para cá por algumas semanas enquanto estou entre um emprego e outro — respondeu.

Hazard conversou com Gunther no piloto automático enquanto comia. Era difícil se concentrar na conversa quando estava hipnotizado pela cerveja gelada do sueco. A condensação escorria pela lateral da garrafa.

Hazard ficou preocupado com a possibilidade de, se não encontrasse outra distração, acabar arrancando a cerveja da mão do cara e bebendo toda.

— Você joga gamão? — perguntou assim que terminaram de comer.

— Claro — respondeu Gunther.

Hazard foi até uma das mesas no canto, que tinha um tabuleiro de xadrez gravado de um lado e um de gamão do outro.

— Então, em que você trabalha, Gunther? — perguntou enquanto organizavam as peças.

— Sou professor — respondeu o outro. — E você?

Aquilo, pensou Hazard, era uma ótima notícia. Uma habilidade facilmente transferível, bom com crianças e — observou, olhando para as mãos grandes de Gunther, com unhas limpas e bem cortadas — níveis aceitáveis de higiene.

— Eu trabalhava no mercado financeiro — respondeu Hazard. — Era operador da bolsa de valores. Mas vou procurar uma nova carreira quando voltar a Londres.

Gunther jogou os dados: seis e um. Hazard esperou que ele fizesse o movimento de bloqueio clássico. Gunther não fez. Era um amador. Para Hazard, aquilo seria um sinal vermelho. Ele lembrou rapidamente a si mesmo que não estava olhando para Gunther como um parceiro de vida para si, e que Monica provavelmente era muito menos exigente no que se referia à capacidade de jogar uma boa partida de gamão.

— Você tem uma esposa esperando em casa, Gunther? — perguntou Hazard, indo direto ao ponto. Ele não viu nenhuma aliança, mas era sempre sensato checar.

— Esposa, não. Namorada. Mas como se diz mesmo? O que acontece em uma viagem fica na viagem, certo? — Ele indicou as duas garotas californianas com uma inclinação de cabeça.

Hazard sentiu seu bom humor esvaziar como um balão estourado. Excelente uso do idioma, talvez, mas com um senso de moral terrivelmente frouxo. Gunther simplesmente não serviria, concluiu, com um paternalismo que o surpreendeu. Monica merecia algo melhor. Muito bem, com que rapidez conseguiria limpar todas as peças de Gunther daquele tabuleiro e ir para a cama?

Quando Hazard voltou ao bangalô número 8 segurando uma lamparina a óleo, já que o gerador era desligado à noite, descobriu que não estava cansado. No entanto, não queria se juntar à aglomeração no Monkey Nuts — a ideia de ficar vendo outras pessoas beberem álcool enquanto tomava uma Coca Zero era muito cansativa. Hazard olhou para os livros na estante do bangalô. Já lera todos pelo menos uma vez, exceto um da Barbara Cartland que Daphne lhe dera. Tentara ler o primeiro capítulo em desespero na véspera, mas seus globos oculares quase sangraram. Então ele viu o caderninho de Julian sobressair, como se estivesse implorando para ser pego. Hazard o tirou da prateleira, pegou uma caneta, foi até a primeira página vazia e começou a escrever.

Julian

Julian acordou com a sensação de que alguma coisa estava diferente. Levou um tempo para descobrir o que era. Nos últimos dias, ele tinha a sensação de que sua mente e seu corpo estavam funcionando em velocidades diferentes. Já de manhã bem cedo, seu corpo acordava, mas a mente demorava algum tempo até engrenar — ele custava um pouco para descobrir onde estava e o que estava acontecendo. O que era estranho, já que estava sempre no mesmo lugar e nunca havia nada acontecendo. Havia um breve momento de interseção, de sincronicidade, e então — pelo restante do dia — seu corpo seguia vários passos atrás da mente, lutando para acompanhá-la.

Enquanto pensava, Julian olhou para as linhas verdes na parede ao lado da cama — tons diferentes, como folhas de grama matizadas pela luz do sol. Mary pintara aquelas linhas quando estava tentando decidir como redecorar o quarto deles. No fim, nenhuma daquelas cores tinha sido a escolhida, e o quarto permanecera no mesmo tom de marfim encardido. Talvez na época Mary já soubesse que não faria sentido.

Finalmente, Julian percebeu o que havia de novo naquela manhã: um senso de *propósito*. Naquele dia, ele tinha coisas a fazer. Um compromisso. Pessoas estavam esperando por ele. Confiando nele. Julian afastou as cobertas com mais entusiasmo que o habitual, se arrastou para fora da cama e desceu com cuidado a escada em espiral que levava do mezanino, onde ficavam o quarto e o banheiro, até o espaço aberto da sala e da cozinha, no primeiro andar. Ali, presa à porta da geladeira, estava a lista dele.

1. *Escolher a roupa*
2. *Reunir o material*
3. *Loja de artes*
4. *Objetos cênicos*
5. *Estar no Monica's às 19 horas em ponto*

Ele sublinhou *em ponto* duas vezes. Não porque era provável que esquecesse, mas porque fazia anos que não tinha necessidade de estar em lugar nenhum *em ponto*, com a possível exceção do dentista, e aquilo estava lhe provocando uma empolgação curiosa.

Depois de tomar seu primeiro café forte do dia, Julian foi até o quarto de vestir. Na época em que ele e Mary recebiam visitas que passavam a noite, aquele era o quarto de hóspedes, mas no momento estava cheio de fileiras e fileiras de roupas de Julian, todas penduradas em trilhos de metal, com botas e sapatos arrumados embaixo. Julian amava suas roupas. Cada uma guardava a lembrança de uma época, de um evento, de um caso de amor. Se fechasse os olhos e inspirasse profundamente, algumas ainda guardavam os aromas de um tempo que se fora — a geleia caseira de Mary, a cordite de uma exibição de fogos de artifício em um baile de máscaras em Veneza ou as pétalas de rosas de um casamento no Claridge's.

A chaise no canto estava coberta por uma variedade de peças em potencial para que ele usasse naquele dia, que Julian separara na véspera e deixara para decidir pela manhã. Nos últimos tempos ele demorava tanto para se vestir que era crucial ter a seleção de roupas absolutamente certa antes de começar, ou poderia acabar passando o dia ali, abrindo e fechando botões com as mãos artríticas que colaboravam cada vez menos. Ele lançou um olhar crítico sobre as várias opções, antes de se decidir pela discrição. Profissional. Técnico. Não queria que suas roupas fossem uma distração do assunto principal: a aula de artes.

Em seguida Julian entrou em seu ateliê, com o pé-direito alto inundado da luz que vinha pelo telhado de vidro e pelas janelas do chão ao teto, e abriu a gaveta etiquetada com "LÁPIS". Julian não era, por natureza, uma pessoa organizada. Sua casa era, para os padrões de qualquer um, uma bagunça. Mas as duas áreas de sua vida extremamente bem cuidadas e organizadas eram suas roupas e seu material de artes. Ele escolheu com cuidado uma variedade de lápis, pedaços de grafite e borrachas, alguns razoavelmente novos, outros que remontavam à era dos Beatles e muitos no meio do caminho. Os lápis favoritos de Julian tinham sido apontados tantas vezes que mal lhe restava o que segurar, mas ele não conseguia jogá-los fora. Eram velhos amigos.

Julian ficou um tanto orgulhoso por ainda ser capaz de atrair um bom grupo de pessoas ao seu redor. Aquela moça simpática, Monica, tinha dito que havia dez pessoas inscritas para a aula daquela noite. Ela teve até que dispensar interessados! Parecia que o cachorro velho ainda era capaz de ensinar truques novos.

Julian andou pelo ateliê recolhendo coisas que poderiam ser úteis para seus novos alunos. Encontrou um conjunto de placas de madeira, onde poderiam fixar seus esboços. Pegou também uma variedade de tecidos que cobriam os manequins no ateliê, para usar como pano de fundo. E vasculhou seus amados livros de referência até encontrar os que poderiam ser mais inspiradores para os iniciantes. Julian tentou não se deixar distrair por sua coleção cronologicamente organizada de catálogos de exposições, que poderia facilmente transportá-lo de volta ao mundo da arte da Londres dos anos 60, 70 e 80.

Monica estava cobrando quinze libras por cabeça pela aula de duas horas. Julian tinha achado caro, mas ela colocara as preocupações dele de lado, dizendo: *Estamos em Fulham. As pessoas pagam mais que isso para passeadores de cães.* Ele receberia setenta e cinco libras por aula (uma pequena fortuna!), e Monica lhe dera o que descrevera como "uns trocados" para que gastasse na loja de material de artes, com suprimentos extras de que pudesse precisar.

Julian checou o relógio de bolso. Eram dez da manhã. A loja de artes tinha acabado de abrir.

Quando passou pelo café, Julian viu Monica abrindo caminho em meio à fila diante do balcão, carregando uma bandeja cheia. Ele já tinha reparado que ela nunca ficava parada. Mesmo quando estava sentada, Monica era vibrante, o rabo de cavalo escuro balançando jovialmente de um lado para o outro. Quando estava concentrada em alguma coisa, ela torcia uma mecha de cabelo em volta do dedo indicador e, se estava ouvindo alguém, inclinava a cabeça para o lado, exatamente como o velho jack russell dele fazia.

Julian ainda sentia falta de seu cachorro, Keith, que se fora apenas alguns meses depois de Mary. Ele se culpava por estar tão absorto em sua tristeza por Mary que não havia prestado a atenção necessária ao cão. Keith fora murchando, com cada vez menos energia e menos animado, até que um dia parou de se mexer. Julian havia tentado imitar aquela maneira lenta e determinada de se despedir da vida, mas também naquilo, como em tantas outras coisas, falhara. Ele tinha levado o corpo de Keith para o cemitério em uma ecobag em que se lia (ironicamente) "Bolsa para toda a vida" e, quando não havia ninguém por perto, o enterrara ao lado do almirante.

Monica sempre parecia saber o que estava fazendo e para onde estava indo. Enquanto a maioria das pessoas passava a impressão de ser arrastada pelas vicissitudes da vida, Monica parecia no comando delas, ou mesmo lutando com elas, a cada passo do caminho. Ele a conhecia havia mais ou menos uma semana, mas era como se ela já o tivesse pegado, reorganizado tudo ao redor dele e o colocado de volta em uma realidade alterada, estranha, maravilhosa.

No entanto, por mais que Monica já tivesse tido um impacto enorme em sua vida, Julian tinha consciência de que mal a conhecia. Ele queria muito pintá-la, como se seus pincéis pudessem descobrir as verdades por baixo da barreira protetora que ela parecia ter erguido em torno de si mesma. E havia quase quinze anos Julian não sentia vontade de pintar ninguém.

Quantas vezes nos últimos anos ele andara por aquela rua, impressionado com todas as pessoas que passavam rapidamente, imaginando para onde estavam indo e o que estavam fazendo, enquanto ele apenas continuava a colocar um pé na frente do outro, sem nenhuma razão em particular além do medo de que, se não o fizesse, se imobilizaria completamente? Mas naquele dia ele era uma daquelas pessoas: alguém com um lugar para onde ir.

Julian começou a cantarolar, fazendo com que algumas pessoas se virassem e sorrissem para ele. Como não estava acostumado a provocar essa reação, ele as encarou com desconfiança, fazendo as mesmas pessoas retomarem seu ritmo acelerado. Na loja de artes, pegou vinte folhas grandes de papel especial e levou até o caixa. Não havia nada mais emocionante, pensou, nem tão aterrorizante quanto uma folha de papel em branco.

— Estou comprando materiais para a aula de artes que vou dar — disse ele ao caixa.

— Ãhã — foi a resposta. O homem não era o que se poderia chamar de um conversador.

— Fico me perguntando se surgirá algum Picasso na aula desta noite — Julian voltou a falar.

— Dinheiro ou cartão? — perguntou o caixa. Um broche na lapela exibia cinco estrelas por atendimento ao cliente. Julian se perguntou como seriam os caixas com apenas uma estrela.

Próxima parada: objetos cênicos.

Julian parou na loja da esquina, onde grandes cestas de frutas e legumes se derramavam na direção da rua. Uma tigela de frutas, talvez? Não. Maçante e clichê. Até uma aula para iniciantes poderia ser mais desafiadora que isso, certo? Então foi atingido pelo cheiro da peixaria como se tivesse levado um tapa na cara com um arenque defumado. Julian olhou para a vitrine e lá estava: exatamente o que precisava.

Monica

Monica checou o grande relógio na parede do café. Dois minutos para as sete. A maior parte dos alunos já estava ali, turbinando a criatividade com taças de vinho tinto. Ela ofereceu a primeira taça por conta da casa, como um incentivo a mais para que as pessoas se inscrevessem. Encontrar alunos tinha sido quase um pesadelo. Monica precisara cobrar alguns favores. Havia persuadido alguns de seus fornecedores a se inscreverem, assim como o namorado de Benji, Baz. Chegara até a flertar com o limpador de janelas para preencher a última vaga, enquanto pedia desculpas à memória de Emmeline Pankhurst pelo que estava fazendo. A necessidade obrigava. Agora, incluindo ela, havia dez alunos. Um número respeitável. Se Benji conseguisse vender taças adicionais de vinho e outras bebidas em número suficiente, ela poderia (depois de pagar Julian e Benji e de comprar o material) sair dali sem prejuízo, apesar de ter reduzido o preço da primeira aula para dez libras. Monica checou o relógio novamente. Esperava sinceramente que Julian não tivesse perdido a coragem.

Havia um burburinho na sala, enquanto os alunos competiam para dizer um ao outro como eram artisticamente sem talento. Então a porta se abriu e todos ficaram em silêncio. Monica dissera a eles que Julian era um pouco *excêntrico*. Ela também havia enfeitado um tantinho o currículo dele. Tinha certeza de que na verdade ele não havia pintado o retrato da rainha. Mas nada poderia preparar a turma para a entrada de Julian. Ele parou na porta usando um amplo guarda-pó de pintor, uma echarpe de estampa extravagante, um chapéu fedora bordô e *tamancos*.

Julian fez uma pausa, como se quisesse que a turma o degustasse. Então enfiou a mão sob o guarda-pó e, com um floreio, tirou uma lagosta grande dali de dentro. Baz engasgou, cuspindo vinho tinto por toda a mesa dez e na camiseta Superdry novinha de Benji.

— Turma! — disse Julian, com uma inclinação breve mas teatral. — Este é o tema de hoje.

— Cristo! — murmurou Baz. — Ainda está *vivo*?

— Ele é bem velho, mas ainda não morreu — replicou Benji.

— Eu estava me referindo ao bicho. À lagosta, obviamente — disse Baz, revirando os olhos.

— Não seja parvo. Está vermelha, o que significa que foi cozida.

— O que é isso? Algum tipo de peixe? — perguntou Baz.

— Não, o peixe é pargo — explicou Benji.

— Ih, achei que fosse o nome de um artista — respondeu Baz, agora totalmente confuso.

Benji e Baz estavam sentados na mesma poltrona, já que não havia cadeiras suficientes para todos. Baz estava no assento e Benji empoleirado em um dos braços. Os dois tinham vinte e poucos anos e nomes que combinavam de forma lírica e aliterativa, mas fisicamente eram opostos completos. Benji era um escocês ruivo que, em um dia de cabelo ruim e vento frontal, parecia com um Tintin que crescera até alcançar um metro e oitenta. Baz, de origem chinesa, era baixo, moreno e rijo. Os pais de Baz administravam o restaurante chinês na frente da estação Fulham Broadway, que havia sido aberto pelos avós. E as três gerações moravam no apartamento acima da loja. A avó de Baz estava sempre em busca uma boa moça para o único neto, que um dia assumiria a cozinha movimentada.

Monica tinha arrumado as mesas menores em um círculo, com uma mesa maior no meio. Julian colocou a lagosta cerimoniosamente em um prato posicionado no centro da mesa, então distribuiu o papel de desenho, as placas de madeira e uma seleção de lápis e borrachas.

— Meu nome — falou ele — é Julian Jessop. E este lindo crustáceo se chama Larry. Ele deu a vida para que vocês pudessem se inspirar. Não permitam que sua morte tenha sido em vão. — Seu olhar percorreu toda a turma boquiaberta. — Vamos desenhá-lo. Não importa se vocês têm alguma experiência ou não, apenas tentem. Vou andar ao redor e ajudar. Esta semana vamos nos ater ao lápis. Desenhar, vocês entendem, é para a arte o que a gramática é para a literatura.

Monica se sentiu um pouco mais confortável. Adorava gramática.

— Na próxima semana podemos passar para carvão ou pastel e, mais adiante, aquarela. — Julian agitou o braço de forma extravagante, fazendo a manga do guarda-pó ondular como a asa de um albatroz gigante. A folha de papel de Monica voou de cima da mesa como resultado do movimento do professor. — Podem começar! Sejam ousados! Sejam corajosos! Mas, acima de tudo, sejam vocês mesmos!

Monica não conseguia se lembrar da última vez que duas horas tinham passado tão rápido. Julian se deslocava silenciosamente ao redor do círculo de alunos, inclinando-se de tempos em tempos para incentivar, elogiar, ajustar o tom de uma sombra, enquanto os alunos tentavam com valentia reproduzir no papel a criatura de aparência pré-histórica. Monica se sentiu relativamente feliz com as proporções de Larry; ela o medira da maneira mais precisa possível, usando a técnica que Julian havia ensinado de levantar o lápis e fechar um dos olhos. E não pôde deixar de pensar que uma régua seria mais exata e eficiente. Mas tinha plena consciência de como sua lagosta parecia terrivelmente bidimensional, como se tivesse sido esmagada por um objeto pesado jogado de uma grande altura. Ela sentiu Julian atrás de sua cadeira. Ele passou o braço ao redor dela, lápis na mão, e esboçou habilmente uma garra de lagosta no canto da folha. Em apenas alguns gestos, Julian criou algo que parecia saltar do papel.

— Pronto. Está vendo? — perguntou.

Sim, ela podia ver a diferença, mas conseguiria recriá-la? Não havia a menor chance.

Algumas vezes o silêncio era quebrado pelo toque de um celular e pelos bipes de alerta de mensagens, Twitter e Snapchat. Julian tinha feito uma varredura pela sala, recolhendo todos os celulares em seu fedora, ignorando os gemidos e protestos, e os aparelhos foram prontamente banidos para trás do bar. Monica se deu conta de que era a primeira vez em anos que passava duas horas sem checar o celular, a não ser quando estava dormindo ou sem sinal. Aquilo era estranhamente libertador. Às nove da noite em ponto, Julian bateu palmas, o que provocou um sobressalto em metade da turma — que estava profundamente concentrada.

— Senhoras e senhores, por esta semana é só! Foi um ótimo começo. Parabéns a todos! Não se esqueçam de assinar e datar seus desenhos, então podem trazê-los até aqui para que todos possamos ver.

A turma se adiantou, com certa relutância, segurando os esboços, que — apesar de todos terem desenhado exatamente a mesma lagosta — eram muito diferentes entre si. Julian conseguiu encontrar algo positivo a dizer sobre cada desenho, destacando composições incomuns, fazendo observações interessantes sobre a luz ou sobre formas agradáveis. Por mais que Monica admirasse sua sensibilidade um tanto inesperada, ela na verdade só queria saber uma coisa: *Havia ganhado?*

— Agora — disse Julian, voltando-se para Monica —, o que vamos fazer com Larry?

— Humm... comer? — ela respondeu.

— Exatamente o que eu estava pensando! Certo, precisamos de pratos, guardanapos... Algum pão sobrando? Queijo? Um pouco de salada, talvez?

Monica dificilmente se atreveria a responder que não quis dizer que deveriam fazer aquilo *imediatamente*. Santo Deus, aquilo estava se transformando em um *jantar festivo*. Sem um pingo de planejamento ou preparação. Certamente não poderia terminar bem.

Benji e Baz entravam e saíam da pequena cozinha com pratos, um par de baguetes que sobrara da hora do almoço, meio brie muito maturado, alguns ingredientes para uma salada e um pote enorme de maionese. Julian parecia ter tirado uma garrafa de champanhe de algum lugar. Será que estava escondida ao lado de Larry, debaixo do guarda-pó? O que mais ele poderia ter enfiado ali? Monica estremeceu.

Em pouco tempo, apesar do seu ceticismo inicial, Monica descobriu que estava se envolvendo. Ela tentou não pensar em sua margem de lucro, que diminuía rapidamente, e pegou algumas velas em seu apartamento, acima do café. Em breve havia uma festa em andamento.

Monica olhou para Julian, que estava recostado na cadeira, contando histórias sobre os anos 60.

— Marianne Faithfull? Muito divertida! O rosto de um anjo, obviamente, mas ela sabia mais piadas sujas do que um colegial sedento por sexo — ela o ouviu dizer.

Sob a luz suave das velas e com o rosto animado, por um momento Julian se pareceu exatamente com seu retrato na National Gallery.

— Como era Fulham naquela época, Julian? — perguntou Monica.

— Minha cara, era como o Oeste Selvagem! Eu estava bem no limite com Chelsea, e muitos dos meus amigos se recusavam a se aventurar mais além. Era muito sujo, industrial e pobre. Meus pais ficaram horrorizados e nunca vieram nos visitar. Eles só frequentavam Mayfair, Kensington e os condados ao redor de Londres. Mas nós amávamos este lugar. Todos tomávamos conta uns dos outros. Ao Larry! — brindou ele, erguendo a taça de champanhe. — E, é claro, à Monica! — acrescentou, olhando para ela e sorrindo. — Falando nisso, deixem todos dez libras no chapéu pelo jantar. Não queremos tirar do bolso dela!

E, com isso, Monica sorriu também.

Hazard

Andy colocou um prato grande de peixe em cima da mesa.

— Nossa, que delícia! — disse o recém-chegado, com um sotaque que Hazard imaginou que tivesse sido plantado por uma babá de Norland, moldado em uma escola preparatória no interior da Inglaterra e se sofisticado na bagunça dos escritórios. Ele parecia desconfortável e deslocado na calça de algodão e camisa social sob medida que usava. Pelo menos a camisa era de manga curta. Hazard se propôs o desafio de colocá-lo em um sarongue antes que a semana terminasse.

Hazard já havia feito alguns avanços. Ele sabia que o recém-chegado de cabelos bagunçados, a voz que mais parecia um zurro, mas muito alegre e camarada, se chamava Roderick e era filho de Daphne. Até onde Hazard sabia, o rapaz estava totalmente alheio ao espetacular caso de amor da mãe com Rita. Ele comentou com Hazard que havia desistido de esperar Daphne voltar para o Reino Unido e decidira visitá-la por algumas semanas. Não conseguia entender por que ela insistia em ficar longe tanto tempo, mas, se aquele lugar a estava ajudando a enfrentar o luto pela perda do amado pai dele, então só podia ser um bom lugar. Hazard assentira muito sério, sem mencionar que não vira o menor sinal de luto na viúva alegre.

— Onde você mora, Roderick? — ele perguntou, enquanto se servia de arroz e peixe.

— Em Battersea! — respondeu o outro. — Sou corretor de imóveis!

Roderick bradava cada palavra com tanta energia e entusiasmo que Hazard não conseguia imaginá-lo deprimido ou chateado. Ele manteria Monica sempre animada, certo? Hazard tinha simpatia por corretores de imóveis, que, com investidores do mercado financeiro, eram as pessoas mais odiadas do país. Monica não lhe parecia ter a mente tão estreita a ponto de descartar uma profissão inteira, e aquilo significava ao menos que Roderick devia ter uma situação financeira confortável e ser dono do próprio imóvel. Battersea era outro bônus. Apenas um pouco acima de Fulham, subindo o rio.

— Sua mulher não veio com você? — perguntou Hazard, tentando soar casual.

— Sou divorciado — respondeu Roderick enquanto puxava espinhas de peixe pela lateral da boca, revelando, de relance, níveis aceitáveis de higiene bucal. Ele pousou as espinhas ordenadamente ao lado do prato. — Mas foi tudo muito amigável. Um amor de garota. Fomos namorados de infância. Só não combinávamos mais. Sabe como é.

Hazard assentiu com uma expressão de empatia, apesar de não ter como se identificar, já que nunca tivera um relacionamento por mais de alguns meses.

— O divórcio fez você desistir de vez do casamento? Acha que se casaria de novo?

— Nossa, claro, em um piscar de olhos. É a melhor instituição do mundo. — Sua expressão se suavizou quando ele olhou para Daphne, sem parecer notar a mão da mãe apoiada no joelho de Rita enquanto ela sussurrava no ouvido da parceira. — Meus pais foram absurdamente felizes, sabe? Foram casados por mais de quarenta anos. Espero que a mamãe não esteja se sentindo muito sozinha. — Ele pareceu melancólico por um momento, mas logo se recompôs. — Eu não me saio muito bem sozinho, para ser sincero. Preciso de alguém para me manter na linha, sem mencionar preparar a comida. Ha, ha! Só preciso encontrar uma mulher tola o suficiente para me aceitar!

Hazard pensou na história de Monica no caderno: *Tento não ser exigente demais, tento ignorar o fato de que eles não leram Dickens, têm unhas sujas ou falam com a boca cheia.*

— Trouxe algum livro com você, por acaso? Não tenho mais quase nada para ler. E adoraria ler Dickens — comentou Hazard, cruzando os dedos debaixo da mesa.

— Só no Kindle, infelizmente, e não leio nada de Dickens desde a escola.

Servia. Hazard sorriu para si mesmo. Depois de várias semanas interrogando cada homem próximo da idade certa, sem sucesso, parecia que ele finalmente tinha encontrado alguém que preenchia os requisitos.

Hazard percebeu, enquanto conversava em tom brincalhão com o recém-escolhido Romeu, que se sentia um pouco triste. Sem objetivo. Sua busca por um par para uma mulher com quem mal tinha trocado uma palavra talvez tivesse sido um pouco estranha, mas pelo menos tinha afastado sua mente dos próprios problemas. O que ele ia fazer agora?

Monica e Roderick. Roderick e Monica. Hazard imaginou Monica olhando para ele novamente, dessa vez com uma expressão da mais profunda gratidão, onde antes havia desprezo. Agora, como ele organizaria o encontro de seus dois amantes predestinados, estando do outro lado do mundo? O caderno — essa era a resposta. Ele precisava encontrar uma maneira de plantar o caderno na bagagem de Roderick. O caderno o levaria até ela.

Hazard estava prestes a voltar ao seu bangalô para recuperar o caderno quando se lembrou do último teste, o mais importante de todos.

— Você e sua mulher tiveram filhos? — perguntou a Roderick.

— Uma filha. Cecily — respondeu o outro, com um sorriso tolo no rosto, logo pegando uma foto na carteira.

Como se Hazard se importasse em ver a garota. Só o que lhe importava era a resposta para a próxima pergunta.

— Gostaria de ter mais filhos um dia? Se encontrasse a mulher certa?

— Sem chance, meu velho. Passei a faca. A mulher insistiu, disse que não passaria por tudo aquilo de novo. Sabe como é... gravidez, fraldas, noites sem dormir. — Hazard não sabia. Nem queria saber, ao menos não por enquanto. — Esse era um dos motivos das nossas brigas. O começo do fim, e eu só queria que ela fosse feliz. Além do mais, era isso ou nada de ação no quarto. Ha, ha!

— Ha, ha — ecoou Hazard, gemendo por dentro.

Porque, com aquilo, todos os seus planos bem organizados tinham ido por água abaixo, assim como a contagem de esperma de Roderick. A questão da reprodução era um item inegociável para Monica. Ele teve que riscar Roderick da lista e começar de novo.

Muitas vezes nas semanas seguintes, Hazard pensou em desistir do seu jogo de Cupido. Parecia tão improvável que o homem certo aparecesse naquela pequena praia, naquela pequena ilha. Mas, como costuma acontecer, assim que decidiu parar de tentar, como se o universo estivesse flertando com o acaso, a solução perfeita caiu no colo dele.

Julian

Julian não conseguia acreditar em como sua vida tinha mudado desde que deixara o caderno no Monica's cinco semanas antes. Ele não sabia ao certo o que tinha imaginado que aconteceria quando pôs o Projeto Autenticidade em andamento, mas certamente não esperava terminar com um trabalho e um grupo de pessoas a caminho de se tornar seus amigos.

Julian tinha ido até a lápide do almirante na sexta-feira, como sempre, com sua garrafa de Baileys e, quando já se aproximava, pensou que sua mente estivesse lhe pregando peças. Não era incomum que passado e presente colidissem em sua cabeça, por isso não ficou totalmente surpreso ao ver dois de seus amigos esperando por ele, com copos e uma garrafa de vinho na mão. Mas daquela vez não era uma lembrança, eram Benji e Baz (bons garotos). Monica provavelmente comentara com eles onde encontrá-lo.

Julian reparou que tinha uma leve vivacidade no andar, enquanto antes parecia arrastar os pés. Onde estaria agora, se perguntava, aquele caderninho que causara tamanha transformação? Será que o projeto havia sido interrompido tão cedo, ou estava em algum lugar do mundo, tecendo novos encantamentos?

Naquela noite acontecera a terceira aula de artes. A notícia se espalhara e agora eram quinze alunos — o fato de Monica ter colocado alguns dos melhores esboços de Larry no quadro de recados do café também ajudara. O jantar casual, mas animado, após a aula (ainda no valor de dez libras, depositadas no chapéu) tinha se mostrado tão interessante quanto a própria turma. Naquela noite, Julian levara chinelos de veludo, um livro encadernado em couro e um cachimbo velho que tinha em casa, os quais arrumou artisticamente sobre uma faixa de tecido estampado em cima da mesa no centro. Tendo já abordado a importância do tom, usando lápis e carvão, ele levara caixas de pastéis para a primeira incursão da turma nas cores e mostrara algumas técnicas simples.

Julian estava passando ao redor alguns exemplos de pastéis de Degas, para inspiração, quando ouviu um chacoalhar atrás de si. Ele se virou e viu uma pessoa girando a maçaneta da porta, tentando entrar. Monica afastou a cadeira e foi abrir.

— Sinto muito, estamos fechados — Julian a ouviu dizer. — É uma aula de artes particular. Não é tarde demais para participar, se tiver quinze libras e espírito esportivo.

Quando Monica voltou ao grupo com um rapaz a reboque, ficou óbvio para Julian por que ele não fora mandado embora. Aquele não era o tipo de homem acostumado a ser dispensado, pensou Julian. Mesmo com seu olhar crítico para simetria facial e estrutura óssea, ele teve que admitir que o recém-chegado era lindo. Pele marrom e olhos castanhos muito escuros, e um amontoado de cachos rebeldes de um loiro improvável. E, como se aquilo não fosse encantador o suficiente, ele se virou para cumprimentar o grupo com um "Tudo bem, pessoal? Sou o Riley", com um sotaque australiano que levou a praia para dentro do café.

Monica pegou uma folha de papel extra, colocou na mesa dela, puxou uma cadeira adicional e afastou suas coisas para abrir espaço.

— Basta dar o seu melhor, Riley — ele a ouviu explicar. — A não ser pelo Julian, somos todos amadores, por isso não fique tímido. A propósito, eu sou a Monica.

Todos no círculo se apresentaram, um de cada vez, terminando com Julian, que anunciou seu nome com uma inclinação teatral do corpo e um floreio do chapéu-panamá que ele escolhera naquela manhã para combinar com o terno de linho creme, fazendo com que três celulares caíssem. Com um movimento de braço, ele se transformou de fazendeiro em batedor de carteiras.

Julian já tinha percebido que cada novo participante da turma mudava a dinâmica e o humor de todo o grupo, como se uma nova cor fosse misturada à paleta. Riley acrescentou amarelo. Não o amarelo pálido de uma prímula, o profundo do cádmio ou um ocre escuro, mas o amarelo brilhante e quente do sol. Todos pareceram um pouco mais quentes, mais animados. Sophie e Caroline, as mães de meia-idade que sempre se sentavam juntas, compartilhando fofocas dos portões da escola enquanto trabalhavam, se inclinaram na direção do rapaz como narcisos em busca da luz. Baz pareceu muito impressionado, e Benji um pouco ciumento. O próprio Riley parecia absolutamente inconsciente do efeito que provocava, da mesma maneira que um seixo não vê as ondulações que causa no lago. Ele franziu a testa em concentração diante do papel preto vazio à sua frente.

Sophie sussurrou algo para Caroline enquanto indicava Riley com um movimento de cabeça. Caroline começou a rir.

— Pare! — disse ela. — Por favor, não me faça rir. Depois de três filhos, meu assoalho pélvico não aguenta.

— Eu não tenho ideia do que é *assoalho pélvico* — comentou Julian —, mas da próxima vez, por favor, deixe-o em casa e não permita que perturbe a minha aula de artes.

Isso as faria sossegar, pensou ele, e ficou um pouco irritado quando Sophie e Caroline riram ainda mais.

Julian começou seu circuito habitual pela sala, dizendo uma palavra de encorajamento aqui, acrescentando um pouco de cor ali, uma correção rápida de proporção ou perspectiva. Quando chegou a Monica, Julian sorriu. Monica era uma das alunas mais esforçadas. Ela escutava com atenção e estava realmente interessada em acertar. Mas naquele dia, pela primeira vez, Monica estava desenhando com o coração, não apenas com a cabeça. Seus movimentos eram mais leves, mais instintivos. Quando a viu rindo e brincando com Riley, Julian soube o que tinha feito a diferença: ela parara de se esforçar demais.

Julian se perguntou, por um momento, se estaria testemunhando o início de um romance. Um grande caso de amor, talvez, ou apenas um breve interlúdio. Mas não. Um dos benefícios de ser um *artista* é que se passa tanto tempo observando as pessoas, vendo não apenas todos os tons e contornos de seu rosto, mas também o que há em sua alma. Isso dá uma percepção quase sobrenatural. Ainda mais quando se tem a idade de Julian, essa percepção garante a capacidade de ler as pessoas e saber como elas vão reagir. Julian percebera que Monica era muito independente, muito motivada e concentrada para se distrair com um rosto bonito. Tinha ambições mais elevadas que casamento e bebês. Essa era uma das coisas que ele mais admirava nela. Mesmo em seu auge, Julian não teria abordado Monica romanticamente. Ela o teria aterrorizado. Riley estaria desperdiçando seu tempo, apostava o velho artista.

Monica

O chacoalhar da maçaneta irritou Monica. Ela estava profundamente concentrada, tentando recriar o tom certo de vinho para os chinelos em sua folha. Monica se levantou para mandar o visitante indesejado embora, mas quando abriu a porta deu de cara com um homem com um sorriso tão impressionante que se pegou levando-o para o círculo de alunos. Ao lado dela.

Monica não era muito boa com estranhos. Costumava ficar preocupada demais em causar a impressão certa e não conseguia relaxar. Nunca se esquecera do que lhe haviam dito antes de sua primeira grande entrevista de emprego: noventa por cento da opinião que as pessoas têm de você é formada nos primeiros dois minutos. Mas Riley era o tipo de homem que jamais poderia ser visto como um estranho. Ele pareceu se encaixar no grupo como o ingrediente final em uma receita. Será que se encaixava assim em todos os lugares aonde ia? Que talento extraordinário. Monica sempre tivera que abrir caminho à força para se encaixar em qualquer grupo, a cotoveladas, ou acabava ficando de fora, tendo que esticar o pescoço para olhar.

— Há quanto tempo você está em Londres, Riley? — perguntou.

— Desembarquei anteontem. Saí de Perth há dez dias e fiz algumas paradas no caminho. Vou me hospedar com amigos dos meus amigos, em Earl's Court.

O jeito de Riley era agradável e relaxado, um contraste com a rigidez da maioria dos londrinos. Ele tirou os sapatos e estava balançando um dos pés bronzeados para a frente e para trás. Monica se perguntou se ainda haveria grãos de areia entre os dedos de seus pés. Ela lutou contra o desejo de deixar cair um lápis só para ter uma desculpa para se enfiar debaixo da mesa e dar uma olhada. *Pare com isso, Monica*, se repreendeu e se lembrou de uma das frases favoritas da mãe: *Uma mulher precisa de um homem como um peixe precisa de uma bicicleta*. Mas às vezes as coisas eram tão contraditórias. Como é que aquela frase se encaixava com *Não deixe ficar tarde demais para ter uma família, Monica. Nada traz mais alegria que a família*? Até mesmo Emmeline Pankhurst tinha marido e filhos — cinco deles. Viver do jeito certo não era fácil.

— Já conhecia Londres? — ela perguntou a Riley.

— Não. Na verdade esta é a minha primeira vez na Europa — respondeu ele.

— Amanhã vou ao Borough Market fazer compras para o café. Quer ir junto? É uma das minhas partes favoritas de Londres — comentou Monica, quase antes de saber o que estava fazendo. De onde aquilo tinha saído?

— Eu adoraria — ele respondeu, com um sorriso que parecia totalmente genuíno. — A que horas você vai? Não tenho nada programado.

Como alguém podia não ter planos? E ele nem perguntou o que ou onde era o Borough Market. Monica nunca concordaria com uma coisa dessas sem o devido planejamento. Mas estava muito feliz por ele não ser assim.

— Por que você não me encontra aqui por volta das dez? Depois da agitação do início da manhã.

Monica havia acrescentado um suéter vermelho, botas sem salto, argolas grandes nas orelhas e um batom vermelho ousado à sua roupa de trabalho — camisa branca impecável e calça preta. Ela se forçou a pensar que aquilo era só uma *saída a trabalho* e não um encontro. Riley queria conhecer melhor Londres, e ela precisava de ajuda para carregar as sacolas de compras. Se *fosse* um encontro, ela teria passado dias angustiada sobre o que vestir, teria treinado algumas frases espirituosas para serem jogadas casualmente na conversa e procurado pontos de encontro alternativos, para o caso de alguma mudança inesperada nos planos. Organização é a chave para a espontaneidade eficaz. Não que nada disso tivesse funcionado até agora, pensou Monica, lembrando-se de Duncan, o vegano amante de abelhas. Ela insistiu nessa lembrança, como se checasse um dente dolorido, para ver se ainda doía. Nada além de uma dor surda. *Muito bem, Monica.*

Riley se atrasara. Ela sabia que havia dito *por volta* das dez (estava tentando parecer descontraída e casual), mas obviamente queria dizer dez. Não 10h32. Porém ficar irritada com Riley era como chutar um filhotinho. Ele era tão cheio de vida e entusiasmado com tudo, tão diferente dela mesma, que acabava achando-o intrigante, embora um pouco cansativo. Riley também era lindo de morrer, pensou, e logo se repreendeu por ser tão superficial. A objetificação sexual não era uma boa coisa, em circunstância nenhuma.

— Gostaria que meus irmãos e irmãs pudessem ver tudo isso — disse Riley enquanto andavam pelos estandes. As várias culturas e influências que compunham o caldeirão que era Londres se chocavam ali, invadindo os sentidos e competindo pelos clientes.

— Eu gostaria de *ter* irmãos e irmãs — comentou Monica. — Sou filha única e temporã.

— Você tinha um amigo imaginário? — perguntou Riley.

— Não, na verdade não. Isso mostra uma terrível falta de imaginação? Mas dei nomes a todos os meus ursinhos de pelúcia e fazia chamada antes de dormir. — Ah, Deus, será que estava compartilhando demais? *Definitivamente* estava compartilhando demais.

— Eu passava todo o meu tempo livre em Trigg Beach, surfando com meus irmãos mais velhos. Eles me levavam desde que eu era tão pequeno que nem conseguia carregar a minha própria prancha — contou Riley. Eles se juntaram à fila para comprar sanduíches de carne de porco desfiada. — Adoro comida de rua, de comer com a mão. E você? — perguntou ele. — Afinal quem foi que inventou garfo e faca? Que estraga-prazeres!

— Na verdade, sendo bem honesta, comida de rua me deixa um pouco nervosa — disse Monica. — Tenho certeza de que eles não recebem muitas visitas da vigilância sanitária, e *nenhuma* dessas barracas exibe uma certificação de segurança alimentar.

— Tenho certeza de que é tudo perfeitamente seguro — disse Riley.

Monica achava o otimismo dele uma graça, mas o considerava perigosamente ingênuo, por mais fofo que fosse.

— Será que é mesmo? Olhe a moça que está servindo. Ela não está de luvas, apesar de estar cozinhando *e* lidando com dinheiro, que é uma cama quentinha para bactérias.

Monica sabia que devia parecer um pouco obsessiva. Era provável, na verdade quase certo, que Riley tivesse muito menos interesse do que ela em segurança alimentar. E também se viu corando por ter usado as palavras "cama" e "quentinha" uma ao lado da outra. *Controle-se, Monica.*

Depois de algum tempo, porém, para sua surpresa, Monica percebeu que estava gostando de ser o tipo de mulher que comia com a mão, na rua, com um homem lindo que ela mal conhecia. Estava sendo definitivamente impulsiva. O mundo de repente parecia muito maior e mais cheio de possibilidades do que momentos antes. Eles passaram para uma barraca que vendia churros mexicanos, ainda quentes, cobertos de açúcar e mergulhados em chocolate derretido.

Riley passou o polegar com gentileza no canto da boca de Monica.

— Escapou um pouquinho de chocolate — disse ele.

Ela sentiu um desejo muito mais intenso do que o que o açúcar havia provocado. E repassou rapidamente sua lista mental de todas as razões pelas quais as visões sem dúvida ardentes, mas totalmente indesejáveis, que forçavam caminho em sua cabeça nunca se tornariam realidade:

O PEQUENO CADERNO DAS COISAS NÃO DITAS

1. Riley estava apenas de passagem. Não havia sentido em se envolver.
2. Riley tinha só trinta anos, sete anos mais novo que ela. E ele parecia ainda mais jovem, um menino perdido na Terra do Nunca.
3. Ele nunca se interessaria por ela. Monica sabia mais ou menos onde se encaixava na hierarquia da atratividade. Riley, com sua beleza exótica (pai australiano, mãe balinesa, ela descobrira), estava *muito* fora de sua alçada.

— É melhor voltarmos — disse ela, ciente de que, se um feitiço havia sido lançado, ela o estava quebrando.

— Seus pais também são apaixonados por comida, Monica? Foi deles que você herdou o gosto pela gastronomia? — perguntou Riley quando passavam por um estande cheio de cestas de azeitonas em todos os tons de verde e preto.

— Na verdade, a minha mãe já morreu — respondeu Monica.

Por que havia contado aquilo a ele? Era de imaginar que ela já soubesse que aquele assunto acabava rapidamente com o ânimo da conversa. Monica voltou a falar então, em um fluxo rápido de palavras, para evitar uma pausa que Riley sentiria a necessidade de preencher.

— Nossa casa era cheia de comidas semiprontas. Purê de batata instantâneo, pó para panquecas e, nas ocasiões especiais, frango a kiev congelado. Minha mãe era uma feminista ardorosa, sabe? Achava que cozinhar alguma coisa do zero seria se render ao patriarcado. Quando a minha escola anunciou que as meninas fariam economia doméstica enquanto os meninos teriam aula de marcenaria, ela ameaçou se algemar ao portão da escola, a menos que eu tivesse permissão de escolher entre as duas aulas. Eu tinha tanta inveja das minhas amigas, que levavam para casa lindos bolos decorados, enquanto eu me esforçava para construir uma casa de passarinho que não parava em pé.

Monica conseguia se lembrar vividamente de gritar com a mãe: *Você não é Emmeline Pankhurst! É só a minha mãe!*

A mãe respondera em um tom que era puro aço: *Somos todas Emmeline Pankhurst, Monica. Caso contrário, de que adiantou tudo aquilo?*

— Aposto que a sua mãe ficaria muito orgulhosa de você agora, Monica. É dona do seu próprio negócio — comentou Riley.

Ele acertou tanto no que dizer que Monica sentiu um nó na garganta. *Ah, Deus, por favor não chore.* Ela incorporou a Madonna novamente. Madge nunca, jamais se permitiria chorar em público.

— Sim, acho que ficaria mesmo. Na verdade, essa foi uma das principais razões pelas quais eu abri o café — disse ela, conseguindo manter a voz firme. — Porque eu sabia quanto ela teria adorado.

— Sinto muito pela sua mãe — falou Riley e passou o braço ao redor do ombro dela, em um movimento meio desajeitado, porque estava carregando grande parte das compras.

— Obrigada — disse Monica. — Foi há muito tempo. Mas eu nunca consegui entender *por que ela.* A minha mãe era ativa, tão intensa e cheia de vida. Era de imaginar que o câncer escolheria um alvo mais fácil. Ela odiava quando as pessoas falavam sobre "lutar contra" ou "combater" a doença. Dizia: *Como se espera que eu lute contra algo que nem consigo ver? Não é uma briga justa, Monica.*

Eles andavam a passos sincronizados e em um silêncio um pouco tenso, então Monica trouxe a conversa de volta à precificação, o que a fez se sentir muito mais confortável.

— Não sei se vou conseguir lidar com esse clima por muito tempo. O que eu estava pensando ao vir para a Inglaterra em *novembro*? Nunca estive em um lugar tão frio — comentou Riley enquanto eles atravessavam a Ponte de Londres, de volta ao lado norte do rio. — Eu só tinha espaço para coisas leves na minha mochila, então tive que comprar este sobretudo antes que acabasse congelando até a morte.

O sotaque australiano transformava cada afirmação em uma pergunta. O vento forte fazia os cabelos longos e escuros de Monica baterem com força no rosto.

O PEQUENO CADERNO DAS COISAS NÃO DITAS

Eles pararam por um minuto no meio da ponte, para que Monica pudesse mostrar a Riley alguns dos pontos turísticos da cidade que se viam ao longo do Tâmisa — a Catedral de St. Paul, o HMS *Belfast* e a Torre de Londres. Enquanto ela falava, algo extraordinário aconteceu. Ainda com os braços cheios de sacolas e caixas de compras, Riley se inclinou na direção dela e *a beijou*. Simples assim. No meio de uma frase.

Certamente não se podia fazer aquilo, não é? Nos dias e na idade atuais, aquilo era totalmente inapropriado. Era preciso pedir *permissão*. Ou pelo menos aguardar um sinal. Ela estava falando — *A superstição diz que, se os corvos voarem para longe da Torre de Londres, a Coroa e o país cairão* — e tinha certeza de que aquela frase não poderia ser vista como um convite. Monica esperou que a sensação de indignação aparecesse. Em vez disso, se pegou retribuindo o beijo.

Fraqueza, teu nome é mulher!, pensou, seguido rapidamente por *Ah, que se dane!* Monica se agarrou desesperadamente a sua lista mental de razões pelas quais aquilo com certeza não era uma boa ideia. Então, quando Riley a beijou de novo, ela rasgou a lista ao meio, depois em pedacinhos, jogou os pedaços por cima da ponte e os viu flutuar como flocos de neve rio abaixo.

Obviamente Riley nunca seria uma escolha sensata a longo prazo. Era muito diferente dela, muito jovem, muito transitório, e Monica poderia apostar que ele nunca tinha lido Dickens. Mas talvez ela pudesse ter só um caso passageiro? Ver o que aconteceria. Ser espontânea. Talvez devesse experimentar ser aquela pessoa, como experimentaria uma roupa elegante, só para ver como ficava nela.

Riley

Riley passara várias horas de sua viagem até Heathrow fascinado pelo rastreador de voo na tela à sua frente, que mostrava um pequeno avião viajando pelo hemisfério Norte. Até a semana anterior, ele nunca havia cruzado a linha do equador. Era verdade que a água na Inglaterra girava na direção oposta em um ralo? Ele achava que não seria capaz de descobrir, já que nunca tinha reparado para que lado girava a água na Austrália, onde morava. Pelo amor de Deus, por que alguém prestaria atenção nisso?

Riley alcançou a mochila a seus pés para pegar o livro de Lee Child que estava lendo e acabou tirando um caderno verde. Não lhe pertencia, embora o fizesse lembrar do que costumava usar em casa para fazer anotações de projetos para o seu negócio de jardinagem. Por um momento ele se perguntou se teria pegado a mochila errada, mas logo viu que todo o restante era dele — passaporte, carteira, guias de viagem e um sanduíche de frango, carinhosamente embalado por Barbara. Ele se virou para a mulher de meia-idade de aparência simpática no assento ao lado.

— Isso é seu? — perguntou, achando que ela talvez tivesse confundido a mochila dele com a dela, mas a mulher sacudiu a cabeça.

Riley virou o caderno para olhar a capa. Leu *Projeto Autenticidade*. Ótimo nome. Havia algo realmente *britânico* nele. Falou as palavras em voz alta, experimentando. Sua língua pareceu dar um nó, como se ele tivesse um problema de fala. Riley abriu na primeira página. Ainda tinha oito horas de voo, poderia muito bem ver o que havia ali, já que o caderno parecia ter pegado carona em sua bagagem.

Riley leu a história de Julian e a de Monica. Julian parecia um personagem perfeito, exatamente como ele imaginava que devia ser um inglês. Monica precisava relaxar um pouco. Ela deveria ir morar na Austrália! Lá, em pouco tempo relaxaria e teria uma penca de crianças australianas correndo em volta de suas pernas e levando-a à loucura. Ele procurou por Fulham no guia *Londres de A a Z*, que ganhara de presente de despedida de um cliente. Ficava bem perto de Earl's Court, que era para onde estava indo. Que coincidência. Como era estranho pensar que nunca tinha visto aquelas pessoas, mas agora conhecia seus segredos mais profundos.

Ele virou para a página seguinte e não viu mais a letra elegante e arredondada de Monica, e sim um rabisco irregular, como se um inseto tivesse atravessado uma poça de tinta e então morrido.

Meu nome é Timothy Hazard Ford, mas, quando se tem um nome do meio como Hazard, ninguém vai chamá-lo de Timothy. Por isso, durante a maior parte da vida fui conhecido como Hazard Ford. Sim, já ouvi todas as piadas sobre meu nome parecer uma placa de rua. Hazard era o sobrenome do meu avô materno, e usá-lo como um dos meus nomes foi provavelmente a coisa mais anticonvencional que meus pais já fizeram. Desde então, a vida deles tem sido dominada pela pergunta: "O que os vizinhos vão pensar?"

Hazard. Riley sabia exatamente quem ele era. O ex-agente financeiro que tinha conhecido em sua última parada na Tailândia, o que se mostrara muito interessado na vida de Riley e em seus planos. Como o caderno de Hazard acabara em sua mochila? Como ele faria para devolver?

Você leu as histórias do Julian e da Monica. Não conheço o Julian, por isso não posso dar mais informações sobre ele, mas posso lhe falar um pouco sobre a Monica. Eu moro a poucos minutos a pé do café dela (que aliás fica na Fulham Road, 783, ao lado da Livraria Nomad. Você vai precisar dessa informação!), por isso passei por lá depois de ler a história dela.

Você vai precisar dessa informação? Com quem Hazard estava falando?, pensou Riley. Ele esperava descobrir.

Só entrei lá para devolver o caderno, mas não fiz isso. Acabei levando o caderno comigo para a Tailândia, para uma pequena ilha chamada Koh Panam.

Eu frequentei uma escola só para meninos, que aceitava meninas no sexto ano. Quando as alunas novas entravam no refeitório pela primeira vez, cada um de nós levantava um cartão de pontuação, dando uma nota a elas de zero a dez. Não estou brincando. Eu me sinto péssimo por isso agora, obviamente. De qualquer forma, se Monica entrasse naquele refeitório, eu lhe daria oito. Na verdade, eu era uma massa tão furiosa de hormônios e desejos não correspondidos que provavelmente teria aumentado para nove.

Ela está em boa forma, a Monica. É esbelta, com feições delicadas, nariz arrebitado e cabelos de um pônei de concurso. Mas tem uma intensidade que acho desconcertante, quase aterrorizante. A Monica me dá a sensação de que devo estar fazendo alguma coisa errada (o que provavelmente estou mesmo, para ser honesto). Ela é o tipo de pessoa que organiza todas as latas nos armários viradas para a frente e os livros nas prateleiras em ordem alfabética. E tem um ar de desespero que eu posso estar exagerando na minha imaginação porque li a história dela, mas que me dá vontade de fugir correndo. Ela também tem o hábito irritante de obstruir a passagem nas calçadas, mas essa é outra história.

O PEQUENO CADERNO DAS COISAS NÃO DITAS

Em resumo, a Monica não é o meu tipo. Mas espero que possa ser o seu, porque, como você pode ver, a garota realmente precisa de um bom homem, e espero que você seja um homem melhor do que eu.

Não sei se o plano da Monica para ajudar o Julian deu certo, mas tenho certeza de que não teria dado se eu tivesse deixado o assunto por conta dela. Ela colou um anúncio, bastante inadequado, na vitrine do café, procurando por um professor de artes. Mas não havia a menor possibilidade de o Julian reparar no anúncio. Então, dei uma mãozinha a ela. Peguei o folheto, fui até a papelaria mais próxima e fiz umas dez cópias, que colei por todo o Chelsea Studios. Achei até a lápide do almirante, que Julian mencionou, e colei um folheto lá. Quase perdi meu voo, vagando ao redor daquele maldito cemitério. Pensando agora, vejo que não estava sendo altruísta. Era atividade de deslocamento. Me concentrar na campanha da Monica me impediu de entrar em uma loja e comprar vodca para levar na viagem. Espero que todo o esforço tenha valido a pena.

Suponho que devo responder à pergunta do Julian: Qual é aquela única coisa que define você, que faz todo o resto a seu respeito se encaixar? Bem, não preciso pensar muito para descobrir: EU SOU UM DEPENDENTE QUÍMICO.

Nos últimos dez anos, praticamente todas as decisões que tomei — grandes ou pequenas — foram determinadas pelo meu vício. Isso definiu a minha escolha de amigos, a forma como passo o meu tempo livre, até a minha carreira. Negociar no mercado financeiro é, vamos ser honestos, apenas uma forma legitimada de jogo. Se você tivesse me conhecido em Londres, teria imaginado que eu tinha tudo resolvido — um trabalho insanamente bem pago, um apartamento incrível e lindas mulheres. Mas a realidade é que eu passava uma parte enorme de todos os dias só planejando meu próximo barato. Ficava apavorado com o menor lampejo de ansiedade, estresse ou tédio e corria para o banheiro com uma garrafinha de vodca ou um papelote de cocaína para aliviar a tensão.

Riley se perguntou por um momento se estaria lendo sobre um outro Hazard. O cara que ele conhecera era obcecado por saúde. Não bebia, não ficava acordado até tarde — estava na cama por volta das nove horas na maioria das noites e acordava bem cedo, *para meditar*. Riley tinha presumido que o cara era vegano (talvez por causa da barba hipster e do jeito que ele usava sarongues o tempo todo) até que o vira comendo peixe. Mas, pensou, qual era a probabilidade de o caderno de outra pessoa chamada Hazard ter ido parar na mochila dele? Zero.

Ele franziu a testa. Como podia ter se enganado tanto sobre Hazard? Todo mundo era tão complicado? Ele mesmo certamente não era. Será que conhecia alguém de verdade? Riley continuou a ler, ligeiramente desconfiado.

Eu já havia passado muito do ponto em que era divertido me drogar. O barato já não me entorpecia tanto e se tornou apenas o que eu precisava para chegar ao fim do dia. Minha vida foi ficando cada vez menor, preso nessa esteira miserável.

Há pouco tempo, encontrei uma foto minha com uns vinte anos e me dei conta de que tinha me perdido. Naquela época eu era gentil, otimista e corajoso. Eu viajava, procurava aventuras. Aprendi a tocar saxofone, a falar espanhol, a dançar salsa e a saltar de parapente. Não sei se é possível ser esse homem de novo ou se já é tarde demais.

Houve um momento, ontem, em que me peguei impressionado com a fosforescência no mar da China Meridional à noite, e isso me fez pensar que talvez eu possa redescobrir essa sensação de deslumbramento e alegria. Espero que sim. Acho que não consigo suportar a ideia de passar o resto da vida sem baratos.

E agora? Não posso voltar ao meu antigo emprego. Mesmo se eu conseguisse me enfiar de novo no meio dos velhos camaradas e trabalhar sóbrio no mercado financeiro, eu me queimei profissionalmente. Quando pedi demissão ao meu chefe (eu estava chapado, obviamente

— último barato, essas coisas), deixei escapar que na última festa do escritório eu tinha compartilhado um grama de cocaína com a mulher dele e trepado com ela na mesa diante da qual ele estava sentado naquele momento. Aí fiz uma piada infame sobre sair em grande estilo. É improvável que ele me dê boas referências.

Nesse ponto, Riley já estava com os olhos arregalados. Ele não achava que existissem pessoas como Hazard em Perth.

De qualquer forma, trabalhar no mercado financeiro consome a sua alma. Nunca se faz nada além de dinheiro. Não se deixa um legado. Não se muda o mundo de nenhuma maneira significativa. Mesmo se eu pudesse voltar para lá, não voltaria.
    Então, Riley. O que você vai fazer agora?

Riley arquejou ao ver seu nome escrito no caderno, fazendo a mulher ao seu lado o encarar com curiosidade. Ele sorriu para ela, se desculpando, e continuou a ler.

O Projeto Autenticidade não apareceu na sua mochila por acaso. Passei as últimas semanas procurando a pessoa certa a quem entregá-lo. Você está levando o caderno de Julian de volta para a mesma parte do mundo de onde o tirei. Eu imagino se você não seria o tipo certo de pessoa para ser amigo de Julian, ou amante de Monica. Ou ambos. Você vai até o café? Vai mudar a vida de alguém? Vai escrever a sua história?
    Espero um dia descobrir o que aconteceu, porque vou sentir falta deste caderno. Numa época em que eu estava flutuando sem rumo no espaço, ele me manteve preso à estação espacial.
    Boa viagem, Riley, e boa sorte.
    Hazard

* * *

Riley chegara a Londres havia dois dias, e ainda parecia surreal, como se estivesse vivendo em um programa de turismo. O apartamento dele em Earl's Court parecia estar no meio de um gigantesco canteiro de obras. Tudo ao seu redor estava sendo derrubado ou reconstruído. Aquilo provocava uma sensação de inquietude, como se ficar parado pudesse colocá-lo em risco de ser demolido e remodelado.

Às vezes Riley desejava nunca ter encontrado o Projeto Autenticidade. Ele não gostava de saber os segredos dos outros — parecia que estava bisbilhotando. No entanto, depois de ler as histórias deles, não tinha mais conseguido esquecer Julian, Monica e Hazard. Era como estar no meio de um romance, envolvido com os personagens, e então esquecer o livro no trem antes de chegar ao fim da história.

Riley não resistira a checar o café. Ele achou que poderia dar uma olhada em Monica, talvez em Julian também, ver se a realidade combinava com as imagens que não conseguia tirar da cabeça. Aquilo não causaria nenhum mal. O que não faria, prometeu a si mesmo, era *se envolver*. Mas, enquanto caminhava na direção do Monica's, sua expectativa fora aumentando a tal ponto que, quando chegou à porta, já tinha se esquecido da determinação de permanecer apenas um espectador e, ao ver todas as pessoas lá dentro, girou a maçaneta.

Antes que se desse conta do que tinha acontecido, Riley se viu entrando em uma aula de artes ministrada por *Julian*. E, agora, estava passeando por aquele mercado incrível com a *Monica*.

Monica era tão diferente das garotas alegres, divertidas e descomplicadas com quem Riley saía em Perth. Em um momento ela estava se abrindo sobre a morte da mãe e no instante seguinte se calava subitamente e começava a falar sobre a margem de lucro dos itens que estava comprando. Aquilo foi um tanto esclarecedor. Em seu negócio de jardinagem, ele determinava os preços fazendo uma estimativa por alto dos custos, depois chegava ao valor que achava que o cliente poderia pagar. Ele sempre tinha prejuízo no trabalho que fazia para a sra. Firth (que ficara viúva recentemente), mas cobrava o dobro do cliente mais abaixo na rua, que vivia de renda. Parecia o modo mais justo de trabalhar.

Riley achou melhor não sugerir isso para Monica, já que a abordagem dela em relação aos preços que cobrava era bem *científica*. Monica murmurou alguma coisa sobre porcentagens, despesas gerais e descontos por volume, calculando tudo de cabeça e fazendo anotações em um caderninho que tinha no bolso.

Tentar se aproximar de Monica era como brincar de estátua — era preciso ir avançando aos poucos, sempre que ela não estava olhando, e ainda assim se ver mandado de volta ao começo cada vez que ela o pegava se movendo. Mas, em vez de desanimá-lo, isso só fazia Riley querer conhecê-la melhor.

A única coisa que tirava um pouco o prazer da situação, além da estranha obsessão de Monica por bactérias, era saber que teria que contar a ela sobre o Projeto Autenticidade. Parecia desonesto ele saber mais sobre ela do que ela sobre ele, e Riley era, por natureza, um cara muito honesto. O que a pessoa via era exatamente o que ele era.

Riley não tinha sido capaz de mencionar o caderno assim que conhecera Monica, no meio da aula de artes. Não pareceu justo dizer na frente de tanta gente: "A propósito, sei tudo sobre o seu desespero para arranjar marido e filhos". Contudo, quanto mais tempo ele deixava passar, mais difícil a situação se tornava. E agora, um pouco egoisticamente, ele não queria estragar o clima do dia constrangendo-a e deixando-a desconfortável — o que certamente aconteceria se Riley confessasse que sabia os segredos mais profundos dela. Ele tinha a sensação de estar carregando uma bomba prestes a detonar em meio a todos aqueles queijos artesanais, presuntos e linguiças. No fim, Riley decidiu não dizer nada. Era bem possível que não voltasse a ver Monica depois daquele dia, e nesse caso o que ela não sabia não poderia magoá-la.

Então, ele acabou beijando-a.

Ela estava falando sobre os pontos turísticos de Londres, ou algo assim. Riley tinha perdido o rumo da conversa, hipnotizado pelo fato de que, com seus cabelos escuros, lábios vermelhos, pele pálida e bochechas rosadas pelo vento cortante, Monica parecia a Branca de Neve do desenho da

Disney. Era tão forte e destemida. Normalmente uma mulher como ela o deixaria apavorado. No entanto, Riley lera a história dela e sabia que, por baixo da fachada durona, Monica só queria ser salva. Sentindo-se por um breve instante como o belo príncipe dos contos de fadas, ele a beijou e ela retribuiu o beijo. Com bastante entusiasmo, na verdade.

Riley teria ficado daquele jeito para sempre, nariz com nariz, em uma ponte sobre o Tâmisa, se não fosse o segredo que se colocava entre eles, como uma barreira. Como é que ele poderia contar a ela agora?

Não sabia se amaldiçoava Hazard ou se o agradecia.

Julian

Julian tinha convidados para o chá.

Ele não conseguia se lembrar da última vez que recebera visitas de verdade, não apenas alguém arrecadando fundos para algum partido político ou Testemunhas de Jeová. Julian estava tentando fazer uma coisa que ele acreditava que seria descrita como "destralhar". Mas, depois de duas ou três horas de trabalho duro, mal conseguira fazer qualquer diferença visível nas décadas de aquisições que lotavam sua sala de estar.

Ele precisava de espaço suficiente para que todos pudessem ao menos se sentar. Por que deixara as coisas ficarem daquele jeito? O que Mary, que sempre mantivera a casa tão arrumada, diria? Talvez a compulsão de preencher cada centímetro de espaço fosse uma forma de fazê-lo se sentir menos sozinho, ou cada objeto estivesse imbuído de lembranças de tempos mais felizes — e os objetos haviam se provado mais confiáveis que as pessoas.

Julian encheu as duas caçambas de lixo na frente da casa, então abriu a porta do armário embaixo da escada e enfiou ali dentro o máximo que pôde: livros, revistas, uma pilha de discos de vinil, três pares de galochas, uma raquete de tênis, duas luminárias que não funcionavam mais e uma roupa de apicultor que sobrara de um hobby de vida curta, duas décadas antes. Depois de terminar, Julian empurrou a porta com as costas para fechá-la. Arrumaria aquilo tudo direito mais tarde. Pelo menos havia conseguido liberar o sofá e algumas cadeiras.

A campainha tocou. Eles chegaram pontualmente! Julian não estava esperando por isso. Sempre chegava a eventos sociais com pelo menos trinta minutos de atraso. Gostava de fazer uma entrada marcante. Talvez a pontualidade fosse a última moda. Ele tinha muito a aprender.

Julian saiu do chalé e foi até o portão preto que dava para a Fulham Road. Abriu o portão com o floreio habitual e recebeu seus três convidados: Monica, aquele lindo garoto australiano, Riley, e Baz. Eles explicaram que Benji ficara cuidando do café.

— Entrem, entrem! — disse Julian quando os três ficaram parados, boquiabertos, olhando para o pátio pavimentado, com uma fonte borbulhando no centro, os gramados cuidadosamente aparados, árvores frutíferas e o pequeno aglomerado de casas.

— Uau — comentou Riley —, este lugar é demais.

Julian se encolheu com o jeito tão informal de falar, tipicamente americano, acentuado pelo sotaque australiano, mas decidiu deixar pra lá. Aquele não era o momento para um sermão sobre a beleza e a versatilidade da língua inglesa.

— Estou me sentindo como a garotinha de *O jardim secreto*, que seguiu o pássaro e descobriu um lugar mágico escondido atrás do muro — falou Monica. Ela era muito mais lírica que Riley, Julian observou com aprovação. — É como estar em outro tempo, em outro país.

— Foi fundado em 1925 — disse Julian, encorajado pela reação entusiasmada deles. — Por um escultor chamado Mario Manenti. Italiano, obviamente. Ele usou como modelo a propriedade que tinha perto de Florença, para que se sentisse em casa quando estivesse em Londres, e deixou os estúdios para artistas e escultores com ideias afins. Agora, é claro, todos foram convertidos em apartamentos. Sou o único artista que resta, e não pintei mais desde que Mary... — A voz dele falhou.

Por que não se dera conta de que Mary era sua musa até ela não estar mais lá? Ele presumira que uma musa deveria ser etérea e passageira, não alguém que estava sempre por perto, que era garantida. Talvez, se tivesse entendido isso, as coisas tivessem sido diferentes. Julian procurou se animar. Aquela não era hora para introspecção e arrependimentos. Estava ocupado.

Julian guiou os convidados até a porta de um azul forte que levava à sua casa.

— Olhe o piso! — Monica comentou com Riley, apontando para as tábuas de madeira que percorriam todo o comprimento do térreo, quase completamente cobertas de respingos de tinta, como se um arco-íris tivesse explodido acima. Aqui e ali, tapetes kilim em estilo marroquino cobriam parte das tábuas. — É quase uma obra de arte por si.

— Não fiquem parados aí, de boca aberta. Sentem-se, sentem-se! — disse Julian.

Ele os levou até as cadeiras e sofá recém-liberados e dispostos ao redor de uma mesa de centro feita de um grande tampo de vidro chanfrado, equilibrado sobre quatro pilhas de livros antigos. Na frente deles, desdenhando da política antipoluição da câmara local, um fogo crepitante ardia na lareira.

— Chá! English Breakfast, Earl Grey ou Darjeeling? Talvez eu tenha até de hortelã. A Mary gostava — comentou Julian.

Enquanto o anfitrião se ocupava na pequena área da cozinha, colocando saquinhos de chá em um bule, Monica procurava o chá de hortelã na prateleira que ele indicara. Finalmente, encontrou um lata de metal com um rótulo antigo e amarelado, com a etiqueta "HORTELÃ". Ela abriu a tampa para pegar um saquinho de chá e encontrou um pedaço de papel dobrado dentro da lata. Monica desdobrou o papel com cuidado e leu em voz alta: "LEMBRE-SE SEMPRE DE OFERECER UM BISCOITO ÀS VISITAS".

Julian pousou a chaleira e cobriu o rosto com as mãos.

— Ah, meu Deus. Essa é uma das anotações da Mary. Eu costumava encontrá-las o tempo todo, mas esse é o primeiro em algum tempo que eu ainda não tinha visto. A Mary estava obviamente preocupada com como eu me sairia tendo que cuidar de tudo sozinho, porque, quando soube que estava desenganada, começou a esconder bilhetes por toda a casa me dando dicas úteis. Droga, esqueci os biscoitos. Mas não entrem em pânico. Tenho bolinhos!

— Há quanto tempo ela morreu, Julian? — perguntou Monica.

— No dia 4 de março vai fazer quinze anos — respondeu ele.

— E você não abriu essa lata desde então? Talvez eu tome English Breakfast.

Monica parou diante de um desenho a lápis preso na prateleira acima do fogão, que mostrava uma mulher mexendo uma panela grande e sorrindo por cima do ombro.

— É a Mary, Julian? — perguntou.

— É, sim. Essa é uma das minhas lembranças favoritas. Você vai ver desenhos desse tipo presos em todos os lugares. Há um no banheiro dela escovando os dentes, um lá dentro — ele apontou na direção da sala de estar — dela encolhida na poltrona com um livro. Eu não acredito em fotografias. Elas não têm alma.

Eles se sentaram ao redor da lareira, esquentando os bolinhos no fogo, em graus variados de conforto, dependendo da peça de mobília de Julian em que haviam se acomodado — cada uma estava em um nível diferente de decadência.

— Tenho a sensação de ter sido transportado para um romance de Enid Blyton — comentou Baz. — Julian é como o tio Quentin. Monica, você vai sugerir um passeio à ilha Kirrin, com uma lata de sardinha e muitas cervejas de gengibre?

Julian não tinha certeza se gostava da ideia de ser tio Quentin. Ele não era pedófilo?

— Estava pensando se vocês poderiam me ajudar com uma coisa — falou Julian.

— É claro — respondeu Baz automaticamente, sem nem esperar para ouvir o que Julian ia pedir.

— Estava pensando que talvez precise de um telefone celular. Para que vocês possam entrar em contato comigo se houver algum problema com a aula de artes ou algo assim. — Depois de falar, ele quase desejou poder voltar atrás. Não queria parecer carente nem fazer com que ninguém se sentisse obrigado a telefonar para ele.

— Você não tem celular? — perguntou Baz, com o espanto absoluto de alguém que nascera após a invenção da internet.

— Bem, já há algum tempo não tenho grande mobilidade, e ninguém costuma me telefonar, então qual seria o objetivo? Eu uso isso — explicou Julian, apontando para um telefone fixo verde-escuro de baquelite no canto, com um *disco* e um fone pesado conectado a um cordão enrolado.

Monica foi olhar mais de perto. No centro do disco, lia-se *Fulham 3276*.

— Além disso — continuou Julian —, você pode bater um telefone desses. Imagine, uma geração inteira que nunca vai conhecer a alegria de bater um telefone.

— Meus pais tinham um telefone desses no corredor, quando eu era pequena — disse Monica.

— Eu já tive um celular. Na verdade, fui um *early adopter*, um dos usuários iniciais — contou Julian. — Recebi um dos primeiros modelos para testar, já que eu era bem famoso na época, e uma revista queria me entrevistar para saber se eu achava que os celulares iriam pegar. Eu ainda devo ter esse aparelho em algum lugar.

Ele tentou se levantar da cadeira, mas era muito mais profunda do que aquela em que costumava se sentar. Baz estendeu a mão e o ajudou a ficar em pé.

— Obrigado, Baz — disse Julian. — Hoje em dia, se eu passar muito tempo sentado, tudo parece parar de funcionar.

— Você deveria fazer aulas de tai chi, como a minha avó — sugeriu Baz. — Ela adora. Diz que é a única maneira de começar o dia, que mantém o velho corpo em movimento e a mente alerta.

— Mas e então, você disse que eles iriam pegar? Os celulares? — perguntou Monica.

— Não! — Julian riu. — Eu disse que nenhuma pessoa sã iria querer ser rastreado o tempo todo, eu certamente não iria, e que aquilo era uma invasão de privacidade!

Julian esticou o braço para alcançar uma prateleira alta no canto da sala e pegou uma caixa de papelão grande e empoeirada. Dentro dela havia um telefone que dificilmente poderia ser descrito como portátil. Tinha a forma de um tijolo, com uma antena saliente no topo, longa e sólida, e era maior que a bolsa de Monica. Era preciso uma pequena mala para carregá-lo.

— Julian, esse é o modelo exato que Gordon Gekko usa em *Wall Street* — comentou Riley. — Você poderia vender no eBay por uma fortuna. É um verdadeiro item de colecionador.

— Eu também tive um Nokia mais moderno — falou Julian. — Nos anos 90, mas quando ele parou de funcionar, depois que a Mary se foi, não me dei o trabalho de comprar outro. E nunca tive um desses telefones inteligentes.

— Smartphones — explicou Riley.

— Mas você tem acesso à internet, certo? — perguntou Baz, chocado. — Tem um notebook ou algo assim?

— Não sou um completo inimigo da tecnologia, rapaz. Tenho um computador. Eu me mantenho atualizado. Leio os jornais, todas as revistas de moda e assisto à televisão. Desconfio de que sei muito mais sobre as tendências da primavera-verão 2019 do que você! Afinal uma coisa que tenho em abundância é tempo livre.

Baz pegou uma viola encostada na estante, coberta por uma película de poeira.

— Você toca, Julian? — perguntou.

— Não é minha, é da Mary. Por favor, deixe onde estava. A Mary não gosta que ninguém mexa na viola dela.

Ao dizer isso, Julian se deu conta de que tinha falado em um tom desnecessariamente brusco e poderia facilmente ser acusado de exagerar. O pobre Baz parecia um pouco sem graça.

— Posso usar o seu *dunny*? — perguntou Riley, provocando uma distração bem-vinda.

Dunny? Eles estavam no centro de Londres, não no Outback australiano. Julian decidiu deixar pra lá e apontou para que Riley seguisse na direção da porta da frente para achar o banheiro.

Um estrondo fez Monica derramar um pouco de chá no colo. Todos eles se viraram e viram Riley paralisado, em estado de choque, cercado por uma montanha de objetos que tinham irrompido do armário como um boneco de mola pulando da caixa. Um monte de discos, que haviam saído das capas, galochas e revistas e, equilibrado no topo, um capuz de apicultor.

— Acho que abri a porta errada — ele gritou para o restante do grupo, tentando empurrar tudo de volta no armário. O que era uma tarefa impossível, já que a pilha de coisas parecia ocupar duas vezes mais espaço que o tamanho do armário de onde tinha escapado.

— Deixe isso pra lá, meu garoto — disse Julian. — Mais tarde eu resolvo. Preciso dar um pulo no depósito de lixo.

— Não se atreva, Julian! — disse Riley, parecendo horrorizado. — Tenho certeza de que há verdadeiros tesouros aqui. Vou ajudar você a vender tudo pela internet.

— Eu não poderia lhe pedir para fazer isso — protestou Julian. — Tenho certeza de que tem coisas muito melhores com que ocupar o seu tempo. Ou ao menos eu teria que lhe dar uma remuneração justa.

— Vamos fazer o seguinte, você me dá dez por cento de tudo o que eu conseguir vender. Assim nós dois ficamos felizes. Você se livra de um pouco do entulho e eu consigo dinheiro para a minha viagem. Estou morrendo de vontade de conhecer Paris.

— E eu posso ajudar com o celular — interrompeu Monica. — Troquei meu iPhone recentemente, então você pode ficar com o antigo. E nós vamos arrumar um chip pré-pago pra você.

Julian olhou para Riley e Monica, agora sentados lado a lado no sofá. Se não estivesse enganado, Riley estava um pouco apaixonado. Com seus olhos de artista, ele reparou em detalhes da postura do rapaz, no modo como ele imitava os gestos dela e se sentava um pouco mais perto do que se esperaria (embora isso pudesse ser resultado das molas expostas e do estofamento do sofá escapando à esquerda).

Ah, o otimismo da juventude.

Monica

Monica limpou o balcão, preparando-se para abrir o café. Esguichou líquido de limpeza do frasco que estava segurando, inspirando o perfume gostoso de eucalipto. E percebeu que estava cantarolando. Não era o tipo de pessoa que cantarolava, mas nos últimos tempos, surpreendentemente, tinha feito muito isso.

Desde que havia começado as aulas de artes semanais, tinha sido procurada por um grupo de tricô e por uma turma de ioga para grávidas, ambos querendo usar o espaço à noite. O Monica's parecia estar se transformando em um ponto de encontro da comunidade local, exatamente como ela sonhara desde a primeira vez que vira a placa na loja de doces. E, melhor ainda, quando se sentou para trabalhar nos números, na noite anterior, eles quase fecharam equilibrados. Pela primeira vez ela viu uma esperança de liquidez no fim do túnel escuro do seu cheque especial.

E além disso havia Julian. Ela realmente adorava a companhia dele e as aulas de artes, mas também tinha a expressão feliz, satisfeita consigo mesma, de alguém que havia feito algo de *bom*, que havia mudado a vida de outra pessoa para melhor. Não se tem *essa* sensação com frequência quando se trabalha para um escritório de advocacia corporativo.

Monica percebeu que havia começado a participar da aula de artes como uma forma de ajudar, mas agora parecia que era ela quem estava sendo ajudada. Nunca havia acreditado em carma até ali.

E a cereja do bolo era Riley. Claro que ela sabia que ele não era o bolo inteiro. Se mergulhasse profundamente no relacionamento dos dois, ou olhasse muito à frente, sabia que ele não atenderia aos seus critérios. Por isso, não estava pensando muito além. Monica estava se concentrando no momento, aproveitando cada dia e se divertindo. Quem sabia o que aguardava na próxima esquina, ou quanto tempo Riley ficaria em Londres?

Obviamente, aquilo não era natural nela. Era preciso muito trabalho duro e planejamento para Monica conseguir ficar tão relaxada. Ela estava se levantando meia hora mais cedo que o habitual para fazer suas saudações ao sol e repetir seus mantras.

— Ontem é história, amanhã é um mistério, hoje é um presente — entoava para si mesma enquanto escovava os dentes. — Não são as pessoas felizes que são gratas, são as pessoas gratas que são felizes — dizia enquanto penteava o cabelo.

Monica estava bastante orgulhosa da sua nova atitude quase-beirando--o-relaxamento. Normalmente, àquela altura, já teria adiantado mentalmente o filme de sua vida até o ponto em que estaria resolvendo onde e quando ela e Riley se casariam, qual seria o nome dos filhos deles e a cor das toalhas no banheiro de hóspedes (brancas).

Monica pensou em todos os livros de autoajuda que havia comprado, no curso de mindfulness que havia frequentado e nos aplicativos de meditação que se acumulavam em seu iPhone. Todo aquele esforço para tentar parar de se preocupar com o futuro, quando tudo o que realmente precisava era de alguém como Riley, porque tinha certeza de que sua mudança de atitude era graças a ele.

A maior parte dos homens que Monica conhecia tinha *problemas emocionais*. Eles se sentiam inadequados por causa da escola em que haviam estudado, da família em que cresceram, da falta de músculos abdominais esculpidos ou da quantidade de mulheres que já haviam levado para a cama. Riley, no entanto, parecia totalmente confortável consigo mesmo. Ele era tão direto, tranquilo e descomplicado. Não era um homem de mistérios ou profundidades ocultas, mas — vendo o lado bom — era absolutamente honesto e transparente. Riley nunca se estressava pensando muito à frente. Na verdade, parecia não gastar muito tempo pensando em nada, mas ninguém era perfeito. E sua atitude parecia ser contagiante. Pela primeira vez, Monica não tinha a sensação de que precisava fazer joguinhos ou erguer barreiras de proteção ao seu redor.

Na véspera, eles tinham feito uma viagem extraordinária no túnel do tempo quando foram tomar chá na casa de Julian. Monica adorou, apesar de ser um risco óbvio à saúde. Ela não havia conseguido conter um grito quando entrou na cozinha e deu de cara com uma horrível faixa amarela pendurada no teto, coberta de minúsculos cadáveres secos de centenas de insetos. Julian permaneceu imperturbável diante do horror dela e disse que era "só papel pega-moscas". *Papel pega-moscas?* Aquilo realmente existia? Não era possível que Julian não percebesse que não era aconselhável manter cadáveres nas áreas de preparação de alimentos.

Eles torraram bolinhos em uma lareira de verdade (Monica tinha tentado não pensar no impacto que aquilo poderia ter nas mudanças climáticas e em todos aqueles pobres ursinhos-polares separados das mães pelo gelo derretido) com espetos de verdade. Ela se sentou ao lado de Riley no sofá, e, quando ninguém estava olhando, ele pegou na mão dela.

Depois do chá, Riley fora para o apartamento dela. Eles não haviam conversado a respeito, ela não o convidara e ele não perguntara se poderia ir. Simplesmente aconteceu. Espontaneamente. Monica preparou o jantar para eles com o que encontrou na geladeira e nos armários — massa com pesto e uma salada de tomate, muçarela e manjericão. Riley disse que era a melhor refeição que ele fazia em semanas. Ela sorriu ao se lembrar das refeições elaboradamente planejadas e executadas que havia preparado para outros homens no passado — os suflês, os flambados e as reduções —, e a maior parte delas não havia tido uma recepção tão entusiasmada.

O PEQUENO CADERNO DAS COISAS NÃO DITAS

Houve um momento tenso em que ela notou Riley examinando sua estante. Se tivesse antecipado um jantar romântico naquela noite, teria tirado alguns livros dali com antecedência. Monica ficou particularmente constrangida com a ideia de ele reparar em títulos como *Ele não está tão a fim de você*, *Ignore o cara, consiga o cara*, *As 35 regras para conquistar o homem perfeito* ou ainda *Homens são de Marte, mulheres são de Vênus*. Monica via todos aqueles livros como uma base de pesquisa sensata. Ela abordava o namoro da mesma maneira que faria com qualquer projeto: pesquise previamente, faça um plano, defina seus objetivos. Riley, no entanto, provavelmente veria aquilo como uma atitude obsessiva. Nenhum deles mencionou os livros de autoajuda, e o momento constrangedor passou rapidamente.

Riley não passara a noite na casa dela. Eles assistiram a um filme na Netflix, enrolados juntos no sofá, compartilhando uma tigela de chips de tortilhas. Passaram a maior parte do tempo se beijando e brincando sobre não terem entendido grande parte da trama excessivamente complicada. Ela estava tentando arrumar uma forma de recusar delicadamente se Riley tentasse ir longe demais, e acabou ficando decepcionada quando ele não fez nenhum avanço mais ousado.

Julian

Julian não estava acostumado com seu interfone tocando às sete e meia da manhã. Mas a verdade era que muitas coisas novas e estranhas vinham acontecendo desde que ele iniciara o Projeto Autenticidade. Ainda estava de pijama, por isso vestiu o casaco mais próximo (um Alexander McQueen de 1995 provavelmente, com dragonas maravilhosas e passamanaria dourada) e um par de galochas que tinha saltado do armário no andar de baixo e caminhou até o portão.

Julian teve que baixar os olhos alguns centímetros, de seu ponto de vantagem de um metro e oitenta de altura, para ver a visita. Era uma senhora chinesa, pequena como um passarinho, o rosto parecendo uma noz, olhos como passas e uma massa de cabelos grisalhos curtos. Provavelmente era ainda mais velha que ele. Julian estava tão distraído observando a mulher que se esqueceu de falar.

— Sou Betty Wu — disse a senhora, com uma voz muito maior do que ela, aparentemente nada intimidada ao se ver diante de um homem vestido com uma combinação de alta-costura, pijamas surrados e galochas. — Vim para o tai chi.

— Tai chi? — repetiu Julian, ciente de que parecia um pouco obtuso.

— Meu neto, Biming, disse que você quer aprender tai chi — respondeu ela bem devagar, no tom que se costuma usar quando se está conversando com um idiota ou com um criança muito pequena.

— Biming? — repetiu Julian mais uma vez, parecendo um idiota ou uma criança muito pequena. — Ah, está se referindo ao Baz?

— Não sei por que ele não gosta do nome chinês. Será que tem vergonha? — bufou a senhora chamada Betty. — Ele disse que você quer que eu lhe ensine tai chi.

Julian não tinha dito nada disso, mas percebeu que não fazia sentido discutir com aquela força da natureza.

— Bem, eu não estava esperando você, então não estou exatamente vestido para a ocasião — explicou Julian, que sabia, melhor que a maioria, como era importante usar a roupa certa. — Talvez devêssemos começar outra hora?

— Não há melhor momento que o presente — disse a sra. Wu, estreitando os olhos para ele. — Tire o casaco e as botas grandes. — Ela olhou de cara feia para as galochas, como se a ofendessem seriamente. — Você tem meias grandes?

Julian, que estava usando suas meias de dormir mais quentes, assentiu silenciosamente.

A sra. Wu foi até o centro do pátio pavimentado, tirou o casaco de lã preto e pendurou no banco de pedra, revelando uma calça preta larga, amarrada com um cordão na cintura, e uma blusa de um cinza-claro. Embora estivesse frio, o pátio cercado estava iluminado pelo sol pálido de inverno. Uma leve geada brilhava como pó de fada.

— Eu falo, você copia — instruiu a sra. Wu.

Ela afastou os pés, dobrou os joelhos e levantou os braços em um movimento extravagante acima da cabeça, como uma garça gigante, respirando pelo nariz de um jeito exagerado.

— Tai chi é bom para a postura, para a circulação e a flexibilidade. Faz você viver mais. Tenho cento e cinco anos.

Julian a encarou, sem saber como responder educadamente, então ela abriu um sorriso largo, revelando dentes pequenos e espaçados que não eram grandes o bastante para a boca.

— É brincadeira! Tai chi é bom, mas não tão bom.

A sra. Wu flexionou os joelhos novamente, depois virou de lado, dobrou um braço atrás do corpo e empurrou o outro para a frente, a palma da mão aberta, como se quisesse afastar um intruso.

— Tai chi tem a ver com o equilíbrio de yin e yang. Se você usa dureza para resistir à força, então ambos os lados se quebram. Tai chi enfrenta a dureza com suavidade, assim a força que chega se esgota. É uma filosofia de vida também. Você entende?

Julian assentiu, embora estivesse achando muito difícil absorver tudo o que a sra. Wu estava lhe dizendo e ao mesmo tempo acompanhar os movimentos dela. Multitarefa nunca fora o seu forte. Por isso nunca conseguira dominar o piano. Não conseguia que as duas mãos fizessem coisas diferentes simultaneamente. Naquele momento, estava tentando se equilibrar em um pé só, com o cotovelo direito tocando o joelho direito.

— Quando chegamos aqui, em 1973, dois homens apareceram no restaurante e disseram: "Voltem para a China e levem junto sua comida estrangeira imunda". Eu disse a eles: "Vocês estão com raiva. A raiva vem do estômago. Sentem-se. Vou trazer sopa. De graça. Vai fazer vocês se sentirem melhor". Eles tomaram a minha sopa de wonton. Receita da minha avó. Os dois são clientes do restaurante há quarenta anos. Responda à força com suavidade. Receita para a vida. Agora você entende.

Estranhamente, ele entendia.

Enquanto Julian continuava a imitar os movimentos amplos da sra. Wu, um tordo voou baixo, fazendo-o lembrar a descrição de Monica de seu Jardim Secreto. O pássaro se empoleirou na beira da fonte de pedra, inclinou a cabeça e olhou para Julian, como se perguntasse o que ele estava fazendo. *Pode perguntar*, pensou Julian, equilibrando-se em um pé só.

Depois de cerca de meia hora, a sra. Wu juntou as mãos em posição de oração e curvou-se para Julian, que, ainda a imitando, inclinou a cabeça na direção dela.

— Está bom para a sua primeira aula — disse ela. — Na China, dizemos que *Uma refeição apenas não engorda um homem*. É preciso fazer pouco e com frequência. Vejo você amanhã. Na mesma hora. — Ela pegou o casaco e vestiu-o, em um movimento fluido.

— Quanto lhe devo pela aula? — perguntou Julian.

Betty inalou o ar com tanta força que suas narinas ficaram brancas.

— Sem pagamento! Você é amigo de Biming. É artista, certo? Você me ensina a pintar.

— Está bem — gritou Julian quando ela já saía pelo portão. — Vejo você na minha aula de artes na segunda-feira. Vá com o Baz. Quer dizer, com o Biming.

Sem se virar, a sra. Wu levantou a mão, concordando, e se foi, deixando o pátio parecendo mais vazio do que antes de ela chegar, como se tivesse sugado um pouco da energia do lugar e levado com ela.

Julian pegou seu casaco e as galochas e voltou para dentro de casa, o passo mais leve do que havia muito tempo.

As sextas-feiras pareciam estar chegando mais rápido, pensou Julian, enquanto caminhava em direção ao almirante. Parecia que não se passara tempo nenhum desde que ele estivera ali pela última vez. Ele ficou menos surpreso agora ao ver algumas pessoas já apoiadas na lápide de mármore, embrulhadas em casacos e cachecóis. Ao se aproximar, conseguiu distinguir Riley, Baz e a sra. Wu.

— Eu disse à vovó que estava vindo para cá — disse Baz —, e ela insistiu em trazer um pouco da sopa de wonton dela.

— Está frio hoje. A minha sopa aquece o corpo, aquece a alma — explicou a sra. Wu, derramando a sopa de uma garrafa térmica enorme em quatro canecas que estavam na cesta de vime que Baz segurava.

— Sente-se, sra. Wu! — disse Julian, apontando para o túmulo de mármore do almirante. Ele não estava realmente preocupado com o conforto dela, mas a mulher estava de pé em cima de Keith.

— A Mary! — disse Riley, erguendo a caneca. A sra. Wu levantou as sobrancelhas muito grossas, curiosa.

— É a mulher dele. Falecida — sussurrou Baz para a avó.

— A Mary! — responderam todos.

Riley

Riley estava vasculhando o armário de Julian embaixo da escada. Era como a TARDIS de *Doctor Who* — muito maior por dentro do que se poderia imaginar do lado de fora. Ele se perguntou se, quando finalmente chegasse ao fundo, se veria em outro universo. Ou em Nárnia, talvez. Com certeza não ficaria surpreso se nevasse lá atrás. Estava congelante ali, com a lareira apagada.

Ele passara um dia na semana anterior fotografando algumas de suas descobertas e publicando-as no eBay, e já conseguira mais de setenta e cinco libras de comissão. Se Julian ao menos o deixasse remexer naquele closet, eles poderiam fazer uma fortuna. Riley havia sugerido isso a Julian.

— Você não vai vender uma única meia — rosnara Julian em resposta. Só para garantir que tinha sido claro o suficiente, ele ficara parado na porta, os braços abertos para impedir a entrada, como um bicho-pau mutante gigante.

Riley estava cercado por três grandes pilhas. Uma para itens que ele pensava que venderiam bem; outra com coisas para jogar fora; e uma terceira com o que seria mantido.

Naquele dia, Riley havia chegado pouco antes das dez da manhã, pois sabia que Julian ia sair para caminhar. Julian tornava todo o processo significativamente mais lento. Ele pairava acima de Riley como um falcão, então se abaixava e tirava um vaso quebrado da pilha da lixeira, exclamando:

— Charlie me deu isto depois da minha exposição na New Bond Street, em 1975. Tudo vendido em dois dias! A princesa Margaret foi, sabia? Acho que ela estava interessada em mim. — O olhar teatral se perdia ao longe. — Mary não gostava dela. Nem um pouco. Cheio de peônias cor-de-rosa, se me recordo bem! Não posso deixar que se vá, jovem Riley. Não, não, não. De jeito nenhum.

Naquela manhã, depois de uma hora sozinho com tudo aquilo, Riley conseguira fazer progressos. Assim que Julian voltasse, eles começariam o longo e tortuoso processo de negociação, tolerável apenas porque era intercalado com histórias irreverentes e maravilhosamente coloridas dos anos 60, 70 e 80.

Julian pegaria um dos álbuns de vinil da pilha, espanaria o pó e o colocaria no toca-discos antigo, enquanto regalava Riley com histórias de como se divertira com Sid Vicious e Nancy, ou de quem seduzira ao som de "Heart of Glass", da Blondie. Riley não tinha certeza de quanto acreditava naquelas histórias. Julian parecia ter estado presente em todos os eventos sociais importantes da história recente — de jantares com Christine Keeler e Mandy Rice-Davies à festa onde Mick Jagger e Marianne Faithfull foram presos por porte de maconha.

Na véspera, Julian havia apresentado Riley ao Sex Pistols, Talking Heads e Frankie Goes to Hollywood. Quando ele se sentara na praia em Perth imaginando sua viagem a Londres, não havia pensado que passaria seu tempo tocando uma guitarra imaginária enquanto um senhor idoso cantava "Anarchy in the UK" usando uma garrafa de cerveja vazia como microfone. Ele percebeu com certa preocupação, conforme a música (se é que se podia chamar assim) chegava ao fim, que os olhos de Julian estavam marejados.

— Você está bem, Julian? — perguntou.

— Estou — respondeu o artista, balançando a mão na frente do rosto como uma mariposa moribunda. — É que, quando ouço músicas como essa, tudo volta muito vividamente. E me vejo cercado de novo por todas aquelas pessoas extraordinárias, meus amigos, naquela época incrível. Então a música termina e me lembro de que sou só um velho com a agulha empoeirada do toca-discos balançando para cima e para baixo no vinil liso e muitos arrependimentos.

Riley não soube o que dizer. O que tinha uma agulha a ver com aquilo?

A viagem de Riley a Londres estava se revelando o melhor e o pior dos tempos. Ele adorava a cidade, apesar do frio de entorpecer. Tinha feito amigos maravilhosos. O único problema era Monica. Quanto mais tempo Riley passava com ela, mais a admirava. Ele amava a determinação dela, sua vivacidade e seu intelecto feroz. Amava o jeito como ela pegara Julian e o levara com tanta elegância para dentro de seu círculo, fazendo-o se sentir querido e útil, em vez de digno de pena. Amava a paixão dela pelo café e por seus clientes. Simplesmente estar perto de Monica o fazia se sentir mais corajoso, aventureiro e cheio de energia.

Mas Riley odiava o fato de que todo o relacionamento deles era baseado em uma mentira. Ou, pelo menos, na falta de verdade. E, quanto mais tempo ele deixava passar, mais difícil ficava abrir o jogo. Como Monica reagiria quando descobrisse que era um projeto nascido da piedade, fruto da mente de um ex-viciado em cocaína? Ela ficaria furiosa. Ou arrasada. Ou humilhada. Ou as três coisas.

Riley continuava tentando esquecer o Projeto Autenticidade, mas as informações que lera não podiam ser "deslidas". Normalmente ele apenas relaxaria e aproveitaria o tempo que tinha com uma amante em potencial, se deixando levar, vendo aonde aquela história o levaria. Mas, com Monica, estava muito consciente do que ela havia escrito no caderno. Ele sabia que ela queria um relacionamento a longo prazo, casamento, bebês, o pacote completo, mas Riley só queria se divertir em sua passagem pela Europa. Certo?

O espírito de Hazard havia assombrado a noite deliciosa que Riley passara no apartamento de Monica. Quando se lembrou do comentário dele sobre Monica organizar sua estante de livros em ordem alfabética, não conseguiu resistir a dar uma olhada. E acabou descobrindo que ela não organizava os volumes em ordem alfabética — usava um código de cores. Era mais agradável visualmente, dissera ela.

A verdade era que Riley tinha informação demais e Monica não tinha informação o suficiente, e aquilo estava complicando tudo. Ele nem sabia quanto realmente gostava dela e até que ponto seus sentimentos eram resultado do trabalho de Cupido de Hazard. Se tivesse sido deixado por conta própria, será que gostaria menos dela? Ou talvez mais? Muito provavelmente eles nunca chegariam a se conhecer.

Até Riley encontrar o Projeto Autenticidade, tinha sido uma pessoa totalmente autêntica. Agora se tornara uma farsa.

A única solução que conseguia ver era garantir que não se envolvesse mais profundamente. Então quando partisse, dali a alguns meses, Monica não ficaria muito magoada e — o mais crucial — nunca descobriria como tudo começara. O que significava que não haveria mais beijos. Na verdade, aquilo já fora — muito agradavelmente, por sinal — estragado. Mas definitivamente, categoricamente, *nada de sexo*. Riley era bom em tratar o sexo casualmente, mas desconfiava de que Monica não seria.

Hazard

Hazard tinha a sensação de estar preso no Dia da Marmota. O sol brilhava todos os dias. Todos os dias ele seguia a mesma rotina: meditar com Neil, caminhar na praia, nadar, ler na rede, almoçar, fazer a sesta, nadar, jantar, ir para a cama. Ele se deu conta de que estava "vivendo o sonho". Estava na foto do protetor de tela que iluminava milhares de escritórios. Deveria se sentir terrivelmente grato. Mas se sentia entediado. Profundamente entediado. Absurdamente entediado. Morrendo de tédio.

Hazard se deu conta de que não tinha ideia de qual era o dia da semana. Toda a sua vida tinha sido dirigida pela tirania do calendário — a sensação depressiva da noite de domingo, o despertar abrupto na segunda de manhã, a quarta que não era nem-aqui-nem-lá e a euforia da sexta à noite. Agora, no entanto, nem uma pista. Estava à deriva.

Todos os dias ao menos uma pessoa ia embora da praia e pelo menos uma nova chegava, geralmente várias, por isso sempre havia gente para conhecer. Mas, depois de algum tempo, aquelas conversas todas se misturavam em uma só. *De onde você é? Para onde vai depois daqui? Em que trabalha?* Eles passeavam superficialmente por essa coisa de vamos-nos-conhecer e logo a pessoa ia embora. Todos aqueles constantes começos, sem meios ou fins satisfatórios, eram exaustivos.

Só mais algumas semanas, disse Hazard a si mesmo, *e estarei forte o bastante para seguir em frente, para resistir à tentação, para voltar para casa.*
Hazard passava cada vez mais tempo pensando na Inglaterra. Estranhamente, ele não pensava na família e nos amigos — havia arrependimentos demais ligados a essas lembranças. Ele sabia tudo sobre "reparação". Uma noite, cerca de um ano antes, Hazard recebera uma ligação de uma garota chamada Wendy. Ela disse a ele que estava "seguindo os passos". A conversa custara um pouco a engatar porque Hazard achou que ela estava se referindo a uma aula de ginástica. Wendy explicou que o nono dos doze passos dos Alcoólicos Anônimos era "reparação", então ela estava entrando em contato para se desculpar por tê-lo traído alguns anos antes. Não contara a ele que era casada. Hazard ficara um pouco confuso, porque levara um bom tempo percorrendo fotos antigas em seu iPhone antes de conseguir lembrar quem era ela. Mas agora se lembrava de Wendy e da insistência dela de que "se redimir com aqueles a quem prejudicou" era crucial para a recuperação. Todas aquelas portas fechadas teriam que ser reabertas, mas ainda não. Hazard estava muito longe, e era difícil demais fazer aquilo, então ele catalogou o pensamento na pasta mental "lidar quando chegar em casa".

Enquanto isso, porque era muito mais simples e menos contaminado pela autodepreciação, ele pensava em Julian, Monica e Riley.

Será que Monica tinha conseguido convencer Julian a ministrar a aula de artes? Julian estaria menos solitário? E sua maior curiosidade: Riley encontrara Monica e era o homem dos seus sonhos? Hazard se sentia como um escritor que tinha começado uma história, e então, no meio do caminho, seus personagens haviam resolvido sair da página e fazer as próprias escolhas. Como ousavam? Eles não percebiam que lhe deviam tudo? Ele sabia que um final feliz era improvável, mas, sentado em sua rede, naquele cenário absurdamente lindo, totalmente apartado da realidade, tudo parecia possível.

Hazard se deleitava com a sensação agradável e desconhecida de ter feito alguma coisa *boa*. Altruísta. Gentil. Se Riley tivesse cooperado, Hazard teria mudado a vida de alguém. Monica ficaria tão grata! Não que ele precisasse de agradecimento, obviamente.

Hazard jogou uma perna bronzeada para fora da rede e apoiou os dedos dos pés nas ripas de madeira do deque para se balançar suavemente de um lado para o outro. Ele se amaldiçoou por não ter pegado o número do celular de Riley ou o endereço de onde ele ficaria em Londres. Não sabia nem o sobrenome do cara. Hazard só desejou poder mandar uma mensagem de texto dizendo: "Oi, é o Hazard. Como estão as coisas em Londres?" Embora não tivesse mais celular para mandar mensagens de texto, lembrou a si mesmo. Ele sabia onde Julian estava, e Monica, porém os dois não tinham lido a história dele, e Riley talvez ainda não tivesse contado a eles a respeito. Mas não suportava se sentir tão *deixado de fora*. Hazard sempre gostara de estar no centro da ação — provavelmente o que o colocara naquela confusão, para começar.

Então, Hazard teve uma ideia. Não era perfeita, mas era um maneira sutil de se inserir de volta na história, para deixar que os outros soubessem que ele ainda fazia parte do Projeto Autenticidade.

Havia dois micro-ônibus na ilha que faziam o circuito das praias, pegando turistas e levando-os para a única cidade, com correios, bancos e lojas. Na próxima vez que o micro-ônibus parou no Lucky Mother, Barbara gritou por ele, e Hazard embarcou rapidamente.

O ônibus seguiu aos solavancos pela trilha empoeirada e esburacada. O veículo não tinha portas, apenas um teto de lona para proteger do sol e a traseira aberta. O ar estava pegajoso e cheirava a suor e filtro solar. Dentro havia dois bancos, um de frente para o outro, com cinco ou seis turistas em cada um, alguns segurando mochilas, outros apenas bolsas de praia. Hazard olhou para a fileira de pernas ao lado das suas — em variados tons de branco, marrom e vermelho, com frequência cobertas de calombos vermelhos de picadas de mosquitos e arranhões de recifes de corais. Eles trocaram os habituais: *Onde você está hospedado? Onde já esteve? O que recomenda ver?* Hazard tinha tido aquela conversa um número suficiente de vezes para conhecer todos os locais turísticos, restaurantes e bares para recomendar, tanto na ilha quanto mais longe, sem confessar não ter ido a nenhum deles, a não ser pelos que ficavam em sua pequena praia, e uma ida ocasional à cidade. Ele não queria explicar o motivo: *Não posso confiar em mim mesmo.*

O ônibus parou na pequena doca da balsa, onde um barco esperava para levar passageiros a Koh Samui. Ali, um barco maior poderia levá-los a Surat Thani, no continente. Por alguns minutos, Hazard se perguntou se deveria simplesmente entrar naquele barco. Estava com o passaporte e com dinheiro no cinto porta-cédulas que usava por baixo da camisa. E talvez tivesse feito isso — ele não se importava com a ideia de deixar todos os seus pertences para trás, no bangalô —, mas devia uma semana de aluguel a Andy e Barbara e, depois de toda a gentileza deles, não queria que pensassem que ele havia dado o calote de propósito.

Hazard entrou no mercado. Fora ali que comprara seus sarongues, além de protetor solar, xampu e creme dental. Bem ao lado da porta havia um carrossel de cartões-postais. Ele o girou até encontrar um que mostrasse a sua praia. Uma vista aérea. Dava até para ver de longe o bangalô dele.

Hazard se sentou diante de uma mesa do lado de fora do café, tomando água de coco pelo canudo enfiado em um coco grande, e ficou olhando a balsa de Koh Samui cuspir novos turistas no píer de madeira. Eles conversavam animadamente sobre a beleza do lugar, ignorando o barqueiro que lidava com dificuldade com as mochilas de todos. Hazard pegou a caneta que o garçom lhe emprestara e começou a escrever:

Monica
Monica's Café, Fulham Road, 783, Fulham
Londres, Reino Unido

Para a moça que vende o melhor café da cidade.
Até breve,
Hazard

Antes que pudesse mudar de ideia, ele entrou na agência do correio, comprou um selo e enviou.

Monica

Monica estava preparando o café para a aula de artes daquela noite. Seu celular tocou pela quinta vez. Ela nem checou quem era — sabia que seria Julian ligando novamente sem querer, porque pressionara a tela no bolso sem se dar conta. Ele ainda não tinha conseguido dominar o celular novo. No entanto, conseguira ligar para Monica mais cedo para dizer que havia decidido que a turma estava pronta para passar à "forma humana" e pedindo a ela que por favor encontrasse alguém para posar para eles.

Não tinha sido tão fácil quanto parecia. Monica não tinha tempo para publicar um anúncio, por isso abordara Benji. Ela explicou que não era nudez gratuita, era arte. Ninguém estaria olhando para ele como Benji nu, mas como um *tema*, assim como Larry, a lagosta, só que ele não terminaria sendo servido no jantar. Monica tinha certeza de que Julian escolheria uma pose de bom gosto e discreta. Ninguém veria o ... dele (ela usou reticências nesse momento). Por fim, Monica apelou e se propôs a pagar horas extras em dobro, além de mais um dia de folga, e o acordo foi fechado.

Julian chegou usando couro naquela noite, como uma versão geriátrica do Danny do filme *Grease*, e a turma começou a chegar também.

— *I got chills, they're multiplying* — Baz cantarolou baixinho a música do filme para Benji.

Benji não sorriu, só se escondeu atrás do balcão, conseguindo parecer nervoso e rebelde ao mesmo tempo. Depois que todos já haviam se acomodado, Julian distribuiu papel e lápis.

— Vamos voltar ao lápis hoje, senhoras e senhores, porque estamos passando da natureza-morta para o desenho de figura humana. Antes de começarmos, por favor, permitam-me apresentar a sra. Wu.

Todos saudaram a diminuta senhora chinesa, que se levantou e se curvou. Ela não era muito mais alta de pé do que quando estava sentada.

— Me chamem de Betty! — falou ela, com certa ferocidade.

— O querido Benji concordou gentilmente em posar para nós hoje — anunciou Julian, depois que todas as apresentações já tinham sido feitas. — Você pode vir até aqui, Benji?

O barista se aproximou do grupo.

— Humm, onde devo tirar a roupa? — perguntou.

— Tirar a roupa? Não seja bobinho, meu velho. Só precisamos ver suas mãos! Não faz sentido correr antes de saber andar. Venha cá, sente-se nessa cadeira e segure essa caneca, entrelaçando os dedos ao redor dela. Isso. As mãos são uma das partes do corpo mais difíceis de desenhar, então por hoje vamos nos concentrar apenas nelas.

Benji olhou carrancudo para Monica, se perguntando se ela havia lhe pregado uma peça. Ela o encarou de volta, também carrancuda, ciente de que havia exagerado e muito no pagamento proposto, para ele acabar ficando sentado em uma cadeira, completamente vestido, por duas horas. Sophie e Caroline pareceram um pouco decepcionadas. Sophie sussurrou alguma coisa para a amiga, que resfolegou em riso.

Julian continuou a falar, aparentemente alheio às tramas subjacentes ao seu redor.

— Até os artistas mais experientes acham mãos difíceis. — Fez uma pausa e levantou uma sobrancelha, como se para deixar claro que aquilo obviamente não se aplicava a ele. — Tentem não pensar na forma como vocês *sabem* que mãos e dedos são. Em vez disso, olhem para eles como uma combinação de formas, bordas e contornos. Pensem em como podem usar os traços a lápis para marcar a diferença entre a carne e os ossos da mão e o objeto rígido que ela está segurando. E, por favor, tentem não fazer os dedos elegantes de Benji parecerem um cacho de bananas.

Aos poucos, uma atmosfera de paz envolveu a turma, interrompida apenas pelo arranhar dos lápis e por um murmúrio ocasional com a pessoa ao lado, ou pelas instruções de Julian.

Quando a turma acabou de desenhar, Riley levantou a mão.

— O que é isso, rapaz? Não estamos na *escola*, sabia? Você não precisa levantar a mão! — avisou Julian, com uma expressão muito parecida com a de um diretor de escola severo.

— É... estou planejando uma viagem a Paris e queria saber se você pode me recomendar boas galerias de arte para visitar — pediu Riley depois de baixar o braço, constrangido, e passar a mão pelos cabelos loiros rebeldes.

Monica sentiu um nó traiçoeiro no estômago que surgia sempre que Riley mencionava deixar Londres. Ela afastou a sensação, como se passasse um pano para limpar uma mancha na vitrine do café. Estava vivendo o momento, lembrou a si mesma com severidade.

— Ah, Paris. Não vou à cidade há pelo menos vinte anos — disse Julian. — Tantas opções à disposição... O Louvre é imperdível, obviamente. O Musée d'Orsay e o Pompidou. Esses seriam bons lugares para começar. — Ele parou de falar e franziu o cenho, pensativo. — Sabem de uma coisa? Devíamos ir todos! Uma viagem de estudos da turma! O que acham?

Monica, que amava um novo *projeto*, se empolgou.

— Que ótima ideia! Eu posso fazer uma reserva de grupo no Eurostar. Se reservarmos agora para janeiro, podemos conseguir bons preços. Vou calcular os custos e passo para todos na próxima semana. Enquanto isso, o jantar de dez libras desta noite, para quem for ficar, é cortesia da maravilhosa Betty Wu.

— Sopa de caranguejo e milho-doce, bolinho de camarão com cebolinha e rolinho primavera de legumes — anunciou Betty. — Biming! Distribua hashis, tigelas e colheres de sopa, por favor.

— Biming? — Monica sussurrou para Benji.

— Eu sei. Não diga uma palavra a respeito — respondeu Benji. — Ele está em negação.

Riley se demorou ali enquanto todos deixavam o café, segurando seus desenhos das mãos de Benji com um misto de orgulho e vergonha, o calor da sopa de Betty garantindo proteção contra o ar frio da noite.

— Quer que eu ajude a fechar a loja? — perguntou a Monica, correndo as mãos pelas costas dela. Ele enfiou os dedos no cinto do jeans que ela estava usando e puxou-a para perto. A sensação das coxas de surfista contra as dela fez o ar ficar preso em sua garganta.

— Obrigada — respondeu Monica, se perguntando se deveria deixá-lo passar a noite com ela, caso ele pedisse.

Ela imaginou o rosto de Riley adormecido, os cílios longos e escuros descansando contra as bochechas. Visualizou os lençóis da cama dela, muito brancos, emaranhados nos membros escuros dele. Monica sentiu o rosto tão quente que teve certeza de que estava enrubescendo. Ela não sabia se teria forças para mandá-lo para casa. Quando foi fechar o caixa, Riley a seguiu, levando um par de óculos perdidos para deixar no balcão.

— O que é isso? — perguntou ele, apontando para a variedade de anotações em post-its codificados por cores atrás do balcão.

— São as minhas anotações sobre os clientes — explicou Monica.

Riley pegou um deles e olhou para a caligrafia elegante que reconheceu do caderno.

— *Sra. Skinner. Alergia a laticínios. O bebê se chama Olly. Perguntar sobre o novo cachorrinho* — leu em voz alta. — E eu achava que você simplesmente tinha uma memória extraordinária.

— Eu *tenho* uma memória extraordinária — respondeu Monica. — Faço todas essas anotações para o Benji. Nossa, estou tão empolgada com essa viagem a Paris! — disse, distraindo Riley antes que ele passasse para as anotações menos amáveis, como *Cuidado com Bert, o fanático do Fulham Futebol Clube. Ele usa a mão para limpar o nariz. Precisa de lencinhos antibacterianos.* — Você acha que todo mundo vai? Vou procurar os melhores lugares para comermos. Há muitos para escolher. Você vai adorar, Riley. É realmente uma das cidades mais bonitas do mundo — disse Monica, depois de substituir rapidamente "românticas" por "bonitas" enquanto falava.

A viagem seria uma expedição cultural, não uma escapada sexy no fim de semana. Dito isso, talvez ela pudesse reservar um charmoso hotel butique, para que os dois passassem uma noite a mais. Eles poderiam fazer um passeio ao pôr do sol ao longo do Sena e comer *pain au chocolat* morno na cama no café da manhã, com café forte e suco de laranja espremido na hora.

Monica despertou de seus devaneios e percebeu que Riley estava distraído, olhando por cima do ombro. E se virou para ver o que tinha chamado a atenção dele. Era um cartão-postal que ela havia prendido no quadro de avisos.

— Bela praia, não é? Em algum lugar da Tailândia. — Ela apertou os olhos para ler o que estava escrito no canto inferior direito. — Koh Panam, ao que parece. Mas é muito estranho, porque não faço ideia de quem seja, apesar de obviamente a pessoa me conhecer. Olha só. — Ela tirou o cartão-postal do quadro, virou-o e o entregou a Riley. — Está endereçado a Monica. *Até breve*. Você acha que é algum stalker? E está assinado *Hazard*. Que tipo de nome é esse, pelo amor de Deus? Parece uma placa de trânsito!

De repente, sem mal dizer tchau, Riley anunciou que tinha que ir. E deixou Monica segurando o estranho cartão-postal, se perguntando o que poderia ter feito de errado.

Julian

Monica não havia dito a Julian que apareceria. Ele desconfiou de que a surpresa havia sido proposital, para impedir protestos. Ela estava parada na porta do chalé segurando um balde cheio de produtos de limpeza em cores berrantes, com luvas de borracha de um amarelo forte nas mãos. Ela usara aquilo em público? Certamente não.

— Hoje está um dia tranquilo no café — explicou —, então pensei em vir aqui para lhe fazer uma faxina geral. — Ele deve ter parecido tão alarmado quanto se sentia, porque Monica acrescentou rapidamente: — Não em você. Na sua casa. Não se preocupe, não é nenhum sacrifício para mim. Limpeza é uma das minhas atividades favoritas de todos os tempos, sinceramente. E este lugar é um incrível... — Ela parou por alguns segundos antes de extrair a palavra "desafio", como um coelho de uma cartola. — Este, meu amigo, é o Rolls-Royce dos projetos de limpeza.

— Ora, é muito gentil da sua parte, menina — disse Julian, embora não tivesse certeza absoluta disso. Ela passou por ele e entrou rapidamente no hall. — Mas realmente não é necessário. Eu gosto do jeito que está. Sinceramente. Acima de qualquer outra coisa, a casa tem o cheiro da Mary. E, se você começar a atacar o lugar com todas essas... *coisas*, vai eliminar esse cheiro na mesma hora. — Ela não poderia questionar aquilo, certo?

Monica parou e se virou para encará-lo.

— Julian, sem querer ofender... — Ele resistiu ao desejo de tapar os ouvidos. As pessoas sempre usavam essa expressão pouco antes de dizer algo realmente ofensivo. — Você está me dizendo que a Mary cheirava a mofo, poeira e a algo não identificável que deve ter morrido debaixo dos armários da sua cozinha?

— Ora, não, claro que não! — retrucou ele, horrorizado e um pouco bravo, na verdade. Talvez Monica tenha percebido, porque pegou a mão dele, felizmente depois de tirar aquelas luvas feias, absurdas.

— Me diga como cheirava a sua casa quando a Mary estava aqui, Julian — pediu ela.

Ele fechou os olhos e pensou bastante por alguns minutos, enquanto organizava as camadas de aromas na mente.

— Eu me lembro do cheiro de rosas, de geleia caseira de morango e de limões frescos. E também daquele spray de cabelo que vem numa lata grande dourada. Ah, e de tinta, obviamente.

— Muito bem. Me dê meia hora. Eu já volto — disse Monica, e foi embora tão abruptamente quanto havia chegado.

Quando ela voltou, vinte e nove minutos mais tarde, trazia ainda mais coisas. Monica empilhou as sacolas e ficou parada na frente delas para que Julian não pudesse ver o que havia dentro.

— Julian, acho que é melhor você sair e deixar isso comigo — sugeriu. — Vá se sentar no café. Eu disse ao Benji para colocar o que você quiser comer ou beber na conta do pessoal da casa. Fique fora o máximo que puder. Vou precisar de um bom tempo.

Julian, que estava começando a aprender que era perda de tempo e energia discutir com sua nova amiga, saiu e passou uma tarde muito agradável conversando com as pessoas que entravam e saíam do Monica's Café.

Benji o ensinou a preparar um bom cappuccino, usando a máquina de café do tamanho de um carro pequeno e quase tão complicada de manejar quanto. Então ele e Benji passaram um tempão rindo feito garotos travessos das "anotações sobre os clientes" de Monica e acrescentando algumas que inventaram.

Ao longo de todo esse tempo, Julian se esforçou muito para não pensar na devastação que estava acontecendo em sua casa.

Pela primeira vez desde que conseguia se lembrar, talvez desde sempre, Julian bateu na própria porta da frente. Estava bastante nervoso com a ideia de entrar e acabar se sentindo uma visita e não o dono da casa. Depois de um ou dois minutos, Monica apareceu com um lenço protegendo o cabelo, deixando escapar apenas alguns fios úmidos. O rosto dela estava vermelho e seus olhos brilhavam, como se ela também os tivesse limpado. E estava usando um dos aventais de Mary. Onde é que tinha encontrado aquilo?

— Lamento, mas só consegui terminar a sala de estar e a cozinha — avisou ela. — Vou voltar e fazer o restante outro dia. Entre!

— Monica! — disse Julian. — Está *transformado*.

E estava mesmo. A luz entrava pelas janelas, refletindo em superfícies limpas e enceradas. As cores desbotadas dos tapetes agora eram fortes e vibrantes, e não havia uma única teia de aranha à vista. Parecia um *lar* novamente, como se Monica tivesse eliminado quinze anos com toda a sujeira.

— Que cheiro está sentindo? — perguntou ela.

Julian fechou os olhos e respirou fundo.

— Limões, definitivamente — falou.

— Sim. Usei produtos com essência de limão. O que mais?

— Geleia de morango!

— Certo novamente. Cozinhando em fogo brando no fogão limpo e brilhante na cozinha. Precisamos encontrar alguns vidros para guardá-la. Sente-se enquanto eu termino.

Monica desapareceu do lado de fora e voltou carregando três grandes buquês de rosas, que deviam estar escondidos no pátio. Ela andou ao redor procurando vasos e arrumando arranjos, que distribuiu em cima de várias superfícies.

— E agora — disse em tom teatral — o toque final! — Então sacou uma lata de spray de cabelo Elnett, exatamente a marca que Mary usava, e borrifou pela sala de estar. — Feche os olhos, Julian. Agora a sala está com o cheiro de quando a Mary estava aqui?

Ele se recostou em sua poltrona favorita (que não parecia mais gordurosa) e respirou fundo. E o cheiro era o mesmo. Ele queria continuar de olhos fechados para sempre e permanecer em 2003. Mas precisava de uma última coisa.

— Monica — falou. — Temos que pintar alguma coisa. Vou lhe dar uma aula particular. É o mínimo que posso fazer.

Julian abriu as portas duplas da sala, que davam para o seu ateliê. Então puxou um rolo de lona, abriu no chão e começou a misturar tinta com um pouco de óleo de linhaça.

— Esta noite, Monica, vamos trabalhar no estilo Jackson Pollock. Eu observei você desenhando. É tudo muito organizado e preciso. Você tenta copiar exatamente o que vê. Mas Pollock disse: *A pintura é autodescoberta. Todo bom artista pinta o que ele é*. Ele dizia que tinha a ver com expressar os próprios sentimentos, não com ilustrar apenas. Tome, pegue este pincel. — Ele entregou a Monica um pincel quase do tamanho da mão dela. — Pollock usava tintas feitas em casa, mas eu não tenho nenhuma, então vamos usar tintas a óleo misturadas com óleo de linhaça e aguarrás. Ele colocava a tela no chão e pintava acima dela, usando o corpo todo no processo, como uma bailarina. Está pronta?

Julian desconfiava de que Monica não estivesse pronta, e podia ver que estava preocupada com a possibilidade de bagunçar a casa recém--arrumada, mas ela assentiu assim mesmo. Ele voltou à sala de estar, selecionou um álbum de vinil e o colocou no toca-discos. Havia apenas um homem à altura de uma tarefa tão teatral: Freddie Mercury.

Julian tirou os sapatos e deslizou pelo piso de madeira, agora encerado e brilhante, enquanto voltava para o ateliê cantando "Bohemian Rhapsody" com a mesma energia, mesmo que sem o talento, de Freddie. Ele pegou um pincel, mergulhou-o em um pote de tinta de um tom queimado de siena e jogou sobre a tela, espalhando a tinta em um arco amplo.

— Vai, Monica, vai! — gritou. — Use o braço inteiro. Sinta o movimento subindo pelo seu estômago. Deixe sair!

Ela iniciou tímida, mas Julian viu quando começou a rir, a relaxar, a jogar a tinta por cima da cabeça, como um tenista sacando na linha de base, no processo espalhando gotas de vermelho-cádmio nos cabelos.

Julian deslizou por todo o comprimento da tela em um *plié* amplo, espalhando tinta ao passar, com movimentos firmes do pulso.

— E então, Monica? *Will you do the fandango?* — ele cantarolou e logo acrescentou, pensando na letra da música: — O que é um fandango, afinal? E quem diabo é Scaramouche?

E os dois caíram no chão, rindo, exaustos, ao lado da maravilhosa profusão de cores que haviam criado. O cheiro de tinta fresca pairava no ar, se misturando ao perfume das rosas, dos limões, da geleia e do spray de cabelo.

— A Mary morreu em casa, Julian? — perguntou Monica quando eles se acalmaram e voltaram a respirar normalmente. — Eu sei como é, sabe?...

— Não quero falar sobre isso, se você não se importa — disse Julian, interrompendo-a abruptamente. Na mesma hora ele se sentiu péssimo. Parecia que *ela* queria dizer algo a *ele*. Felizmente Monica mudou de assunto.

— Você e a Mary não tiveram filhos? — perguntou. Cristo, aquele assunto não era nada melhor que o anterior.

— Nós tentamos — respondeu Julian. — Mas, depois de uma série de abortos espontâneos medonhos, decidimos que não era para ser. Não foi uma época fácil. — Isso era meio que um eufemismo.

— E vocês não quiseram adotar? — Monica voltou a perguntar, parecendo Keith, o cão de Julian, recusando-se a largar o osso.

— Não — disse ele, o que não era exatamente verdade.

Mary queria desesperadamente adotar, mas Julian vetara a ideia. Ele não via sentido em ter filhos se não pudesse passar seus genes para eles. Imagine passar a vida olhando para o rosto de um filho, se perguntando de onde ele teria vindo. Julian suspeitava de que aquela explicação não o faria parecer muito compassivo. As pessoas eram estranhamente sentimentais em relação aos bebês.

— Você tem mais alguém da família? Irmãos? Sobrinhos e sobrinhas? — quis saber Monica.

— Meu irmão morreu com quarenta e poucos anos... esclerose múltipla, uma doença horrível — respondeu Julian. — Não fui de tanta ajuda quanto deveria ter sido. Não sou nada bom com imperfeições físicas. É uma das minhas muitas falhas. Ele não teve filhos. Minha irmã, Grace, foi morar no Canadá nos anos 70. E já não volta aqui há mais de uma década. Ela diz que está velha demais para fazer uma viagem dessas. Grace tem dois filhos, mas não os vejo desde que eram bebês, a não ser no Facebook. Que, por sinal, é uma invenção maravilhosa. Embora eu fique feliz por essas redes sociais não existirem quando eu ainda era bonito. Eu talvez tivesse me tornado obcecado. — Ele se deu conta de que estava falando sem parar.

— E com quem planeja passar o Natal? — perguntou Monica.

Julian fingiu pensar muito.

— Nossa, tenho tantas opções que ainda não consegui me decidir — falou com ironia.

Será que ela o convidaria para alguma coisa? Ele tentou não se animar demais, para o caso de Monica estar apenas curiosa.

— Bom — falou ela, preenchendo o silêncio constrangedor —, meu pai e Bernadette vão passar o Natal em um cruzeiro. Para o Caribe. Estão fazendo cinco anos de casados. Isso significa que vou estar sozinha. O mesmo vale para o Riley, já que a família dele está do outro lado do mundo. Então pensamos em fazer o almoço de Natal no café. Você gostaria de se juntar a nós?

— Não consigo pensar em nada de que eu gostaria mais — respondeu Julian, sentindo-se definitivamente eufórico. — Acho que eu nunca disse como fico satisfeito por ter sido você quem encontrou o meu caderninho, Monica.

— Também fico muito feliz por ter encontrado o caderno — respondeu ela, e pousou a mão sobre a dele.

Julian se deu conta de como se desacostumara de ter contato físico com outras pessoas. A única pessoa que o tocava regularmente era o barbeiro dele.

— Julian, você deveria pintar o Riley! — sugeriu Monica. — Ele seria um modelo maravilhoso.

— Hummm — ele respondeu, pensando que o rapaz não precisaria de muitas camadas. E logo se repreendeu. Aquele não era um pensamento amável, e ele não era mais aquela pessoa maldosa. — Falando no Riley — disse, tentando parecer casual —, desconfio de que ele possa estar ligeiramente apaixonado por você.

— Você acha? — perguntou Monica, parecendo um pouco triste. — Não tenho tanta certeza.

— Você também escreveu no caderno? — quis saber Julian, mudando de assunto para o caso de ter feito Monica se sentir desconfortável. Ele imaginou que era assim que um pai se sentiria: querendo mostrar interesse, mas cauteloso para não passar do limite. Se aquele Riley a magoasse, teria que se ver com Julian.

— Sim, mas agora estou com vergonha do que escrevi. Embora... Você lembra que escreveu que *talvez contar essa história acabe mudando a sua vida?* Acho que só o fato de ter escrito já criou algum tipo de magia, porque a minha vida realmente mudou desde então. Tudo parece estar começando a dar certo. Pelo menos é o que eu acho. Deixei o caderno em um bar de vinhos, semanas atrás.

— Gostaria de saber quem o encontrou. Lembra do que escrevi logo depois? *Ou a vida de alguém que você nem conhece.*

— Bom — disse Monica —, já funcionou muito bem, não acha?

E sorriu para ele, para o amigo que conhecia havia tão pouco tempo, mas que de alguma forma parecia fazer parte da vida dela desde sempre.

Riley

Riley estava sentado em sua cama estreita de solteiro, com um notebook — que pegara emprestado com Brett, um de seus colegas de apartamento — em cima dos joelhos. Ele conseguia sentir uma das molas do colchão, dura e irregular, embaixo da coxa direita, por isso afastou o corpo ligeiramente para a esquerda, reajustando o teclado no colo. Estava tomando chá sem leite, já que alguém acabara com o leite que ele tinha comprado na véspera. No pacote com seis cervejas agora restavam quatro, e faltava um pedaço considerável no canto do queijo cheddar, que havia ganhado marcas de dente. Riley passara a colocar etiquetas em todas as suas coisas, mas se ressentia dos colegas de apartamento por o transformarem naquele tipo de cara. Ele não era de marcar território.

A sala estava iluminada pelo sol morno de dezembro, que tentava bravamente penetrar pela camada de sujeira que cobria as janelas — sujeira acumulada do escapamento de milhares de carros que passavam fazendo barulho pela Warwick Road, vinte e quatro horas por dia. Riley estava se sentindo como uma planta estiolada — fraco, amarelo e estirado pela falta de sol e ar fresco. Sua pele naturalmente marrom tinha uma tonalidade ictérica, e seus cabelos platinados estavam ficando mais escuros. Logo, pensou, os cabelos e a pele acabariam no mesmo tom.

O PEQUENO CADERNO DAS COISAS NÃO DITAS

Pela primeira vez desde que havia chegado a Londres, Riley sentiu uma saudade quase insuportável de Perth, dos dias passados sob o sol, adubando, regando, arrancando ervas daninhas e podando os jardins de outras pessoas. Olhou para o quadro de recados ao lado da cama, para a montagem de fotos de casa. Ele adolescente com o pai e os dois irmãos, todos surfando a mesma onda. Estavam sorrindo para a mãe dele, que havia tirado a foto. Como sempre, ela errou o enquadramento, por isso havia céu demais. Ele no colo da mãe quando era bebê, em uma visita à família dela em Bali. Um grupo de amigos erguendo garrafas de cerveja para a câmera, no churrasco de despedida que tinham feito antes da grande viagem dele. Por que havia trocado uma vida cercado de natureza gloriosamente verdejante por outra cercado de concreto, inalando poluição cada vez que respirava?

Riley estava verificando o progresso de seus vários anúncios no eBay. A roupa de apicultor de Julian (pouco usada) fora vendida rapidamente. Quem imaginaria que havia tantos apicultores amadores por aí? E a luminária Tiffany, que ele descrevera honestamente como "não funciona" e "precisa de restauração", estava atraindo novos lances a cada poucos minutos. O melhor de tudo: o celular antigo de Julian parecia que seria vendido a um preço mais alto que o modelo mais recente de iPhone. Riley soprou um cacho de cabelo para longe dos olhos enquanto rolava a tela para baixo.

Os únicos móveis no quarto dele eram uma cômoda, uma arara para roupas com alguns cabides pendurados e uma estante ligeiramente torta que parecia ter sido montada por alguém que estava meio bêbado quando tentou seguir o folheto de instruções da IKEA. Pelo canto do olho, Riley podia ver o caderno de Julian espiando por entre os romances e guias de viagem com páginas dobradas, provocando-o.

Riley tinha a impressão de estar afundando cada vez mais em areia movediça. Ele se lembrou da sensação de mal-estar no estômago quando vira o cartão-postal daquela praia no quadro de recados de Monica, e de como torcera para que fosse só coincidência. No minuto em que Monica mencionou o nome *Hazard*, ele deveria ter esclarecido tudo. Poderia ter dito: *Ah, sim, esse é o cara que eu conheci na Tailândia, pouco antes de vir para cá. Ele me deu um caderno, e foi assim que eu encontrei você.* Teria sido tão difícil? Mas ele falhara. Pior ainda, fugira, deixando Monica parada lá, segurando o cartão-postal, totalmente confusa. E agora ele estava se afogando naquela omissão. Não poderia alegar que o momento certo não havia surgido, que não havia tido a oportunidade de confessar. Nem teria como dizer que achou que fosse um Hazard diferente. Se ao menos o cara tivesse um nome normal, como James, ou Sam, ou Riley. Não dava para errar com um nome como Riley.

Ele fez um acordo consigo mesmo. Contaria a história toda a Monica e enfrentaria as consequências. Se ela nunca mais quisesse vê-lo, que fosse. Talvez fosse hora de ele seguir em frente de qualquer maneira. Mas ela poderia levar no bom humor — achar uma história divertida que poderia repetir para os amigos quando fosse contar como os dois haviam se conhecido. Certamente Monica veria que, embora Hazard tivesse armado para que os dois se conhecessem, o que havia acontecido depois disso era porque Riley realmente gostava dela, não é mesmo? Mais que gostava, ele se deu conta, surpreendendo a si mesmo.

Faltava apenas uma semana para o Natal, e Riley não queria arriscar arruinar os planos cuidadosamente elaborados de Monica. Ele sabia como ela estava animada para servir o almoço de Natal no café. Riley tinha visto todas as listas na mesinha de centro do apartamento dela: a lista de compras, o planejamento minuto a minuto do preparo das comidas, a lista de presentes (Monica havia escondido essa antes que Riley pudesse ver o que ela iria dar a ele). Ela havia tentado envolvê-lo em uma conversa sobre Jamie Oliver versus Nigella, mas obviamente reparou na expressão vazia dele e desistiu.

Monica tinha convidado toda a turma de artes para ir tomar uns drinques no café antes do almoço, antes que cada um fosse para as comemorações com a própria família. A maior parte dos alunos estaria fora da cidade, mas Betty e Baz pretendiam aparecer no café. Benji participaria do almoço, já que decidira se juntar à família na Escócia para a comemoração do Hogmanay, a celebração escocesa do Ano-Novo, em vez do Natal.

Riley decidiu que contaria tudo a Monica depois do Natal, mas definitivamente antes do Ano-Novo.

Tendo feito essa promessa para si mesmo, o peso do engodo pareceu um pouco mais leve. Ele olhou para o caderno. Queria se livrar daquilo. Agora que decidira o que fazer, queria esquecer o Projeto Autenticidade ao menos pela próxima semana — mas era impossível fazer isso com o caderno ali.

Pensou em jogá-lo fora, mas não queria ser quem quebraria a corrente. Parecia um péssimo carma, destruir as histórias sinceras e cuidadosamente escritas das pessoas. Talvez devesse passar adiante, como Monica e Hazard tinham feito. Quem sabe o caderno levasse sorte a alguém — afinal ele o apresentara a Monica e a todo um grupo de amigos. Ele até encontrara um trabalho, se fosse possível descrever assim o projeto do eBay de Julian. Riley tinha certeza de que o próximo destinatário não seria tão estúpido como ele, que a pessoa se lembraria de que a ideia era *autenticidade*, não mentiras.

No quarto ao lado, começou um barulho rítmico, intercalado com alguns gemidos teatrais. As paredes daquele lugar mal convertido em apartamento eram tão finas que Riley podia ouvir um peido sutil a dois quartos de distância, e no momento ele estava muito mais familiarizado do que gostaria com a vida amorosa bastante ativa de Brett. A atual namorada do cara estava fingindo, concluiu Riley. Ninguém conseguiria ter tanto prazer com o colega de apartamento Neandertal dele.

Riley tirou o caderno da estante, procurou uma caneta no bolso lateral da mochila e começou a escrever.

Quando terminou, já estava escuro do lado de fora. Ele tinha a sensação de ter tirado um peso dos ombros e transferido para as páginas. Tudo ia ficar bem. Riley foi até a janela e, quando já se preparava para fechar as cortinas bastante inadequadas, viu algo extraordinário. Precisava contar para Monica.

Monica

Monica tinha acabado de virar a placa na porta de "ABERTO" para "FE-CHADO" quando Riley apareceu, como se tivesse corrido por todo o caminho desde Earl's Court. Se ela não tivesse aberto a porta, ele teria dado de cara com o vidro.

— Monica, olha! — gritou ele. — Tá *nevando*! — Riley balançou a cabeça, espalhando gotas de água por toda parte, como um golden retriever entusiasmado depois de um mergulho.

— Eu sei, embora duvide que vá continuar. Isso quase nunca acontece. — Monica percebeu que aquela não era a resposta que ele estava esperando. — Riley, você nunca tinha visto neve?

— Claro que sim, no cinema, no YouTube e tal, mas não caindo de verdade do céu, assim — respondeu ele, apontando para alguns flocos bastante aleatórios.

Monica o encarou com espanto, quase alarmada.

— Ora — voltou a falar Riley, parecendo um pouco indignado —, você já viu uma tempestade no deserto ou um incêndio no Outback australiano? — Ela balançou a cabeça. — Foi o que eu pensei. De qualquer forma, temos que ir lá fora! Eu vi uma pista de patinação no Museu de História Nacional. Vamos lá!

— Museu de História *Natural* — corrigiu Monica. — E eu não posso sair assim. Tenho que arrumar as coisas aqui, deixar tudo preparado para amanhã. Desculpe. — Será que Riley tinha esquecido que, da última vez que ela o vira, ele a abandonara no meio de uma frase?

— Monica — disse Riley —, você tem que viver um pouco. Essas coisas todas podem esperar. Aproveite o momento. Pare de se preocupar com o futuro e se divirta. Você só vai ser jovem uma vez.

Monica estremeceu com os clichês que ele soltava, como se fosse o roteiro de um filme ruim de Hollywood.

— Você vai me falar agora que ninguém disse no leito de morte que gostaria de ter passado mais tempo no trabalho, não é?

Então ela olhou para o rosto dele, cintilando de expectativa, e pensou: *Por que não?*

Monica havia tido aulas de patinação quando criança, assim como aulas de balé, piano, flauta, ginástica e teatro. Até fazer dezesseis anos, quando tudo parou. Mas seus músculos precisaram de poucos minutos para recuperar as lembranças havia muito esquecidas, e ela passou a deslizar e girar com confiança, até mesmo com certa pretensão. Por que, se perguntou, nunca mais havia patinado? Todas aquelas paixões que tivera quando era mais nova, as coisas que haviam feito seu coração disparar e povoado seus sonhos, todas abandonadas para se dedicar a trabalhar duro, ser sensata e planejar o futuro.

Falando em sonhos, nem nos mais loucos ela se imaginara com alguém tão lindo quanto Riley. Precisava se beliscar várias vezes. Aonde quer que fossem, as pessoas olhavam para eles. Riley provavelmente atraíra olhares durante toda a vida, já que parecia totalmente alheio àquilo. Será que estavam todos se perguntando: *O que ele está fazendo com ela?*

Riley não era nem um pouco consciente da própria aparência. Naquele momento, ele parecia o Bambi em sua primeira excursão ao lago congelado — um emaranhado de membros que não cooperavam e passavam mais tempo esparramados no gelo que na vertical. Ele estava deitado de costas com os cachos loiros espalhados ao redor da cabeça, como a auréola de um anjo expulso do céu. Ela estendeu a mão para ajudá-lo a se levantar. Riley aceitou a ajuda, ficou de pé, mas logo escorregou de novo e caiu mais uma vez, levando Monica com ele.

Monica se viu esparramada em cima de Riley. E sentiu todo o caminho da risada dele, de onde começou, no fundo do estômago, até borbulhar no peito, para depois explodir perto da orelha dela. Ela capturou aquela risada em um beijo. E, com o som da risada somado à sensação do beijo, tão natural e descomplicado, Monica se deu conta de que os clichês eram verdadeiros. Claro, Riley não atendia a todos os critérios dela, mas talvez a culpa fosse dos critérios, não dele.

Riley sorriu para ela.

— Como você faz isso, Monica? Deslizar pelo gelo com tanta graça, como uma fada Sininho do Ártico. Estou admirado.

Monica achou que explodiria de felicidade — ao que parecia, ela era uma mulher que inspirava admiração.

Riley se levantou e ajudou uma criança pequena, que também havia caído, a ficar de pé novamente. A menina o encarou boquiaberta, como se ele fosse Papai Noel. Ao que parecia, nem as meninas de menos de dez anos eram imunes ao charme dele.

Quando eles voltaram para o café, já eram quase dez da noite. Monica sabia que deveria terminar as tarefas que havia deixado de lado mais cedo, mas ainda estava se permitindo levar por uma onda de espontaneidade que parecia quase uma insanidade temporária.

Quando ela acendeu as luzes do café, viu o cartão-postal novamente, atrás do balcão, e se voltou para confrontá-lo.

— Riley, por que você saiu correndo tão rápido na outra noite? — perguntou, tentando não parecer agressiva. — Eu chateei você por algum motivo?

— Meu Deus, não. Por favor, não pense assim — falou Riley. E ela acreditou nele. Riley era muito direto para mentir de forma convincente.

— Fiquei um pouco... você sabe, *apavorado* de repente. — Ele baixou os olhos e arrastou os pés, meio sem graça.

O PEQUENO CADERNO DAS COISAS NÃO DITAS

Monica entendia perfeitamente. Afinal ela ficava regularmente apavorada com o relacionamento deles — com todos os relacionamentos que tinha, na verdade. Não podia culpá-lo! Aliás, estava bastante aliviada por descobrir que Riley também se debatia com emoções complexas. Talvez eles fossem mais parecidos do que ela pensava.

— Por que não tomamos vinho quente? — sugeriu Monica, achando que o álcool poderia ajudar a restaurar o clima relaxado de antes.

Ela foi até a pequena cozinha nos fundos do café, acendeu o fogo e derramou uma garrafa de vinho em uma panela grande, além de uma seleção de especiarias, laranja e cravo. Pôde ouvir Riley pôr uma música para tocar na sala ao lado. Ella Fitzgerald. Boa escolha. Ela mexeu o vinho por dez minutos, que não era nem de perto o tempo necessário, mas estava arriscando naquele dia.

Monica levou dois copos de vinho parcialmente quente de volta ao salão do café. Riley pegou ambos das mãos dela, colocou-os com cuidado em cima de uma mesa, pegou uma das mãos dela e a puxou para dançar, evitando habilmente todas as mesas e cadeiras enquanto a fazia girar, mantendo contato apenas pela ponta dos dedos, e logo a puxando para mais perto. Os braços e pernas, tão ineptos antes, subitamente se tornaram tão belamente coordenados e no controle da situação que era difícil acreditar que pertenciam à mesma pessoa.

Enquanto dançava, Monica percebeu que o nó de ansiedade que costumava acompanhá-la o tempo todo não estava mais lá. Ela não estava, pelo menos por enquanto, preocupada com *O que vai acontecer agora? E se? Para onde isso vai?* Ou a preocupação mais recente: *Quem está lendo aquele caderno idiota em que escrevi?* A única coisa que importava era o ritmo da música e a sensação de estar nos braços de Riley.

Um ônibus passou, iluminando a calçada do lado de fora por um momento, e ali, bem na frente da vitrine, estava uma jovem segurando o bebê mais lindo e gorducho, como uma Madona moderna com o Menino Jesus no colo. O bebê tinha os cabelos da mãe enrolados no punho, como se quisesse se assegurar de que ela nunca o soltaria.

Por um segundo, os olhos de Monica encontraram os da jovem mãe, que parecia dizer: *Olhe só para a sua vida, tão frívola e vazia. Isto é o que realmente importa, o que eu tenho.*

Enquanto o ônibus seguia em direção a Putney, a calçada mergulhou novamente na escuridão e a visão desapareceu. Talvez nunca tivesse estado lá. Talvez tivesse sido fruto da imaginação de Monica, seu subconsciente lembrando a ela para não esquecer de seus sonhos e ambições não realizados. Se a visão era real ou não, aquele momento de euforia despreocupada se foi.

Alice

Eram quase onze da noite e Alice estava andando pelas ruas com Bunty no carrinho de bebê, tentando fazê-la dormir. Parecia ter funcionado, já que os gritos se transformaram em fungadinhas e, nos últimos quinze minutos, em um silêncio abençoado. Alice voltou para casa, desesperada por um pouco de sono. Quem teria imaginado que chegaria um dia em que a coisa que ela mais iria querer no mundo — mais que dinheiro, sexo, fama ou um par do Manolo Blahnik mais recente — seriam oito horas de sono ininterrupto?

Quando Alice passou por um de seus cafés favoritos — como se chamava? Daphne's? Belinda's? Um nome antiquado —, ela parou. As luzes estavam acesas dentro do café e ela viu duas pessoas dançando em volta das mesas, como em uma cena perfeita e improvável do último filme romântico de Hollywood.

Alice sabia que deveria continuar andando, mas seus pés pareciam soldados no chão. Ela assistiu, do confortável anonimato da calçada escura, enquanto o homem olhava para a mulher em seus braços com tanto amor e ternura que quase a fez chorar.

No começo, Max a olhava como se ela fosse uma princesa de conto de fadas e ele não conseguisse acreditar na própria sorte. Mas o marido já não a olhava assim fazia muito tempo. Alice desconfiava de que ver o amor da sua vida passar pelo trabalho de parto, com todos os gritos, suor, lágrimas e fluidos envolvidos, mudava bastante, e para sempre, a visão que se tinha dela. Ela havia pedido que Max ficasse "na cabeceira", mas ele insistira em ver a primogênita vir ao mundo, o que fora, ela tinha certeza, um erro terrível. Além de tudo, eles haviam precisado chamar uma parteira extra para lidar com Max quando ele caiu e abriu a cabeça ao batê-la em um carrinho. Na véspera mesmo, Max tinha confundido a pomada para hemorroidas dela com a pasta de dentes dele. Não era de espantar que restasse pouco romance na relação.

Alice tinha certeza de que a mulher do filme que passava na frente dela, do outro lado da vitrine, não tinha um bebê pequeno, estrias ou hemorroidas. Ela era livre, desimpedida, independente. Tinha o mundo nas mãos. Então, como se para lembrar a Alice que ela mesma não era nenhuma dessas coisas, Bunty começou a gritar, acordada pela parada repentina do carrinho.

Ela pegou a filha no colo, embrulhada na manta de cashmere, desejando conseguir sentir qualquer outra coisa que não irritação. Para piorar, Bunty fechou o punho ao redor dos cabelos de Alice e os levou à boca, puxando com força. Então um ônibus passou, iluminando a calçada, e naquele momento a mulher no café se virou e olhou para Alice com uma expressão de pena. *Coitadinha*, ela parecia dizer, *você não gostaria de ser eu?*

E ela gostaria.

O sono intermitente de Alice foi intercalado com sonhos com o casal no café. Embora, em seu sonho, ela fosse a mulher dançando e outra pessoa — Alice não sabia quem — estivesse assistindo. Ela balançou a cabeça, tentando afastar a visão para que pudesse se concentrar na tarefa que tinha à frente. Mas só o que conseguiu foi entortar o acessório de cabeça idiota.

Alice e Bunty estavam usando tiaras de chifres de rena. Ela inclinou a filha, de modo que seus narizes quase se tocassem. O rosto cheio da menina, com seu sorriso radiante e banguela, estava na foto, mas só o que se via eram as mechas douradas de Alice (cortesia de @danieldoeshair) e um pouco de seu perfil. Alice tirou mais algumas fotos, só para garantir.

O nome verdadeiro de Bunty era Amelie, mas eles a apelidaram de Baby Bunty poucos dias depois que ela nasceu, quando ainda estavam discutindo para ver como a chamariam (verdade seja dita, eles ainda discutiam sobre praticamente tudo), e o apelido pegara. Agora, @babybunty tinha quase tantos seguidores quanto @aliceinwonderland.

Alice abriu as melhores fotos no Facetune e realçou o branco na pequena parte do olho dela que aparecia na foto, removeu as olheiras e apagou todas as linhas finas do rosto. Bunty — que pelo feed do Instagram ninguém jamais imaginaria que tinha alergia a leite e crosta láctea no couro cabeludo — recebeu o mesmo tratamento. Então Alice acrescentou um filtro, digitou "O Natal está chegando!" e acrescentou emojis festivos e todas as hashtags de sempre, usando a palavra *mãe* e citando nomes de blogueiras de moda, marcou a @babydressup, que tinha lhe mandado as tiaras de chifres de rena, e apertou "compartilhar". Ela deixou o celular virado para baixo em cima da mesa por cinco minutos, então o virou novamente para checar o número de curtidas. Já eram 547. Aquela foto se sairia bem. Fotos de mãe e bebê com roupas combinando sempre faziam sucesso.

Bunty começou a uivar, o que fez o peito esquerdo de Alice começar a vazar leite por toda a camiseta. Ela havia acabado de se vestir, e aquela era sua última peça de roupa limpa. A privação de sono a estava fazendo se sentir alheia, como se estivesse assistindo à própria vida em vez de estar realmente nela. Alice teve vontade de chorar. Ela passava muito tempo com vontade de chorar.

Alice estremeceu quando Bunty apertou as gengivas firmes ao redor do mamilo dolorido e rachado. E se lembrou da foto idílica e artística que postara no dia anterior, amamentando a bebê — a iluminação, o ângulo da câmera e o filtro mascarando os ferimentos, a dor e as lágrimas. Como algo tão natural quanto alimentar a própria filha podia ser tão *medonho*? Por que ninguém a avisou?

Às vezes ela queria estrangular a parteira com o cordão que a mulher usava no pescoço, o qual bradava "PEITO É MELHOR PEITO É MELHOR" sem parar, como um dedo apontado pronto para repreender qualquer mãe que ousasse pensar em preparar uma mamadeira de fórmula. Certamente, querer matar uma *parteira* não era um pensamento saudável para um mãe recente, certo?

Alice afastou a torrada com abacate que havia fotografado na hora do café da manhã, enfiou a mão dentro do armário, com Bunty ainda agarrada ao peito esquerdo, e pegou o pacote de emergência de bolinhos com cobertura de chocolate. E comeu o pacote inteiro. Esperou a sensação habitual de ódio por si mesma. Ah, pronto, lá estava, bem na hora.

Depois que Bunty terminou e regurgitou um bocado de leite do outro lado da camiseta já suja da mãe, Alice começou a examinar a pilha de roupas de bebê que o patrocinador da menina, @babyandme, tinha mandado. Precisava postar outra foto de roupas de bebê antes que fosse tarde demais para as entregas de Natal. Acabou encontrando o casaquinho de tweed mais fofo, com abotoamento duplo no peito, com gorro e botinhas combinando. Serviria.

Agora Alice teria que sair. O casaquinho apareceria melhor, e a pequena casa geminada estava tão abarrotada de caixas de papelão, brinquedos de bebê, pilhas de roupas e a pia cheia de louça que certamente não funcionaria como pano de fundo. @aliceinwonderland morava em uma casa de bom gosto, impecável, motivo de inveja. De qualquer forma, caminhadas ao ar livre com o bebê eram o que as mães recentes faziam, não eram? Eram *tendência*.

Alice realmente não conseguiria fazer o esforço de tentar encontrar outra blusa limpa, por isso só jogou um casaco por cima da que usava, com vômito de bebê e mancha de leite mesmo. Com sorte, ninguém chegaria perto o suficiente para sentir seu cheiro. Tirou da cabeça a tiara de chifres de rena e enfiou um gorro de lã com um pompom alegre no topo (@ilovepompoms) para cobrir o cabelo oleoso. E se olhou no espelho do hall. Estava tão horrorosa que ao menos ninguém a reconheceria. Alice fez uma anotação mental para lembrar de se arrumar antes de Max chegar em casa. Aparência era importante para um homem como Max. Antes de ela ter a bebê, ele nunca a vira menos que perfeitamente maquiada, penteada e depilada. Desde então, tudo tinha descido um pouco ladeira abaixo.

Alice passou, então, o que pareceram horas reunindo as necessidades básicas dentro da enorme bolsa do bebê — paninhos, lenços umedecidos, pomada contra assadura, protetores de mamilo, fraldas, gel de dentição, chocalho e o Dudu (o coelho de pelúcia favorito de Bunty). Desde a chegada da filha, quatro meses antes, sair de casa era como se preparar para uma expedição ao Everest. Ela se lembrou dos dias em que só precisava de chaves, dinheiro e celular no bolso do jeans quando queria sair. Parecia uma vida diferente, que pertencia a uma pessoa muito diferente.

Com Bunty toda arrumada e presa no carrinho, Alice desceu os degraus até a calçada. Bunty começou a chorar. Não era possível que ela estivesse com fome de novo!

Alice achou que estaria totalmente sintonizada com o choro da filha. Que seria capaz de diferenciar fome de cansaço, desconforto de tédio. Mas a realidade era que todos os gritos de Bunty pareciam significar a mesma coisa: decepção. *Não era isso o que eu esperava*, ela parecia dizer. Alice entendia, porque se sentia da mesma forma. Ela acelerou o passo, esperando que o movimento do carrinho pudesse acalmar a filha, mas sem fazê-la dormir antes de tirar a foto.

Alice foi em direção ao pequeno parquinho ali perto. Poderia colocar Bunty no balanço de bebês — aquilo mostraria muito bem a roupinha dela, e Bunty adorava o balanço, então com sorte sorriria. Quando franzia a testa, a menininha se parecia estranhamente com Winston Churchill. Aquele expressão a faria perder um monte de seguidores.

Alice desejou que algumas de suas amigas antigas da escola ou da universidade também tivessem bebês. Ao menos teria alguém com quem conversar sobre como realmente se sentia em relação a tudo aquilo. Poderia descobrir se era normal achar a maternidade tão difícil, tão cansativa. Mas as amigas dela consideravam vinte e seis anos jovem demais para ter filhos. Por que raio Alice não tinha achado a mesma coisa? Estava com tanta pressa de completar a imagem perfeita: marido rico e bonito, casa vitoriana na parte certa de Fulham e uma bebê linda e feliz. Estava vivendo o sonho, não estava? Seus seguidores certamente achavam que sim, o que a fazia se sentir terrivelmente ingrata.

O parquinho estava vazio, mas o balanço de bebês não estava. Havia um caderno em cima dele. Alice olhou ao redor para ver a quem poderia pertencer. Não havia ninguém por perto. Ela pegou o caderno — que se parecia muito com o que ela costumava usar para anotar as mamadas de Bunty. *5h40, dez minutos no peito esquerdo, três minutos no direito.* Havia tentado estabelecer alguma espécie de rotina, como sugeriam os especialistas. Mas a ideia não durou muito tempo. Alice acabou jogando o caderno na cesta de fraldas em um acesso de ressentimento, pois ele servia apenas como prova de seu fracasso total.

O caderno dela tinha cinco palavras na frente: *Diário de alimentação da Bunty*. Ela havia desenhado um coração em torno do nome Bunty. No que ela acabara de encontrar havia duas palavras apenas, com uma letra muito mais bonita: *Projeto Autenticidade*. Alice gostou do som daquilo. Afinal sua marca (*marcas*, lembrou a si mesma, desde que Bunty chegara) tinha tudo a ver com autenticidade. *Moda da vida real para mães da vida real e seus bebês. Emoji sorridente.*

Alice abriu o caderno e estava prestes a iniciar a leitura quando começou a chover. Droga. Até o maldito *céu* estava chorando. Gotas grandes e gordas já borravam um pouco a tinta. Ela secou a página com a manga do casaco e enfiou o caderno na bolsa, entre uma fralda e os lenços umedecidos, para mantê-lo seco. Mais tarde descobriria o que fazer com ele. Agora teria que conseguir chegar em casa antes que ambas ficassem encharcadas.

Julian

Julian ficou bastante satisfeito com sua roupa de tai chi. Ele tinha comprado pela internet. E se deu conta de que aquelas eram as primeiras roupas novas que comprava desde que Mary se fora. Agora que descobrira como era fácil fazer compras online, Julian tinha encomendado um grande número de cuecas e meias novas. Já era hora. Talvez pedisse para Riley vender as antigas no eBay. Adoraria ouvir a resposta do rapaz a essa sugestão. Seria bem feito por ele tentar invadir seu closet.

Julian optara pelo visual ninja geriátrico. Todo de preto. Calça larga e camisa ampla fechada na frente por um cordão trançado. Ele percebeu que a sra. Wu (achava difícil pensar nela como Betty) ficou muito impressionada. Ela ergueu as sobrancelhas tão alto que, por um momento, elas pararam de se encontrar no meio.

Julian e a sra. Wu estavam seguindo a rotina de aquecimento agora já familiar. Ele achava que estava muito menos vacilante e um pouco mais flexível do que quando ela aparecera pela primeira vez em seu portão, duas semanas antes. Ela chegava sempre com um saco de sementes, que espalhava ao redor no início da aula, para que em pouco tempo eles estivessem cercados de pássaros.

— É bom estar cercado pela natureza — explicou. — E é um bom carma. Os pássaros estão com frio, com fome. Nós os alimentamos, eles ficam felizes, nós ficamos felizes.

Às vezes, quando Julian se inclinava para a frente com os braços para trás do corpo, imitando a sra. Wu, via pássaros mergulharem em direção às sementes e tinha a estranha sensação de que eles estavam se unindo à aula.

— Consegue sentir seus antepassados, Julian?

— Não, eu deveria? — perguntou ele.

Onde eles estavam e onde ele deveria senti-los? Que pensamento desconfortável. Julian olhou ao redor, meio que esperando ver o pai sentado no banco e olhando para ele com desaprovação por cima dos óculos de leitura.

— Eles estão sempre à nossa volta — disse a sra. Wu, obviamente em paz com a ideia. — Você sente isso aqui. — Ela bateu o punho com força contra o peito. — Na sua alma.

— Como ficamos tão velhos? — perguntou Julian, passando para um território mais confortável. Ele ouviu os joelhos rangerem em desaprovação ao exercício. — Ainda me sinto com vinte e um anos por dentro, então olho para as minhas mãos, tão enrugadas e manchadas, e elas não parecem pertencer a mim. Usei o secador de mãos ontem no Monica's Café, e a pele nas costas das minhas *ondulou*!

— Envelhecer não é bom neste país — disse a sra. Wu. Julian já havia descoberto que aquele era o assunto favorito de conversa dela. — Na China, os idosos são respeitados pela sabedoria. Eles viveram uma vida longa, aprenderam muito. Na Inglaterra, idosos são um incômodo. As famílias os mandam embora, colocam em casas de repouso. Como prisões para gente velha. A minha família não faria isso comigo. Não ousaria.

Julian acreditava nisso. No entanto, ele não tinha certeza se podia se considerar sábio, ou se tinha aprendido muito. Não se sentia muito diferente do homem que era aos vinte anos, por isso era sempre um choque tão terrível quando se olhava no espelho.

— Você tem uma família adorável, sra. Wu — comentou enquanto levantava a perna direita à frente, os braços esticados para o lado.

— Betty! — ela respondeu, parecendo brava.

— Baz, quer dizer, Biming, é um amor de rapaz. E tem um parceiro incrível também, o Benji.

A sra. Wu parou no meio de uma pose.

— Parceiro? — perguntou, parecendo confusa.

Julian percebeu que provavelmente cometera um erro terrível. Presumira que ela soubesse que o neto tão abertamente afetuoso tinha essa orientação sexual.

— Sim, no sentido de camarada, grande companheiro. Eles se dão muito bem. Como amigos. A senhora entende.

A sra. Wu lançou um olhar duro para Julian e não disse nada, enquanto passava elegantemente para o próximo movimento.

Julian soltou o ar com alívio. Felizmente, ele tinha mais inteligência emocional que a média das pessoas. Parecia que havia conseguido salvar a situação.

Monica

Monica se superara com as decorações natalinas no café nesse ano. As aulas de artes de Julian provavelmente haviam desencadeado algum instinto criativo havia muito esquecido. Ela montou uma árvore de Natal na biblioteca, decorada com enfeites de vidro tradicionais e luzinhas de LED brancas simples. Cada uma das mesas tinha arranjos de azevinho e hera no centro, e ela pendurara um grande ramo de visco acima do balcão. Benji distribuía beijos para homens e mulheres, animadamente.

— Torta! — gritou Baz da mesa seis.

— Bakewell ou de limão? — perguntou Benji, com um sorriso.

Uma compilação de músicas natalinas tocava sem parar o dia todo. Se Monica ouvisse Bono Vox perguntar mais uma vez se eles sabiam que era Natal, teria o maior prazer em enfiar o iPad de Benji na pia com a louça.

O aroma rico e complexo de vinho quente enchia o café. Como era véspera de Natal, Monica havia dito a Benji para servir o vinho como cortesia a todos os clientes habituais. Ele havia ido além e passara a entregar cada copo com um elogio: *Como está SEXY esta noite, sra. Corsellis!* Todas as crianças ganharam moedas de chocolate, o que teve como resultado muitos sorrisos e impressões digitais marrons. Monica se pegou lutando contra a ânsia desesperada de andar atrás das crianças com um pano úmido.

Aquilo, lembrou a si mesma, era um bom treino para a maternidade. Ela checou o relógio. Eram quase cinco da tarde.

— Benji, vou levar uma garrafinha disso ao cemitério, se estiver tudo bem pra você — falou.

— Não sei se as pessoas que estão lá precisam do seu vinho quente, querida — brincou uma das mulheres na fila.

Monica entrou no ônibus e sorriu para o motorista, que estava usando um gorro de Papai Noel. Não conseguia se lembrar da última vez que se sentira tão animada com o Natal. Era como os Natais antes *daquele*, quando eram uma família feliz de três.

Quando Monica se aproximou do almirante pela entrada do cemitério na Fulham Road, viu Riley caminhando em sua direção, vindo do lado de Earl's Court. Ele acenou para ela.

— "Bate o sino pequenino, sino de Belém" — cantarolou ele, enquanto os dois se sentavam na lápide de mármore.

Então ele a beijou. O calor do beijo, a intensidade e a forma como a deixou zonza espelhavam o efeito do vinho quente que ela andara bebendo. Monica não tinha certeza de quanto tempo eles passaram abraçados, entrelaçados como a hera que cobria as lápides próximas, antes de ouvirem a voz de Julian.

— Hum, devo ir para outro lugar?

Monica e Riley se afastaram rapidamente, e ela teve a sensação de ter sido pega pelo pai se agarrando com um garoto do lado de fora do bailinho da escola.

— Não, não, não — disse Riley. — Afinal você chegou aqui antes. Pelo menos quarenta anos antes.

— Trouxemos vinho quente para você — anunciou Monica, acenando com a garrafa térmica para ele.

— Bem, não posso dizer que estou surpreso ao ver vocês dois *se dando tão bem*. Eu previ isso desde o momento em que Riley entrou na minha aula de artes. Nós, artistas, vemos coisas que as outras pessoas não veem. É a nossa bênção e a nossa maldição — comentou Julian, com a entonação teatral de um ator shakespeariano. — Está tudo se acertando, não? E eu que achei que o Natal não poderia ficar melhor.

Monica serviu um copo de vinho quente para cada um deles, agradecida por não ter que tomar o Baileys de Julian. Podia ser a bebida favorita de Mary, mas era tão doce que ela quase sentia os dentes se dissolverem quando dava um gole.

— Feliz Natal, Mary — disse, sentindo-se culpada pelo pensamento pouco amável.

— Feliz Natal, Mary! — ecoaram os outros.

— Boas notícias no eBay, Julian — comentou Riley. — Já recebemos quase mil libras. Seu armário embaixo da escada é uma verdadeira mina de ouro.

— Excelente trabalho, jovem Riley — respondeu Julian. — Posso ir às compras nas lojas online. Descobri um site maravilhoso, se chama Mr. Porter. Tem tudo de que um cavalheiro interessado em moda precisa. Você deveria dar uma olhada.

— Obrigado, Julian, vou ficar com a Primark. Cabe melhor no meu orçamento.

— Julian, tenho que voltar ao café para ajudar o Benji a fechar — avisou Monica. — Mas vejo vocês amanhã, às onze da manhã.

— Vou acompanhar você, Monica — disse Riley, o que fez Julian dar uma piscadela maliciosa que pareceria incongruente em qualquer outro aposentado.

Eles seguiram pela Fulham Road, o braço de Riley ao redor do ombro de Monica. Londres estava vazia por causa das festas de fim de ano, as ruas assustadoramente silenciosas. Cada pessoa que passava por eles contava uma história — o homem comprando um presente de última hora; a mãe levando os filhos para casa para poder embrulhar os presentes que colocaria nas meias de Natal; ou o grupo de rapazes voltando do almoço de confraternização do escritório, que se estendera até o fim da tarde.

Monica não conseguia se lembrar da última vez que se sentira tão relaxada. Ela percebeu, surpresa, que não se importava se Riley fosse embora de Londres em breve. Não se importava com as intenções dele. Por enquanto, estava sendo capaz de arquivar mentalmente todas as suas preocupações por ser uma solteirona e as deixara em uma prateleira empoeirada, com a etiqueta de "pendências". Só o que lhe importava era a perfeição daquele momento, sua cabeça apoiada no ombro de Riley e os passos sincronizados na calçada, marcando o ritmo da canção de Natal que estava tocando no pub. Monica parabenizou a si mesma por estar se tornando uma verdadeira guru do mindfulness.

— Monica — disse Riley, com um toque de hesitação na voz —, espero que saiba quanto eu gosto de você.

O estômago dela se agitou como se estivesse em uma montanha-russa, prazer e medo tão entrelaçados que ela não sabia onde terminava um e o outro começava.

— Riley, isso está parecendo aquele momento do romance em que o herói revela que tem mulher e filhos em casa — falou, tentando soar brincalhona. Ele não tinha, não é?

— Ha, ha! Não, é claro que não. Eu só queria ter certeza de que você sabia, só isso.

— Bom, eu também gosto muito de você. — Aquele pareceu um momento tão bom quanto qualquer outro para dizer o que já vinha ensaiando fazia algum tempo. Na verdade, passara mesmo um tempo treinando o tom casual perfeito. Chegara a gravar a frase no iPhone e depois colocara para escutar. Meu Deus, será que havia se lembrado de excluir a gravação? — Gostaria de passar a noite aqui, já que vai vir para o almoço amanhã? Se não se importar com a correria em que vou estar, recheando o peru e preparando os legumes.

Riley hesitou por apenas um segundo. Tempo suficiente para deixar transparecer o que estava por vir.

— Eu adoraria, mas prometi aos meus colegas de apartamento que celebraria o Natal com eles hoje à noite, já que não vou estar lá amanhã. Desculpe.

Monica ouviu uma voz familiar em sua cabeça cantarolando *Ele simplesmente não está tão a fim de você* e a esmagou como um inseto. Recusava-se a permitir que qualquer coisa estragasse seu humor. O dia seguinte seria perfeito.

Alice

O que Alice mais queria ganhar no Natal era dormir até mais tarde. Só até as sete da manhã. Mas Bunty tinha outras ideias. A menina acordou às cinco exigindo comida e atenção. Alice precisou dar uma mamadeira de fórmula, que a filha odiava, para o caso de o leite do peito ainda carregar o álcool da noite anterior. Não era responsável o bastante nem para alimentar a própria bebê direito. A cozinha parecia uma loja de brinquedos revirada. Alice tivera a intenção de arrumar tudo e preparar todos os legumes para o almoço de Natal antes de ir para a cama, mas a briga horrível com Max a fizera deixar aquilo de lado. Ela pegou um analgésico no armário, como se pudesse apagar a lembrança com o remédio, além da ressaca.

Max tinha chegado em casa bem tarde e, obviamente, um pouco bêbado, depois de sair com a equipe do trabalho para um almoço festivo, que acabara se transformando em uma tarde festiva. Quando ele voltou, Alice estava exausta e com a certeza de estar sofrendo de princípio de mastite: os seios terrivelmente doloridos, duros como pedras e com uma ligeira febre. Ela pesquisou os sintomas no Google e leu que folhas de repolho geladas enfiadas dentro do sutiã de amamentação ajudariam. Mas não tinha como sair para comprar repolho sem acordar Bunty, que estava, final e felizmente, mergulhada em um sono profundo. Então, quando Max por fim chegou, ela pediu para ele comprar o repolho.

Ele saiu e demorou o que pareceu uma eternidade, enquanto Alice sentia o ressentimento ferver lentamente dentro dela pelo fato de o marido ter passado o dia se divertindo, enquanto ela estava até o pescoço com fraldas e lenços umedecidos. Finalmente, Max voltou com um pacote de *couve-de-bruxelas*! Ele explicou que, como era véspera de Natal, a maior parte dos mercados estava fechada ou tinha as prateleiras vazias.

— O que você quer que eu faça com as folhas minúsculas e inúteis de uma *couve-de-bruxelas*? — tinha gritado Alice.

— Achei que eram para você *comer*. Todo mundo come couve-de-bruxelas no Natal, não? É praticamente lei — respondera ele, não tão irracionalmente, percebia Alice agora, e se esquivara quando ela jogara o legume ofensivo na cabeça dele. A couve-de-bruxelas errara o alvo, mas batera na parede como um estilhaço de bala, acertando bem no meio de uma colagem emoldurada das fotos de Bunty tiradas da página dela no Instagram.

Alice pegara uma garrafa de vinho da geladeira, com uma caixa de chocolates de menta After Eight (os dois destinados à festa de Natal), e terminara ambos em tempo recorde, enquanto percorria todas as suas redes sociais e pensava sombriamente: *Isso vai ensinar a ele.*

Agora ela se dava conta de que não havia ensinado nada a ele, ou ao menos não o que pretendera ensinar. A única consequência daquilo fora fazê-la acordar às três da manhã, desidratada e suando sauvignon blanc. Então Alice ficara revirando na cama, se recriminando silenciosamente por duas horas, quando Bunty se juntara a ela, berrando muito alto.

Max entrou na cozinha, beijou o topo da cabeça dela (que ainda estava apoiada nas mãos) e disse:

— Feliz Natal, querida.

— Feliz Natal, Max — respondeu Alice, o mais alegremente que conseguiu. — Será que você não pode cuidar da Bunty por um tempo, enquanto eu durmo mais um pouco?

Ele a encarou com os olhos arregalados, como se ela tivesse sugerido convidar os vizinhos idosos para uma troca de casais.

— Você sabe que normalmente eu faria isso com prazer, meu bem. — Ela não sabia. — Mas meus pais vão estar aqui em algumas horas, e nós temos muito o que fazer.

A declaração saiu carregada de culpa e foi acompanhada por olhares significativos para as pilhas de brinquedos, a pia e a lata de lixo transbordando, as batatas ainda por descascar.

— Quando você diz *temos*, Max, isso significa que vai ajudar? — perguntou Alice, tentando manter o tom o mais neutro possível. Não queria outra discussão no dia de Natal.

— Claro que sim, meu amor! Só preciso terminar algumas coisas chatinhas de trabalho antes, e depois sou todo seu. Aliás, você vai vestir alguma coisa mais adequada antes dos meus pais chegarem, não é? — perguntou.

— Claro que sim — confirmou Alice, que não havia planejado fazer isso. Quando Max desapareceu novamente no escritório, ela desejou poder mudar a própria vida tão facilmente quanto podia trocar de roupa.

Alice colocou Bunty em um canguru preso ao seu corpo, para que a filha ficasse feliz e segura enquanto ela corria para arrumar a casa e preparar o almoço para os sogros. Ela não desgostava da mãe de Max (ao menos *tentava* não desgostar), mas Valerie tinha *padrões*. Era raro que a sogra criticasse abertamente alguma coisa, mas Alice sabia que por dentro a mulher fervilhava de julgamentos, ainda mais virulentos por serem contidos. Valerie nunca superara o fato de Alice ter sido criada em um conjunto habitacional nos arredores de Birmingham por uma mãe solteira que trabalhava na cantina da escola. O pai dela tinha abandonado a família quando seu irmão mais novo ainda era bebê.

No casamento de Alice com o filho, Valerie passara o tempo todo sentada muito ereta em seu terninho lavanda com chapéu combinando, lançando olhares para a família de Alice do outro lado do corredor, com a expressão de uma ameixa seca desapontada. Ela esperava mais para o único filho. E sua expectativa era tão alta que Alice, apesar da aparência imaculada, das maneiras cuidadosas e de falar muito bem, não tinha esperança de jamais agradá-la, por isso geralmente acabava bebendo para não precisar se importar.

Max, é claro, era cego para tudo aquilo. Aos olhos dele, a mãe não poderia fazer nada errado.

Depois de duas horas de atividade frenética, a cozinha estava apresentável e o almoço encaminhado. Talvez não estivesse pronto na hora marcada, mas eles provavelmente poderiam comer por volta das três da tarde. Alice, no entanto, ainda estava longe de pronta ou apresentável. Seus cabelos estavam sujos e presos em um coque bagunçado, a pele em mau estado depois de todo o vinho, o chocolate e a falta de sono, e a barriga pós-gravidez, aumentada pelo vício em bolinhos, se derramava por cima da calça de ioga.

Alice entrou no escritório de Max sem bater. E notou que ele fechou rapidamente o notebook. O que o marido não queria que ela visse? Ela largou Bunty no colo dele sem a menor cerimônia e foi tomar banho.

Ela havia presumido que ter um bebê a aproximaria de Max. Os dois teriam um novo objetivo, uma nova aventura em comum. No entanto, a chegada de Bunty parecia tê-los afastado ainda mais.

Ela se lembrou do notebook fechado, das reuniões até tarde da noite, dos crescentes silêncios entre eles. Será que Max estava tendo um caso? Seria tão horrível se isso fosse verdade? Pelo menos ela não precisaria se sentir culpada pelas várias vezes que fingira estar dormindo ou com dor de cabeça para evitar fazer sexo. Mas a mera ideia de uma traição daquelas a deixava com falta de ar de tanta ansiedade. Ela já se sentia inadequada, nada sexy ou digna de amor. Se Max confirmasse essas suspeitas, isso acabaria com ela. E se ele quisesse se divorciar? Alice não suportaria desistir de sua vida perfeita, uma vida pela qual trabalhara tanto, que fazia milhares de mulheres menos afortunadas curtirem suas fotos no Instagram.

Pare com isso, Alice. São só os hormônios. Vai ficar tudo bem, disse a si mesma enquanto a água do chuveiro caía sobre sua pele cansada.

Somente mais tarde Alice percebeu que, com toda a preocupação sobre Max deixá-la, ela não pensara nem uma vez que poderia sentir saudade dele. E é claro que sentiria.

Julian

Julian estava tomando cuidado extra com a aparência, já que era um *dia especial*. Escolheu uma roupa de sua velha amiga Vivienne Westwood (talvez devesse procurá-la; ela provavelmente achava que ele estava morto) — um belo conjunto de kilt e blazer com estampa xadrez contrastante e bainha assimétrica. Se não se pode usar Westwood no Natal, então quando se poderia? Julian sintonizou o rádio em uma estação que estava tocando "Fairytale of New York" e cantou junto sobre como poderia ter sido alguém.

Julian *fora* alguém, e depois ninguém. Atualmente se sentia alguém de novo. Ao menos alguém com um convite para o almoço de Natal. Com *amigos*. Eles eram amigos, não eram? Amigos de verdade? Monica não o havia convidado por pena ou por obrigação, Julian tinha certeza disso.

Ele se lembrou do primeiro Natal depois que Mary se fora, quando nem se dera conta de que dia era até ligar a TV no meio da tarde. Toda aquela alegria festiva na televisão o fizera voltar para a cama com uma lata de feijões frios, um garfo e um monte de arrependimentos.

Julian experimentou fazer um de seus movimentos de tai chi diante do espelho de corpo inteiro do closet. E percebeu que parecia um highlander louco. Foi até a sala de estar, então, onde os presentes para Monica, Riley, Benji, Baz e a sra. Wu estavam em cima da mesinha de centro, esperando para ser embrulhados. Julian demorou um pouco mais do que previra, já que seus dedos desajeitados fizeram uma bagunça com a fita adesiva. Tentara desembaraçá-la cortando a fita com os dentes e acabara com a boca presa às mãos.

Quando Julian entrou na Fulham Road, viu Riley caminhando em sua direção. Ele provavelmente cortara caminho pelo cemitério, vindo de Earl's Court. Portanto não havia passado a noite na casa de Monica. Que antiquado. Julian nunca fora tão antiquado, mesmo na época em que deveria ter sido. Riley pareceu um pouco atordoado com a roupa dele. Estava obviamente impressionado.

Monica abriu a porta do café e estava linda em um vestido vermelho, coberto por um avental branco de chef. Parecia estar trabalhando diante do fogão quente, porque suas bochechas estavam coradas e as mechas de cabelo que tinham escapado do rabo de cavalo habitual estavam úmidas. Ela segurava uma colher de pau, com a qual acenou em um movimento arrebatado quando disse:

— Entrem!

Uma longa mesa havia sido posta para o almoço no centro da cafeteria. Estava coberta por uma toalha de linho branco com pétalas de rosa espalhadas por cima, que haviam sido pintadas com spray dourado. Cada lugar estava marcado por uma pinha dourada com um cartãozinho com o nome da pessoa que se sentaria ali. Havia crackers vermelhos (os brinquedos típicos da data, que estalavam ao abrir), velas douradas e vermelhas e um arranjo de azevinho e hera no centro. Mesmo ao olhar crítico de Julian, parecia deslumbrante.

— Você ficou acordada a noite toda, Monica? — ele perguntou. — Está lindo. Como você. E essa é uma opinião profissional.

As bochechas de Monica ficaram ainda mais vermelhas.

— Acordei cedo. Vocês dois podem entrar e se juntar ao Benji na biblioteca, e coloquem os presentes embaixo da árvore.

Uma garrafa de champanhe descansava em um balde de gelo em cima de uma das mesas do café, ao lado de uma grande travessa de blinis com salmão defumado. O cheiro era de peru assado, e o som das canções de Natal cantadas pelo coral do King's College enchia o ambiente. Era um daqueles dias em que todos os planos dão certo.

Monica se aproximou, tirando o avental, e se sentou.

— Muito bem, temos uma hora até que eu precise colocar os últimos legumes no forno. Vamos abrir alguns presentes? Podíamos abrir uma parte agora e outra depois do almoço.

Julian, que, ao contrário de Monica, não era fã de atrasar seus prazeres, disse:

— Por favor, posso ser o primeiro?

E, sem dar tempo para objeções, puxou sua pilha de presentes, embrulhados em papel combinando, de debaixo da árvore e entregou a todos.

— Lamento, mas não *comprei* nada — explicou ele. — Só fiz uma busca pela minha casa.

Benji, que fora o primeiro a abrir seu pacote, estava olhando boquiaberto para o presente.

— O álbum *Sergeant Pepper*. Em vinil. Você não pode me dar isso, Julian. Vale uma fortuna — protestou Benji, embora estivesse agarrado ao disco como se não suportasse a ideia de se separar dele.

— Prefiro dar a alguém que o aprecie adequadamente, meu caro rapaz, e sei quanto você ama os Beatles. Eles nunca fizeram o meu gênero. Muito melosos. Já o Sex Pistols. Eles sim eram a minha cara.

Ele se virou para Riley, que estava segurando uma camiseta original dos Rolling Stones, estupefato.

— Bem, você estava querendo pôr as mãos nas minhas roupas há séculos, jovem Riley. Pode vender se quiser, mas acho que vai ficar bem em você.

O presente que Julian realmente queria ver aberto era o de Monica. Ele a observou descolar cuidadosamente a fita adesiva, demorando uma eternidade.

— Rasgue logo, menina querida! — encorajou-a.

Monica o encarou, um pouco chocada.

— Você não pode reutilizar se estiver rasgado — falou, como se estivesse repreendendo uma criança agitada demais.

Finalmente, ela removeu o papel e arquejou. Aquela era a reação que Julian estava esperando. Os outros se reuniram ao redor de Monica para espiar o presente no colo dela.

— Julian, é lindo. Muito mais bonita do que eu — comentou.

Ele a pintara com tinta a óleo, em parte de memória e em parte usando os esboços que tinha conseguido fazer sem que ela percebesse durante as aulas de artes. Era uma tela pequena, mostrando Monica com o queixo apoiado na mão, uma mecha de cabelo entrelaçada ao redor do indicador. Como todos os retratos de Julian, as pinceladas eram ousadas e arrebatadoras, quase abstratas, e a pintura transmitia tanto nos detalhes deixados de fora como nos que ele incluíra. Ele olhou para a verdadeira Monica. Ela parecia prestes a chorar. No bom sentido, presumiu Julian.

— É a primeira coisa, além da nossa recente colaboração no estilo Pollock, que eu pinto em quinze anos — confessou ele. — Por isso temo estar um pouco enferrujado.

Eles foram interrompidos por uma batida na porta. Benji, ao perceber que deviam ser Baz e a avó chegando para o coquetel, foi abrir. Julian colocou logo os presentes que levara para Baz e para a sra. Wu na mesa ao lado. Como estava de costas para a porta, não viu o rosto de Baz até o jovem se juntar a eles. Os outros ficaram quietos.

— Algum problema, Baz? — perguntou Monica. — Onde está a Betty?

Julian teve a terrível sensação de que sabia o que estava por vir. Podia sentir os olhos de Baz fixos nele enquanto o rapaz falava, mas não ousou olhar para ele. Em vez disso, ficou olhando para os sapatos. Mocassins clássicos, pretos, lindamente engraxados. Poucas pessoas engraxavam os sapatos adequadamente nos dias de hoje.

— A vovó não sai do quarto dela desde a noite passada — falou Baz, a voz tensa com uma raiva controlada.

— Por que não? — perguntou Benji. — Ela está doente?

— Talvez você deva perguntar ao Julian — respondeu Baz.

Julian estava com a boca cheia de blini, mas não conseguia engolir, porque sua garganta parecia ter secado. Ele pegou a taça de champanhe e deu um grande gole.

— Sinto muito, de verdade, Baz. Achei que ela *soubesse*. Certamente por quem você se apaixona não pode ser um problema nos dias de hoje? Não é como nos anos 60, quando meu amigo Andy Warhol era o único homem abertamente homossexual que eu conhecia. Enquanto isso, o armário estava cheio deles.

Todos ficaram em silêncio, enquanto somavam dois mais dois.

— A minha avó não está muito por dentro das tendências. Ela não está exatamente *ligada*. E está chorando há horas dizendo que a vida dela foi em vão. Qual é o sentido de ter trabalhado até a exaustão para montar um negócio para os seus descendentes herdarem se não haverá nenhum descendente? Ela está fora de si.

Baz se sentou e colocou a cabeça entre as mãos. Julian pensou que preferia que ele ficasse bravo em vez de desolado.

— E seus pais, Baz? Eles estão bem? — perguntou Benji, pegando a mão dele. Baz puxou a mão, como se a avó pudesse estar vendo.

— Estão surpreendentemente tranquilos. Acho que sabiam o tempo todo.

— Não estou tentando desculpar a minha indiscrição, meu querido rapaz, mas não é melhor pôr essas coisas a limpo? Não é um alívio? Segredos podem deixá-lo doente. Sei bem disso — falou Julian.

— *Não cabia a você contar, Julian!* Eu teria dito a ela do meu jeito, no meu tempo. Ou não teria falado nada. Sinceridade nem sempre é a melhor política. Às vezes há uma razão para termos segredos: proteger as pessoas que amamos. Teria sido assim tão terrível se a minha avó tivesse morrido acreditando que a minha esposa chinesa e eu assumiríamos o restaurante e o encheríamos de bebês Wu?

— Mas eu... — Julian voltou a falar, antes que Baz o interrompesse.

— Não quero ouvir, Julian. E, aliás, não acredito nem por um minuto que você foi amigo do Andy Warhol. Ou da Marianne Faithfull. Ou da maldita princesa Margaret. Você é uma grande farsa, sentado aí com essa saia xadrez ridícula. Por que não volta para o seu depósito de lixo e para de se meter na minha vida? — E, com isso, ele se levantou e saiu.

No silêncio atordoado que deixou para trás, seria possível ouvir uma agulha de pinheiro cair no chão de carvalho polido.

Riley

Riley nunca teria imaginado que o pequeno Baz, tão gentil, de uma natureza tão tranquila, poderia ficar tão bravo. Ele tinha despejado toda a sua raiva em cima de Julian, que pareceu murchar no assento, como uma mosca presa em uma teia. Desde que conhecera Julian, Riley o vira crescer em estatura, tornando-se cada vez mais confiante e exuberante. No espaço de alguns minutos, tudo aquilo desapareceu.

Riley olhou para Benji, um caso claro de dano colateral, que parecia estarrecido e apavorado na mesma medida. O som da porta batendo depois da saída de Baz ecoou pelo café por alguns segundos. Então Benji falou, em uma voz baixa que não lhe era nada característica:

— Vocês acham que eu devo ir atrás dele? O que eu faço?

— Acho que você precisa deixá-lo sozinho por um tempo, para assimilar o que aconteceu e conversar com a família dele — falou Monica.

— E se a família dele me odiar? E se eles não deixarem mais a gente se ver?

— Sabe, não me parece que eles têm um problema com *você*. Não parece nem que os pais do Baz têm algum problema com o fato de o filho ser gay. Estamos em 2018, pelo amor de Deus. A avó só precisa lidar melhor com toda essa coisa de dinastia — comentou Riley. — De qualquer forma, eles não podem deixar ou não que ele se encontre com você. Vocês dois são adultos. Isto não é *Romeu e Julieta*.

— É melhor eu ir embora — declarou Julian, que agora parecia ter exatamente a idade que tinha. — Antes que cause mais problemas.

— Julian — falou Monica, virando-se para ele com muita firmeza, a palma da mão aberta, como um guarda de trânsito parando os carros que se aproximavam —, fique exatamente onde está. O Baz não quis dizer nada do que ele disse. Só atacou quem estava mais próximo. O que aconteceu não foi culpa sua. Você não sabia. Sei que não tinha a intenção de que isso acontecesse.

— Não mesmo — confirmou Julian. — Assim que eu percebi que tinha dito a coisa errada, recuei. E achei que tivesse conseguido disfarçar a bobagem que eu falei.

— Pode acabar sendo melhor assim, no final. Benji, não seria legal se vocês não precisassem se preocupar o tempo todo com a possibilidade de a família do Baz descobrir sobre vocês? Se pudessem passar pelo restaurante de mãos dadas? Até morar juntos. Vocês podem acabar se dando conta, um dia, de que o Julian fez um enorme favor aos dois. Ai, Cristo. As batatas assadas!

Monica correu para a cozinha, e Julian enfiou a mão na bolsa e tirou uma garrafa empoeirada de vinho do porto.

— Comprei isso para tomarmos depois do almoço, mas talvez um gole agora seja considerado medicinal — falou, servindo uma boa dose no copo de Benji, de Riley e outra para si.

Riley não gostava de conflito, não estava acostumado. Era tudo sempre tão complicado por ali, ou era apenas o círculo em que ele aterrissara?

Os três ficaram sentados em silêncio, bebendo o vinho do porto viscoso, cor de sangue, atordoados demais pelos eventos recentes para conversar. Depois de uns quinze minutos, que pareceram horas, Monica avisou que o almoço estava pronto.

Felizmente, o deslocamento de todos da biblioteca para a mesa do almoço provocou uma mudança de humor. Eles abriram seus crackers de Natal, cada um colocou um chapéu de papel e, aos poucos, parte da camaradagem do início do dia retornou. Todos os quatro pareciam determinados a esquecer o *incidente*, ao menos por ora.

— Monica, a comida está incrível. Você é incrível — falou Riley, apertando o joelho dela embaixo da mesa. Então, incapaz de resistir ao desejo, passou os dedos pela coxa dela.

Monica corou e engasgou com uma couve-de-bruxelas. Riley não teve certeza se aquilo tinha sido resultado do elogio ou do contato físico. Ele deixou a mão subir um pouco mais.

— Aaaiii! — gritou quando Monica espetou sua mão com o garfo.

— Qual é o problema, Riley? — perguntou Benji.

— Cãibra — respondeu.

Riley ficou observando os amigos comerem. Monica cortava cada porção com precisão e mastigava cada garfada por séculos antes de engolir. Julian havia arrumado seu prato como uma obra de arte abstrata. De vez em quando, em meio a uma garfada, ele fechava os olhos e sorria, como se estivesse apreciando cada sabor. Benji, por sua vez, remexia a comida de um lado para o outro de forma bastante melancólica, mal comendo.

Eles se revezaram lendo as piadas terríveis dentro dos crackers, beberam mais vinho, mais rápido do que seria aconselhável, e o dia pareceu estar voltando aos trilhos. Lidariam mais tarde com toda a situação de Baz.

Riley ajudou Monica a tirar os pratos da mesa e a colocá-los na lava-louça. Ou melhor, ele colocou as coisas na lava-louça, depois ela tirou tudo e rearrumou. Tinha um sistema próprio para aquilo, explicou. Nessa hora, ele a levantou, sentou-a em cima da bancada da cozinha e a beijou, passando os braços ao redor dela e abraçando-a com força. Ela cheirava a groselha e cravo. O beijo, o vinho e a emoção inebriante do dia o deixaram tonto.

Ele desfez o rabo de cavalo de Monica e passou a mão pelos fios. Então os enrolou em volta dos dedos, puxou delicadamente a cabeça dela para trás e beijou a depressão úmida e salgada na base de seu pescoço. Monica passou as pernas ao redor da cintura dele, puxando-o mais para perto.

Ele amava viajar. Amava Londres. Amava o Natal. E estava começando a achar que amava Monica.

— Arrumem um quarto! — gritou Benji, e Riley se virou e viu Benji e Julian parados na porta, sorrindo. Julian estava segurando uma molheira, e Benji, uma tigela de couve-de-bruxelas.

— Só depois que comermos a sobremesa! — acrescentou Julian.

Monica colocou o pudim de Natal no centro da mesa e todos ficaram parados em volta. Julian derramou conhaque por cima e Riley acendeu um fósforo e encostou no conhaque, mas não antes de queimar os dedos.

— É o que acontece quando se brinca com fogo, Riley — disse Monica, erguendo uma sobrancelha sugestivamente. Ele se perguntou quanto tempo demoraria até que Julian e Benji fossem embora.

— Ah, sirvam logo o pudim! — cantarolou Benji. Riley passou o braço ao redor da cintura de Monica, e ela pousou a cabeça no ombro dele.

Então, a porta foi aberta. Riley percebeu que nenhum deles havia se lembrado de trancá-la novamente depois que Baz saíra. Ele se virou, esperando ver Baz ou a sra. Wu. Mas não era nenhum dos dois.

— Feliz Natal, pessoal! — disse um homem alto de cabelos escuros, em uma voz que pareceu preencher o espaço e reverberar pelas paredes. — Adoro quando um plano dá certo!

Era Hazard.

Hazard

Faltavam três dias para o Natal. A praia estava cheia de recém-chegados, incluindo pelo menos três casais em lua de mel que não diziam uma única frase sem encaixar de algum modo as palavras "meu marido" e "minha mulher" e tentavam se superar nas demonstrações públicas de afeto. Hazard estava tomando chá no Lucky Mother com Daphne, Rita e Neil. Eles haviam começado aquele ritual peculiarmente inglês algumas semanas antes e achavam uma lembrança reconfortante de casa, embora Hazard não conseguisse se lembrar da última vez que havia tomado chá da tarde em Londres. Ele tinha mais chances de consumir energético e drogas à tarde do que chá e bolo. Rita até ensinara Barbara a preparar scones, que eles comiam quentes com geleia de coco. Se ao menos tivessem creme batido, seria perfeito.

Neil estava mostrando a eles a tatuagem que tinha feito durante sua última viagem a Koh Samui. Era uma frase escrita em tailandês, que dava a volta ao redor do tornozelo esquerdo.

— O que diz? — perguntou Hazard.

— Diz *calma e paz* — respondeu Neil.

A julgar pelo rosto um tanto chocado de Barbara quando foi ver o que eles estavam admirando, Hazard desconfiou de que não dizia nada daquilo. Ele piscou para ela e levou o dedo aos lábios. O que Neil não soubesse não iria lhe fazer mal.

— O que vamos preparar para o almoço de Natal, Barbara? — quis saber Daphne. — Peru?

— Frango — respondeu Barbara. — Não os frangos magros daqui. Eu encomendei frangos gordos, vindos de Samui. Tudo é mais gordo em Samui. Até os turistas são mais gordos em Samui.

Hazard sentiu uma súbita saudade de Londres. Do peru com recheio de castanhas, das batatas assadas e da couve-de-bruxelas. Do clima frio e das canções natalinas. Dos ônibus de dois andares, da poluição dos veículos e do metrô superlotado. Da BBC, do relógio falante e da lanchonete de kebab em New King's Road. E foi quando ele soube.

Iria voltar para casa.

O único voo em que Hazard conseguiu assento era o que ninguém mais queria: um voo noturno que chegaria a Heathrow na manhã de Natal. O avião estava terrivelmente festivo, com a equipe da cabine distribuindo champanhe gratuitamente e duas vezes mais drinques que o habitual. Todos estavam ficando bêbados. Menos Hazard, que tentou manter os olhos voltados para a frente, colados ao filme em sua tela, ignorando o estalo das garrafas sendo abertas e o estouro das rolhas de champanhe. Ele se perguntou se algum dia seria capaz de ouvir o som de rolha sendo removida sem sentir um desejo visceral.

O aeroporto e as ruas estavam assustadoramente desertos, passando um pouco a sensação de que ele estava em um filme de apocalipse zumbi — mas muito mais animado e sem as hordas de mortos-vivos malvestidos. As poucas pessoas nas ruas estavam cheias de amor pela humanidade e muitas vezes usavam chapéus engraçados e pulôveres festivos.

Hazard conseguiu compartilhar um dos poucos táxis disponíveis até Fulham Broadway, onde desceu e recebeu o ar frio com o prazer de quem reencontra um velho amigo, enquanto ajeitava a mochila nas costas.

Parecia que uma vida havia se passado desde a última vez que estivera ali, quando ele era uma pessoa completamente diferente. Ainda não contara aos pais que estava de volta. Não queria atrapalhar os planos deles e, de qualquer forma, seria bom ter alguns dias para se acostumar antes de começar o longo trabalho de reconstrução de pontes.

Hazard desceu a Fulham Road em direção ao seu apartamento. Podia ver o Monica's Café bem à frente. Estava morrendo de vontade de saber o que tinha acontecido desde que despachara Riley com o Projeto Autenticidade. Ele percebeu que aquilo se tornara uma obsessão um pouco doentia — algo para afastar a mente do desejo desesperado de arrancar os pensamentos da cabeça. Ele sabia que era altamente improvável que Monica tivesse conhecido Julian, menos ainda Riley. Era apenas uma história que ele criara em sua imaginação febril.

Quando chegou ao café, Hazard não resistiu a olhar para dentro. Parecia uma imagem de cartão de Natal — velas, vinho e hera e uma mesa com o que sobrara de um banquete natalino. Por um momento, ele pensou que sua mente estava lhe pregando peças, porque ali estavam, exatamente como ele imaginara, Monica e Riley *abraçados*. E um velho em uma roupa extraordinária em dois tons de xadrez, que não poderia ser qualquer outra pessoa senão Julian Jessop.

Ele era um gênio! Que incrível peça de engenharia social, e como dera certo seu fabuloso ato aleatório de bondade. Não podia esperar para conhecer Monica e Julian pessoalmente, para se apresentar como um personagem-chave naquele drama e conversar sobre como tudo aquilo tinha acontecido. Então empurrou a porta e entrou, sentindo-se um herói triunfante.

A reação não foi exatamente a que ele esperava. Monica, Julian e o quarto camarada, um cara ruivo e alto, apenas olharam para ele, sem entender. Já Riley parecia um pouco um coelho diante do farol de um carro. Horrorizado mesmo.

— Eu sou o Hazard! — esclareceu. — Então você obviamente encontrou o caderno, Riley!

— Você é o homem que enviou o cartão-postal — disse Monica, depois de mais alguns segundos de silêncio atordoado. Ela o encarava não com gratidão, como ele imaginara, mas com desconfiança e aversão. — É melhor explicar o que está acontecendo.

Hazard se deu conta, um pouco tarde demais, de que aquilo não tinha sido uma ótima ideia.

Monica

Monica estava exausta depois de toda a correria, da montanha-russa emocional e de muito álcool, mas não lembrava de já ter se sentido mais feliz. Estava embriagada de bons sentimentos, de amizade e — graças aos beijos quentes com Riley na cozinha — de feromônios. Conseguiu até não pensar nas consequências para a saúde e a segurança de ficar se agarrando com alguém em cima da bancada de trabalho da cozinha.

Então um homem entrou no café. Ele tinha cabelos escuros e ondulados que pareciam não ver uma tesoura havia algum tempo, o maxilar forte de um herói de quadrinhos coberto por uma barba curta, e um bronzeado intenso. Estava carregando uma mochila grande e parecia ter acabado de descer de um avião, vindo de algum lugar exótico. O homem parecia vagamente familiar e tinha o ar de alguém que esperava ser reconhecido. Seria alguma subcelebridade? Se fosse esse o caso, que raio estava fazendo no café dela em pleno Natal? Como anunciara, ele se chamava Hazard.

Monica levou alguns segundos para se lembrar de onde vira aquele nome. No cartão-postal! Ela também se lembrou de onde vira aquele rosto. Ele era o idiota arrogante que esbarrara nela na calçada alguns meses antes. Agora em uma versão mais magra, mais bronzeada e mais cabeluda. Do que ele a chamara? *Vaca cretina? Vadia idiota?* Alguma coisa assim.

Monica estava tão distraída que demorou a se dar conta do que Hazard havia dito a seguir, mas ele obviamente conhecia Riley. Algo não parecia certo. Ela havia mostrado o cartão-postal a Riley e ele não dissera que conhecia Hazard. Seu estômago se contorceu de ansiedade, como se houvesse uma serpente ali dentro, se enrolando e se desenrolando, enquanto sua mente se debatia com todos os fatos, tentando organizá-los.

Monica se recusou a oferecer uma cadeira a Hazard. Não estava nem um pouco disposta a ser hospitaleira. Ele poderia explicar que raio estava acontecendo de pé mesmo. *Vaca idiota*, tinha sido isso.

— Bem... — disse Hazard, olhando nervoso para Monica. — Eu encontrei o caderno, o Projeto Autenticidade, em uma mesa no bar logo ali. — Indicou o bar de vinhos em frente. — Li a história do Julian — indicou Julian com um gesto de cabeça — e achei que você precisava de um pouco de ajuda com a sua campanha publicitária bastante inadequada.

Monica dirigiu a ele um de seus olhares mais duros. Hazard pigarreou e continuou:

— Então fiz cópias do seu anúncio e colei em todos os locais óbvios. E levei o caderno comigo para uma ilha na Tailândia. Pensei que poderia lhe dar uma ajuda, Monica. — Ela não gostou nada do modo como ele usava seu nome, de um jeito tão familiar, como se a conhecesse. — Por isso, enquanto eu estava lá, avaliei todos os caras solteiros que conheci para ver se algum deles daria um bom namorado. Você sabe, pra você...

Ele se interrompeu. Provavelmente percebeu que ela estava mortificada. Tudo ficou terrivelmente claro.

— E você acabou aparecendo na ilha, não é mesmo, Riley? — falou Monica, quase incapaz de olhar para ele. Riley não disse nada, apenas assentiu, arrasado. *Covarde. Traidor.*

Monica rearrumou a realidade em sua cabeça. Riley não aparecera na aula de artes por um feliz acaso. Tinha sido mandado por Hazard para transar com a solteirona velha e triste. E não a beijara por ela ser linda e por ele não conseguir se conter. Claro que não. Que burra e arrogante ela era. Riley tinha lido a história dela e sentira pena. Ou achara que ela estava desesperada. Ou as duas possibilidades. Eles estavam rindo dela pelas costas? Era algum tipo de aposta? *Te dou cinquenta libras se conseguir levar a dona do café nervosinha para a cama.* Hazard a pegara como alvo de propósito, depois de esbarrar nela naquela noite? Se foi isso, por quê? O que ela fizera para ele? Julian também estava envolvido naquilo tudo?

De repente, Monica se sentiu exausta. O vinho e a comida que comera e bebera com tanto gosto se agitaram em seu estômago. Ela achou que ia vomitar em cima da mesa tão lindamente arrumada. Pétalas de rosa pintadas de dourado, misturadas com pedaços de cenoura regurgitada. Todas as suas novas visões do futuro, o final feliz ridiculamente otimista que gradualmente tomara forma em sua mente, tiveram que ser rebobinadas, excluídas e substituídas pela narrativa sem graça a que estava acostumada.

— Acho melhor vocês irem embora — disse Monica. — Já comeram da minha comida. Beberam do meu vinho. Agora saiam da PORRA do meu café.

Monica nunca falava palavrão.

Riley

Como tudo tinha dado tão errado? Em um instante, ele estava contemplando a possibilidade de se deliciar com pudim de Natal e sexo, e sua única preocupação era quanto poderia comer do primeiro sem estragar o segundo. Então, no minuto seguinte, Monica o estava colocando para fora. E tudo por culpa de Hazard.

— Sinto muito, Monica — disse Hazard —, eu só estava **tentando** ajudar.

— Você estava jogando, Hazard. Com a minha *vida*, como se estivéssemos em uma espécie de reality show. Não sou seu projeto de caridade ou seu experimento social — ela retrucou, furiosa.

O que, em nome de Deus, Riley poderia dizer para fazê-la entender?

— Monica, eu realmente posso ter te *conhecido* por causa do Hazard, mas não foi por isso que fiquei com você. Eu gosto de você de verdade. Você precisa acreditar em mim — falou, mas desconfiava de que suas palavras estivessem caindo em terreno pedregoso.

Monica se virou para encará-lo. E Riley desejou ter ficado em silêncio.

— Eu não *preciso* acreditar em nada, Riley. Você mentiu pra mim esse tempo todo. Eu confiei em você. Achei que estivesse sendo *sincero*.

— Eu nunca menti pra você. Admito que não contei toda a verdade, mas nunca menti.

— Isso não passa de semântica, e você sabe disso! — Semântica? O que era aquilo? — Você só ficou comigo por causa do caderno. E eu achei que fosse obra do destino. Um feliz acaso. Como pude ser tão estúpida?

Ela parecia prestes a chorar, o que Riley achou muito mais alarmante que a raiva.

— Bem, em parte isso é verdade — ele admitiu, tentando transmitir sinceridade no tom de voz —, porque você parece absurdamente forte, mas eu sabia pelo caderno que, por dentro, na verdade você é... — ele buscou a palavra certa, e acabou encontrando — ... vulnerável. Acho que foi isso que me fez amar você. — Riley se deu conta de que nunca tinha usado a palavra "amor" com Monica antes, e agora era tarde demais.

Por apenas um segundo, Riley achou que suas palavras poderiam ter efeito. Então Monica pegou o pudim — que felizmente não estava mais aceso, mas ainda tinha um pedaço de azevinho muito espinhoso espetado nele — e jogou com o braço levantado, como um atleta em uma prova de arremesso de peso. Riley não tinha certeza se a intenção dela era atingir a ele ou a Hazard, ou a ambos. Ele se afastou para o lado e o pudim aterrissou em um monte pegajoso no chão.

— Saiam! — gritou ela.

— Riley — disse Hazard baixinho —, acho que é melhor fazermos o que a dama diz e esperarmos as coisas se acalmarem um pouco, não é?

— Ah, então eu sou *a dama* agora, não a *vaca idiota*? *Babaca* condescendente! — ela se revoltou. Riley se perguntou de que raio Monica estaria falando. Será que tinha enlouquecido de vez?

Os dois saíram do café, para que Monica não jogasse mais nada na direção deles. Riley viu Julian alguns quarteirões à frente. Ele o chamou, mas Julian não ouviu. De costas, ele parecia um homem muito mais velho do que o que Riley conhecia. Encurvado e arrastando os pés, como se estivesse tentando ter o mínimo impacto possível no ambiente. Um táxi passou e jogou água de uma poça nas pernas nuas de Julian, que pareceu não notar.

— Isso é tudo culpa sua, Hazard — acusou Riley, percebendo sem se importar que parecia uma criança petulante.

— Ei! Isso não é justo. Eu não sabia que você não ia contar a ela sobre o Projeto Autenticidade. Essa foi uma decisão totalmente sua, e bastante idiota, se não se incomoda que eu diga. Você deve saber que essa história de reter uma parte importante da informação nunca termina bem — protestou Hazard.

Na verdade, Riley se incomodava, sim, que ele dissesse. Monica estava certa: Hazard era um babaca condescendente.

— Olha, o bar está aberto. Vamos beber alguma coisa — convidou Hazard, puxando-o pelo braço para que atravessassem a rua.

Riley se sentiu dividido. Não tinha certeza se realmente queria passar tempo com Hazard agora, ou em qualquer outro momento, mas queria conversar com alguém sobre Monica e não estava com humor para lidar com as festinhas regadas a muito álcool de seus colegas de apartamento. No fim, a necessidade de conversar venceu e ele seguiu Hazard para dentro do bar.

— Foi aqui que eu encontrei o caderno de Julian — Hazard contou a ele. — Naquela mesa ali. Parece que faz tanto tempo. O que vai beber?

— Uma Coca-Cola, por favor — disse Riley, que já bebera álcool suficiente para um dia.

— Uma Coca-Cola e um uísque duplo — Hazard pediu ao barman, que usava um par de chifres luminosos de rena, sem a menor graciosidade.

Riley se colocou na frente dele.

— Na verdade, cara, pode trazer duas Cocas, por favor? — E se virou para Hazard. — Esqueceu que eu li a sua história? Você *não* quer fazer isso.

— Na verdade eu quero, sabe? De qualquer forma, o que te importa se eu resolver apertar o botão de autodestruir? Não sou exatamente a sua pessoa favorita no momento, sou?

— Está certo em relação a isso, mas mesmo assim não vou deixar você estragar a sua vida na minha frente. Você fingiu muito bem. Achei que você fosse fanático por saúde quando te conheci em Koh Panam.

— Que tal eu tomar só uma dose? Não vai fazer nenhum mal, vai? Além do mais, é Natal. — Hazard olhou para Riley como uma criança que sabe que está arriscando a própria sorte, mas tenta de qualquer forma.

— Sim, claro. E em dez minutos você vai estar me dizendo que mais uma dose também não importa, e à meia-noite vou estar me perguntando como é que eu vou te levar para casa. Sinceramente, você já me causou problemas suficientes. — As palavras de Riley fizeram Hazard murchar.

— Ah, droga. Eu sei que você está certo. Eu me odiaria pela manhã. Faz oitenta e quatro dias desde a última vez que bebi ou usei drogas, sabia? Não que eu esteja contando — falou Hazard, pegando a Coca-Cola da mão do barman sem muito entusiasmo. Ele foi até a mesa que apontara para Riley antes e se sentou na banqueta. — Não é estranho pensar que, da última vez que bebemos juntos, estávamos do outro lado do mundo, na praia mais perfeita que existe?

— Sim. E foi muito mais fácil lá — respondeu Riley e suspirou.

— Eu sei, mas acredite em mim: depois de dois meses daquilo, você começa a perceber que é tudo totalmente superficial. Todas aquelas amizades temporárias acabam se tornando muito chatas. Eu estava desesperado para voltar para onde tenho amigos de verdade. O problema é que eu não tenho certeza se me restou algum. Eu os substituí anos atrás por qualquer um que gostasse tanto de farra quanto eu. E, mesmo se eu quisesse ver meus amigos de farra, eles já estariam me empurrando drinques e drogas antes que eu tivesse tempo de tirar o casaco. Não há nada que um viciado goste menos do que uma pessoa sóbria. Posso garantir. — Hazard olhou para o copo de refrigerante com tanta tristeza que Riley achou difícil continuar com raiva dele.

— Não há nada errado com o superficial, companheiro — falou Riley. — É toda essa *profundidade* que causa problemas. O que eu digo para a Monica, pelo amor de Deus? Ela acha que nós dois estávamos fazendo algum tipo de *jogo*. Eu sei que não deu para perceber naquele momento, mas na verdade ela é muito insegura por trás daquela fachada. Vai ficar arrasada.

— Olha, eu não sou o maior especialista do mundo em relação ao que se passa na cabeça das mulheres, como você já deve ter adivinhado, mas tenho certeza de que, assim que a Monica se acalmar, ela vai ver que exagerou. Aliás, que rapidez impressionante de reação. Pensei que ela tivesse acertado você com aquele maldito pudim — comentou Hazard com um sorriso.

— Ela estava mirando em você, não em mim! E deve estar muito brava. Se tem uma coisa que a Monica odeia é comida no chão, até migalhinhas invisíveis a olho nu — Riley ironizou.

— Então, quanto você gosta dela? — perguntou Hazard. — Eu estava certo, ou eu estava certo?

— Agora não importa mais, importa? — perguntou Riley. Então, preocupado por estar soando muito duro, acrescentou: — Estava tudo um pouco confuso, para ser honesto, por causa daquele maldito caderno. Ele me fez sentir como se eu realmente a compreendesse. Mas isso também me assustou um pouco. Quer dizer, estou aqui só por um tempo, e ela está esperando todo aquele *compromisso*. Talvez tenha sido melhor assim. — Depois que falou isso, Riley percebeu que não pensava desse jeito de forma alguma.

— Escuta, espere um ou dois dias e então converse com a Monica. E vou lhe dizer, tente ser *autêntico*, ha, ha — aconselhou Hazard. — Tenho certeza que ela vai te perdoar.

Mas o que Hazard sabia? Ele e Monica não estavam exatamente em sintonia. De fato, o único conforto que Riley conseguiu encontrar na situação foi que, se Monica não gostava dele naquele momento, gostava muito, *muito* menos de Hazard.

Alice

O almoço foi um desastre. Max abriu o champanhe quando os pais chegaram, às onze da manhã. Alice tomou duas taças de estômago vazio. Então, bebeu também uma taça do vinho tinto que havia reservado para o molho enquanto cozinhava. A combinação de privação de sono, nervosismo e muito álcool teve como consequência deixá-la completamente confusa com todos os horários que precisava administrar. O peru ficou seco, as couves-de-bruxelas moles demais, e as batatas assadas, duras como pedras. E ela esqueceu completamente o molho.

A mãe de Max fez todos os ruídos certos sobre a refeição, mas — da maneira habitual — disfarçou críticas como se fossem elogios.

— Que *esperto* da sua parte usar recheio comprado pronto. Eu sempre faço o meu. O que é uma tolice, porque leva séculos para que saia *perfeito*. — Alice sabia exatamente o que a sogra estava fazendo, e Max não tinha ideia.

Ela desejou estar na casa da mãe, com os irmãos e as famílias deles, espremidos e felizes na sala apertada. Ao longo dos anos, tapetes, cortinas e móveis, escolhidos pela mãe dela mais pela disponibilidade e pelo preço que pela beleza, se combinaram para criar uma profusão contrastante de padrões e cores. Todos estariam usando pulôveres temáticos espalhafatosos e chapéus de papel, implicando e zombando uns com os outros.

A casa de Alice em Fulham tinha sido pintada com o tom certo da tinta mais sofisticada, os móveis eram coordenados e discretos, com o toque ocasional da cor da moda. Tudo era em plano aberto, e um consultor de iluminação gastara horas e uma boa fatia do bônus de Max para se certificar de que poderiam criar o clima certo para qualquer ocasião. Tudo do mais absoluto bom gosto. Completamente sem alma. Nada para desgostar, nada para amar.

Depois do almoço, Alice ajudou Bunty a desembrulhar mais presentes. Ela percebeu que tinha passado de todos os limites e tinha certeza de que um psiquiatra diria que era uma reação aos Natais da própria infância, em que a maioria dos presentes era artesanal ou de segunda mão. Alice ainda se lembrava do desprezo com que tinha recebido, aos dez anos, a linda caixa de costura que a mãe tinha feito para ela, abastecida com agulhas e um arco-íris de linhas, botões e tecidos. O desejo de Alice tinha sido um CD player. Como podia ter sido tão ingrata?

Ela se arrastou de volta ao momento e postou no Instagram uma linda foto de Bunty mastigando o embrulho de um dos presentes que ganhara, com todas as hashtags habituais. Totalmente do nada, Max arrancou o celular da mão dela.

— Por que você não consegue viver de verdade a porcaria da sua vida, em vez de ficar fotografando o tempo todo? — sibilou e jogou o celular no canto da sala, onde ele aterrissou em cima de uma caixa de blocos de montar, derrubando-os como uma bola de demolição.

Seguiu-se um silêncio atordoado.

Alice esperou que alguém a defendesse, que dissesse a Max que ele estava errado e não podia falar com a mulher daquele jeito.

— Alice, querida. Quando a Bunty deve tirar uma soneca? — perguntou a mãe dele, como se nada tivesse acontecido.

— Ela... Ela não tem um horário definido para dormir — respondeu Alice, se esforçando para não chorar.

A sogra franziu os lábios em desaprovação. Alice se preparou para o sermão já conhecido sobre a importância da *rotina* e como Max tinha sido o bebê perfeito, dormindo a noite toda a partir do minuto em que chegou da maternidade.

— Por que você e Max não levam a bonequinha para dar uma volta, Alice, e eu arrumo tudo aqui para você? Vai fazer bem a vocês tomarem um pouco de ar fresco.

Alice viu o que estava por trás daquilo: uma crítica velada aos cuidados dela com a casa, disfarçada de bondade, mas não iria discutir. Mal podia esperar para se afastar de tudo aquilo por um tempo, apesar de saber que no minuto em que saísse pela porta os sogros começariam a falar sobre as falhas dela. Sem se humilhar ainda mais procurando o celular na caixa de brinquedos, Alice pegou Bunty e a bolsa do bebê e saiu da sala, seguida por Max, que parecia estar com tanta vontade de passar algum tempo com ela quanto ela de ficar com ele.

Assim que a porta da frente se fechou, Alice se virou para o marido.

— Como ousa me humilhar daquele jeito na frente dos seus pais, Max? Deveríamos ser um *time* — cobrou ela, e esperou pelo pedido de desculpas.

— Bom, para mim não parecemos exatamente um time, Alice. Sempre que você não está com a Bunty, está se divertindo nas malditas redes sociais. Eu também tenho necessidades, sabia?

— Vá pro inferno, Max! Você está com ciúme de uma *bebê*? Da *sua* filha? Sinto muito se não passo tanto tempo paparicando você — ela não sentia, na verdade —, mas a Bunty precisa um pouco mais de mim do que você. Que, por sinal, poderia tentar ajudar mais.

— Não é só isso, Alice — insistiu Max, subitamente parecendo triste em vez de zangado. — Você mudou. *Nós* mudamos. Estou só tentando entender tudo isso.

— É *claro* que mudamos! Somos pais agora! Eu acabei de ter que empurrar um melão para que passasse por um buraco de fechadura, me transformei em uma leiteira ambulante e não durmo mais que três horas seguidas há semanas. Obviamente vou estar um pouco diferente da garota despreocupada com quem você se casou. O que você esperava?

— Não sei bem — disse ele, baixinho. — Sabe, eu me lembro do dia do nosso casamento, de ficar olhando você atravessar a igreja e pensar que eu era o homem mais sortudo do mundo. Achava que a nossa vida era abençoada.

— Eu senti o mesmo, Max. E nós *somos* abençoados. Este momento é difícil mesmo. Todo mundo acha difíceis os primeiros meses com um recém-nascido, não é?

Ela esperou que Max respondesse, mas ele não disse nada.

— Quer saber? Volta pra casa e fica conversando com os seus pais — sugeriu Alice. — Não quero mais brigar. Estou muito exausta. Volto a tempo do banho da Bunty.

Ela teve a sensação de que outro tijolo havia sido removido da fundação mal construída do seu casamento.

Alice se sentou no banco do parquinho deserto. E ficou empurrando o carrinho de Bunty para trás e para a frente com o pé para incentivá-la a dormir. Podia ver as pálpebras da filha ficando cada vez mais pesadas enquanto ela mastigava o punho com as gengivas, babando em todo o macacão com estampa de renas (@minimes).

Alice se sentia nua sem o celular. Checava o bolso toda hora, então lembrava que tinha deixado o aparelho em casa. Não queria voltar para lá, mas estava *inquieta* sem nada para curtir, postar ou comentar. Precisava de uma distração para não pensar na briga com Max. Era deprimente demais. O que costumava *fazer* quando tinha tempo ocioso antes das redes sociais? Não conseguia se lembrar.

Alice abriu a bolsa, para o caso de ter deixado uma edição da *Grazia* ali dentro. Não teve sorte. Mas encontrou o caderno verde que tinha pegado no parquinho alguns dias antes e esquecido completamente. Por falta de outra coisa para fazer, abriu o caderno e começou a ler.

Todo mundo mente sobre a própria vida. Nossa, como aquilo era verdade! Os cem mil seguidores de @aliceinwonderland com certeza não viam a realidade miserável da existência dela. Alice pensou em todas as postagens que mostravam ela e Max olhando amorosamente um para o outro e para a bebê. O que era aquele caderno? Tinha sido deixado para ela de propósito?

O que aconteceria se, em vez disso, você compartilhasse a verdade? Alguém queria saber a verdade? Mesmo? Quase sempre a verdade não era bonita. Nem inspiradora. Não se encaixava perfeitamente em um quadradinho do Instagram. Alice mostrava uma versão da verdade — a que as pessoas queriam ver em seus feeds. Qualquer coisa muito real e ela perdia seguidores em massa. Ninguém queria saber sobre o casamento nada perfeito dela, sobre as estrias, ou sobre a conjuntivite ou a crosta láctea de Bunty.

Alice leu a história de Julian. Ele parecia *maravilhoso*, mas tão triste. Ela se perguntou o que ele estaria fazendo naquele dia. Será que tinha com quem compartilhar o almoço de Natal? Ou estava sozinho no Chelsea Studios? Ele ainda colocava um lugar à mesa para a mulher morta?

Ela começou a ler a história de Monica, então. Conhecia bem o café. Tinha certeza de que o marcara em várias postagens recentes. Sabe como é — veja só o meu café com um coração desenhado na espuma do leite e a minha tigela saudável de frutas, iogurte e granola; veja como eu apoio as empresas locais. Na verdade, ela podia visualizar Monica se movimentando pelo café, muito eficiente: dez anos mais velha que ela, mas ainda bonita, de uma maneira intensa e meio rígida.

Então Alice percebeu, chocada, que a mulher por quem se tornara obcecada, a que estava dançando em um abandono tão despreocupado na outra noite, era *Monica*. Ela não fizera a ligação na época, já que a mulher na cena a que estava assistindo parecia muito diferente da que ela costumava ver durante o dia.

Alice leu sobre o anseio de Monica para ter um bebê. *Cuidado com o que você deseja*, pensou, desanimada, quando Bunty começou a se agitar, como se estivesse se preparando para começar uma sessão de gritos. Também se sentira tão desesperada por um bebê em algum momento? Não conseguia lembrar, mas supôs que sim.

Que extraordinário ela invejar a vida de Monica, quando o tempo todo Monica queria o que Alice tinha como garantido. Alice sentiu uma conexão invisível, mas inquebrável, entre ela e aquela mulher forte e triste que não conhecera direito. Olhou para Bunty, com suas lindas bochechas gorduchas e olhos de um azul profundo, e sentiu uma onda de amor que jurou nunca se permitir esquecer.

Hazard. Aquilo sim era nome para um herói romântico. Ela realmente esperava que ele fosse lindo. Seria um desperdício ter aquele nome e ser magro demais, com o pomo de adão excessivamente pronunciado e o rosto cheio de acne. Ela o imaginou cavalgando sem camisa, o peito nu, por um penhasco na Cornualha. Ah, Deus, deviam ser os hormônios.

Alice era veementemente contra o uso de drogas, mas, enquanto lia a história de Hazard, teve a sensação desconfortável de que sua relação com o álcool não era diferente da dele com a cocaína. Ela não bebia só para relaxar nas festas, bebia para aguentar atravessar o dia. Alice afastou o pensamento perturbador. Merecia sua taça de vinho (ou três) à noite. E todo mundo fazia isso. Suas redes sociais estavam cheias de memes sobre "a hora do vinho" e "o ajudante das mamães". Aquilo a fazia se sentir adulta, como se ainda tivesse uma vida. Era o "tempo só para ela", e ela — sinceramente — merecia aquele tempo.

Alice leu até o fim da história de Hazard e percebeu o que ele fez. Ai, meu Deus! Era como estar bem no meio de um romance da Danielle Steel! Hazard havia encontrado o homem dos sonhos de Monica, Riley, e o mandara a Londres para salvá-la de ser uma solteirona triste. Que romântico! E funcionou! Certamente Riley era o homem com quem ela vira Monica dançando no café, olhando para ela com tamanha adoração, certo?

Alice estava morrendo de vontade de ler a próxima história, que presumia ser de Riley. Já podia vê-lo escrevendo nas três páginas seguintes do caderno, a letra obviamente masculina, mas precisava voltar para a hora do banho de Bunty. Talvez pudesse tirar uns minutinhos extras para fazer um *pequeno* desvio até o Monica's Café e dar uma espiada rápida pela janela. Aquilo manteria sua mente distraída da briga terrível com Max por mais algum tempo. Tinha quase certeza de que o lugar estaria fechado por causa do Natal, mas não faria mal dar uma passadinha na frente. Bunty apreciaria o passeio extra.

Alice virou à esquerda para sair do parque pela Fulham Road, ao lado do restaurante chinês — que estava ali fazia mais tempo do que ela conseguia lembrar, mas onde nunca havia entrado. Ela estava mais para maki roll de abacate e caranguejo que para chow mein de frango. As calçadas estavam bem desertas, já que a maior parte de Fulham parecia ter ido para o campo durante as festas, por isso os dois homens na frente do restaurante chamaram sua atenção. Era uma dupla de aparência improvável. Um deles parecia chinês. Era pequeno e estava muito irritado, emitindo uma energia totalmente dissonante de sua estatura. O outro homem era um ruivo alto e bonito que ela teve certeza de que reconhecia de algum lugar. Ele parecia estar *chorando*. O que estava acontecendo? Talvez ela não fosse a única tendo um dia complicado. Alice se sentiu um pouco culpada pelo tanto que aquele pensamento a animou.

Enquanto caminhava em direção ao café, Alice se deu conta de que aquela era a primeira coisa que fazia em séculos com uma sensação de empolgação, e não apenas por obrigação. Os últimos meses tinham sido dedicados a uma tarefa corriqueira depois da outra — alimentar, trocar fralda, limpar, mudar de roupa, cozinhar, passar, lavar e repetir ao infinito. Era uma novidade não saber exatamente o que aconteceria a seguir. A vida com um bebê pequeno era tão terrivelmente previsível. Então Alice se repreendeu pelo pensamento, lembrando a si mesma como tinha sorte.

Quando se aproximou do café, achou que as luzes estavam acesas. O que não significava necessariamente que estava aberto. Muitas empresas locais pareciam manter as luzes acesas o tempo todo. Aquilo a aborrecia um pouco — @aliceinwonderland defendia muito que as pessoas fossem gentis com o planeta. Ela havia parado de usar copos de café descartáveis e sacolas plásticas bem antes de virar moda. Tinha até tentado fraldas reutilizáveis por um tempo, mas a história não terminara bem.

Alice espiou pela vitrine. Lá dentro, sentada sozinha a uma mesa que havia sido posta para várias pessoas, estava Monica. Chorando. Chorando de verdade. Um choro grande, cheio de ranho, de deixar o rosto inchado, não o do tipo fotogênico. Monica definitivamente era o tipo de mulher que não deveria chorar em público. Se elas se tornassem amigas, talvez Alice a alertasse sobre isso. Seria uma gentileza.

Alice sentiu seu humor leve pesar. Queria tanto acreditar no felizes para sempre. O que poderia ter dado errado, pelo amor de Deus? Como a cena perfeitamente romântica de alguns dias antes podia ter se transformado naquela infelicidade solitária?

Alice acreditava muito na solidariedade feminina. As mulheres tinham que cuidar umas das outras. Ela também vivia com base no lema "Em um mundo onde você pode ser qualquer coisa, seja gentil". Tinha aquilo impresso em uma camiseta. Não podia simplesmente ir embora e deixar uma companheira mulher *chorando* daquele jeito. Até porque não pensava em Monica como uma estranha. Sentia que a conhecia, pelo menos um pouco. Mais que à maioria das suas "melhores amigas", para dizer a verdade.

Alice tirou o caderno da bolsa, a título de apresentação, endireitou o corpo, colocou um sorriso simpático mas preocupado no rosto e entrou, passando com todo o cuidado por cima de uma massa marrom de aparência maligna no chão. Que diabo era aquilo?

Monica olhou para cima, o rímel escorrendo pelo rosto.

— Oi, eu sou a Alice — ela se apresentou. — Encontrei o Projeto Autenticidade. Você está bem? Posso ajudar?

— Gostaria de nunca ter posto os olhos nesse maldito caderno, e certamente não quero mais vê-lo — respondeu Monica, cada palavra saindo como uma rajada de metralhadora, fazendo Alice recuar. — Realmente não quero ser grossa, e tenho certeza de que, assim como todos os outros, você acha que me conhece, depois de ler a história que eu nunca deveria ter escrito, mas isso não é verdade. E eu com certeza não conheço você. Nem quero. Então, por favor, caia fora e me deixe sozinha.

Foi o que Alice fez.

Monica

Monica só desceu do apartamento na noite de 26 de dezembro. O café parecia um cenário de teatro abandonado no meio da peça. Lá estava a mesa, ainda posta para que comessem o pudim, os copos pela metade. A árvore de Natal com os presentes embaixo, fechados. E no meio do chão, como um cocô de vaca gigante e frutado, com um ramo de azevinho ainda se projetando alegremente do centro, estava o pudim.

Ela encheu um balde com água quente e sabão, calçou um par de luvas e começou a trabalhar. Sempre achara a limpeza terapêutica, demais até, para ser honesta. Sua classificação cinco estrelas em higiene, exibida com destaque na vitrine do café, era uma das conquistas de que mais se orgulhava. Até a linguagem relacionada a limpeza ajudava. Passar a vida a limpo. Limpeza interior. Lavar a alma.

Agora que tivera algum tempo para se acalmar, Monica percebeu que era improvável que Hazard e Riley tivessem tentado enganá-la de propósito. Ela acreditou em Riley quando ele disse que realmente gostava dela (não achava que aqueles beijos pudessem ser falsos), mas ainda se sentia *humilhada*. E odiava o fato de que ele mentira para ela por todo aquele tempo. Assim como odiava a ideia de Hazard e Riley terem pena dela. Detestava imaginar os dois falando sobre ela, planejando como consertar sua triste vida. Ela se sentia *estúpida*. Não estava acostumada a se sentir estúpida. Tinha ganhado o Prêmio Keynes de Economia nível A, pelo amor de Deus.

Monica tinha acabado de começar a acreditar que coisas boas podiam acontecer, totalmente do nada, e que ela era digna de ser amada por alguém tão incrível quanto Riley. Agora descobria que fora tudo armado. A mãe dela sempre dizia que, se algo parecia bom demais para ser verdade, provavelmente era. E Riley definitivamente parecia bom demais para ser verdade.

Nas últimas semanas, ela se sentira relaxando. Tinha começado a "seguir o fluxo" e controlara muito seu planejamento obsessivo. Estava se sentindo mais feliz e mais despreocupada. Mas olhe a confusão em que tinha se metido.

Monica não tinha mais ideia do que pensar.

O que ela sabia era que não queria ver nenhum deles, ao menos por algum tempo. Queria que tudo voltasse a ser como era antes de encontrar aquele caderno idiota, antes de escrever sua história nele, antes de se tornar involuntariamente enredada no plano de outra pessoa. Aquele mundo era sem graça, monótono, mas pelo menos era seguro e previsível.

Ela percebeu, com um sobressalto, que não havia cancelado a aula de artes da semana. Na mesma hora pegou o celular e mandou uma mensagem para o grupo da turma que tinha criado no WhatsApp. *Aula de artes cancelada até o próximo aviso*, digitou. Não sentiu necessidade de se desculpar ou de explicar. Por que deveria?

Monica foi até a biblioteca. O belo retrato dela que Julian tinha pintado estava em cima da mesinha de centro, virado para cima. Uma Monica diferente a encarou de volta — alguém que não sabia que a sua vida era baseada em uma mentira.

Ela enfiou a mão embaixo da árvore e tirou o presente com a etiqueta *Para Monica, com amor, de Riley*. Chegou a considerar a possibilidade de jogar o pacote longe sem nem olhar o que era. Aquela seria a coisa certa a fazer para preservar seu orgulho, mas a curiosidade foi maior.

O PEQUENO CADERNO DAS COISAS NÃO DITAS

Com cuidado, Monica desembrulhou o pacote e encontrou um lindo caderno azul-turquesa, que logo reconheceu como sendo da Smythson. Havia comentado com Riley que aquela era sua marca favorita de papelaria de todos os tempos? Provavelmente custara uma fortuna. Na frente, em letras douradas, estavam gravadas as palavras "ESPERANÇAS E SONHOS". Ela levou o caderno ao nariz e inalou o cheiro de couro. Então abriu e leu o que estava escrito no verso da capa: *Feliz Natal, Monica! Eu sei como você ama bons artigos de papelaria, sei como ama listas e sei ainda como você merece que todas as suas esperanças e sonhos se tornem realidade. Com amor, Riley.*

Era o presente perfeito. Só quando viu as palavras que Riley tinha escrito começarem a parecer desfocadas, ela se deu conta de que estava chorando, estragando a perfeição da capa com manchas salgadas. E aquilo a fez chorar ainda mais.

Monica chorou pelo que poderia ter sido, pela versão de um futuro perfeito que, por algum tempo, cintilara diante dela e que ela havia acabado de começar a acreditar que poderia se tornar realidade. Chorou por ter perdido a fé em si mesma — se considerava tão inteligente e tão forte, mas tinha se mostrado crédula e tola. Mas, acima de tudo, chorou pela mulher que pensara estar se tornando — impulsiva, espontânea e que adorava se divertir, que agia por impulso, sem se preocupar com as consequências. A mulher que escrevia segredos em cadernos e os espalhava ao vento. A mulher que se apaixonava despreocupadamente por belos estranhos.

Aquela mulher se fora.

Alice

Eram onze da noite e Alice estava sentada na cadeira de balanço do quarto de Bunty, sob o brilho fraco da luminária de Beatrix Potter, amamentando a filha. Ainda se sentia agredida após a discussão com Max na véspera, que não havia sido mencionada desde então. E Monica ter gritado com ela também não ajudara. A sororidade não adiantara grande coisa. Ela pegou a bolsa do bebê e tirou o caderno lá de dentro, então aumentou um pouco a intensidade da luz para que conseguisse ler, mas sem ficar forte a ponto de acordar a filha e não deixá-la dormir de novo. Foi até a página em que a letra de Hazard dava lugar à de Riley, sentindo-se vibrar de expectativa. Que segredos poderia esconder um homem lindo daqueles?

Meu nome é Riley Stevenson. Tenho trinta anos e sou jardineiro em Perth — a cidade da Austrália. Parece que há uma na Escócia também. Respondendo as perguntas de Julian, eu sei o nome de todos os meus vizinhos em casa, e eles sabem o meu. Desde que eu era bem pequeno. Isso pode ser um pouco sufocante depois de algum tempo, para ser honesto. E essa é parte da razão pela qual eu parti.

O PEQUENO CADERNO DAS COISAS NÃO DITAS

Nossa, como será que ele estava se virando em Londres? O homem fora de um extremo ao outro. Alice ajeitou Bunty no colo para poder virar a página.

Acho que a minha verdade é que estou chateado por todo mundo presumir que, só porque eu não sou tão perturbado quanto muitos desses britânicos, isso me torna uma espécie de idiota sorridente. Não estou sendo paranoico, sabe? Realmente acham isso.

Com certeza ser feliz e direto deveria ser uma coisa boa, não uma espécie de defeito de caráter. Descomplicado não significa simplório, não é mesmo?

Ai, meu Deus, pensou Alice, *que cara fofo.*

Às vezes vejo a Monica ou o Julian me olhando como se eu fosse uma criança e eles estivessem pensando: "Ah, ele não é fofo?"

Nossa, aquele caderno estava lendo a mente dela?

Sabe, na verdade eu não gosto deste caderno. Tudo bem que fiz grandes amigos por causa dele, mas, desde que o encontrei, a minha vida se tornou menos autêntica, não mais. Meu relacionamento com a Monica é baseado em uma mentira. Ainda não contei a ela que este caderno é o motivo para termos nos conhecido, e nem consigo lembrar por que não contei.

Viver nesta cidade, sem sol, sem plantas, sem terra, está me transformando. Sinto que preciso voltar às minhas raízes. Mesmo o que estou escrevendo aqui não parece comigo. Não costumo fazer todo esse lance de autoanálise. Sou o tipo de cara "O que você está vendo é o que vai levar". Ou pelo menos costumava ser.

E sabe de uma coisa? O caderno também não diz a verdade sobre nenhuma das outras pessoas.

Quando lê a história do Julian, você imagina um velhinho triste e invisível. Mas o Julian que eu conheço é o ser humano mais incrível que existe. Ele faz a vida parecer mais colorida. Faz a gente querer conhecer novos lugares e experimentar coisas novas.

Quanto ao Hazard, se eu não o conhecesse, acharia que é um babaca arrogante e obcecado consigo mesmo. Mas o homem com quem eu conversei na Tailândia era calmo, amável e um pouco triste.

E depois tem a Monica, que não se acha digna de amor. No entanto, ela é carinhosa, generosa e gentil. Tem a capacidade de unir as pessoas, de cuidar delas. Ou seja, é uma jardineira nata, como eu, e vai ser uma ótima mãe um dia. Se ela relaxasse só um pouco, sei que encontraria tudo o que deseja.

Vou contar a verdade para a Monica. Depois disso, não sei o que vai acontecer. Mas pelo menos nossas raízes estarão plantadas em solo adequado, não na areia, assim teremos uma chance.

O que você vai fazer agora? Espero que este caderno lhe traga mais sorte do que me trouxe.

Alice se sentiu incrivelmente melancólica. A julgar pelo seu encontro com Monica na véspera, as coisas não tinham ido tão bem quanto Riley havia esperado. Monica não parecera carinhosa, generosa ou gentil, nem tinha feito Alice se sentir cuidada. Para ser sincera, ela tinha sido um pouco cruel.

Adorável Riley. Um jardineiro sem jardim.

E foi aí que lhe ocorreu um plano.

Julian

Julian estava confortável enrolado em seu casulo. Ele teve a vaga consciência de uma campainha tocando em algum lugar distante, mas não poderia fazer nada a respeito, mesmo se quisesse. Sentia-se muito longe de qualquer coisa.

— Julian! Hora de acordar. Você não pode ficar na cama o dia todo — falou Mary.

— Me deixa em paz — protestou ele. — Fiquei acordado a maior parte da noite, pintando. Dê uma olhada no ateliê... você vai ver. Quase acabei.

— Eu já vi, é brilhante, como sempre. Você é brilhante. Mas está quase na hora do almoço. — E então, porque ela conhecia o ponto fraco dele: — Vou preparar ovos Benedict para você.

Julian esticou uma perna para ver se conseguia sentir Keith deitado no pé da cama. O cachorro não estava lá.

Ele abriu um olho. Mary também não estava lá. Ela não estava lá fazia muito tempo. Ele fechou o olho novamente.

Havia apenas uma coisa que o impedia de se deixar ir inteiramente, que o mantinha precariamente preso ao chão. Sabia que havia *algo* que precisava fazer. Tinha a sensação de que pessoas dependiam dele. Tinha uma responsabilidade.

Ele ouviu o som de um bipe. Agora bem perto da orelha dele. Julian estendeu a mão e pegou o celular que havia esquecido que tinha. Havia uma mensagem na tela: *Aula de artes cancelada até o próximo aviso*. Era aquilo o *algo* de que ele estava tentando se lembrar. Agora podia deixar pra lá. Talvez pudesse só ficar ali, debaixo das cobertas, até acabar sendo removido pelas escavadoras e substituído por um complexo de entretenimento corporativo.

"BATERIA FRACA", dizia na tela. Ele baixou o celular sem ligá-lo ao carregador e puxou novamente a coberta por cima da cabeça, respirando seu cheiro mofado e reconfortante.

Hazard

Hazard estava de volta à cidade, depois de passar os últimos quatro dias em Oxfordshire com os pais. Por incrível que parecesse, eles não demonstraram guardar muitos ressentimentos em relação a ele. Só se mostraram aliviados por vê-lo ao que tudo indicava bem e relativamente feliz, embora a mãe de Hazard parecesse bastante surpresa ao vê-lo na mesa do café todas as manhãs, como se esperasse que o filho fugisse durante a noite para beber. Para ser justo, era exatamente isso que ele teria feito nos velhos tempos. Hazard se perguntou quanto tempo levaria até que a mãe voltasse a confiar nele. Talvez isso nunca acontecesse.

Hazard teria ficado mais tempo, mas os pais estavam organizando uma festa de Ano-Novo para o Rotary Club e ele achou que seria mais seguro passar a noite de Réveillon sozinho. Planejava estar na cama bem antes da meia-noite, agradecendo suas estrelas da sorte por, pela primeira vez desde que era capaz de se lembrar, começar o ano em sua própria cama, sem ressaca ou qualquer pessoa ao lado de cujo nome ele não tinha a menor ideia.

Hazard pegou o celular para verificar as horas. Era um modelo básico, pré-pago. Nunca tocava, já que ninguém tinha o número (além da mãe, desde aquela manhã). Ele percebeu que nem sabia que toque estava definido. Hazard sempre fora gregário, sociável e dedicado ao trabalho, por isso estava achando difícil se adaptar àquele mundo sem amigos e sem emprego. Sabia que não poderia evitar a vida para sempre.

Eram quatro e meia da tarde. Ele vestiu o casaco, trancou o apartamento e caminhou em direção ao cemitério. Tinha certeza de que, àquela altura, as consequências do dispositivo incendiário que acidentalmente acionara no dia de Natal já teriam se resolvido, e ele encontraria Monica, Julian e Riley amigos de novo. Como seu antigo círculo social estava fora de cogitação naquele momento, tinha esperança de poder se juntar ao deles.

Hazard passou pelo Monica's Café. Tudo apagado. Um aviso na porta dizia: "FECHADO ATÉ 2 DE JANEIRO".

Já sentado na lápide do almirante, Hazard estava tão ocupado procurando por Julian ou Monica vindo do lado sul do cemitério que não reparou em Riley vindo do norte, até ele estar a poucos metros de distância. Talvez Riley quisesse ficar com o número do celular dele? Como poderia perguntar isso sem parecer um pouco patético ou desesperado?

— Nenhum sinal deles, então? — disse Riley. — Esperei a semana toda para chegar sexta-feira às cinco da tarde, torcendo para que aparecessem.

— Não. Estou aqui há quinze minutos. Só eu e os corvos. Como estão as coisas entre você e a Monica? — perguntou Hazard, desconfiado, pelos ombros curvados de Riley, de que já sabia a resposta.

— Ela não atende às minhas ligações e o café está fechado. Também estou preocupado com o Julian. O telefone dele está desligado e eu venho tocando a campainha da casa dele todos os dias desde o Natal, sem resposta. Julian geralmente sai apenas entre dez e onze da manhã, e ele não disse que ia a algum outro lugar. Você acha que devemos chamar a polícia?

— Vamos passar lá agora e tentar outra vez — sugeriu Hazard. — Até porque, se eu ficar aqui por muito mais tempo, meu traseiro pode acabar congelado e colado à lápide do almirante.

Ao lado da campainha de Julian, os nomes eram J&M JESSOP, apesar de M não estar mais ali havia quase quinze anos. Hazard achou aquilo absurdamente triste. E se deu conta de que o novo Hazard era um tanto sentimental. Apesar de tocarem sem parar por uns cinco minutos, não tiveram resposta.

— Muito bem, vamos ver com a Monica se ela sabe onde ele está. Se ela não souber, vamos chamar a polícia — decidiu Hazard.

— Ela não quer falar comigo — disse Riley —, portanto você é quem vai ter que tentar. Embora ela também não seja sua maior fã no momento. — Ele pareceu um pouco aliviado por não ser o único na linha de fogo.

— Ela mora aqui perto? — perguntou Hazard.

— Sim, no apartamento em cima do café.

— Ótimo, vamos encontrá-la.

A missão compartilhada criou um vínculo entre os dois, como soldados em uma operação especial, e eles caminharam pisando firme, em um silêncio camarada e determinado. Riley apontou para a porta, pintada de amarelo forte, que levava ao apartamento de Monica, e eles tocaram a campainha. Sem resposta. Bateram na porta do café então. Nada ainda. Hazard desceu da calçada para checar a janela dela, fazendo com que um táxi preto que passava tivesse que se desviar, buzinando.

— Você passou muito tempo morando em uma ilha com apenas uma rua, cara! — alertou Riley.

— Não se passa uma década usando narcóticos classe A sem ter um desrespeito saudável pela morte — respondeu Hazard. — Apesar de que seria irônico, depois de tudo que eu passei, acabar morrendo atropelado por um táxi na Fulham Road. Olha, tem uma luz acesa lá em cima — avisou ele. — MONICA! PRECISAMOS FALAR COM VOCÊ! MONICA! VOCÊ VIU O JULIAN? PRECISAMOS DA SUA AJUDA!

Bem quando ele estava prestes a desistir, a janela de guilhotina foi aberta e Monica enfiou a cabeça por ela.

— Pelo amor de Deus, o que os vizinhos vão pensar? — sussurrou, brava, soando assustadoramente como a mãe de Hazard. — Esperem. Vou descer.

Alguns minutos depois, a porta se abriu. O cabelo de Monica estava preso em um coque bagunçado, espetado com um lápis, e ela usava uma camiseta grande e disforme e calça de moletom, nenhum dos quais itens de vestuário que Hazard esperaria que ela tivesse no guarda-roupa. Monica os chamou para dentro do café sem nem sequer cumprimentá-los.

— Monica, estou desesperado para falar com você — Riley foi logo dizendo.

— Riley, vamos nos ater ao assunto em questão no momento, que tal? — sugeriu Hazard, antes que o outro ficasse intenso demais e acabasse atrapalhando a coisa toda. — Você pode fazer isso um pouco mais tarde. A pergunta importante é: você teve alguma notícia do Julian recentemente? Desde o Natal?

Monica franziu o cenho.

— Não. Ai, meu Deus, eu me sinto péssima. Tenho andado tão envolvida comigo mesma que nem pensei nele. Que tipo de amiga eu sou? Imagino que vocês já tenha ido à casa dele e tentado o celular também, certo?

— Muitas vezes — respondeu Riley. — Gostaria de ter o número do telefone fixo dele. Não aparece na lista telefônica.

— O número é Fulham 3276 — disse Monica.

— Uau — comentou Riley —, como você se lembra disso?

— Memória fotográfica. Como você acha que eu me tornei advogada corporativa? — retrucou Monica, sem se render à bajulação de Riley. — Acho que o código daquela parte de Fulham é 385, então o número dele seria 0207-385-3276.

Ela digitou o número no celular e colocou no viva-voz. Tocou e tocou, até a ligação cair.

Eles estavam tão concentrados no celular de Monica que levaram algum tempo para perceber as batidas na porta do café. Era Baz, usando óculos estilo John Lennon e jaqueta de couro preta, com uma expressão perturbada. Monica destrancou a porta para deixá-lo entrar.

— Oi, pessoal. Preciso muito, muito mesmo falar com o Benji. Vocês sabem onde ele está? — perguntou, sem fôlego. — Quero pedir desculpas. Eu perdi a cabeça.

— É um pouco tarde pra isso agora — disse Monica, seca. — Ele foi passar o Hogmanay na Escócia. Tentou falar com você por dias. Baz, este é o Hazard — apresentou, sem se dar o trabalho de olhar para ele. E falando o nome dele como se dissesse um palavrão.

— Oi — cumprimentou Baz, sem mal fazer uma pausa para olhar para Hazard. — Você tem algum telefone fixo dele? O celular está desligado ou sem sinal.

— Não, sinto muito. Estamos com um probleminha aqui — falou Monica. — Queremos saber do Julian. Ninguém tem notícias dele desde o Natal. — Houve uma pausa desconfortável depois da menção à palavra "Natal", enquanto todos se lembravam daquele dia.

— Isso não é bom. Vamos falar com a minha avó. Ela costuma vê-lo todas as manhãs para a aula de tai chi. Deve saber o que está acontecendo.

Os quatro voltaram para a Broadway, as hostilidades deixadas de lado por uma causa maior.

Betty balançou a cabeça vigorosamente.

— Apareci na hora de sempre para o tai chi, mas sem resposta na segunda, na terça, na quarta, na quinta e na sexta — disse, contando os dias nos dedos. — Imagino que ele esteja com a família.

— Ele não tem família no Reino Unido — esclareceu Monica. — Vamos até lá para ver se conseguimos entrar.

Os cinco passaram pela estação Broadway e seguiram até o Chelsea Studios. Àquela altura, não estavam se sentindo muito otimistas sobre conseguirem uma resposta tocando a campainha no portão da frente. E realmente não houve nenhuma.

— Vamos tentar os vizinhos — sugeriu a sra. Wu, pressionando agressivamente com o indicador cada botão de campainha, acima e abaixo da de Julian, em ordem aleatória, como se estivesse conduzindo uma peça experimental com uma orquestra completa.

— Lembrem-se de que a vovó saiu da China comunista nos anos 70 — sussurrou Baz para Riley e Hazard. — Ela e o meu pai atravessaram a nado a baía para Hong Kong, com seus pertences mais preciosos amarrados às costas, como tartarugas. Ninguém mexe com Betty Wu.

Por fim, uma vozinha minúscula saiu pelo interfone, soando mais que um pouco irritada:

— Se está tentando me vender panos de prato ou falar comigo sobre salvação eterna, não estou interessada.

— Por favor, nos deixe entrar. Estamos preocupados com um amigo. Não o vemos há dias — explicou a sra. Wu.

Eles ouviram um gemido inconfundível, então, alguns minutos mais tarde, uma senhora de certa idade, com os cabelos platinados muito bem penteados, abriu o portão. Seu rosto tinha a suavidade da cera, mas o pescoço era enrugado como o de um peru e estava envolto em um lenço Hermès. Ela parecia o tipo de mulher que, quando o marido a levava a algum lugar, se sentava no banco de trás.

— Quem vocês estão procurando? — perguntou, sem se apresentar.

— Julian Jessop — respondeu Monica, que não se deixaria intimidar por ninguém.

— Ora, boa sorte com isso. Moramos aqui há quase seis anos e posso contar nos dedos das mãos o número de vezes que o vi. — Ela acenou com as garras bem cuidadas. — Talvez nos dedos de uma das mãos, pensando melhor. Ele não apareceu em nenhuma das reuniões da associação de moradores. — A mulher estreitou os olhos para eles, como se os responsabilizasse pessoalmente pela falta de participação de Julian. — Sou presidente da associação — acrescentou, uma informação desnecessária e nada surpreendente. — Suponho que seja melhor vocês entrarem. Santo Deus, quantos vocês são?

Eles passaram por ela, acenando em agradecimento, e seguiram em direção à porta da casa de Julian.

— Se o encontrarem, digam que Patricia Arbuckle precisa vê-lo com urgência! — gritou a mulher atrás deles. — Caso não tenha notícias dele em breve, vou acionar meus advogados!

Riley bateu com força na porta. Hazard sentiu a palma das mãos suadas enquanto esperava uma resposta. E ele nem conhecia Julian, embora sentisse que conhecia.

— JULIAN! — gritou a sra. Wu, com uma voz muito maior que seu tamanho. Monica e Riley espiaram pelas janelas da frente, que, graças a ela, não eram mais totalmente opacas.

— Não vejo nada fora de ordem, embora seja um pouco difícil dizer, para ser sincera — falou Monica. — Ele deixou tudo virar uma bagunça de novo. — Ela empurrou a janela de guilhotina para cima, que abriu cerca de trinta centímetros. O que eles realmente precisavam, pensou Hazard, era de uma criança pequena.

— Eu passo pela janela! — se ofereceu a sra. Wu, que era, ele observou, do tamanho de uma criança pequena. — Biming! Segure os meus pés! Você, garotão, segure o meu corpo!

Hazard levou alguns segundos para perceber que a mulher estava se dirigindo a ele. Embora obviamente não fosse a primeira vez que era chamado de "garotão".

A sra. Wu levantou as mãos acima da cabeça e ele a segurou pelo torso, enquanto Baz e Riley agarravam suas pernas. O rosto dela estava virado para o chão.

— Direita! Para a frente! Pela janela! — gritou ela, como um comandante militar, e eles a enfiaram pelo vão como um pacote em uma caixa de correio. Houve uma pausa de alguns minutos, enquanto a sra. Wu se abaixava no chão, então se levantava.

— Abra a porta, vó! — disse Baz. Alguns minutos depois, eles entravam.

A casa de Julian cheirava mal. As cortinas estavam fechadas, fazia muito frio e as teias de aranha estavam de volta com vontade. Riley, que sabia andar por ali melhor que ninguém, fez um reconhecimento do primeiro andar.

— Nenhum sinal dele aqui embaixo, vamos checar o quarto. Fica lá em cima — falou, apontando para a escada em espiral de ferro forjado que levava ao mezanino. Monica subiu na frente, com Riley e a sra. Wu logo atrás.

Hazard ouviu Monica gritar:

— Julian!

Eles provavelmente o haviam encontrado. Hazard prendeu a respiração, temendo o pior. Finalmente Monica reapareceu, saindo do quarto no andar de cima.

— Ele está bem, só com muito frio e confuso — disse ela. Hazard viu o vapor da própria respiração se erguer no ar enquanto ele exalava lentamente. — Só Deus sabe quando ele comeu pela última vez. Baz, você pode ligar o aquecimento? Sra. Wu, pode trazer um pouco da sua sopa mágica que cura? Julian está irredutível dizendo que não quer ir para o hospital, então vou ver se consigo encontrar um médico que possa vir até aqui examiná-lo. Riley, se ainda houver alguma loja aberta, pode tentar encontrar aquela mistura em pó para pudim, Angel Delight? Sabor caramelo, obviamente.

Por que obviamente?, se perguntou Hazard. Ele teve vontade de levantar a mão e perguntar se ela tinha alguma tarefa para ele, mas ficou com medo de Monica atirar alguma coisa em sua cabeça de novo. Por isso, foi tentar encontrar uma chaleira. A mãe dele sempre recomendava uma boa xícara de chá em momentos de crise.

Monica

Ele não parecia o Julian que Monica conhecia. Estava encolhido na cama, como um apóstrofo, tão magro e murcho que seu corpo mal era visível debaixo das cobertas. Três latas vazias de feijão, uma com um garfo dentro, repousavam no chão ao lado da cama, assim como o celular. O kilt e o blazer xadrez que ele usava na última vez que ela o vira estavam amontoados em uma pilha perto da porta, como se a pessoa dentro deles tivesse simplesmente evaporado ou sofrido uma combustão espontânea, como a bruxa de *O mágico de Oz*.

Por um momento terrível, que pareceu uma hora, Monica achou que ele estivesse morto. Estava imóvel e, quando encostou a mão nele, sentiu a pele fria e úmida. Mas, ao gritar o nome dele, as pálpebras de Julian tremeram e ele soltou um gemido.

Agora Julian estava sentado em uma poltrona perto da lareira, onde o fogo ardia com vontade. Depois de passar algum tempo procurando a caldeira, Baz percebeu que Julian não tinha aquecimento central, só alguns aquecedores elétricos, e nenhum deles estava ligado. Ele estava embrulhado em vários cobertores, tomando uma caneca da sopa de frango e milho-doce da Betty.

Um dos médicos da clínica local apareceu e prescreveu calor, comida e líquidos, além de antibióticos para as escaras. Ele murmurou em um tom sombrio que "cada um daqueles episódios" colocava mais pressão sobre o coração já fraco de Julian, o que fez Monica deduzir que aquela não era a primeira vez que algo assim acontecia. Mas, ao menos por enquanto, um pouco de cor voltava lentamente ao rosto dele, que já parecia menos cadavérico.

Monica tinha certeza de que o declínio de Julian estava relacionado à briga no Natal, por isso estava se esforçando imensamente para ser agradável com Riley na frente dele. Riley, enquanto isso, parecia estar fazendo tudo o que podia para voltar às boas graças dela. Ela o estimulou, por interesse, para ver quanto estava disposto a se esforçar, dizendo que o banheiro de Julian no andar de baixo precisava de uma boa limpeza. Ele partiu satisfeito com um balde, alvejante e um escovão, como um cãozinho obediente. Não havia como ela voltar a se envolver romanticamente com ele, mas achava que poderiam ser amigos, pelo bem de Julian.

Quanto a Hazard, Monica achava que jamais seria capaz de gostar de alguém que brincava de maneira tão descuidada com a vida das pessoas. O que ele estava fazendo ali? Quem o convidara a se meter no círculo deles, afinal? Ela já conhecera tipos como ele antes, tão acostumados a ser admirados e a conseguir as coisas do seu jeito que nem sequer questionavam o direito de ser incluídos.

Tudo nele a irritava, desde o sorriso perfeito demais de Hollywood à barba hipster idiota e os mocassins de garoto rico. Quando Monica tinha dezesseis anos, não muito tempo depois de a mãe morrer, o pai a convencera, contra a vontade dela, a ir ao baile da escola. Monica tinha sido beijada por um menino que parecia um Hazard mais jovem e começara a pensar que talvez, apenas talvez, as coisas fossem começar a melhorar. Então ela descobrira que ele havia feito aquilo por causa de um desafio. *Vamos ver se você consegue pegar a nerd da turma.* Monica passara vários meses sem ir à escola depois disso.

E que tipo de nome era Hazard, afinal? Embora combinasse com ele. Hazard era o tipo de cara que precisava vir com uma placa de aviso.

Como se pudesse sentir que ela estava pensando nele, Hazard se virou para ela.

— Ei, Monica. Você conseguiu convencer o Julian a dar aula de artes no café? — perguntou ele.

— Sim — respondeu ela, fazendo uma anotação mental para retornar com as aulas de artes o mais rápido possível, pelo bem de Julian, se não fosse por mais nada.

Hazard continuou, apesar da resposta lacônica de Monica.

— Posso participar? Não faço nada relacionado a arte desde a época da faculdade. Adoraria tentar de novo.

Ela imaginou Hazard na universidade, recepcionando as pessoas em festas black-tie e lambendo sorvete dos quadris de ossos proeminentes de garotas chamadas Davina, que frequentavam escolas caras só para meninas.

— Acho que não há espaço suficiente — disse ela. Então acrescentou: — Sinto muito — para tentar minimizar a grosseria.

Infelizmente, apesar da idade avançada, Julian tinha a audição de um morcego.

— É *claro* que há espaço, meu velho. É só puxar mais uma cadeira!

— Gostaria de ficar com o meu novo número de celular? — perguntou Hazard a ela, acenando com um aparelho surpreendentemente antiquado.

— Por que eu iria querer? — retrucou ela. O homem achava que toda mulher estava interessada nele?

— Hum... Para poder me avisar sobre a aula de artes? — respondeu Hazard, parecendo um pouco sem graça.

— Ah, entendi. Não há necessidade, basta aparecer. Segunda-feira às sete da noite. — Como achou que talvez tivesse sido agressiva demais, Monica resolveu estender um minúsculo ramo de oliveira. — O que você estava fazendo na Tailândia, Hazard? — perguntou, forçando o tom para parecer mais simpática.

— Humm. Estava fazendo um detox — ele respondeu.

Monica teve que se conter para não revirar os olhos. Ela sabia exatamente a que ele se referia. Celebridades eram fotografadas fazendo aquilo o tempo todo nas revistas de fofocas que as pessoas deixavam no café e ela fingia não ler. Ele devia estar em algum spa de luxo, tomando smoothies orgânicos, sendo massageado e fazendo irrigação do cólon várias vezes ao dia, para conseguir perder alguns quilos antes das festas de fim de ano. Ela apostava que tinha sido tudo pago por um fundo criado pela mamãe e pelo papai.

— Sorte a sua ter tanto tempo de folga — comentou, testando sua teoria.

— Na verdade, estou entre um trabalho e outro no momento — falou Hazard.

Aquele era o código dos garotos riquinhos para não precisar trabalhar. Ela sabia que Hazard nunca tivera que se preocupar em se sair bem nas provas ou em vender cafés o bastante para pagar o aluguel. Para ele, bastava ligar para uma rede de padrinhos e amigos da escola para encontrar uma ocupação elegante que não interferiria na vida social dele, nas férias ou "detoxes".

Baz tinha voltado ao restaurante para ajudar os pais, que estavam lotados na véspera de Ano-Novo (ele estava sorrindo como o gato de Cheshire depois de finalmente ter recebido uma ligação de Benji, da Escócia). Os outros não queriam deixar Julian. Monica estava preocupada que, assim que fosse deixado sozinho, ele acabasse voltando a hibernar. Betty tinha levado bolinhos no vapor e rolinhos primavera para todos, e, por orientação de Julian, Riley pegara champanhe no porão para brindarem o Ano-Novo. Ele voltara pálido e trêmulo. Monica ainda não tinha tido a chance de perguntar o que havia lá embaixo.

— Sra. Wu — disse Julian, a voz ainda um pouco rouca.

— Betty! — gritou ela.

— Lamento tê-la perturbado falando sobre Baz e Benji.

— Biming! — gritou ela de novo.

— O Benji é um ótimo garoto, sabe, e faz o Biming muito feliz. Não é isso que importa? — perguntou ele, com gentileza.

Monica olhou para Betty, tão carrancuda que suas sobrancelhas haviam se juntado, como uma gigantesca centopeia cinza. Ela se perguntou se Julian realmente estava querendo morrer.

Betty suspirou.

— É claro que eu quero que ele seja feliz. Amo aquele menino. Ele é meu único neto. Tenho certeza de que esse Benji é um bom homem. Mas ele não pode ser esposa para Biming! Ele não pode ter bebês Wu. Ele não sabe cozinhar comida chinesa para o restaurante.

— Isso não é verdade, sabia? Eles podem adotar. Vários gays fazem isso hoje em dia — comentou Julian.

— Adotar uma bebezinha da China? — disse Betty, quase pensativamente.

— E o Benji é um cozinheiro brilhante — acrescentou Monica. — Ele prepara a maior parte dos pratos no café. É muito melhor que eu na cozinha.

— Hummm — murmurou Betty, cruzando os braços.

Monica achou ter visto uma expressão mais suave no rosto dela.

— Biming me disse que gritou com você — disse Betty a Julian. — Eu falei que sentia vergonha dele. Que ele deveria mostrar respeito pelos mais velhos.

— Não se preocupe com isso, sra. Wu. Ele acabou de me pedir desculpas, embora realmente não houvesse necessidade — respondeu Julian.

Monica sorriu ao ouvir aquilo. Ela ouvira, sem ser notada, o pedido de desculpas de Baz, que não tinha sido totalmente abjeto. O rapaz se desculpara por chamar o chalé de depósito de lixo e tinha dito que o lugar parecia muito melhor desde que Monica fizera sua faxina ali. Aquilo deu uma ideia a ela.

— Julian — falou Monica. — Por que não começamos o Ano-Novo com outra faxina? Posso passar por aqui na próxima semana, o que acha?

— Ei, você poderia fazer uma faxina na minha casa também, já que está tão animada com a ideia, Monica? — pediu Hazard.

Pronto: foi a gota-d'água.

— Por quê? Você é preguiçoso demais para limpar sozinho, Hazard? Ou acha que limpeza é *trabalho de mulher* e você é *homem* demais para esse tipo de coisa?

— Calma, Monica! Foi só uma brincadeira! — falou Hazard, parecendo bastante surpreso. — Você precisa relaxar às vezes, sabia? Se divertir. Afinal é véspera de Ano-Novo.

Monica o encarou. Ele a encarou de volta. Ela ainda o detestava, mas ao menos ele a enfrentara. Como advogada, ela odiava quando um adversário recuava rápido demais.

— Cinco minutos para a meia-noite! — disse Riley. — Todos estão com uma taça de champanhe?

— Eu peguei um chá de hortelã — respondeu Hazard. — Chá é o novo champanhe. É o que todo mundo está bebendo.

— Começando cedo as resoluções de Ano-Novo, Hazard? — perguntou Monica, que amava tanto as resoluções que espalhava as dela por todo o ano. Por que limitá-las apenas a janeiro?

— Algo assim — respondeu ele.

Monica pensou em perguntar se Hazard havia checado a data de validade do chá de hortelã, mas não fez isso. Era improvável que o matasse, lamentavelmente.

Então o céu se iluminou acima de Fulham e Chelsea e o som de fogos de artifício ecoou nos prédios próximos. Monica se virou para as janelas que iam do chão ao teto no ateliê de Julian, e que estavam sendo tomadas por uma profusão de cores.

Era um ano novinho em folha.

Riley

Riley ficou aliviado ao ver Julian caminhando em direção ao túmulo do almirante na sexta-feira seguinte. Seguindo as instruções de Monica, ele dera uma passada na casa de Julian todos os dias desde o Ano-Novo — supostamente para procurar mais tesouros na bagunça dele, mas também para checar se ele estava se levantando, se mantendo aquecido e comendo. Julian parecia estar, se não de volta ao seu antigo eu, ao menos se recuperando. Naquela noite, ele parecia definitivamente animado.

— Riley! Que bom que você está aqui! Adivinha?

— O quê?

— Monica reservou passagens no Eurostar para a viagem de campo da turma da aula de artes! Passei a tarde toda planejando nossa visita às galerias de arte!

— Que incrível! — comentou Riley, que desejava visitar Paris desde que vira Nicole Kidman em *Moulin Rouge*, quando era adolescente. Ele esperou que Julian reparasse no que ele tinha trazido.

— Quem é o seu amigo, Riley? — perguntou Julian, olhando para o rabo abanando ao lado do rapaz.

— Na verdade, espero que ele venha a ser *seu* amigo. Os operários o encontraram morando na casa vazia ao lado. Achamos que pertencia à senhora que morreu recentemente. Ele vinha sendo alimentado com os sanduíches e salgadinhos do pessoal da obra, mas precisa de um lar adequado — disse Riley. A verdade era que ele achava que Julian precisava de alguém para cuidar. Assim, teria um bom motivo para não desistir da vida novamente.

— O que ele é? — perguntou Julian.

— É um cachorro.

— Não, estou me referindo à *raça* do cachorro.

— Só Deus sabe. Acho que deve ter havido uma boa quantidade de amor livre rolando. Ele é meio vira-lata. Mas acho que é principalmente terrier — respondeu Riley.

— Definitivamente há um pouco de jack russell nele, em algum lugar — comentou Julian.

Ele e o cachorro se entreolharam silenciosamente, os dois com olhos reumosos, bigodes cinzentos, juntas artríticas e um cansaço do mundo.

— Qual é o nome dele? — perguntou Julian.

— Não sabemos. Os operários o chamavam de Wojciech.

— Santo Deus — comentou Julian.

— Eles são poloneses.

— Vou chamá-lo de Keith — disse Julian. — Keith é o nome perfeito para um cachorro.

— Isso significa que você aceita ficar com ele? — perguntou Riley.

— Acho que sim. Podemos ser dois velhos miseráveis juntos, hein, Keith?

— Em nome da total transparência, devo avisar que ele é um pouco chegado a ter *gases* — avisou Riley.

— Ora, isso resolve a questão. É outra coisa que temos em comum — falou Julian. — Vou ter alguém para culpar quando tiver convidados. Você acha que ele gostaria de Paris? — acrescentou, baixando os olhos para o seu novo animal de estimação. Então, sem esperar resposta, continuou: — Seria ambicioso demais tentar cobrir a arte moderna e o Renascimento em apenas um dia? Mas como escolher, Riley? Nunca fui muito bom em estreitar minhas opções de escolha. A Mary vivia me dizendo isso.

Riley encolheu os ombros. Estava um pouco fora da sua zona de conforto.

— Não se esqueça de deixar tempo livre para subirmos a Torre Eiffel! — falou.

— Meu caro rapaz, será um dia de enriquecimento cultural, não uma visita a todas aquelas armadilhas para turistas. Mas suponho que, se tivermos que fazer um dos clichês, pode muito bem ser *la Tour Eiffel*.

Riley foi distraído por uma mulher caminhando na direção deles, empurrando um carrinho de bebê com muito vigor, como se fosse um equipamento de ginástica. Ela era definitivamente o que poderia ser descrito como uma "mãe sexy". Elegante, sem dúvida tinha nascido com uma colher de prata na boca. Devia ter vinte e poucos anos, os cabelos perfeitamente arrumados e exibindo o tipo de mechas pelas quais se pagava uma fortuna em Londres, mas que o sol australiano oferecia de graça. Ela parecia um pônei palomino bem cuidado, a caminho de uma competição de adestramento. A mão, que segurava uma garrafa de água (reutilizável), também era muito bem tratada. Não havia mães daquele jeito em Perth. Lá, elas costumavam ter os cabelos despenteados, usar vestidos de verão amassados e chinelos de dedo. Riley esperou que ela passasse direto por eles, mas a mulher parou.

— Oi — disse. — Você com certeza é o Julian, e você deve ser o Riley?

— Sim — respondeu Riley, confuso.

— Eu sabia. E o sotaque australiano entrega você! Sou a Alice! — Ela estendeu a mão, que eles apertaram. — E essa é a Bunty! — Indicou o carrinho. — Quem é esse? — perguntou, olhando para o cachorro, agora sentado em cima do túmulo do almirante, ao lado de Julian.

— É o Keith — responderam Julian e Riley, em perfeita sincronia.

— Como sabe os nossos nomes? — perguntou Riley. A mulher seria alguma espécie de stalker?

— Encontrei o Projeto Autenticidade. No parquinho — respondeu ela.

Riley tinha passado tanto tempo pensando nos danos que aquele caderno idiota havia causado que não chegara a pensar no que ele estaria aprontando desde que fora deixado no parquinho entre o apartamento dele e o café, em uma faixa de grama em que Riley costumava se sentar para clarear as ideias.

— Ah, meu Deus! — disse Julian. — Meu caderninho ainda está circulando por aí! Como vai? Encantada, tenho certeza.

Riley revirou um pouco os olhos. Julian não resistia a um rosto bonito.

— Meu Deus! Julian, esse blazer é incrível! Tem que ser Versace. Estou certa? Década de 80?

Riley tinha se tornado tão imune ao estilo de vestir de Julian que mal reparara no paletó de seda de estampa elaborada que ele usava por baixo do sobretudo, mas a peça de roupa estava provocando um ataque de empolgação em Alice.

— Ah, finalmente! — disse Julian. — Outra fashionista! Já estava perdendo as esperanças, cercado por todos esses desmazelados. Você está certa, é claro. O maravilhoso Gianni. Uma perda tão trágica para o mundo. Nunca consegui superar.

Desmazelados? Riley se irritou. Ninguém tinha notado que ele estava usando um Nike de edição limitada que tinha encontrado no eBay? Ele viu Julian secar os olhos com um lenço de seda. Estava realmente se exibindo para a nova audiência. Certamente Alice era capaz de perceber isso, não?

— Por favor, pode tirar o sobretudo um minuto, para eu fazer uma foto do blazer? — perguntou Alice.

Ela estava falando sério? Julian pareceu feliz em tirar o sobretudo em um dos dias mais frios do ano, quando pouco tempo antes quase morrera de hipotermia. E começou até a posar.

— As botas de caubói? — falou, em resposta a outra das perguntas fúteis sobre moda de Alice. — São da R. Soles, na King's Road. Ótimo nome, não? Provavelmente está fechada agora, claro. Vai acabar se tornando mais um restaurante por quilo, ou outra coisa tão horrorosa quanto.

— Ele pareceu melancólico. — Isso não é divertido? Lembra o tempo que passei com meu grande amigo David Bailey.

Riley achou que Alice ia desmaiar. E se perguntou onde estavam todos esses "grandes amigos", se Julian vivera como um eremita por quinze anos.

— Devo deixar vocês dois a sós? — perguntou, percebendo na mesma hora que tinha falado como uma criança ciumenta.

Alice se virou para ele.

— Na verdade, Riley, era você que eu queria ver, por mais que esteja *amando* seu amigo Julian. — Julian deu um sorriso afetado. Monica, pensou Riley, nunca se prestaria a um flerte tão óbvio. — Tenho uma proposta pra você. — Ela entregou um pedaço de papel a ele. — Pode me encontrar neste endereço, amanhã às dez da manhã? Julian, você também pode vir! Vão adorar. Eu prometo! Meu número de telefone está aí também, caso não possa aparecer, mas sei que você não vai fazer isso! Não vai, não é? Agora tenho que levar a Bunty para a aulinha de música. Até mais!

Até mais???

— Nossa. Ela não é simplesmente *maravilhosa*? — comentou Julian. — Mal posso esperar para descobrir do que se trata. Não acha? Precisamos apresentá-la à Monica, ela vai *amar* a Alice.

Monica, pensou Riley, valia cem Alices. Ele na verdade não queria comparecer àquele compromisso misterioso, mas já tinha percebido que Julian não deixaria passar.

Alice

Alice estava muito empolgada com seu compromisso com Julian e Riley. Desde a chegada de Bunty, seus dias tendiam a se misturar uns aos outros, todos igualmente cheios de atividades centradas na filha — natação para bebês, massagem para bebês, ioga para bebês e conversas sem fim com outras mães sobre marcos de desenvolvimento, rotinas de sono, dentição e desmame. Alice podia sentir sua identidade deslizando para longe, a ponto de se tornar só um apêndice — a mãe de Bunty ou a mulher de Max. A não ser na internet. Na internet ela ainda era @aliceinwonderland.

Ela viu Julian e Riley se aproximarem. Riley tinha um jeito de andar que combinava mais com um calçadão na praia que com uma rua de Londres. Era exuberante e solar demais para ser enjaulado em um centro urbano. Ou talvez ela só achasse aquilo porque tinha lido a história dele. Era estranho saber mais do que deveria sobre alguém. Enquanto isso, Julian era *espetacular*. Como uma ave do paraíso, ele nunca poderia ser enjaulado.

— Julian! Você está ainda mais bem-vestido hoje do que ontem! — comentou ela.

— Você é muito, muito gentil, minha cara menina — respondeu ele, então pegou a mão dela e beijou, sem nem pensar duas vezes. Alice achava que aquilo só acontecia no cinema. — Este casaco de seda com colarinho estilo Nehru é exatamente o que Sean Connery usou em *Dr. No*, de 1962. Combina particularmente bem com estes oxfords de crocodilo, não acha?

— Sean também era um *grande amigo* seu? — perguntou Riley.

Um pouco rabugento ele, pensou Alice.

— Não, não. Só um conhecido de passagem. Comprei o casaco em um leilão beneficente — respondeu Julian.

— Por favor, por favor, posso tirar algumas fotos? — perguntou Alice.

Julian pareceu deliciado e logo se encostou em um poste de luz, muito relaxado. Até sacou óculos escuros Ray-Ban modelo aviador do bolso do casaco e os colocou. Keith se sentou ao lado dele, parecendo igualmente elegante com uma gravata-borboleta.

— Por mais que eu odeie interromper o desfile de moda — disse Riley, que não estava entrando no clima —, pode dizer por que estamos aqui?

— Bem — disse ela —, vocês provavelmente não sabem, mas eu sou uma *influenciadora*.

— Uma o quê? — disseram Julian e Riley ao mesmo tempo.

— Tenho mais de cem mil seguidores. — Julian olhou ao redor, como se esperasse ver uma multidão a seguindo. — No *Instagram* — esclareceu Alice. Aquele seria um trabalho difícil. Ela teria que começar explicando a invenção da rede mundial de computadores? — Você provavelmente está no Insta, não é, Riley?

— Não. O Instagram é onde tem todas aquelas fotos inúteis de pessoas muito magras fazendo poses de ioga ao pôr do sol, não é?

— Bem, há um pouco disso, é verdade, mas há *muito* mais que isso — respondeu Alice, tentando não se ofender. — Por exemplo, esta casa. — Indicou com um gesto a enorme casa vitoriana na frente deles. — Foi deixada para uma instituição beneficente local quando o dono morreu. E foi transformada em uma creche gratuita para filhos de mulheres da região que fazem reabilitação por dependência de drogas e álcool. Essas mulheres com frequência se recusam a procurar ajuda porque têm medo de que os filhos sejam tirados delas. Esta casa possibilita que elas mantenham a guarda enquanto se cuidam. E os voluntários garantem que as crianças sejam bem cuidadas. Cuidam da alimentação, das roupas, do banho e, o que é crucial, brincam com elas. É chamada Ajudantes da Mamãe.

— Muito legal — comentou Riley. — E você trabalha aqui?

— Não exatamente — respondeu Alice. — Eles estão fazendo alguns eventos para arrecadação de fundos, e eu venho promovendo a causa no @aliceinwonderland. — Ao ver as expressões vazias dos dois, ela acrescentou: — É a minha conta do Instagram. Sabe como é, uma postagem minha pode levar a milhares de libras em doações. Como você vê, não é só a postura do cachorro ao amanhecer. — Alice se deu conta de que estava soando um pouco petulante.

— Por que estamos aqui? — perguntou Riley, pela segunda vez. — Você precisa de ajuda com alguma venda de bolos?

— Ha! Não. Temos muitas mães locais disponíveis para esse tipo de coisa. Na verdade eu não preciso do Julian. Ele está aqui só para embelezar o lugar. É de você que eu preciso, Riley. Venha e eu lhe mostro.

Riley gostava muito da sensação de ser necessário. Julian gostava muito da sensação de ser belo. Alice tocou a campainha e uma senhora de aparência matronal, com seios como o para-choque de um carro, abriu a porta.

— Lizzie, estes são Riley e Julian — apresentou Alice.

— Ah, sim, entrem! Estava esperando vocês. Por favor, ignorem a confusão. E o barulho. E o cheiro! Eu estava no meio de uma troca de fraldas. — Aquela informação foi demais para Julian, que ficou um pouco verde e evitou apertar a mão dela. — Ah, sinto muito — disse Lizzie —, mas não vai poder entrar com um cachorro aqui.

— Keith não é um cachorro — esclareceu Julian. Lizzie o encarou com uma expressão que poderia silenciar uma sala inteira de crianças desordeiras. — Ele é meu cuidador — continuou ele, sem se deixar abalar. — Vamos combinar o seguinte, eu carrego Keith no colo e ele não vai nem tocar no chão.

Sem esperar a resposta, Julian colocou Keith embaixo do braço e entrou. Alice se perguntou se o peido que Keith soltou quando passou por

Lizzie tinha sido deliberadamente cronometrado. Ela não ficaria surpresa. Aquele cachorro era mais malévolo do que parecia.

As paredes do corredor estavam cobertas de pinturas das crianças, a música do "Velho MacDonald" tocava na sala ao lado e havia uma cacofonia de cantoria, batidas e choro. O cheiro forte de massinha de modelar se misturava ao de tinta guache, produtos de limpeza e fraldas sujas.

— Venham — chamou Alice, levando-os para a cozinha na parte de trás. — Por isso você está aqui. — Ela indicou as portas francesas que davam para o quintal.

O jardim parecia uma selva. A grama tinha quase meio metro de altura, e os canteiros estavam tão cheios de ervas daninhas gigantescas que era difícil ver se havia arbustos ou flores de verdade. Uma roseira parecia ter sido tomada por uma energia furiosa e criara uma parede de espinhos como aquela que protegia a Bela Adormecida.

— Uau — comentou Riley, exatamente a reação que Alice esperava. — Eu sou jardineiro, você sabe.

— Dã. Eu li *o caderno*, lembra? Eu *sei* que você é jardineiro. Como eu disse, é por isso que você está aqui — respondeu Alice. — Não podemos nem deixar as crianças virem aqui fora no momento, é um pesadelo para a saúde e a segurança.

— Você devia conversar com a Monica sobre isso — falou Riley. — Saúde e segurança são, tipo, o assunto preferido dela.

— Riley está certo — comentou Julian, como se estivesse competindo para mostrar que conhecia melhor a Monica rabugenta. — Se a Monica participasse de um programa de perguntas e respostas, esse seria definitivamente o assunto que escolheria.

Santo Deus. Como regulamentos de saúde e segurança podiam ser o assunto preferido de alguém? Alice decidiu não comentar. Obviamente, os dois gostavam muito de Monica.

— A maioria das nossas crianças não tem espaço externo em casa, e seria incrível se pudéssemos transformar este lugar em um jardim adequado, talvez com uma casa de bonecas em tamanho real e um tanque de areia. O que acha?

— Mal posso esperar para começar! — declarou Riley, flexionando as mãos como se já estivesse cavando os canteiros.

— Infelizmente, não temos como pagar a você — falou Alice. — E o projeto vai demorar um pouco, porque não temos muito dinheiro para equipamentos de jardinagem e plantas. Com um pouco de sorte, o centro de jardinagem local pode nos dar algumas de graça.

— É aí que eu posso ajudar! — falou Julian, que obviamente estava se sentindo um pouco deixado de fora. — Riley, vai ser um prazer doar toda a minha parte dos lucros do nosso projeto no eBay para o orçamento do jardim! — Ele parecia bastante satisfeito consigo mesmo, como um tio benevolente distribuindo doces em uma festa de aniversário.

— Você não pode fazer isso! — protestou Riley. — Você é aposentado! Precisa desse dinheiro.

— Não seja bobo, meu caro. Não sobrevivo da aposentadoria do Estado. Ganhei muito dinheiro no meu tempo e tenho investimentos que me garantem mais que o suficiente para viver. Seria um prazer. — Ele sorriu para eles. E eles sorriram de volta.

— "O velho MacDonald tinha um sítio!" — veio o grito da sala da frente.

— "Ia, ia, ô" — Riley se juntou ao coro.

Julian

Julian verificou os bolsos pela sétima vez. Não precisava da passagem, porque Monica estava tomando conta de tudo. Ele suspeitava de que ela não confiava totalmente neles. Euros — confere; passaporte — confere; roteiro — confere; guias de turismo — confere. Apenas duas semanas antes, Riley havia perguntado se ele tinha passaporte, e Julian se dera conta de que, como não deixava o país fazia mais de quinze anos (ele mal saíra de Fulham), o seu perdera a validade. Monica o ajudara a conseguir um novo em pouquíssimo tempo.

Julian achou que ela poderia perder a paciência quando ele insistira em um passaporte de animal de estimação para Keith também. Tivera que dar um ultimato. Ou iriam os dois, ou nenhum deles iria. Julian sabia que era um pouco melodramático, mas Keith já era velho, e todos deveriam visitar Paris pelo menos uma vez antes de morrer.

De qualquer forma, Monica, que era a pessoa mais eficiente que ele já conhecera, conseguiu o passaporte. Se ao menos ela estivesse por perto nos anos 60, quando ele mal conseguia descobrir que dia era, muito menos onde deveria estar... O que Mary acharia de Monica?

Estavam todos reunidos no café e Riley havia convencido o motorista do micro-ônibus da Ajudantes da Mamãe a levá-los até o Eurostar. Julian não se sentia tão animado desde que fora convidado a pintar a princesa

Diana. Pensando bem, ele não tinha certeza se *realmente* tinha sido convidado a pintar Diana. Com certeza nunca fizera o retrato dela, por isso talvez não tivesse sido convidado. Às vezes ficava um pouco confuso sobre o que era verdade e o que era história. Se a pessoa contasse uma história vezes suficientes, ela se tornava verdade — ou perto o bastante disso.

Julian parou a alguns metros do café, esperando até que o grupo reunido notasse a presença dele e de Keith antes que eles se aproximassem mais. Como ele esperava, os dois foram recebidos com uma algazarra de exclamações.

— Julian! Keith! Defendendo a bandeira da Inglaterra, hein! — falou Riley.

— Não sei por que estou surpresa — comentou Monica, mirando-os de cima a baixo. Ele estava usando uma camiseta do Sex Pistols com "God Save the Queen" estampado na frente, botas Doc Marten e uma jaqueta Vivienne Westwood com estampa da bandeira do Reino Unido. Keith usava um colete também com a bandeira do Reino Unido, com toda a confiança e a indiferença de um modelo de passarela. Um modelo com quadris artríticos.

Monica havia chamado um pessoal da sua equipe de temporários para cuidar do café, para que ela e Benji pudessem viajar. Sophie e Caroline, ambas mães que trabalhavam fora, não tinham conseguido se liberar para a viagem, então Julian convidou Hazard e Alice para completar o número de pessoas. Baz não conseguiria ir, porque o restaurante estava com pouco pessoal, mas tinha insistido que a avó fosse. A sra. Wu nunca estivera em Paris.

Monica, que Julian achou (não pela primeira vez) que daria uma excelente professora primária, contava cabeças enquanto eles se empilhavam no micro-ônibus.

— Cinco, comigo são seis, mais um cachorro. Quem está faltando? É a sua amiga, não é, Julian?

— Sim. Olha, lá vem ela! — respondeu ele ao ver Alice andando na direção deles, carregando Bunty colada ao corpo. Ela tinha uma bolsa gigante no ombro, que Julian reconheceu imediatamente como uma Anya Hindmarch. — Monica, esta é a Alice. Você vai *amá-la*.

Monica e Alice pareceram se sentir tão atraídas uma pela outra como ímãs de polos correspondentes. Havia uma certa *irritação* envolvida. Julian não conseguia entender por quê.

— Ah, sim. Nós já nos conhecemos — disse Monica.

— É verdade. Você me disse para *cair fora* do seu café, se bem me lembro. Como vai? Eu sou a Alice e esta é a Bunty — falou Alice, estendendo a mão, que Monica apertou.

— Desculpe — disse Monica. — Eu não estava tendo um dia muito bom. Vamos começar de novo?

— Claro — respondeu Alice.

Julian acompanhou o lampejo de surpresa passar a uma relutância momentânea, até terminar em um sorriso caloroso que revelou o produto de anos de ortodontia cara.

— Certo, todos a bordo! Cuidado com a cabeça! — Monica falou isso um pouco tarde demais para Hazard, que, com bem mais de um metro e oitenta de altura, tinha conseguido bater com a testa quando tentava atravessar o micro-ônibus. Se Julian não a conhecesse melhor, teria achado que Monica estava sorrindo. — Não esqueçam o cinto de segurança! Segurança antes de mais nada!

— Somos como o Esquadrão Classe A! Embora eu possa apostar que eles nunca usavam cinto de segurança — comentou Julian. — Quero ser o Mr. T. — Então, vendo os rostos inexpressivos: — Ah, meu Deus, vocês são jovem demais para lembrar do *Esquadrão Classe A*?

— Nem todos nós nascemos na Idade do Bronze, sabia, Julian? — respondeu Riley. — É como estar de volta à escola. Lembram como todos corriam para tentar pegar os bancos do fundo?

— Sempre gostei de sentar na frente — respondeu Monica, que estava sentada ao lado do motorista, segurando a bolsa de viagem no colo com as duas mãos.

— Trouxe biscoitos da sorte do restaurante para comermos durante a viagem! — anunciou a sra. Wu, procurando na bolsa e entregando um biscoito redondo, embalado individualmente em plástico, a cada um.

Hazard, que claramente nunca fora bom em resistir a seus impulsos, abriu o embrulho na mesma hora, partiu o biscoito ao meio e pegou o pedacinho de papel lá dentro.

— O que diz? — perguntou Julian, sentado ao lado dele.

— Ai, meu Deus! Diz: *Socorro! Estou sendo mantido em cativeiro em uma fábrica de biscoitos!* — respondeu Hazard. — Não, falando sério, diz: *Você vai morrer sozinho e malvestido.* Não é exatamente animador, é?

— Isso pelo menos ninguém pode dizer de mim — comentou Julian. — Posso até morrer sozinho, mas nunca malvestido.

— Talvez malvestido não, mas com certeza exageradamente vestido — respondeu Riley, logo atrás dele. Julian estendeu a mão para dar um tapa na cabeça dele, mas Riley se abaixou, então Julian acabou acertando Alice, que estava no assento seguinte.

— Sinto muito, minha cara menina! — exclamou, enquanto Bunty, em sua cadeirinha de bebê, começava a uivar.

— "As rodas do ônibus giram e giram!" — Alice cantou para a filha, tentando acalmá-la.

— "A ala geriátrica do ônibus diz: 'Estou vestindo Westwood'" — Benji cantarolou baixinho para Monica.

— Eu ouvi isso! — bradou Julian, que tinha uma audição melhor do que Benji tinha imaginado.

— Adivinhe o que diz o meu biscoito da sorte — falou Benji, mudando rapidamente de assunto. — *Você está saindo em uma jornada!* Uau. Eles realmente funcionam!

Julian viu a sra. Wu lançar um olhar severo para o namorado do neto, digno do urso Paddington, mas nada poderia estragar aquele dia. Seria *fabuloso*.

Hazard

Julian atravessou o corredor do trem, de volta do vagão-restaurante, esbarrando nos assentos de ambos os lados, com Keith preso debaixo do braço como um para-choque na lateral de um barco. Hazard estremeceu, tendo visões de ter que tirar Julian do trem com o quadril fraturado.

— Como eu desconfiava, a seleção de vinhos no trem é lamentável. Ainda bem que eu vim preparado — disse ele e sacou uma garrafa de champanhe da bolsa. Hazard se perguntou quanto tempo Monica demoraria para protestar.

— Julian, é hora do *café da manhã* — disse ela. Como previsto, não tinha demorado muito.

— Mas, minha cara menina, estamos em férias! De qualquer forma, só vai dar um copinho para cada um. Vai se juntar a mim, não é, sra. Wu? E você, Alice?

Hazard se perguntou se Julian tinha alguma ideia de como ele adoraria tomar posse daquela garrafa e bebê-la toda. Sem nem precisar de copo. Ele pegou vários dos outros passageiros do trem olhando desconfiados para eles. Deviam parecer um grupo bastante improvável, com uma abrangência de mais de cinquenta anos de idade, indo de Julian até Benji e Alice — na verdade, setenta e nove anos, se contassem a pequena

Bunty. A sra. Wu era mais velha ou mais nova que Julian? Ninguém tinha ousado perguntar.

Julian se sentou feliz com seu champanhe e seu caderno de desenho. Ele estava desenhando Keith, que permanecia sentado no banco do outro lado, olhando as ovelhas nos campos de Kent. O cachorro provavelmente nunca tinha visto uma ovelha. Um funcionário se aproximou, com uma expressão autoritária e desaprovadora.

— Com licença. Não é permitido cães nos assentos. Ele terá que ficar no chão — avisou a Julian.

— Ele não é um cão — explicou Julian.

— O que ele *é*, então? — perguntou o homem.

— A minha musa.

— Também não é permitido musas nos assentos — respondeu o funcionário.

— Sinto muito, meu bom homem — disse Julian, que obviamente não sentia —, mas onde no seu livro de regras diz que *não é permitido musas nos assentos*?

— Julian! — Monica esbravejou. — Faça o que ele diz. Keith! Desce! — Keith pulou do assento na mesma hora. Ele sabia que não deveria aborrecer Monica, mesmo que Julian não tivesse entendido.

Monica continuou atacando com voracidade uma revista de sudoku. Sempre que ficava encalhada em uma solução (o que não era frequente), ela batia na lateral da cabeça com a ponta do lápis, como um mágico tentando tirar um coelho da cartola. Bunty estava com o rostinho apertado contra a janela do trem, batendo nela com os punhos, enquanto Alice tirava fotos da filha com o iPhone. Riley assistia a vídeos de surfe no YouTube enquanto devorava um saco enorme de M&M's. Betty tinha coberto toda a mesa diante dela com um emaranhado de lã e estava fazendo tricô.

Hazard se empolgara quando Julian o convidara a se juntar à viagem deles a Paris. Ele tinha esperança de que aquele grupo eclético o acolhesse e substituísse seus antigos amigos.

Uma coisa que estava diminuindo um pouco do seu prazer em relação ao dia era Monica, que definitivamente o tratava com a maior frieza possível. Hazard não estava acostumado a ser ignorado pelas mulheres. Aquilo parecia bastante injusto, já que ele havia passado *semanas* em Koh Panam tentando ajudá-la. Tinha até enviado um cartão-postal para ela! Nem os pais haviam recebido um cartão-postal, como a mãe reclamara mais de uma vez. Que ingratidão. Ele tentou de novo.

— Monica?

Ela olhou desconfiada para ele por cima da revista de sudoku.

— Muito obrigado por me convidar para vir junto hoje. Fiquei feliz de verdade.

— Você deveria agradecer ao Julian, não a mim. Foi ideia dele — falou ela. *Um pouco indelicada*, ele pensou. Tentar se aproximar de Monica era como tentar abraçar um ouriço.

Hazard nunca se incomodara com a opinião dos outros sobre ele antes, mas, desde que ficara sóbrio, se pegava desejando que, ao menos de vez em quando, alguém lhe dissesse que ele estava se saindo realmente bem, que não era uma pessoa horrível. Mas sabia que era improvável que esse alguém fosse Monica.

Ele se preparou, invocando Tom Cruise em *Top Gun*. *Goose, lá vamos nós de novo.*

— Eu admiro muito você, sabia? — falou. E se deu conta na mesma hora de que aquilo era verdade. Normalmente ele só admirava mulheres a partir de uma abordagem carnal, por isso aquela admiração totalmente *autêntica* era uma experiência nova. Monica olhou para ele. Ha! Tinha chamado a atenção dela! *Preparar, apontar...*

— É mesmo? — perguntou ela, um pouco desconfiada. *Concentre-se no alvo!*

— Sim, olha só como você conseguiu juntar esse grupo de pessoas tão heterogêneo, mas tão legal — comentou ele.

— Foi o caderno do Julian que fez isso — protestou Monica, embora um pouco menos irascível.

— Claro, o caderno foi o ponto de partida — Hazard respondeu —, mas foram você e o seu café que juntaram todo mundo.

Monica sorriu. Não *para* ele exatamente, mas olhando ao redor. *Sucesso! De volta à base. Vivemos para lutar mais um dia.*

Hazard voltou a atenção para Alice. Era completamente diferente de Monica. Muito mais simpática e relaxada. Além disso, Hazard tinha descoberto que ela era @aliceinwonderland! Uma das ex-namoradas dele era obcecada por aquele perfil e dava gritinhos toda vez que Alice curtia uma de suas postagens no Instagram. Na época, aquilo irritara Hazard profundamente, mas na verdade ele estava impressionado por Alice conseguir reunir seguidores tão dedicados. Ele pegou o celular, feliz por enfim ter substituído o velho Nokia, e abriu disfarçadamente o perfil de Alice.

Ali, como Hazard esperava, havia muitas fotos da moça vestindo as roupas certas, nos lugares certos, com as pessoas certas. Mas havia também, e Hazard jamais esperaria isso, duas fotos de Julian! Uma obviamente tinha sido tirada no cemitério, perto do túmulo do almirante, e na outra ele estava inclinado contra um poste de luz em uma rua de Londres, com Keith a seus pés. Se era possível, ele parecia ainda mais excêntrico e incrível no Instagram que na vida real.

— Alice — falou Hazard, esquecendo de se mostrar distante e descolado. — Você postou sobre o Julian no Instagram!

— Ele não está maravilhoso? — respondeu ela. — Quantas curtidas ele tem agora?

— Na foto mais recente já são mais de *dez mil* — disse Hazard.

— O cachorro ajuda — comentou Alice. — Nunca há cachorros demais no Insta.

— E há vários comentários falando dele. Todos querendo saber como segui-lo. Temos que fazer um perfil pra ele — declarou Hazard. — Julian, posso pegar seu celular emprestado?

Hazard se mudou para o lugar ao lado de Alice e eles se debruçaram sobre o celular de Julian.

— Como vamos chamá-lo? — perguntou Hazard.

— Que tal @fabulousat80, "fabuloso aos oitenta"?

— Tenho só setenta e nove anos! Nasci no dia em que a guerra foi declarada, por isso ninguém me deu bola. Desde então, venho lutando para conseguir a minha parcela de atenção — gritou Julian duas fileiras à frente, fazendo vários de seus companheiros de viagem baixarem o jornal para olhar para eles.

— Não se pode ter *só* setenta e nove anos, isso é uma contradição total entre termos — disse Alice. — De qualquer forma, é perto o bastante de oitenta. Certo, vamos postar as duas fotos que eu tenho dele, marcar os estilistas que ele está usando e adicionar todas as hashtags de blogueiras de moda. Então vou avisar aos meus seguidores onde encontrá-lo. Julian vai ser uma sensação.

Observar Alice trabalhar nas redes sociais era incrível. Depois de dez minutos de sobrancelhas franzidas e dedos voando furiosamente, ela desligou o celular de Julian de um jeito que deixava clara a satisfação por um trabalho bem feito.

— Isso deve bastar — falou.

— Não sei exatamente o que vocês dois estão aprontando, mas espero que seja *legal* — comentou Julian. — Não sou preso desde aquela noite com a Joan Collins em 1987.

Ninguém deu a Julian a satisfação de pedir para ele desenvolver.

Monica

A vista do topo da Torre Eiffel fez valer a pena a fila enorme que eles enfrentaram, mas Monica estava exausta. Não apenas com todo o zigue-zague por Paris, de metrô, e toda a andança pelos museus, mas com o esforço de ter que contar constantemente as cabeças para manter todos juntos. Ela havia tentado segurar um guarda-chuva erguido, para que todos pudessem vê-la no meio da multidão e segui-la facilmente, mas Hazard zombara dela, então Monica fechara o guarda-chuva e o colocara de volta na bolsa. Se perdessem alguém, seria inteiramente culpa dele. Ela podia imaginar muito claramente ter que dizer a Baz que havia perdido a avó dele, vista pela última vez comendo um biscoito da sorte perto da pirâmide do Louvre.

Keith era uma complicação adicional. Todos os museus tinham regras de não aceitação de cães. Julian tentou convencer a fiscalização do Pompidou de que se tratava de um cão-guia. Eles argumentaram, de forma bastante racional até, que, se Julian fosse cego, não se daria o trabalho de ver a exposição de artes. No fim, Julian comprou uma enorme bolsa de lona em uma loja de presentes em que se lia "MEUS PAIS FORAM A PARIS E SÓ ME COMPRARAM ESTA BOLSA HORRÍVEL". E usou a bolsa para contrabandear Keith pela segurança, o que provocou ataques de ansiedade em Monica. Julian insistia em brincar com fogo parando diante de suas pinturas favoritas e sussurrando para dentro da bolsa:

— Keith! Você precisa ver este. Um clássico.

Os comentários de Julian sobre as obras de arte eram fascinantes, embora Monica desconfiasse de que não fossem totalmente precisos. Ele parecia ter aversão a admitir que não sabia a resposta para qualquer pergunta, então (ela percebeu isso cruzando as histórias dele com as dos guias que levara) inventava alguma coisa. Monica não tinha certeza se mais alguém havia notado, mas provavelmente logo reparariam — Julian vinha ganhando confiança e suas histórias iam se tornando mais coloridas e imprecisas.

O Sena brilhava sob o sol pálido de inverno, o que fez Monica se lembrar das fantasias românticas que tivera, ao planejar a viagem, de caminhar com Riley ao longo do rio. Ela se repreendeu por ter sido tão tola. A vida simplesmente não funcionava daquele jeito.

Monica viu Hazard e Alice tirarem uma foto de Julian, que posava como uma Kate Moss encurvada e grisalha, encostado na balaustrada com vista para Paris. Uma pequena multidão tinha se reunido em torno deles, como se tentassem descobrir se eram alguma espécie de celebridade. Betty tornava o espetáculo ainda mais interessante, fazendo alguns de seus movimentos de tai chi com um pombo pousado em uma das mãos (uma das muitas coisas que ela parecia ter levado em sua bolsa gigantesca era comida para pássaros). Betty não se preocupava que um daqueles pombos acabasse fazendo *cocô* nela? Só de pensar nisso, Monica se sentiu nauseada.

Ela estava realmente tentando gostar de Alice, com seu corpo e rosto perfeitos e a linda bebezinha. Hazard e Alice faziam com que se lembrasse dos colegas descolados da escola, que pareciam se encaixar sem esforço, sempre fazendo e dizendo as coisas certas e usando as roupas certas — mesmo quando apareciam usando algo absurdo, ninguém ria e eles acabavam sem querer lançando tendência. Na época, Monica tinha feito questão de considerar todas aquelas coisas aquém dela. Iria para Cambridge, para fazer algo que valesse a pena com a própria vida. Mas secretamente vibrava nas (muito) poucas vezes em que era convidada a se sentar à mesa do almoço com os descolados.

Normalmente, se estava se sentindo inadequada, Monica fazia um esforço determinado para parecer o mais feliz e bem-sucedida possível. Mas agora não podia fazer isso, por causa daquele maldito caderno. Hazard e Alice sabiam exatamente como ela se sentia insatisfeita com a própria vida. Bem, pelo menos ela não era absurdamente superficial e obcecada pela aprovação de estranhos nas redes sociais, pensou, enquanto via os dois debruçados sobre o celular de Julian, postando a foto dele.

A mãe de Monica não teria aprovado Alice. Monica se lembrava de todas as vezes que tinha ido com ela ao abrigo para mulheres vítimas de violência doméstica. "Mulheres espancadas", como eram chamadas naquela época. *Sempre se certifique de ter independência financeira, Monica. Nunca permita que você ou seus filhos dependam de um homem para as necessidades básicas. Nunca se sabe o que pode acontecer. Você precisa ser capaz de se sustentar.* Certamente aquela *coisa* de Alice no Instagram não era um trabalho de verdade, não é mesmo? Era só um projeto de vaidade.

— Adorei seu vestido, Alice — falou Monica, porque estava se esforçando, e não era aquilo que se dizia para pessoas como ela?

— Ah, obrigada, Monica — respondeu Alice, com um sorriso perfeito, fazendo aparecer covinhas nas bochechas. — Baratinho, baratinho, mas não conte a ninguém!

A quem é que ela contaria?, pensou Monica.

Ela sentiu alguém pegar sua mão. Era Riley. Monica puxou a mão, mas logo se repreendeu por ser grosseira.

— Obrigado por organizar o dia de hoje, Monica, está sendo absolutamente incrível — disse ele, o que só serviu para deixá-la triste pelo que poderia ter sido.

Ela desejou poder recriar o relacionamento descontraído, descomplicado e feliz que eles haviam tido, mas não conseguiria. Era como tentar tirar a mancha de um tapete. Você pode esfregar, vaporizar e escovar pelo tempo que quiser, mas sempre haverá uma sombra fraca do que foi derramado. De qualquer forma, mesmo que ela pudesse voltar no tempo, de que adiantaria? Em breve Riley seguiria viagem pela Europa, depois voltaria à Austrália, que não ficava exatamente a um pulo da Inglaterra. Não, era muito mais sensato manter firmemente no lugar o muro que erguera em torno de suas emoções.

— Nossa, olha só aqueles três com essa fixação idiota no Instagram — comentou Riley. — Estão no topo de um dos monumentos mais incríveis do mundo, com vista para a cidade mais incrível, e só pensam nas *roupas* do Julian.

Naquele momento, Monica quase o perdoou por tudo. Exceto pelo uso excessivo da palavra *incrível*, que já estava a ponto de enlouquecê-la.

Monica demorou uma eternidade para conseguir levar o grupo de volta ao nível do chão, já que ninguém além dela parecia estar preocupado com a partida iminente do trem deles de volta para Londres. Ela ia atrás do grupo, tentando fazê-los passar pela catraca de saída, como um fazendeiro pastoreando ovelhas para serem desinfectadas. Betty estava na frente, tendo dificuldade em passar sua bolsa enorme pela saída estreita. Monica viu um rapaz muito gentil gesticular para ela lhe passar a bolsa, para que ele pudesse ajudá-la a atravessar a catraca. Segundos depois, o cara estava correndo a toda a velocidade para longe da torre, levando todos os pertences de Betty. Ao que parecia, o rapaz não era tão gentil assim.

Betty começou a gritar em mandarim. Embora Monica não conseguisse entender uma palavra, compreendeu o essencial. Certamente havia palavrões envolvidos. Benji, como um herói saído de um filme de ação, abriu caminho pela multidão, pulou a catraca e correu atrás do ladrão.

Os turistas reunidos gritavam palavras de encorajamento em uma cacofonia de diferentes idiomas, como uma multidão assistindo à final da Eurocopa. Benji alcançou o ladrão e o agarrou pelo braço. As pessoas aplaudiram descontroladamente. A sra. Wu chegou a dar um soco no ar. Então o homem se desvencilhou do casaco que usava e, ainda segurando a bolsa, fugiu novamente, deixando Benji com o casaco. A multidão gemeu e xingou — a maior parte das palavras totalmente ininteligível.

Benji retomou a perseguição, dessa vez derrubando o ladrão com um carrinho digno de um jogador de futebol experiente.

— GOL! — gritou Riley.

A multidão enlouqueceu quando Benji se sentou em cima do ladrão, segurando as mãos dele atrás das costas. A bolsa de Betty estava caída no chão, vomitando biscoitos da sorte, sementes para os pássaros e um emaranhado de lã. Monica chamou a polícia.

Betty mirou um chute habilidoso na canela do homem.

— Não se meta comigo, senhor — disse ela.

O homem se arrependeria do dia em que cruzara com Betty Wu, pensou Monica. Ela só esperava que Betty não tivesse visto Keith fazendo xixi no tricô.

Riley

A viagem de volta de trem foi um pouco menos agitada que a de ida, já que todos estavam exaustos após a combinação inebriante de exercício, cultura e drama.

Riley observou com interesse Betty se levantar e ir até o assento vazio ao lado de Benji. Ele pareceu surpreso e mais que um pouco aterrorizado. Muito mais aterrorizado do que quando perseguira o ladrão, mais cedo. Riley fingiu estar fascinado pelo guia que estava lendo, quando na verdade se esforçava para ouvir o que Betty dizia.

— Então, a Monica me disse que você é um bom cozinheiro — falou ela.

— Bem, eu amo cozinhar, mas não sou nem de longe tão bom quanto a senhora — respondeu Benji, com o que Riley considerou ser a quantidade certa de deferência e bajulação. Ele reparou que Betty não havia gritado *Me chame de Betty!*

— Na próxima semana, apareça no restaurante. Vou lhe ensinar a preparar a sopa wonton. — Foi definitivamente uma ordem, não uma sugestão. — A receita que a minha mãe me ensinou, que a mãe dela ensinou a ela. Não está escrita. Está aqui. — E ela bateu com um dedo na cabeça, tão determinada quanto o bico de um pica-pau procurando insetos no tronco de uma árvore. Sem esperar uma resposta, Betty se levantou e voltou ao seu lugar, deixando Benji parecendo um pouco atordoado.

Riley se sentiu aquecer por dentro. Talvez a Cidade do Amor já tivesse operado sua magia. Ele amava um final feliz.

Alice se sentou ao lado de Julian e entrou na página recém-criada dele no Instagram.

— Meu Deus, Julian! Você já tem mais de três mil seguidores! — anunciou.

Julian pareceu confuso.

— Isso é bom? — perguntou. — Como eles me encontraram?

— Não é apenas bom, é ESPETACULAR em somente doze horas. Você vai ser uma SENSAÇÃO. Publiquei algumas fotos suas na minha página e sugeri que meus seguidores seguissem você, e eles estão indo em massa para a sua conta. Veja todos estes comentários! Eles AMAM você! Espere, você recebeu algumas mensagens privadas, olha.

Alice pressionou algumas vezes a tela do celular de Julian e estreitou os olhos.

— Eu não ACREDITO NISSO! — gritou, fazendo Bunty começar a chorar e provocando olhares bastante desaprovadores dos outros passageiros. — Tem uma mensagem da VIVIENNE WESTWOOD! A *real*.

Quem era Vivienne Westwood?, se perguntou Riley. Por que ela estava causando tanta comoção, e haveria alguma que não era real? Ele desejou que Alice parasse de falar em maiúsculas. Aquilo já estava lhe dando dor de cabeça. Riley jamais imaginara que fosse possível alguém fazê-lo se sentir cansado e entediado, mas Alice parecia estar conseguindo exatamente isso.

— Ela disse que está feliz por você ainda usar as roupas dela. Eu a marquei na foto. Também disse que, se você for ao ateliê dela, pode experimentar a coleção mais recente.

— Ah, querida Vivi. Sempre gostei dela — disse Julian —, mas acho que não teria condições de pagar por nenhuma de suas criações hoje em dia. Não vendo um quadro há mais de uma década.

— Mas isso é que é FANTÁSTICO no Insta, Julian. Quando você consegue seguidores suficientes, os estilistas lhe dão as roupas deles DE GRAÇA. Você não acha que eu COMPREI estas coisas que estou usando, acha? — perguntou ela, indicando as roupas e a bolsa com um gesto.

— Santo Deus — disse Julian. — É melhor você me mostrar como fazer isso, então. Não sou muito bom nessa coisa de celular. Meus dedos estão muito gordos e desajeitados. É como tentar digitar com um monte de bananas.

— Não se preocupe, vou comprar um acessório pontudinho pra você usar — falou Alice. — Você vai adorar o Insta. É tão bonito. É como ARTE, só que mais moderno. Bem o seu estilo. Se Picasso estivesse vivo, ele curtiria muito o Instagram. — Os olhos de Julian se arregalaram um pouco diante da sugestão.

Julian conseguira comprar mais champanhe na Gare du Nord — para que pudessem comemorar o heroísmo de Benji na viagem de volta, explicara. Ele arrumou vários copos de plástico na mesinha à sua frente e estava enchendo cuidadosamente cada um até a metade. Ocorreu a Riley que só ele e Alice haviam lido a história de Hazard no caderno. Ele olhou para Hazard, sentado sozinho, descansando a cabeça na janela do trem. Parecia estar dormindo, até que ele reparou nas mãos cerradas com tanta força que os nós dos dedos estavam brancos. Riley se aproximou e se sentou ao lado dele.

— Hazard, você está indo muito bem, sabia? *Você* é o verdadeiro super-herói por aqui — falou.

Hazard se virou para encará-lo.

— Obrigado, camarada — disse, parecendo sinceramente agradecido, mas profundamente cansado.

— Ainda está procurando trabalho? Estou perguntando porque a Alice me arrumou um projeto de jardinagem. Uma ajuda extra seria ótimo, se você tiver tempo.

— Claro. Vou gostar muito. Tenho me sentido um pouco perdido, para ser honesto. Não quero voltar a trabalhar no mercado financeiro, mas não sei se estou qualificado para fazer qualquer outra coisa. E não é bom pra mim ter tempo demais de sobra — respondeu Hazard. — Já me peguei obcecado até por novelas e jogos na TV. Uma vez viciado, sempre viciado. E seria muito bom ganhar algum dinheiro. Já gastei quase todo o meu último bônus, e, se não encontrar um emprego em breve, vou ter que vender o meu apartamento.

— Nesse pormenor, acho que não posso ajudar você. Esse trabalho é para uma instituição beneficente. Ainda está interessado? — perguntou Riley.

— Com certeza! — respondeu Hazard, com entusiasmo sincero. — Resolvo as minhas finanças mais tarde. Tenho certeza de que alguma coisa vai aparecer. A propósito, não se preocupe com a Monica. Aposto que ela vai acabar voltando pra você.

Riley percebeu que, se os dois fossem mulheres, teriam se abraçado naquele momento. Mas não eram, por isso ele deu um soquinho no braço de Hazard e voltou ao seu lugar.

Bunty já tinha tido o bastante para um dia e estava aos berros, muito vermelha, quase irreconhecível como @babybunty. Alice andava com ela para cima e para baixo no corredor, já que a única coisa que parecia acalmá-la era movimento constante. Riley se perguntou se aquilo estaria fazendo Monica desistir da vontade de procriar. Certamente o fazia pensar duas vezes, e ele sempre amara a ideia de ter uma família grande.

Alguns minutos depois, Riley atravessou o corredor até o banheiro e pressionou o botão para abrir a porta. Ali dentro estava Bunty, deitada de costas na pia, sem roupa, as pernas balançando no ar e cocô *por toda parte*. Na pia, no espelho, até nas *paredes*. Alice ficou olhando para ele, boquiaberta, as mãos cheias de lenços umedecidos, e disse:

— Desculpa, achei que eu tinha trancado a porta.

Riley respondeu apenas com um "ECAAAA" estrangulado, enquanto apertava o botão para fechar a porta e tirar aquilo tudo da sua frente, mas a imagem permaneceu gravada em suas retinas. Ele pôde ouvir Alice murmurando algo quando a porta já se fechava.

— Na verdade, Riley, eu aceitaria uma ajudinha aqui!

— Claro! — disse ele. — Vou chamar a Monica!

Era isso o que ela queria dizer, não era?

Monica

Riley voltou do banheiro parecendo decididamente nauseado.

— Você está bem, Riley? — perguntou Monica.

— Ah, sim, tudo bem. Mas acho que a Alice pode estar precisando de ajuda — disse ele, deslizando rapidamente para o banco, sem olhar para trás.

Monica seguiu na direção de onde ele viera, um pouco preocupada. Esperava que o dia não fosse arruinado agora que estavam tão perto de casa, todos inteiros. A porta do banheiro estava trancada. Ela bateu.

— Você está aí, Alice? É a Monica. Precisa de ajuda?

— Só um momento, Monica! — respondeu Alice. Um ou dois minutos depois, a porta se abriu e Alice empurrou Bunty para ela. — Você pode ficar com a Bunty pra mim enquanto eu limpo tudo aqui? Eu trouxe o trocador portátil, mas, toda vez que o trem fazia uma curva, ficava com medo de que ela caísse no chão. Daqui a pouquinho eu saio. Muito obrigada!

A porta se fechou novamente. Como estava sozinha, Monica se inclinou para a frente e inalou o cheirinho da penugem que cobria a cabeça de Bunty. A menina cheirava a Johnson & Johnson, a algodão recém-lavado e àquele perfume indefinível de um ser humano totalmente novo que lembrava a Monica tudo o que ela não tinha. A porta foi aberta e Alice saiu.

— Ela é muito linda, Alice — comentou Monica enquanto elas voltavam para os seus lugares.

Monica estava esperando uma das respostas óbvias de Alice, um *Eu sei* ou *Ela não é mesmo?* Ou talvez uma zombaria humilde: *Não às três da manhã!* Em vez disso, Alice parou e fitou-a atentamente.

— Você sabia que o bebê não traz o "felizes para sempre", Monica? E às vezes um casamento pode ser o lugar mais solitário do mundo. Posso garantir.

— Tenho certeza de que você está certa, Alice — respondeu Monica, imaginando a história por trás daquela declaração. — Na verdade, há muitas vantagens em ser solteira. — E, pela primeira vez, Monica realmente achou que aquilo podia ser verdade.

— Eu me lembro! — concordou Alice. — Comer o que quiser, quando quiser, propriedade total do controle remoto da TV, não ter que dizer a ninguém aonde vai ou com quem. Andar por aí de calça de ioga e chinelos. Sexo regular também, ha, ha. Bons tempos!

Ela fez uma pausa e pareceu melancólica.

— Monica, eu li uma coisa no Instagram outro dia. *Mãe é um verbo, não um substantivo.* Acho que isso significa que existem muitas maneiras de ser mãe sem realmente ser uma. Veja só você e o seu café. Você cuida de muitas pessoas todos os dias.

Monica não conseguia acreditar que um pensamento tão transformador, mesmo que ligeiramente condescendente, tivesse vindo de uma mulher que ela rejeitara de maneira um tanto leviana no começo do dia, do lado de fora do banheiro de um trem, graças a um meme do Instagram um tanto meloso.

Depois de andar com Bunty para cima e para baixo no corredor algumas vezes para ajudá-la a se acalmar, Monica devolveu a menina a Alice com a mesma medida de alívio e pesar e se sentou ao lado de Riley.

O champanhe de Julian provavelmente dera coragem ao rapaz, porque ele tinha aquela expressão no rosto de quando estava prestes a dizer algo significativo. Monica se preparou.

O PEQUENO CADERNO DAS COISAS NÃO DITAS

— Monica, sinto muito por não ter te falado sobre o caderno. Honestamente, eu não pretendia esconder isso de você. Mas não consegui te contar na noite em que nos conhecemos, com todas aquelas pessoas ali, então meio que não soube mais como fazer. Deixei o momento passar e não soube como consertar. Provavelmente você não vai acreditar, mas eu tinha planejado te contar tudo logo depois do Natal.

E ele olhou para ela com tanta sinceridade que Monica acreditou, e, embora aquilo não pudesse consertar totalmente as coisas, fez com que parecessem melhores. Ela pegou a mão dele e encostou a cabeça em seu ombro.

Alice

Alice foi direto para a geladeira e se serviu de uma taça grande de chablis. Sabia que havia bebido mais champanhe do que deveria na viagem de volta (e torcia para que ninguém tivesse notado), mas não chegara nem perto de satisfazê-la. Ela se sentou diante do balcão de granito preto e deixou os sapatos caírem no chão de concreto polido. A cozinha minimalista, com linhas e contornos perfeitos, tinha, como Max gostava de dizer, o "fator uau", mas não era acolhedora. Às vezes você não quer um cômodo que faça uma declaração ou diga algo sobre você, só quer que ele cale a boca e faça o papel dele.

O dia tinha sido maravilhoso. E teria sido perfeito se não fosse pela necessidade constante de fazer Bunty parar de chorar, de tentar alimentá-la sem chocar Julian exibindo seios demais e de precisar trocar a fralda dela em banheiros apertados de trem.

Ela nunca esqueceria o rosto de Riley quando ele interrompera a troca de fralda. Logo ele, que estava sempre em contato com a natureza. Mesmo quando ele já estava fechando a porta, parecendo prestes a vomitar, ainda se lembrou de perguntar: "Você está bem, Alice?", em uma voz estrangulada, o nojo e as boas maneiras disputando o protagonismo. Garoto doce. E Benji, que ela tinha visto chorando na frente de um restaurante chinês no Natal, e naquele dia resgatara heroicamente a bolsa da sra. Wu? Foi tão bom quanto um drama da Netflix. Ela ouviu a porta da frente bater. Max chegando do trabalho, tarde como sempre.

— Oi, meu bem! O que a Bunty ainda está fazendo acordada? São nove e meia. E o que tem para jantar? Estou morrendo de fome.

Alice espiou dentro da geladeira. Os únicos itens não alcoólicos eram meio limão, um pacote de manteiga, uma salada de aparência cansada e um quarto de uma quiche, que Max insistia que homens de verdade não comiam.

— Sinto muito, meu bem — disse ela, tentando lamentar. — Não preparei nada. Passei o dia todo em Paris, lembra? Acabei de chegar.

— Está tudo muito bem para você, não é? Almoçando em Paris enquanto eu trabalho todas as horas do dia para que a Bunty tenha fraldas descartáveis. Acho que vou ter que pedir alguma coisa.

Alice olhou para o pacote fechado de manteiga, gelado, com a forma e o tamanho de um tijolo, e se perguntou a que velocidade ele precisaria ser jogado para machucar, mas não causar dano permanente. Acabou se decidindo por lavar acidentalmente as cuecas Calvin Klein muito brancas dele com meias vermelhas. A conversa que havia tido com Monica sobre as vantagens de ser solteira voltou para assombrá-la.

Bunty, provavelmente como resultado de passar tanto tempo no frio da geladeira aberta, começou a gritar novamente. Alice passou por Max sem dizer uma palavra e subiu para o quarto da menina.

Enquanto estava amamentando a filha, com uma das mãos apoiando a cabecinha macia e felpuda, usou a outra mão para navegar pelo Instagram. Lucy Yeomans, editora da revista *Porter*, sessenta mil seguidores, repostara a foto de Julian em Paris. Ele agora tinha mais de vinte mil seguidores. *Você está longe de ser invisível agora, Julian*, pensou Alice. O que a fez lembrar do caderno. Ela o alcançou ao lado da cadeira de balanço onde o havia deixado, colocou Bunty — que felizmente parecia um pouco sonolenta — no berço, tirou uma caneta da bolsa e começou a escrever.

* * *

Alice adorava suas idas à Ajudantes da Mamãe. Onde ela crescera, várias mães tinham problemas de dependência de drogas ou álcool, e a mãe de Alice havia ampliado suas responsabilidades de cozinheira na cantina e alimentava qualquer criança desnutrida da vizinhança. Como muitos outros vizinhos, ela se revezava tomando conta daquelas crianças. Além de garantir que tivessem refeições adequadas, o grupo passava para elas roupas e brinquedos que tinham sido dos próprios filhos e lhes dava um espaço tranquilo para fazerem a lição de casa ou um ouvido compreensivo. Esse sistema informal de cuidados não parecia existir no anonimato de Londres, por isso aquele lugar preenchia a lacuna.

Só agora Alice começava a perceber como a própria mãe tinha sido incrível, criando quatro filhos por conta própria e encontrando um emprego que lhe permitia sustentá-los financeiramente e ainda estar com eles depois da escola para preparar o jantar e ajudar com a lição de casa. Alice se lembrou de que costumava fingir não conhecer a mãe na escola quando ela servia o almoço, chamando-a de sra. Campbell em um tom de desdém, como todo mundo. Como isso devia ter magoado a mãe dela. Alice estremeceu.

Normalmente, as mães e outros cuidadores que pegavam os filhos na Ajudantes da Mamãe, no fim do dia, entravam e saíam o mais rápido possível. Certamente nenhuma daquelas pessoas havia demonstrado interesse pelo jardim antes. Mas naquele dia havia um monte de gente aglomerada diante das janelas da cozinha, assistindo a Riley, Hazard e Brett, o também australiano colega de apartamento de Riley, lutarem com os cardos gigantes e com a rosa trepadeira rebelde. Devia ser um trabalho árduo porque, apesar do frio, os três estavam só de camiseta.

— Eles podem ir cuidar do meu jardim a qualquer momento — disse uma delas, e, a julgar pelas risadas, houve uma resposta obscena de uma das outras, que Alice não ouviu.

Alice ajudou os rapazes a carregarem sacos de lixo do jardim até o micro-ônibus para levar ao depósito de lixo local. E viu uma mãe sexy, que estava passando, parar de repente diante deles.

— Vocês são os rapazes da jardinagem? — a mulher perguntou, com uma voz que era em parte de colégio interno de meninas, em parte de filme pornô, dirigindo-se a Hazard, que ela obviamente pensava ser o chefe.

— Hum, acho que sim — respondeu Hazard, que claramente nunca pensara em si mesmo como jardineiro antes.

— Aqui está o meu cartão. Me ligue se quiser aparecer para cuidar do meu jardim.

Ele pegou o cartão e ficou olhando para o papel, pensativo. Alice achou que sua expressão era a de um homem com um plano.

Mais tarde naquela noite, Alice percebeu que o caderno tinha sumido. Tinha certeza absoluta de que o colocara na bolsa, porque estava tão preocupada que Max — ou qualquer outra pessoa — lesse o que havia escrito que não queria deixá-lo em qualquer lugar. Havia confessado algumas coisas no calor do momento que não queria admitir nem para si mesma. Não havia a menor possibilidade de compartilhar aquilo, não importava o que Julian dissesse sobre autenticidade. Ela havia pensado em picar tudo naquela manhã, no escritório de Max, mas não parecia certo destruir as histórias de todos os outros, por isso colocou o caderno na bolsa até ter um momento para arrancar cuidadosamente as páginas em que tinha escrito, sem danificar as outras, e então devolvê-lo a Julian.

E agora o caderno desaparecera.

Julian

Julian havia convencido Alice a participar de sua aula de artes. Naquela semana, eles iriam desenhar Keith. O cachorro não era o tema ideal, porque era improvável que ficasse parado por tempo suficiente, mas foi a única maneira que Julian conseguiu encontrar de burlar a proibição absurda de Monica de ter cães no café. "Ele não é um cachorro, Monica", tinha dito. "É um *modelo*."

— Celulares no chapéu, como sempre, por favor! — disse ele, enquanto passava o chapéu de uma pessoa a outra. Alice pareceu horrorizada. Ela havia entregado Bunty a Caroline e Sophie sem escrúpulo, mas estava agarrada ao celular como uma criança à sua boneca favorita.

— Eu *prometo* que não vou encostar nele. Palavra de escoteira. Juro pela minha vida — apelou ela. — Vou deixá-lo no canto da mesa só para conseguir ver se chegar alguma notificação crucial.

— Sim, imagine se você acabar perdendo o anúncio de lançamento de uma bolsa nova de grife, é mesmo uma questão de vida ou morte — comentou Hazard, recebendo um olhar fulminante de Alice, que finalmente, e bastante relutante, entregou o celular a Julian.

— Sabia que a indústria da moda contribui com *cinquenta bilhões de libras* para a economia do Reino Unido? Não é só uma bobagem afetada — defendeu Alice.

— É mesmo? Esse é o número exato? — perguntou Hazard, sorrindo.

— Bem, para ser sincera, não me lembro do número exato, mas sei que é muito alto — confessou Alice.

Caroline e Sophie (Julian nunca tinha certeza de qual era qual, mas não achava que realmente importava) se revezavam fazendo Bunty saltar em seus joelhos e exclamando sobre a fofura dela.

— Ela não faz você sentir saudade? — perguntou uma delas à outra.

— Só porque posso entregá-la de volta no final da aula. Eu não gostaria de voltar a todas aquelas noites sem dormir... — disse a segunda.

— ... ou às fraldas. E aos mamilos rachados. Afff — concluiu a primeira, enquanto compartilhavam uma risada conspiratória.

Julian torceu para elas não estarem perturbando a querida Alice, que obviamente era uma mãe nata e estava curtindo cada momento com a deliciosa Bunty, como qualquer um podia ver na página dela no Instagram.

— Muito bem, turma, tenho um anúncio a fazer — ele avisou em sua melhor voz de locutor, tentando não deixar transparecer quanto estava animado. Era mais descolado parecer blasé sobre essas coisas. — Vamos receber a visita de um fotógrafo e uma equipe do *Evening Standard*. Eles estão fazendo um perfil sobre mim e os meus seguidores no Instagram. Por favor, podem ignorá-los. Eles não estão interessados em vocês, mas em mim. Vocês só estão aqui para garantir plano de fundo e contexto.

— Ai, meu Deus, criamos um monstro! — Hazard disse para Alice, tentando sussurrar, mas não a ponto de Julian não ouvir. — O que estávamos pensando?

Julian fuzilou os dois com seu melhor olhar de diretor de escola. Naquele dia, estava abraçando o estilo colegial, uma homenagem a um dos grandes — Ralph Lauren. Ele o conhecera? Tinha certeza de que provavelmente sim. Quando o fotógrafo e a equipe chegaram e começaram a se agitar ao redor dele, Julian se deu conta de como sua vida mudara nos quatro meses desde que deixara o Projeto Autenticidade naquele mesmo lugar e também nas duas semanas desde que havia começado a "agitar o mundo do Instagram" (palavras do *Standard*, não dele, sabe como é).

Nada daquilo era novo para Julian. Ele tinha a estranha sensação de ter completado um círculo, de estar de volta aonde sempre estivera destinado a permanecer — no centro das atenções. Os quinze anos de invisibilidade quase pareciam ter acontecido com outra pessoa. Julian também tinha a sensação bastante desconfortável de que só existia quando era contemplado, de que, quando deixava de ser notado, realmente parava de *ser*. Aquilo o tornava uma pessoa terrivelmente superficial? E, se isso fosse verdade, tinha alguma importância? Todas as pessoas que queriam entrevistá-lo, que lhe mandavam convites para festas, pré-estreias e desfiles, não pareciam pensar assim. Elas o achavam maravilhoso. E ele era, não era?

O que Mary pensaria se pudesse vê-lo naquele momento? Será que ficaria empolgada por ele estar de volta ao seu antigo eu? Para ser totalmente honesto, ele desconfiava que não. Já podia até vê-la revirando os olhos e lhe dando um sermão sobre o que era real e autêntico e o que era apenas bajulação. Fora a lembrança de um daqueles sermões que havia inspirado o título do seu caderno. O caderno que tinha mudado tudo.

Julian se sentou na beirada de uma das mesas, as pernas cruzadas, e inclinou o corpo casualmente para trás, como o fotógrafo havia pedido. Olhou a distância, como se estivesse pensando em coisas muito mais eruditas e artísticas do que pensavam os meros mortais. Era um de seus olhares característicos. Ele se preocupara com a possibilidade de ter esquecido como fazer tudo aquilo, mas acabou descobrindo que era como andar de bicicleta. Ele já havia andado de bicicleta? Certamente já, não? Com estilo, claro.

— Julian — disse Riley. — Sei que estamos aqui só como *plano de fundo e contexto* — ele soou um pouco rabugento —, mas acha que poderia me dar uma mãozinha com a minha perspectiva?

— Temo que Julian tenha perdido a perspectiva, Riley — comentou Hazard.

Julian riu com a turma. Era importante ser visto rindo de si mesmo. Seus amigos nunca tiveram que viver sob os olhos do público. Não compreendiam a pressão.

O PEQUENO CADERNO DAS COISAS NÃO DITAS

Quando a turma e o fotógrafo terminaram, Benji chamou da cozinha.

— Tem sopa wonton para quem ficar para o jantar. E bolinhos de camarão. Tudo feito pelas minhas belas mãos — disse o homem cujas mãos grandes e sardentas, com as unhas roídas, nunca haviam sido descritas assim antes.

— Não se preocupem. É seguro comer. Ele foi ensinado por mim — acrescentou a sra. Wu.

Hazard

Hazard adorava trabalhar na Ajudantes da Mamãe. Quanto mais conversava com as mães sobre os vários vícios delas — heroína, crack, cocaína, metanfetamina —, mais se dava conta de como eram parecidas com ele. Eles trocavam dicas sobre como lidar com a fissura e competiam entre si para ver quem contava as histórias mais chocantes dos "dias sombrios".

— Bom trabalho, pessoal! Fin, Zac, Queenie, peguem suas coisas! — disse Hazard ao grupo de "ajudantes" do dia, com idades entre quatro e oito anos, que o seguiam esperando que ele desse instruções.

Cavar buracos aqui, plantar sementes ali, ensacar folhas por toda parte. Ele entregou sacos de lixo a todos para que colocassem ali as ervas daninhas que fossem arrancando do canteiro de flores. Seis olhos o encararam, como se ele fosse uma pessoa que valesse a pena admirar e imitar. Ao mesmo tempo que aquilo o fazia se sentir muito melhor, também o aterrorizava. Não podia decepcioná-los. Aquelas crianças já haviam se desapontado o bastante.

— Fin, camarada. Venha cá! — disse Hazard. Ele se agachou para ficar no mesmo nível do garotinho que chegou correndo, as bochechas vermelhas, todo sujo. — Não conte pra Queenie que eu a dedurei, mas cheque os bolsos do seu casaco para garantir que não há lesmas neles antes de ir para casa.

O PEQUENO CADERNO DAS COISAS NÃO DITAS

Hazard havia saqueado suas economias cada vez mais magras para comprar alguns minicarrinhos de mão, além de ancinhos e espátulas feitos para mãos pequenas. Nunca havia passado muito tempo com crianças. Certamente não era o tipo de pessoa a quem alguém confiaria um bebê, ou que era chamado para tomar conta de uma criança, mas ficou surpreso ao se dar conta de quanto gostava daquilo. Ele havia esquecido como apreciar os "estimulantes" cotidianos, como um copo de suco de laranja depois de horas cavando com vontade, ou a diversão de organizar fazendas de minhocas e corridas de caracóis.

Hazard estava exausto depois do dia de jardinagem. Mas era um cansaço bom. Um cansaço honesto. Seus músculos doíam depois de horas de exercício duro, e seu corpo ansiava por uma noite longa e tranquila de sono. Não era como o cansaço de antes — tóxico, pegajoso e esgotado após trinta e seis horas ininterruptas de farra, sendo mantido acordado por um coquetel de substâncias químicas.

Ele adorava a sensação de estar conectado à natureza. Aquele era o primeiro trabalho de sua vida que realmente parecia *de verdade*. Estava realizando alguma coisa, cultivando, melhorando e fazendo algo de bom. No entanto, não poderia continuar trabalhando de graça, ou acabaria sem teto. Se ao menos não tivesse cheirado uma parte tão grande da fortuna que ganhara. Pelo menos havia parado enquanto ainda tinha o septo nasal. Um de seus amigos do mercado financeiro havia espirrado em um lenço de papel em uma reunião e metade do nariz acabara em suas mãos. O homem simplesmente ignorara o choque no rosto dos clientes e continuara a apresentação. Na época, Hazard tinha achado aquilo pura classe.

Ele pegou o cartão de visita que recebera da mulher na rua na semana anterior. Hazard já percebera a comoção que ele e seus colegas de trabalho australianos estavam provocando na Ajudantes da Mamãe. Ele sabia que não era apenas o físico que os tornava populares, mas também a natureza solar, exuberante e direta dos rapazes australianos, o sotaque que remetia à praia, a planícies amplas e a *coalas*, um antídoto muito bem-vindo para o tédio complexo de Londres.

Hazard passou a tarde fazendo milhares de perguntas a Riley e Brett sobre a comunidade australiana em Londres. Acabou descobrindo que a cidade estava cheia de australianos que, por causa de seus vínculos com a Commonwealth, a Comunidade Britânica, viajavam com um visto que permitia que trabalhassem legalmente no Reino Unido por até dois anos — presumindo que conseguissem encontrar trabalho.

E se, pensou Hazard, ele e Riley treinassem alguns desses rapazes no jardim da Ajudantes da Mamãe, que depois poderiam conseguir trabalhos remunerados nos jardins de Fulham, Putney e Chelsea? Ele sabia que já havia muitas empresas de jardinagem em Londres, mas a dele teria um argumento de vendas único, uma razão de ser. Ele a chamaria de Aussie Gardens.

Seria preciso fazer publicidade, é claro. O que ele realmente precisava era de alguém com a capacidade de alcançar milhares de mulheres, de preferência naquela área, com uma boa renda. E ele tinha uma daquelas bem debaixo do nariz: *Alice*. Bastaria uma ou duas postagens no Instagram dela mostrando ele, Riley e Brett trabalhando em um jardim e dando os detalhes de contato deles, e Hazard não tinha dúvida de que eles seriam inundados de trabalhos. Tinha certeza de que Alice apreciaria o senso de carma daquilo — eles a ajudaram (e continuariam a ajudar) e agora ela poderia retribuir. O que vai volta.

Talvez Julian se dispusesse a criar um folheto para eles que Hazard pudesse colocar em todas as caixas de correio locais. Embora Julian parecesse não ter muito tempo mais para eles, desde que fora sugado para o buraco negro que era o mundo da moda. O que eles tinham na cabeça quando criaram aquela conta no Instagram para ele?

Quanto mais pensava a respeito, mais a ideia de ter o próprio negócio o empolgava. Ele poderia ser como Monica! *O que Monica faria?* tinha se tornado seu novo mantra, em sua tentativa de se tornar mais atencioso, mais sensato, mais confiável. Mas ainda tinha um longo caminho a percorrer.

Hazard abriu a porta do prédio onde morava e limpou vigorosamente os pés no capacho, para não sujar de terra o piso reluzente do hall de entrada. O condomínio moderno, com chapas de vidro, jardins bem planejados e serviço vinte e quatro horas de concierge, gritava "investidor do mercado financeiro bem-sucedido", não tanto "jardineiro". Uma noite, ele deixou uma sacola com material de jardinagem no hall dos elevadores por algumas horas. Na volta, encontrou um bilhete colado na sacola: "OPERÁRIOS, NÃO DEIXEM FERRAMENTAS AQUI! RETIREM OU SERÃO CONFISCADAS!"

Ele olhou para os escaninhos que guardavam a correspondência dos moradores. No dele, além dos folhetos e contas habituais, havia uma correspondência que a mãe dele descreveria como "fino, no bom sentido" (o que sempre fazia ele e o pai sorrirem, enquanto a mãe fingia não entender): um envelope de boa qualidade que guardava um cartão grande e pesado. Um convite.

Hazard abriu o envelope enquanto subia as escadas. O convite dizia, em uma linda caligrafia impressa:

Daphne Corsander e Rita Morris
convidam para celebrar seu casamento
no sábado, 23 de fevereiro de 2019, às 11 horas,
na Igreja de Todos os Santos, em Hambledore,
e depois no Old Vicarage
RSVP

No canto superior esquerdo, estava escrito com caneta-tinteiro: *Sr. Hazard Ford e acompanhante.*

Então Daphne e Rita estavam saindo do armário com toda a pompa. Bom para elas. Hazard se perguntou como Roderick teria recebido a notícia. Ele esperava que não estivesse preocupado porque o pai "se reviraria no túmulo". Elas também não estavam dispostas a perder tempo. Dia 23 de fevereiro era dali a três semanas. Hazard supunha que, na idade delas, era sensato não demorar demais.

Ele se sentia dividido. Por um lado, queria desesperadamente comemorar com os amigos da ilha, mas, por outro, ainda não havia ido a uma festa sóbrio, menos ainda a um *casamento*, onde na tradição inglesa se bebia o dia inteiro. Mas ele estava limpo fazia quatro meses já. Certamente seria seguro, não? Podia confiar em si mesmo. Provavelmente ninguém do seu antigo grupo estaria no casamento de Daphne e Rita.

Hazard olhou novamente para o que estava escrito no canto. *E acompanhante.* Quem ele poderia convidar? Qualquer uma de suas antigas namoradas iria tirá-lo dos trilhos mais rápido que o tempo que se levaria para dizer "Tim-tim!" Mas ele não achava uma boa ideia ir sozinho. Precisava levar alguém que o mantivesse na linha.

Hazard se sentou em seu sofá de couro creme, descalçou as botas e esticou os dedos dos pés, franzindo o nariz ao sentir o cheiro inconfundível de pés que haviam suado muito. Ele tinha comprado um exemplar do *Evening Standard* a caminho de casa para ler a matéria sobre Julian. Havia uma foto de Julian no centro da página, olhando ao longe, melancólico, nem um pouco parecido com o Julian que ele conhecia. A entrevista era extremamente sentimental, cobrindo sua vida desde que ele perdera a virgindade no Shepherd Market aos dezesseis anos, com uma prostituta paga pelo pai como presente de aniversário, até se tornar uma estrela das redes sociais aos setenta e nove. Incluía uma história longa e cansativa sobre a grande amizade de Julian com Ralph Lauren, que — descobrira-se — baseara toda uma coleção no excêntrico estilo inglês de Julian, depois que os dois fizeram uma viagem pelos parques, pubs e campos de críquete de Dorset. Aprendia-se algo novo sobre Julian todos os dias.

Riley

Quando Riley chegou ao túmulo do almirante, só encontrou Monica ali.

— Cadê todo mundo? — perguntou. — Sei que o Hazard está finalizando um jardim na Flood Street, mas achei que os outros estariam aqui.

Monica checou o relógio.

— São cinco e vinte. Talvez ninguém mais venha. Que estranho. Pelo que sei, Julian nunca perdeu uma sexta-feira, a não ser pela véspera de Ano-Novo. Ele contou que, mesmo quando mal estava saindo de casa, ainda vinha aqui toda semana. Espero que ele esteja bem.

Riley pegou o celular e abriu a página de Julian no Instagram.

— Não se preocupe. Ele está mais do que bem. Olha só.

— Caramba, você sabe que essa que está com ele é a Kate Moss, não? E um monte de tipos presunçosos da moda, tomando mojito no Soho Farmhouse, aquele clube privado no campo. Ele poderia ter mencionado que ia sair da cidade — comentou Monica, parecendo uma criança emburrada.

Julian era adulto, afinal. Não precisava da permissão deles para passar o fim de semana se divertindo com celebridades.

— Ei, falando em Julian — ela retomou a conversa —, percebi que vamos ter aula de artes no dia 4 de março, o dia em que vai fazer quinze anos da morte da Mary. Acho que talvez possa ser um pouco difícil para o Julian e pensei que podíamos organizar uma espécie de festa em homenagem a ela como uma surpresa para ele. O que acha?

— Acho que você é uma das pessoas mais atenciosas que eu já conheci — respondeu Riley, que nunca fora de ficar se contendo ou fazendo joguinhos. — E muito inteligente. Como você se lembra das datas assim? Eu mal consigo lembrar do meu aniversário.

Monica enrubesceu, o que a fez parecer menos assustadora, além de muito bonitinha. E agora não havia segredos entre eles, o que fazia Riley se sentir mais leve e mais ele mesmo. Então ele se inclinou e a beijou.

Ela retribuiu o beijo. Hesitante, mas foi um começo.

— Eu me sinto um pouco estranha trocando beijos em um cemitério, você não? — perguntou. Mas estava sorrindo.

— Algo me diz que o almirante já viu coisa muito pior ao longo dos anos — comentou Riley, aproximando-se mais e passando o braço ao redor dos ombros dela. — Você não acha que o Julian e a Mary teriam, você sabe... — ele ergueu as sobrancelhas sugestivamente — ... em algum momento ao longo dos anos? Lá nos anos 60, talvez?

— Nossa, não! — retrucou Monica. — A Mary nunca teria feito isso! Não em um cemitério!

— Você não a conhecia, Monica. Ela era parteira, não uma santa. Talvez tivesse um lado safadinho. Seria preciso, sendo casada com o Julian, não acha?

Ele se inclinou na direção de Monica, a memória muscular fazendo seus corpos se encaixarem novamente, como um quebra-cabeça já conhecido. Riley tentou beijá-la de novo, porém Monica o afastou, gentilmente, mas com firmeza.

— Riley, não estou mais com raiva — disse ela. — Fico feliz de verdade por sermos amigos. Mas, vamos ser francos, de que adiantaria? Você vai embora em breve, por isso realmente não faz sentido começar essa história de novo, faz?

— Monica, por que tudo tem que ter um *objetivo*? Por que tudo isso precisa fazer parte de um plano? Às vezes é melhor deixar as coisas crescerem naturalmente, como flores silvestres. — Ele ficou bastante satisfeito com aquela frase. Saíra realmente poética.

A título de ilustração, Riley apontou para um canteiro de galantos brancos, perfeitos, abrindo caminho através do solo congelado de fevereiro.

— Riley, isso é muito bonito — retrucou ela. — Mas não quero me magoar novamente me deixando envolver em um relacionamento que vai ter um ponto-final natural. A vida não é tão simples quanto *jardinagem*!

— Não é? — perguntou Riley, que estava ficando frustrado, e ficara um pouco desconcertado por sua profissão ser descrita como "simples". Tudo parecia tão óbvio para ele. Ele gostava dela. Ela gostava dele. Qual era o problema? — Por que não podemos deixar acontecer, ver onde vai dar? Seguir o instinto. Se você não quiser se despedir de mim em junho, pode ir comigo.

Assim que falou, Riley se deu conta de como aquela ideia era brilhante. Os dois seriam companheiros de viagem perfeitos (com benefícios, ele esperava). Ele poderia se encarregar da diversão, e ela da parte cultural.

— Eu não poderia ir com você, Riley — disse Monica. — Tenho responsabilidades aqui. Tenho o meu negócio. Funcionários, amigos, família. E o Julian? Olha o que aconteceu da última vez que o deixamos sozinho por alguns dias. Ele quase morreu de hipotermia.

— É *fácil*, Monica — insistiu Riley, que realmente achava que era. Afinal havia deixado a vida toda dele do outro lado do mundo e mal olhara para trás. — Você encontra outra pessoa para gerenciar o café por alguns meses. Seus amigos e familiares vão sentir sua falta, mas vão ficar felizes por saberem que você está vivendo uma aventura, e quanto ao Julian... ele parece ter reunido centenas de milhares de novos "amigos" recentemente. Acho que não precisamos nos preocupar com ele.

Monica tentou argumentar, mas ele a interrompeu:

— Quando foi a última vez que você viu alguma coisa do mundo além de Fulham e Chelsea? Já sentou em um trem só para ver onde iria terminar? Ou pediu um prato de nome esquisito em um restaurante só pela diversão de comer alguma coisa que não esperava? Já transou só porque *queria*, e não como parte de algum tipo de plano de vida?

Monica ficou calada. Talvez ele tivesse conseguido mexer com ela.

— Vai pensar nisso, Monica? — perguntou Riley.

— Sim. Sim, eu vou. Prometo.

Eles caminharam juntos em direção à saída do cemitério. Monica parou ao lado de uma lápide à esquerda, inclinou a cabeça e murmurou algo baixinho. Devia ser o túmulo de um parente. Riley leu a inscrição.

— Quem é Emmeline Pankhurst? — perguntou.

Ela lhe lançou um daqueles seus olhares. Do tipo que ele não gostava. Mas não disse nada.

Muitas vezes, com Monica, Riley tinha a sensação de ter sido reprovado em um exame que nem se dera conta de que estava fazendo.

Monica

Monica estava pensando na proposta de Riley. Muito. Ela gostava bastante da imagem que ele pintara e se perguntou se poderia ser aquela mulher. Seria tarde demais para viver a própria vida a partir de um conjunto de regras completamente diferente? Ou, na verdade, sem nenhuma regra?

Ela nunca havia tirado um ano sabático viajando pela Europa. Estava muito ansiosa para começar logo a estudar em Cambridge. Havia tantas cidades que adoraria visitar. E também havia Riley — o homem mais lindo com quem já se relacionara, ou mesmo conhecera. E ele era tão atencioso e alegre. Ir a qualquer lugar com Riley era como usar óculos com lentes cor-de-rosa — tudo parecia tão melhor.

Realmente importava que ele nunca tivesse ouvido falar de Emmeline Pankhurst?

Ela não quis continuar a conversa, explicar que Emmeline era a mais famosa de todas as suffragettes, para não correr o risco de que Riley também nunca tivesse ouvido falar das suffragettes. Isso teria sido um fator impeditivo para o relacionamento deles.

Mas ele era *australiano*, Monica lembrou a si mesma. Provavelmente a história do feminismo não era um assunto de destaque na Austrália. As mulheres de lá haviam conquistado o direito de voto em 1902.

Ela viu Hazard, sentado diante de uma mesa grande na biblioteca do café, coberta de papéis.

— Trabalhando aqui de novo, Hazard? — perguntou.

— Ah, oi, Monica! Sim. Espero que não se importe por eu ocupar tanto espaço. Acho um pouco solitário trabalhar em casa. Sinto falta do burburinho de um escritório. Além do mais, o café aqui é melhor.

— Fique à vontade. Mas é que eu já vou fechar. Você pode ficar um pouco mais, enquanto eu limpo tudo e fecho a caixa.

Ela esticou o pescoço para ver em que Hazard estava trabalhando.

— Posso lhe mostrar o que ando fazendo? — perguntou ele. — Adoraria ouvir a sua opinião.

Monica puxou uma cadeira. Ela adorava dar opinião.

— Criei esses folhetos para a Aussie Gardens. Nós os deixamos em praticamente todas as caixas de correio em Chelsea e Fulham. Levamos dias.

— Estão ótimos, Hazard — ela comentou, sinceramente impressionada. — E tiveram um bom retorno?

— Sim. E a Alice postou algumas fotos do nosso trabalho no Insta, que também provocaram muito interesse.

Monica se perguntou se o que provocara interesse não teriam sido os trabalhadores, e não o trabalho, mas logo se repreendeu severamente. A objetificação sexual funcionava nos dois sentidos.

— Tenho trabalho suficiente para manter a mim, o Riley e os cinco australianos que ele me ajudou a treinar ocupados pelos próximos dois meses, pelo menos. E, se fizermos um bom trabalho, a indicação boca a boca deve manter os projetos chegando depois disso.

— E você já fez a sua projeção de despesas e receitas? — quis saber Monica. — Tem uma margem de lucro desejada em mente?

— Sim, claro. Gostaria de ver meu plano de negócios? — Hazard perguntou.

Na verdade ela queria. Havia poucas coisas de que Monica gostava mais do que um bom plano de negócios. E o de Hazard era, mesmo aos olhos críticos de Monica, um bom plano. Ela sugeriu alguns ajustes e melhorias, obviamente.

— Não se esqueça de que, quando o seu volume de negócios passar de oitenta e cinco mil libras, você vai precisar ter um número de imposto de valor agregado — lembrou Monica. — Já se registrou na Companies House?

— Não. É difícil fazer isso? — perguntou ele.

— De jeito nenhum, é lá que se registra uma nova empresa. Não se preocupe, eu lhe mostro como fazer.

Monica percebeu que estava começando a gostar de Hazard. Será que o havia julgado mal? Costumava ser tão boa em ler as pessoas.

— Ei, Monica, tenho que lhe dizer que acho que *nunca* tive uma conversa como essa com uma mulher atraente. Sobre negócios, sem paquera, sabe? — confessou Hazard.

Uma mulher atraente? Monica achou que deveria reagir como a feminista que era, mas não conseguiu. Apreciar aquelas palavras a tornava tão terrivelmente superficial?

— Falando em eventos sociais — disse Hazard, o que foi estranho, porque eles não estavam falando sobre aquilo, e sim sobre planilhas de Excel. Monica estava explicando os muitos méritos da codificação por cores. — Na semana passada, eu recebi um convite para um casamento. É uma grande história de amor... são a Rita e a Daphne, que eu conheci na Tailândia. As duas na casa dos sessenta anos e, até onde eu sei, totalmente novatas nessa coisa de lesbianismo.

— Ah, que lindo. Um novo começo na vida. O Riley também vai? — Monica se perguntou se Riley a convidaria.

— Não. Ele só passou dois ou três dias em Panam, então não chegou a conhecê-las muito bem. Hum... você não gostaria de ir comigo, gostaria? — perguntou ele, pegando Monica tão de surpresa que a deixou totalmente sem palavras. Por que ela? — Sabe — continuou Hazard, como se tivesse lido sua mente —, eu me sinto em dívida com você. Não apenas pelos conselhos de negócios, mas por me manter distraído em Koh Panam.

Monica sentiu a irritação já familiar surgir. Tinha começado a esquecer que fora um joguinho para Hazard quando ele ficava entediado entre massagens e sessões guiadas de meditação no spa. Agora se lembrou. Por mais que adorasse um bom casamento, Monica não pôde deixar de pensar que passar muito tempo com Hazard poderia colocar pressão demais sobre a frágil amizade recente dos dois.

— Vamos fazer o seguinte — Hazard voltou a falar, antes que ela pudesse recusar educadamente. — Você joga gamão? Podemos decidir sobre isso jogando uma partida. Se eu ganhar, você vai ao casamento como minha convidada. Se você ganhar, não precisa ir. A menos que queira, obviamente.

— Tudo bem — disse Monica. — Vamos lá. — Ninguém nunca a vencia no gamão, e de qualquer modo aquilo a pouparia de tomar uma decisão por enquanto.

O Monica's Café tinha uma prateleira de jogos para os clientes, com xadrez, damas, Trivial Pursuit, Scrabble e, é claro, gamão, assim como alguns clássicos favoritos das crianças.

— Venho tentando ensinar o Riley a jogar — comentou Monica, enquanto eles arrumavam o tabuleiro —, mas ele prefere Banco Imobiliário. — Por um momento, pensou que Hazard tinha soltado uma risadinha debochada, mas acabou vendo que era só uma tosse.

Monica foi a primeira a lançar os dados. Seis e um. Era uma das aberturas favoritas dela. Havia apenas uma maneira razoável de jogar — bloqueando seu ponto da barra. E foi o que ela fez.

— Estou tão feliz por você ter feito isso — disse Hazard, quase sussurrando.

— Por quê? — perguntou Monica. — É uma boa jogada. O único movimento possível para esse resultado dos dados, na minha opinião.

— Eu sei — respondeu ele. — Só me lembrou da última vez que joguei. Com um sueco na Tailândia. Não era um bom oponente.

Eles continuaram a jogar, em uma concentração silenciosa, os dois hábeis e igualmente determinados. Já estavam na reta final quando Monica tirou uma combinação de números nos dados que percebeu na mesma hora que permitiria que ela mandasse uma das peças de Hazard para a barra. Seria o lance decisivo. Ele não se recuperaria daquilo.

Mas, antes de pensar no que estava fazendo, ela moveu uma peça diferente.

— Ha! — disse Hazard. — Você perdeu a oportunidade de acabar comigo, Monica!

— Ah, não, como pude ser tão idiota — ela respondeu, batendo na testa com a palma da mão.

Hazard tirou um seis duplo.

Parecia que ela teria que ir ao casamento, afinal...

Alice

Alice tinha acabado de colocar em Bunty um vestidinho bordado, rosa e branco, da @vintagestylebaby, deixando-a pronta para a sessão de fotos do dia, quando a menina fez um cocô tão explosivo que escapou dos limites da fralda, subiu pelas costas e chegou perto do pescoço.

Alice quase chorou. Ela pensou em tirar as fotos de qualquer maneira. Podia inclinar Bunty para que as manchas de cocô cor de mostarda não aparecessem. Ninguém saberia. Mas a menina estava começando a se opor a ficar sentada com a fralda suja e já uivava como louca. De novo.

Alice estava exausta. Tinha acordado a cada três horas durante a noite. Toda vez que conseguia adormecer de novo, Bunty só lhe dava tempo suficiente para abrir caminho até o sono profundo e depois — como se soubesse o que estava fazendo — gritava por mais atenção, como um hóspede mimado e insatisfeito no The Savoy.

Ela trocou a filha, pegou-a no colo e começou a levá-la até a cozinha. Talvez cafeína ajudasse?

Toda vez que Alice descia as escadas carregando a bebê, tinha a mesma visão. Ela se imaginava tropeçando e rolando os degraus cobertos pelo carpete de fibras naturais. Na versão um, ela mantinha Bunty colada ao peito, então aterrissava na base da escada e acidentalmente matava a filha esmagada. Na versão dois, soltava Bunty enquanto caía e então via a cabeça da filha bater na parede e a menina cair no chão, sem vida.

Outras mães também passavam o tempo todo imaginando as várias maneiras como poderiam matar acidentalmente seus bebês? Adormecer enquanto amamentavam e sufocá-los até a morte? Dirigir exausta e bater em um poste, amassando como uma sanfona a parte de trás do carro onde estava a cadeirinha do bebê? Não perceber que a criança tinha engolido uma moeda caída no chão e estava com o rosto roxo, sufocando?

Ela não era adulta ou responsável o suficiente para manter outro ser humano vivo. Como tinham permitido que saísse do hospital carregando um bebê de verdade, sem nem lhe darem um manual de instruções? Que estupidez, que irresponsabilidade! É claro que havia milhões de instruções na internet, mas todas se contradiziam.

Até recentemente, Alice era uma mulher bastante bem-sucedida. Era diretora de contas de uma grande empresa de relações públicas, antes de deixar o emprego aos seis meses de gravidez para ser mãe em tempo integral e influenciadora. Ela comandava reuniões, fazia apresentações para centenas de pessoas e planejava campanhas de alcance global. No entanto, estava tendo uma dificuldade enorme para lidar com uma bebê tão pequena.

E estava *entediada*. A repetição sem fim da sequência de alimentar a bebê, trocar a bebê, encher a lava-louça, pendurar a roupa lavada, limpar superfícies, ler histórias e empurrar balanços estava quase fazendo-a enlouquecer. Mas não podia comentar aquilo com ninguém. Como era possível @aliceinwonderland, com sua vida perfeita, invejável e inspiradora, confessar que, embora amasse a filha mais que a própria vida, com frequência não gostava muito da @babybunty? Na realidade, ela não gostava tanto da própria vida. E tinha quase certeza de que Bunty também não gostava muito dela. E quem poderia culpá-la?

Alice afastou uma pilha de revistas da poltrona no canto da cozinha, abrindo espaço para Bunty se sentar enquanto ela colocava a chaleira para ferver e ia pegar o leite na geladeira.

Então ouviu um grito terrível. Bunty tinha conseguido se arremessar da poltrona, de cabeça, e cair no piso duro e frio da cozinha. Alice correu para pegá-la e examinou a filha em busca de algum dano óbvio. Felizmente, a cabeça da menina tinha aterrissado em um exemplar da *Mamãe & Eu*, que amortecera a queda. Pelo menos as revistas para pais serviam para alguma coisa.

Bunty olhou feio para a mãe, comunicando-se ainda mais claramente sem palavras: *Que espécie de mãe inútil é você? Posso trocar por outra? Não pedi para ser cuidada por tamanha imbecil.*

A campainha tocou. Alice foi até a porta da frente como um autômato, um avatar da mulher antes conhecida como Alice, deixando Bunty ainda gritando no chão da cozinha. Ela ficou encarando a visita em silêncio. Não conseguia entender o que a mulher estava fazendo ali. Será que havia esquecido algum compromisso? Era Lizzie, uma das voluntárias da Ajudantes da Mamãe.

— Venha cá, pobrezinha. Me dê um abraço — disse a mulher. — Eu sei exatamente como você está se sentindo, por isso vim para ajudá-la com a Bunty.

Antes que Alice tivesse a chance de se perguntar *como* Lizzie sabia exatamente como ela estava se sentindo, se viu sufocada contra seios gigantes, que mais pareciam um travesseiro.

Pela primeira vez desde que levara Bunty para casa, Alice chorou e chorou, até a blusa floral de Lizzie estar encharcada de lágrimas.

Lizzie

Lizzie amava seu trabalho de meio período na Ajudantes da Mamãe, mesmo que mal pagasse suas contas. Ela fizera sessenta e cinco anos no ano anterior e estava oficialmente aposentada, mas ficar em casa só servia para deixá-la gorda e lenta. E Jack, seu marido, ia acabar levando-a à loucura, então os dois dias ali eram os seus favoritos na semana.

Lizzie cuidara de crianças a vida toda — primeiro como a mais velha de seis irmãos, depois como babá, então como mãe da própria prole de cinco e, mais recentemente, como enfermeira de recém-nascidos, passando por recomendação de uma mãe elegante e privilegiada, em Chelsea ou Kensington, a outra. "A Lizzie é um amor! Uma dádiva!", diziam. "Totalmente honesta!", como se aquilo realmente significasse qualquer outra coisa que não *Ela não é como como nós, sabe, mas você provavelmente pode confiar que ela não vai roubar a prataria.*

Lizzie tinha acabado de devolver as crianças aos seus vários cuidadores, incluindo a pequena Elsa, com o nariz sempre escorrendo e as unhas sujas, cuja mãe chegara, para variar, mais de meia hora atrasada. Para confundir tudo, no momento havia três Elsas registradas na Ajudantes da Mamãe. Aquele filme, *Frozen*, tinha grande responsabilidade nisso.

Lizzie foi pegar o casaco pendurado em um gancho no corredor e notou, no chão, bem abaixo dele, um caderno verde escolar, do mesmo tipo em que os filhos dela faziam os deveres de matemática. Provavelmente tinha caído do casaco ou da bolsa de alguém. Ela pegou o caderno. Na capa estava escrito *Projeto Aritmética*. Lizzie colocou-o na bolsa. Alguém iria perguntar por ele no dia seguinte.

Alguns dias depois, Lizzie se lembrou do caderno de matemática. Perguntou a algumas mães se um dos filhos havia sentido falta de um caderno e o carregava com ela, esperando que alguém o reivindicasse, mas ninguém fez isso. Então, em uma merecida pausa para uma xícara de chá, resolveu pegar o caderno de novo e dar uma olhada nele. Não dizia "aritmética" — ela não estava usando os óculos de leitura quando encontrara e acabara lendo errado. Dizia *Projeto Autenticidade*. O que significava aquilo, pelo amor de Deus? Ela folheou as páginas e não viu nenhuma das contas que havia imaginado encontrar. Na verdade, várias pessoas diferentes haviam escrito nele.

Lizzie sentiu um frêmito delicioso de expectativa. Sempre tinha sido curiosa. Era um dos melhores aspectos de ser babá ou enfermeira de recém-nascidos — poder descobrir todo tipo de coisas sobre uma pessoa dando uma boa bisbilhotada na gaveta dela. Era de imaginar que as pessoas seriam um pouco mais criativas com seus esconderijos. E aquele caderno parecia realmente guardar *segredos*. Como um diário, talvez. Ela nunca fazia nada com as informações que recolhia — orgulhava-se de ser honrada e decente. Só achava as outras pessoas fascinantes, só isso. Lizzie se sentou e começou a ler o caderno.

Quanto você realmente conhece as pessoas que moram perto da sua casa? Quanto elas realmente conhecem você? Por acaso você sabe o nome dos seus vizinhos? Ha! Na verdade, Lizzie conhecia todos os seus vizinhos. Sabia o nome deles, o nome dos filhos e dos gatos deles. Sabia quem não separava direito o lixo, quem tinha mais brigas conjugais, quem estava tendo um caso e quem estava passando tempo demais nas casas de apostas. Sabia muito mais sobre todo mundo do que gostariam que soubesse. Lizzie tinha consciência de que era conhecida por espiar atrás das cortinas. Mas pelo menos ela era popular com a vigilância do bairro.

Julian Jessop.

Às vezes Lizzie ouvia um nome e as paredes desapareciam, como uma mudança de cenário no teatro, e ela se via transportada de volta a outra época. Agora estava em 1970, na King's Road, com sua amiga Mandy. Elas passavam tanto tempo juntas naquela época que eram conhecidas como "Lizemandy". Tinham quinze anos e estavam arrumadas, usando minissaia, os cabelos armados e muito kajal preto nos olhos.

As duas estavam olhando a vitrine da fabulosa butique Mary Quant quando um grupo de pessoas, entre vinte e trinta anos, caminhou na direção delas. Era um grupo *absurdamente* glamoroso. Os três homens estavam vestindo as calças boca de sino da última moda, e a moça, uma minissaia com a barra muitos centímetros mais curta que a delas, um casaco de pele, e *descalça*. Em público! Os cabelos dela caíam em cachos bagunçados até a cintura, como se tivesse acabado de sair da cama. Lizzie tinha certeza de que, se chegasse perto o bastante da garota, descobriria que ela cheirava a sexo. Não que Lizzie soubesse como era o cheiro de sexo naquela época, mas imaginava que deveria lembrar um pouco *sardinha em lata*. Um dos homens tinha um papagaio de verdade pousado no ombro.

Lizzie tinha consciência de que estava boquiaberta.

— Caramba, Lizzie, você sabe quem são? — perguntou Mandy. E continuou, sem esperar a resposta: — Aquele é David Bailey, o fotógrafo, e o outro é Julian Jessop, o artista. Eles não são lindos? Você viu Julian piscando para mim? Ele piscou, juro que sim.

Até aquele dia, Lizzie nunca tinha ouvido falar de Julian (embora obviamente não tivesse revelado aquilo a Mandy — não queria dar à amiga mais um motivo para ela se considerar a mais moderna das duas), mas tinha visto o nome dele várias vezes nos anos que se seguiram, normalmente nas colunas de fofocas. No entanto, não ouvia falar dele fazia séculos. Se tivesse pensado a respeito, teria presumido que estava morto, de alguma causa trágica mas ligeiramente glamorosa, como overdose de drogas ou doença venérea. No entanto, ali estava ele, ainda morando na mesma rua, escrevendo em um caderninho que alguém havia deixado cair no colo dela.

Monica. Lizzie também a conhecia — tinha ido ao café dela para tomar uma xícara de chá e comer uma fatia de bolo uma ou duas vezes, quando estava se sentindo animada. Ela gostara de Monica, porque, embora estivesse obviamente ocupada, havia parado generosamente o que estava fazendo para lhe dar atenção. Elas tinham conversado sobre a biblioteca local, se Lizzie se lembrava corretamente, e como o lugar era uma dádiva para a comunidade.

Ela sabia exatamente qual era o problema de Monica. As jovens de hoje eram muito exigentes. Na época dela, as mulheres entendiam a necessidade de assentar. Você encontrava um rapaz da idade certa, geralmente um cujos pais fossem conhecidos da sua família e que morasse perto, e se casava. Ele podia até cutucar o nariz quando estava dirigindo, ou gastar demais do dinheiro da casa no pub, ou não ter a menor ideia de onde encontrar o clitóris, mas você se dava conta de que provavelmente também não era perfeita, e um marido razoavelmente bom era melhor que não ter marido. O problema com toda aquela nova tecnologia era que as pessoas tinham tantas opções de escolha que simplesmente não conseguiam tomar uma decisão. Elas procuravam e procuravam, até um dia perceber que seus óvulos tinham perdido a validade. Monica deveria parar de perder tempo e seguir em frente com a própria vida.

Droga. A pausa para o chá tinha terminado. Ela estava morrendo de vontade de ler mais, mas o caderno teria que esperar.

— O que você está lendo aí, Liz? — perguntou Jack.

As palavras saíram um pouco atrapalhadas, porque ao mesmo tempo ele estava tentando tirar um pedaço de frango do dente com o dedo. Não era de admirar que ela não o beijasse na boca havia anos. Atualmente, Lizzie costumava dar só um beijinho rápido no topo da cabeça do marido, onde havia uma grande área careca, como um heliporto.

— É só um caderno do trabalho — respondeu ela, propositalmente vaga.

Ela estava lendo a história de Hazard. Também o conhecia. Dificilmente haveria dois rapazes em Fulham com o nome Hazard, e este voltara da Tailândia e estava trabalhando no jardim da Ajudantes da Mamãe. Ele era bem boa-pinta, apesar da barba. Lizzie normalmente não gostava muito de homens barbados. Afinal o que eles tinham a esconder? Além do queixo.

Ela não o julgava por toda aquela história de vício. Sabia como essas coisas podiam envolver uma pessoa. Ela mesma passara por uma fase de gostar um pouco demais do xerez que usava para cozinhar, sem mencionar as raspadinhas, e Jack ainda fumava vinte John Player Specials por dia, o que saía bem caro, ignorando as fotos medonhas dos pulmões enegrecidos no verso dos maços.

Riley parecia um amor, pobre rapaz confuso. Ela também o conhecia. Ele era um dos adoráveis australianos que trabalhavam com Hazard. Ela estava morrendo de vontade de descobrir se Hazard ainda se mantinha sóbrio, se Julian ainda dava a aula de artes e se Riley tinha resolvido as coisas com Monica. Aquilo era melhor que a novela *EastEnders*.

Ainda havia uma história para ler. Quem seria o próximo? Ela guardaria para a hora do intervalo do dia seguinte.

Lizzie estava se acomodando para o intervalo perfeito na sala de descanso da equipe: chá preto, dois biscoitos recheados de geleia, o programa *Steve Wright in the Afternoon* na Radio 2 e um caderno com segredos de outras pessoas. Como os filhos dela diriam, como não gostar? Ela se acomodou confortavelmente em sua poltrona favorita e começou a ler.

Meu nome é Alice Campbell. Você talvez me conheça como @alice-inwonderland.

BINGO! Lizzie tinha um full house na mão. Conhecia todos naquele caderno. Além disso, agora sabia exatamente como ele fora parar ali. Alice era a loira bonita que ajudava a casa com a captação de recursos. Ela se lembrou de Archie, uma das crianças, brincando com a bolsa do bebê que Alice havia deixado no corredor, embaixo dos casacos. O menino provavelmente tirara o caderno da bolsa e deixara no chão.

Quando Alice aparecia na Ajudantes da Mamãe, Lizzie sempre se preocupava que ela acabasse fazendo as outras mães se sentirem inadequadas. A moça estava sempre tão perfeitamente vestida, tão obviamente no controle, era tão diferente das mães que eles ajudavam ali — que geralmente tinham uma vida caótica e cheia de dificuldades. Mas, às vezes, Lizzie se perguntava quanto de Alice era só fachada. De vez em quando, o modo de falar cuidadosamente modulado e rígido deixava entrever tons muito mais coloridos e acessíveis. Ela seguiu lendo:

Embora, se você me segue, não me conheça realmente, porque a minha vida real e a vida perfeita que você vê estão se distanciando cada vez mais. Quanto mais bagunçada se torna a minha vida, mais eu anseio pelas curtidas nas redes sociais, para que me convençam de que está tudo bem.

Eu costumava ser Alice, a relações-públicas bem-sucedida. Agora sou a mulher do Max, ou a mãe da Bunty, ou @aliceinwonderland. Parece que todos têm um pedaço de mim, menos eu mesma.

Estou realmente cansada. Cansada das noites sem dormir, de amamentar, trocar fraldas, limpar e lavar. Cansada de passar horas registrando a vida que eu gostaria de ter e de responder a mensagens de estranhos que pensam que me conhecem.

Eu amo a minha bebê mais do que jamais imaginei ser possível, mas todos os dias eu a decepciono. Ela merece uma mãe que se sinta constantemente grata pela vida que compartilham, não uma mãe que está sempre tentando fugir para um mundo virtual muito mais bonito e mais administrável que o mundo real.

Eu gostaria de poder contar a alguém como me sinto, que às vezes me sento no círculo de mães da aula de música para bebês e só tenho vontade de dar um soco no pandeiro rosa idiota. Ontem mesmo, na aula de natação para bebês, senti uma vontade quase incontrolável de me deixar descer até o fundo da piscina e respirar fundo. Mas como posso confessar que @aliceinwonderland é só uma farsa?

E, se eu não sou ela, quem sou eu?

Ah, Alice. Mesmo antes de a depressão pós-parto ser uma "questão", as mulheres da família e do círculo social de Lizzie conheciam os sinais. Na época em que Lizzie teve seu primeiro bebê, todos os avôs e avós, tias, tios, padrinhos, madrinhas e amigos costumavam cercar a nova mãe. Eles se ofereciam para tomar conta do bebê, para levar comida, para auxiliar nas tarefas domésticas, o que ajudava a aliviar o choque físico, emocional e hormonal de dar à luz.

E ali estava Alice, achando que tinha que fazer tudo sozinha e tentando desesperadamente fazer tudo parecer perfeito.

Assim que seu turno terminou, Lizzie procurou o endereço de Alice no catálogo de contatos. O que a pequena Alice precisava era de uma *profissional*.

Hazard

Hazard havia pegado emprestado o micro-ônibus da Ajudantes da Mamãe. Ele descobrira que Monica nunca tinha aprendido a dirigir, já que passara a vida toda em Londres, com as inúmeras opções de transporte público que a cidade tinha disponíveis. Como a cidadezinha onde seria o casamento ficava a quilômetros de distância de qualquer estação de trem, ele iria bancar o motorista. Uma das mães havia colado um cartaz na traseira do micro-ônibus em que se lia "CONDUTOR PERIGOSO", brincando com o significado de seu nome, o que foi hilário. Só que não.

Hazard estacionou sobre as duas faixas amarelas na frente do Monica's Café e buzinou.

— Esse é você brincando com o perigo, Hazard? — perguntou Monica, também fazendo piada com o nome dele.

Aquela Hazard também nunca ouvira antes. Ele assobiou lentamente.

— Monica, você parece uma flor! Uma flor particularmente sexy! — disse ele, enquanto ela se acomodava no banco do passageiro usando um vestido tubinho amarelo-vivo e um chapéu de aba larga combinando. — Acho que nunca vi você usando nada que não fosse preto, branco ou marinho antes.

— Bom, às vezes eu gosto de me esforçar um pouco — ela respondeu, parecendo muito satisfeita consigo mesma, pensou Hazard. — E olhe só para você, todo dândi nesse terno. Até aparou a barba, se não me engano. — Ela disse "barba" de uma maneira que implicava aspas irônicas. — Tome, eu trouxe café para a viagem. O seu é um latte grande com leite integral. Sei que estou certa — afirmou Monica, apontando para o saco de papel marrom que estava segurando.

— Impressionante, obrigado — falou Hazard, sentindo-se estranhamente emocionado por ela ter lembrado o pedido de café habitual dele. — E eu comprei balas de goma. Sirva-se à vontade. Não precisa se conter, comprei um pacote tamanho família, daqueles em que as balas têm sabor e formato de frutinhas. Sempre gostei delas.

Enquanto desciam a autoestrada M3, eles relaxaram em uma conversa camarada.

— Está animada? — perguntou ele.

— Na verdade, não. Acho casamentos bastante deprimentes. Casamento... é só um pedaço de papel, e as estatísticas de divórcio são chocantes. Francamente, acho uma perda de tempo e dinheiro.

— Sério? — Hazard questionou, surpreso.

— Não, claro que não! Você leu a minha história, não leu? Não há nada que eu goste mais do que um final feliz e um bom casamento à moda antiga. — Então, do nada, Monica falou: — Hazard. Desculpe por ter sido tão desagradável quando você chegou. Eu estava envergonhada. Achei que você não passasse de um preguiçoso que vivia à custa de fundos de investimentos e gostava de se intrometer na vida dos outros para se sentir superior.

— Ai. Não é de admirar que você me odiasse — disse Hazard. — Na verdade, sempre ganhei o meu próprio dinheiro. Meus pais são de classe média, mas gastaram cada centavo de suas economias para me mandar para uma escola particular chique, onde fui impiedosamente atormentado por ser o único garoto cuja casa tinha um número, não um nome, e que viajava de classe econômica no avião.

— E o que você fazia antes do negócio de jardinagem? — perguntou Monica.

— Eu trabalhava no mercado financeiro. Negociando ações. Agora desconfio de que escolhi essa carreira porque já estava de saco cheio de ser sempre a pessoa com menos dinheiro na sala. Acho que você não leu a minha história no caderno, não é? O Riley não te contou?

— Não, ele é sensível assim, o Riley. Deixou que você me contasse se quisesse. E então, o que *você* escreveu, se não se importa que eu pergunte? Afinal você leu a *minha* história.

— Hum... Eu escrevi que estava deixando o trabalho no mercado financeiro e tirando algum tempo para organizar a cabeça, e que queria encontrar uma carreira que fosse mais gratificante — disse ele, o que era a mais pura verdade, mas definitivamente não *toda* a verdade.

Havia um enorme elefante branco naquele micro-ônibus, sentado entre eles e esmagando a alavanca do câmbio. No entanto, Monica era a última pessoa no mundo com quem ele queria discutir sua dependência química. Ela era tão decente, limpa e brilhante, e falar sobre tudo aquilo era tão sujo... Monica o fazia se sentir uma pessoa melhor, e Hazard não queria se lembrar de que não era daquele jeito. Ele desconfiava de que ela nunca nem havia fumado maconha. Bom para ela.

— E agora você tem um trabalho assim! Juro que o caderno funciona como magia. Olha só o Julian, com todas as centenas de novos amigos, e você com um novo negócio bem-sucedido. Estou muito impressionada com a rapidez com que o colocou de pé. Você fez um ótimo trabalho.

Hazard cintilava de orgulho. Ele não estava acostumado a se sentir bem consigo mesmo, nem a receber elogios.

— Bem, venho tentando fazer as coisas do jeito certo, pela primeira vez. Como você faz. Você é realmente ótima no seu negócio. É criativa, trabalha duro e é uma ótima chefe. Além disso, você tem princípios. — Ele estava exagerando nos elogios? Hazard sempre achava que se esforçava um pouco demais para agradar Monica. Não sabia muito bem o motivo. Aquilo não era nem um pouco do seu feitio.

— Como assim? — ela perguntou.

— Por exemplo, quando um cliente te irrita de verdade, você já cuspiu na comida dele? Só para se vingar? — perguntou Hazard.

Monica pareceu horrorizada.

— Claro que não! Isso seria muito anti-higiênico e provavelmente ilegal. Se não é ilegal, certamente deveria ser.

— E se deixasse cair alguma comida no chão da cozinha, mas ela aterrissasse do lado certo, você colocaria de volta no prato ou jogaria fora?

— Não se pode colocar comida do chão de volta no prato! Pense nas bactérias.

— Está vendo? Você tem padrões.

— Você não? — perguntou ela.

— Ah, sim, claro que sim. Mas são *baixos*. Mal se afastam do chão.

— Hazard — avisou Monica, olhando para o painel do micro-ônibus —, você está dirigindo muito além do limite de velocidade.

— Opa, desculpe — respondeu ele, pisando ligeiramente no freio. — Acredito que eu tenha um pequeno problema com *regras*. Se você me mostra uma regra, eu logo quero quebrá-la. Nunca fiquei dentro do limite de velocidade... literal ou metaforicamente.

— Nós somos mesmo totalmente opostos, não somos? — comentou Monica. — Eu amo uma boa regra.

— Carro amarelo — disse Hazard, enquanto ultrapassava um Peugeot 205 de um amarelo berrante.

Monica olhou para ele, sem entender.

— Sua família nunca jogou "carro amarelo"? — perguntou ele.

— Humm... não. Como se joga?

— Sempre que você vir um carro amarelo, você diz "carro amarelo" — explicou Hazard.

— E quem ganha o jogo?

— Na verdade, ninguém ganha. Porque o jogo nunca acaba. Continua indefinidamente.

— Não chega a ser intelectualmente estimulante, não é? — comentou Monica.

— Ora, como você se divertia no carro, nas viagens de família? — perguntou Hazard.

— Eu tinha um caderno e anotava a placa dos carros quando passávamos por eles.

— Por quê?

— Para o caso de ver o mesmo carro novamente.

— E chegou a ver algum?

— Não.

— Bem, acho que vou ficar com o "carro amarelo" então, obrigado. E aí, o Projeto Autenticidade também operou sua magia em você?

— Bom, sim — respondeu ela. — De certa forma, salvou o meu negócio. A ideia da aula de artes levou a muitas outras noites de eventos semanais, depois a Alice e o Julian passaram a mostrar o café no Instagram e isso atraiu novos clientes. Talvez eu tenha até que contratar um barista extra. Antes de encontrar o caderno, achei que a esta altura o banco já teria agido e eu teria perdido o café e, com ele, as economias da minha vida.

— Que incrível — comentou Hazard. Então, mais hesitante: — E o caderno também resolveu a sua vida amorosa? Está tudo bem entre você e o Riley agora? — Ele torceu para que ela não o achasse bisbilhoteiro demais.

— Estamos só deixando rolar. Seguindo o fluxo. Vendo o que acontece — disse Monica.

— Não me entenda mal — falou Hazard —, mas eu nunca associaria qualquer uma dessas expressões a você.

— Eu sei, tá certo? — disse ela com um sorriso. — Estou tentando ser mais relaxada. E devo dizer que está sendo um pouco desafiador.

— Mas o Riley vai embora daqui a alguns meses, não é? — perguntou Hazard. — No início de junho?

— Sim, mas me convidou para ir com ele.

— E você vai? — Hazard voltou a perguntar.

— Sabe, no momento eu não tenho a menor ideia, o que é uma situação bastante incomum para mim.

— Deve ser tão fácil ser o Riley.

— Por quê?

— Sabe como é, viver a vida daquele jeito despreocupado, vendo tudo de maneira tão simples e bidimensional — ele continuou. — Carro amarelo.

— Sei que não é a sua intenção, mas você está fazendo o Riley parecer um imbecil — falou Monica. E ele realmente não tinha intenção, é claro que não tinha.

Monica descalçou os sapatos de salto alto e apoiou os pés estreitos no painel. Apenas aquele movimento casual mostrou a Hazard quanto ela havia mudado.

— Eu mudei bastante desde que conheci o Riley — disse ela, como se lesse a mente dele.

— Bom, não mude demais, tá? — pediu Hazard. Monica não disse nada.

Eles seguiram por mais uma hora, as estradas ficando mais estreitas e mais vazias, e o concreto dando lugar à natureza.

— Ei, de acordo com o Google Maps, chegamos ao nosso destino! — anunciou Monica, enquanto entravam em uma cidadezinha de aparência perfeita, que provocaria um ataque de empolgação em um olheiro de locações de Hollywood.

Os sinos tocavam alegremente na igreja de pedra cor de mel.

— Achei que a Igreja ainda não fizesse casamentos gays.

— Não faz, mas elas se casaram no civil ontem, na prefeitura, e agora vão receber apenas uma bênção. Imagino que vá ser semelhante a um casamento tradicional, apenas com palavras ligeiramente diferentes — respondeu Hazard.

Eles estacionaram o micro-ônibus e seguiram o grupo bem-vestido de convidados em direção à entrada da igreja.

Monica

Monica parou no banheiro químico no caminho para a recepção, para checar se não estava com rímel escorrendo pelo rosto. Tinha chorado um pouco na igreja, ao ver as duas noivas usando vestidos longos brancos. Casamentos sempre tinham aquele efeito nela, mesmo quando eram de pessoas que ela não conhecia. O motivo da emoção era sobretudo a felicidade pelo casal, é claro, mas Monica estava desconfortavelmente consciente de que aquilo se misturava com um pouquinho de inveja e tristeza.

Hazard estava esperando quando ela saiu, e eles foram juntos para a tenda grande onde acontecia a comemoração. A entrada tinha sido enfeitada com rosas brancas, e de cada lado havia um garçom segurando uma bandeja de prata com taças de champanhe. Monica e Hazard pegaram uma cada.

— Achei que o Riley tinha dito que você parou de beber enquanto estava na Tailândia — comentou Monica. Ou foi Alice que disse aquilo? De qualquer modo, tinha certeza de que alguém havia dito.

— Ah, sim, sim — respondeu Hazard. — Eu estava bebendo *um pouco* demais. Mas não é como se eu fosse *alcoólatra* ou algo assim. Consigo tomar só um ou dois drinques em ocasiões especiais. Como esta. Atualmente, meu negócio é moderação.

— Muito bem — falou Monica, que achava que permanecer no controle era uma forma subestimada de arte. Ela gostava cada vez mais de Hazard. — Não esqueça que é você quem vai nos levar de volta para casa, certo?

— Claro que não — garantiu Hazard. — Mas ainda vai demorar horas até irmos embora, e seria grosseiro não participar, não acha? — Ele ergueu a taça em um brinde e deu um grande gole. — Qual você acha que vai ser o cardápio do jantar? Frango ou peixe?

— A julgar pela quantidade enorme de convidados, eu diria peixe. Salmão no vapor — respondeu ela.

Monica estava realmente se divertindo. Hazard fazia comentários engraçadíssimos sobre todos os outros convidados, apesar de — com exceção de Roderick e das noivas — não conhecer nenhum deles. Eles compartilharam histórias de casamentos a que tinham ido no passado, dos românticos e maravilhosos até os totalmente desastrosos.

Era muito mais relaxante sair com alguém que não era a pessoa com quem estava saindo. Em todos os casamentos a que fora antes, a imaginação de Monica rapidamente se adiantava pensando no relacionamento em que ela estava. Ela fazia anotações mentais sobre como o próprio casamento seria, imaginava que parentes dariam madrinhas fotogênicas (mas não fotogênicas demais) e quem o suposto futuro noivo poderia escolher como padrinho. Ela lançava olhares de soslaio para o parceiro durante a cerimônia para ver se ele também estava emocionado e tendo os mesmos pensamentos que ela.

Com Hazard, era só... diversão. Ela estava realmente feliz por ter ido.

Os dois tinham sido acomodados na mesma mesa para o jantar, embora fosse enorme e redonda, com um imenso arranjo floral no meio, então Monica não conseguia falar com Hazard e só conseguia vê-lo se esticasse o pescoço em volta das flores. Havia um cardápio do jantar também no centro da mesa. Salmão no vapor. Ela adorava estar certa. Chamou a atenção de Hazard, apontou para o cardápio e piscou para ele.

A refeição pareceu durar uma eternidade, já que cada prato era intercalado com discursos. Monica estava fazendo o melhor que podia para conversar com os homens sentados de cada lado dela, mas ficava rapidamente sem assunto. Já havia esgotado alguns — de onde cada um deles conhecia o casal feliz, como o serviço estava excelente, como os preços de imóveis estavam astronômicos em Londres —, e empacaram.

Monica estava cada vez mais preocupada com Hazard, porque tinha certeza de que ele havia aceitado uma taça de vinho branco de um garçom e depois uma taça de vinho tinto, e parecia que ambos os copos eram reabastecidos regularmente. Ela tentou encontrar o olhar dele para sinalizar sua preocupação e lembrá-lo da viagem de volta para casa, mas Hazard parecia deliberadamente evitar encará-la. As mulheres de cada lado dele inclinavam a cabeça para trás e gargalhavam a toda hora. Parecia que uma delas estava com a mão na coxa dele. Hazard estava obviamente sendo *engraçadíssimo*. Mas aquilo não tinha nada de engraçado. Era irresponsável e egoísta.

Quando a refeição finalmente chegou ao fim e as pessoas começaram a se afastar da mesa, Monica se sentou em uma das cadeiras vazias ao lado de Hazard, segurando seu copo de água com gás, como se tivesse um ponto a provar.

— *Hazard* — sussurrou ela —, você vai dirigir de volta para casa, não pode ficar *bêbado*.

— Ah, Monica, não seja tão estraga-prazeres. É um *casamento*. Temos que ficar bêbados. É para *isso* que servem os casamentos. Se libera ao menos uma vez na vida. Viva um pouco — falou ele, virando mais uma taça de vinho. — Monica, esta é... — Hazard começou a apresentar, indicando com um gesto a loira sentada ao lado dele. Os lábios da garota definitivamente tinham algo artificial para deixá-los inchados, e ela não seguira os conselhos de bem-vestir sobre exibir pernas *ou* decote.

— Annabel — ela completou. — Oi.

Como era possível estender uma palavra de duas letras por tanto tempo? Ela acenou apenas com a ponta dos dedos, como se Monica não merecesse a mão inteira.

— Hazard? — a garota voltou a falar. — Tenho um pouco de coca na bolsa, se estiver interessado em uma cheiradinha rápida. — Ela nem se incomodou de esconder a conversa de Monica ou de incluí-la. Será que achava que Monica era certinha demais para usar drogas? Bem, era, mas não era esse o ponto.

— Agora estou gostando da conversa, linda — disse Hazard. Ele afastou a cadeira e se levantou, bastante instável. — Vou estar bem atrás de você... até porque isso vai me dar mais chance de conferir a sua bunda linda.

— Hazard! — Monica gritou. — Não seja idiota!

— Ah, pelo amor de Deus, Monica, pare de ser tão chata. Por que não vai desestressar um pouco em um departamento de armarinho qualquer? Você não é minha mãe, nem minha mulher, nem mesmo minha namorada. E graças a Deus por essas pequenas bênçãos.

Ele saiu ziguezagueando através da multidão, seguindo o traseiro avantajado de Annabel, como um rato seguindo o flautista de Hamelin. Annabel olhou para Monica por cima do ombro, jogou a cabeça e zurrou, arreganhando os lábios para revelar dentes muito grandes.

Monica teve a sensação de ter sido esbofeteada. Quem era aquele? Certamente não era o Hazard que ela conhecia. Então ela se lembrou. Ele podia não ser o Hazard que ela conhecera recentemente, mas já vira aquela versão dele antes, quando ele esbarrara nela na calçada e a chamara de *vaca idiota*. O mesmo que tinha se intrometido na vida dela e depois invadido o almoço de Natal esperando uma salva de palmas. E como ele *ousava* falar da obsessão dela por departamentos de armarinho? Monica tinha esquecido totalmente que havia escrito aquilo no caderno. Foi um golpe baixo. Ela não queria mais ficar ali. Só queria ir para casa. Monica pegou o celular, encontrou um canto quieto na tenda e ligou para Riley.

Por favor atenda, Riley, por favor atenda.

— Monica! Vocês estão se divertindo? — perguntou ele em uma voz maravilhosamente animada.

— Não, para ser sincera, não. Pelo menos *eu* não estou. Já o Hazard está se divertindo até demais. Ele está completamente bêbado. E não está desacelerando. Não sei como voltar para casa. O Hazard não está em condições de dirigir, e eu não dirijo. Não posso deixar o micro-ônibus aqui. Vão precisar dele amanhã cedo para um passeio. O que eu faço?

Monica detestava pedir ajuda, e odiava particularmente agir como uma donzela em perigo. Ia contra todos os seus princípios feministas. A mãe dela devia estar se revirando no túmulo. Se algum dia conseguisse sair daquela maldita tenda, marcaria imediatamente aulas de direção.

— Não se preocupe, Monica. Fique aí. Vou pegar um trem e buscar vocês. Eu dirijo o ônibus de volta para casa. Só me envie uma mensagem com o endereço e já vou pegar um táxi para a estação. Devo levar umas duas horas, mas a festa ainda vai durar algum tempo, não é?

— Riley, não sei o que eu faria sem você. Obrigada. Não tenho ideia do que aconteceu com o Hazard. Eu nunca o vi assim — comentou ela.

— Acho que esse é o problema dos dependentes. Depois que começa, você simplesmente não consegue parar. E ele estava indo tão bem... Quase cinco meses totalmente sóbrio — falou Riley.

Monica sentiu o estômago revirar. Como tinha sido idiota.

— Riley, eu não fazia ideia. O Hazard me disse que era capaz de lidar com a situação. Eu devia ter impedido que ele bebesse — falou.

— Não é culpa sua, Monica. Tenho certeza de que ele enganou você deliberadamente. E provavelmente a si mesmo também. Se alguém tem culpa, sou eu. Eu devia ter avisado a você para ficar de olho nele. Mas pelo menos ele não tá cheirando cocaína de novo — comentou Riley. Monica não disse nada. Não parecia haver sentido. — Escuta, quanto antes eu sair, mais cedo chego aí. Aguenta firme. — E desligou.

Às vezes não há nada mais solitário que um salão cheio de gente. Monica se sentia como uma criança, com o nariz pressionado na janela, olhando para uma festa da qual não fazia parte. Hazard estava dançando, exuberante, no meio da pista de dança, com mulheres grudadas nele como aquelas moscas no medonho papel pega-moscas na casa de Julian. Ela sentiu um toque no ombro.

— Posso pedir a próxima dança? — Era Roderick, o filho de Daphne. Hazard havia apresentado Monica a ele na igreja.

Como sempre achara indelicado se recusar a dançar com alguém que tinha tido coragem de convidá-la, ela assentiu silenciosamente e se permitiu ser levada até a pista de dança, onde Roderick, ignorando todas as convenções dos passos modernos de dança, girou com ela em uma versão desajeitada e cheia de energia do rock dos anos 50. Aquilo deu a ele muitas oportunidades para pousar a mão pegajosa nas costas, no ombro ou no traseiro de Monica, que se sentia como um pônei em uma competição de adestramento.

Hazard, que obviamente estava achando a situação engraçadíssima, ergueu o polegar exageradamente acima da multidão. Roderick se inclinou e sussurrou no ouvido dela, o hálito quente e viscoso, o cheiro de uísque misturado com pavlova de morango.

— Então, você e o Hazard são *um casal*? — perguntou.

— Deus, não — respondeu Monica.

Roderick entendeu a intensidade que ela colocou na voz como uma luz verde e agarrou o traseiro dela com mais entusiasmo ainda.

Riley abriu caminho cuidadosamente através da multidão cada vez menor, um intruso de passos firmes entre uma massa cada vez mais instável. Monica era a única pessoa sentada a uma grande mesa redonda, como a única sobrevivente de um naufrágio, presa em uma ilha deserta. Hazard estava circulando entre as mesas como um tubarão, pegando taças de vinho abandonadas e bebendo o conteúdo restante.

— Riley! — gritou Monica, fazendo com que todos ao redor se virassem para encarar o recém-chegado.

Ele sorriu, e foi como o sol despontando por entre nuvens de tempestade.

— Não tem ideia de como estou feliz por ver você — disse Monica.

Hazard

Foi como voltar para casa. Hazard havia esquecido como gostava daquela sensação. Desde o primeiro gole de champanhe, ele sentiu a mandíbula descontrair, os ombros relaxarem e todas as tensões cederem. Depois de meses lidando com todas as suas emoções com o foco nítido e em alta definição, a bebida encobriu tudo com um filtro difuso que tornava as coisas mais suaves, mais gentis e mais administráveis. Era como se estivesse aconchegado a um edredom de letargia.

Depois de tomar a primeira taça, ele realmente não conseguiu entender como lutara tanto tempo contra aquela sensação. Por que achara que a bebida era sua inimiga, quando ela era sua melhor amiga?

No instante em que descobriu, no micro-ônibus, que Monica desconhecia a extensão dos seus problemas de dependência, a ideia foi plantada: *Talvez só hoje, já que é uma ocasião especial, eu poderia tomar uma taça. Só uma. Duas no máximo. Afinal de contas, faz meses. Estou melhor agora. Mais consciente. Sou capaz de ser sensato. Não vai ser como antes. Sou uma pessoa diferente agora.*

Durante toda a cerimônia de casamento, aquele pensamento ficou rondando a cabeça dele. Então, assim que eles entraram na tenda onde aconteceria a festa e um garçom já na entrada ofereceu taças de champanhe em uma bandeja de prata, Hazard acabou pegando uma. Assim como todo mundo. Adorava a ideia de ser como todo mundo. Ele disse a Monica que não era "um alcoólatra" e que era muito bom em se controlar e, já que tinha falado em voz alta, começou a acreditar naquilo. Afinal alcoólatras dormem em bancos de parque, cheiram a mijo e bebem metanol, e ele não era assim de forma alguma, era?

Hazard bebeu muito mais do que pretendia, mas aquilo realmente não importava. Seria só naquele dia. Ele poderia voltar a ser bom de novo no dia seguinte. Que expressão a mãe sempre usava? *Perdido por cem, perdido por mil.* Embora ela estivesse se referindo a uma fatia extra de bolo.

Seguindo aquele raciocínio, a cocaína parecera uma oportunidade abençoada, e algumas carreiras acrescentaram uma agitação e uma onda de confiança e invulnerabilidade à mistura. Ele era um super-herói. Hazard se deu conta de que não perdera nada de seu poder de atração. Estava pegando fogo. Aquele era o primeiro casamento a que ia em que não tinha transado com pelo menos duas das convidadas. Talvez devesse corrigir aquilo.

Hazard viu uma figura familiar. Piscou e esfregou os olhos, achando que sua mente estava lhe pregando peças — o que seria muito mais provável do que Riley realmente estar ali. Afinal ele tinha confundido Monica com a mãe mais cedo. Hazard riu consigo mesmo. Mas *era* Riley. Por que é que ele tinha aparecido, porra, para estragar a festa?

— Hazard, camarada, é hora de ir para casa — falou Riley.

— Não venha com "camarada" para cima de mim, Riley. Que porra você tá fazendo aqui?

— Sou a cavalaria. Vim levar vocês pra casa.

— Bom, pode voltar pro seu maldito cavalo e ir pro inferno. Estou me divertindo com as minhas *novas amigas*. — E acenou para qual-era--mesmo-o-nome-dela e para a outra.

— Bom, vou levar a Monica pra casa. E o micro-ônibus. E a festa está terminando. Então, a menos que você queira passar a noite com as suas *novas amigas*, sugiro que venha conosco. Você decide, *camarada*.

Riley estava parecendo um pouco irritado. Ele nunca ficava irritado. Monica, ao contrário, estava *sempre* irritada, e permanecia ao lado de

Riley como a esposa chata de um vigário, olhando para Hazard como se ele fosse o coroinha que roubara todo o vinho da comunhão. Ele estava realmente de saco cheio de toda aquela desaprovação.

    Hazard fez um cálculo mental rápido. Ou tão rápido quanto sua capacidade mental permitia depois de tudo o que ele consumira nas últimas horas. Se ficasse ali, teria que confiar que a loira o levaria para casa com ela. Não apenas ele estava tendo problemas para lembrar o nome dela (Amanda? Arabella? Amelia?) como também sabia que o que mais o atraía na garota eram as drogas que ela carregava na bolsa — e Hazard tinha certeza de que, àquela altura, já devia ter acabado tudo. Era melhor, por mais que lhe doesse, fazer o que lhe diziam. Assim, Hazard seguiu seus amigos certinhos, o mais docilmente que um super-herói cheio de cocaína na cabeça conseguiria.

Uma hora de viagem e o efeito da última carreira de cocaína que ele tinha cheirado, algumas horas antes, começava a se dissipar, deixando-o nervoso e ansioso. E agora ele não era capaz de manter o delicado equilíbrio entre euforia e desânimo, e toda a bebida que consumira estava fazendo com que se sentisse zonzo e sonolento, embora soubesse por experiência própria que o sono lhe escaparia por horas.

    Hazard esticou o corpo em três assentos no fundo do ônibus e assistiu aos dementadores se aproximarem. Ele também se lembrava dessa sensação. Tudo que sobe tem que descer. Toda luz tem uma sombra, toda força, uma força contrária. Era hora do acerto de contas.

    Hazard sentiu alguém — Monica — jogar alguma coisa em cima dele. Uma manta? Um casaco?

    — Acho que eu amo você, Monica — falou. Ele tinha certeza de que fora detestável com ela. Era uma pessoa má de verdade, que não merecia amigos.

    — Claro, Hazard. A única pessoa que você ama é você mesmo — respondeu Monica, o que não era verdade. A única pessoa que ele nunca seria capaz de amar era ele mesmo. Tinha passado meses construindo a própria autoestima, tijolo por tijolo, aprendendo a se respeitar novamente, e em um dia tudo desmoronara.

— Desculpe — falou —, achei que conseguiria tomar só uma taça.

E aquele era o problema. Ele sempre achava que poderia tomar só mais uma. Afinal as outras pessoas pareciam conseguir. Mas ele nunca conseguira. Com Hazard, era tudo ou nada. Não apenas com a bebida e as drogas, com tudo. Se ele descobrisse alguma coisa — qualquer coisa — de que gostasse, sempre queria *mais*. Fora isso que fizera dele um investidor do mercado financeiro tão bem-sucedido, um amigo popular e um péssimo dependente.

Hazard podia ouvir Monica e Riley conversarem na frente. Ele se lembrou de quando costumava bater papo daquele jeito, sobre o clima, o trânsito, as notícias de conhecidos em comum, mas agora não conseguia imaginar como. Um pensamento indesejável abriu caminho entre todos os outros pensamentos indesejados. *Onde estavam suas chaves?* Ele checou os bolsos. Sabia que estariam vazios.

— Monica — chamou, tentando não deixar a voz sair arrastada. — Não consigo encontrar minhas chaves. Devo ter deixado cair no placebo.

— Gazebo — corrigiu Monica.

— Não seja tão pensante — respondeu ele.

— Pedante — ela voltou a corrigir.

Hazard a ouviu suspirar. Era o tipo de som que a mãe deixava escapar quando ele era pequeno e esquecia a lição de casa ou rasgava a calça.

— Não se preocupe, Hazard. Você pode dormir no meu sofá. Pelo menos assim eu posso ficar de olho em você.

Por um tempo tudo ficou em silêncio, a não ser pelo som rítmico dos limpadores de para-brisa e o zumbido suave dos pneus no asfalto.

— Carro amarelo — Hazard ouviu Monica dizer na frente do ônibus.

— O quê? — perguntou Riley.

— Nada — ela respondeu.

Hazard teria sorrido, mas sua bochecha estava colada ao plástico do assento em que estava deitado.

Monica

Antes mesmo de abrir os olhos, Monica sabia que algo estava diferente. Seu apartamento, que normalmente cheirava a café, Jo Malone, desinfetante com essência de limão e, de vez em quando, a Riley, fedia a bebida rançosa. E a Hazard.

Ela saiu da cama, vestiu um moletom folgado por cima do pijama — *não* faria nenhum esforço para ficar apresentável — e prendeu os cabelos em um coque bagunçado. Então foi ao banheiro e jogou água no rosto, depois voltou e acrescentou uma camada de rímel e um pouco de brilho nos lábios. Não estava tentando impressionar, obviamente, apenas se certificando de que Hazard não tivesse nenhuma desculpa para zombar dela mais uma vez.

Monica abriu a porta da sala com cautela e entrou na ponta dos pés, tentando não acordá-lo. Ele não estava lá. O sofá em que ela o deixara estava vazio, o edredom extra cuidadosamente dobrado. O balde que colocara no chão, para o caso de ele precisar vomitar (de novo), tinha sido devolvido para a cozinha. As cortinas estavam afastadas e as janelas abertas para arejar a sala. Não havia nenhum bilhete.

Monica não tinha desejo algum de ver Hazard — particularmente àquela hora da manhã e depois dos eventos da noite anterior —, porém mesmo assim achou um pouco rude da parte dele sair daquele jeito. Mas como poderia esperar alguma coisa diferente?

O PEQUENO CADERNO DAS COISAS NÃO DITAS

A porta da frente se abriu atrás dela, sobressaltando-a. Um enorme buquê de rosas amarelo-claras entrou, seguido por Hazard.

— Espero que não se importe por eu ter pegado as suas chaves emprestadas — disse ele, colocando as chaves em cima da mesa com a mão trêmula.

Monica tinha visto Hazard em muitas versões — o valentão impetuoso que a chamara de vaca, o falso herói retornando no Natal, o jardineiro e homem de negócios determinado e o chato rude e irresponsável da véspera. Mas, em todas essas versões, Hazard sempre parecera muito seguro de si. Ele ocupava muito mais espaço em qualquer ambiente do que sua altura de quase um metro e noventa exigia.

O Hazard que estava diante dela agora era diferente. Para começar, estava com uma péssima aparência — cansado, a pele flácida e emaciada, ainda usando o terno amassado. No entanto, o mais desconcertante era que ele parecia *inseguro*. Toda a prepotência e a autoconfiança da noite anterior tinham desaparecido, deixando-o diminuído. Triste. A luz atrás de seus olhos estava mais apagada.

— Obrigada — disse Monica, pegando as rosas e enchendo a pia da cozinha com água para que não murchassem. Aquele tipo de coisa precisava ser feito na mesma hora. Hazard se sentou pesadamente no sofá.

— Monica, eu não sei o que dizer — falou. — Fui horrível com você ontem, de uma forma indesculpável. Eu sinto tanto, tanto. Aquele homem não era eu. Ou melhor, acho que ele faz parte de mim, mas é uma parte que eu tento manter trancada. Odeio o homem que eu me torno quando estou bêbado, e gostava muito do homem que vinha me tornando nos últimos meses. E agora estraguei tudo.

Ele estava sentado com a cabeça nas mãos, os cabelos desalinhados e suados caindo para a frente.

— Você foi horrível — concordou Monica. — Indescritivelmente horrível.

Mas ela percebeu que, pela primeira vez, estava vendo o autêntico Hazard. O cara imperfeito, inseguro e vulnerável que provavelmente estava ali o tempo todo, escondido embaixo da arrogância. E não parecia justo ficar brava com ele. O próprio Hazard obviamente estava fazendo esse trabalho muito bem. Ela suspirou e arquivou o sermão que havia ensaiado mentalmente durante a viagem de volta para casa na noite anterior.

— Vamos começar de novo a partir de hoje, que tal? Você espera aqui. Vou descer, pegar dois cafés e providenciar para que Benji cuide da loja.

Monica e Hazard se sentaram um em cada extremidade do sofá, compartilhando um edredom grande e um balde de pipoca e assistindo a uma série da Netflix depois da outra. Quando Hazard estendeu a mão para a pipoca, Monica reparou nas unhas dele, roídas até o sabugo, a pele ao redor vermelha e inflamada. Aquilo a fez lembrar muito vividamente das próprias mãos depois que a mãe morrera, inflamadas, rachadas e sangrando de tanto serem lavadas. Ela não tinha certeza se era para tentar ajudar Hazard ou para se curar, mas precisava contar a história.

— Sabe, eu entendo de compulsão, dessa necessidade esmagadora de fazer uma coisa, mesmo quando sabe que não deveria — falou, olhando para a frente, sem encarar Hazard.

Ele não disse nada, mas Monica sentiu que a ouvia, por isso continuou.

— A minha mãe morreu quando eu tinha dezesseis anos, pouco antes do Natal, no meu último ano do ensino médio. Ela queria morrer em casa, por isso convertemos a sala em um quarto de hospital. Como o sistema imunológico da minha mãe estava muito comprometido pela quimioterapia, a enfermeira especialista em acompanhar casos de câncer me disse para manter o quarto desinfetado o tempo todo. Era a única coisa que eu podia controlar. Não podia impedir que a minha mãe morresse, mas podia matar todos os vírus e bactérias. Por isso, eu limpava e limpava, e lavava as mãos toda hora, várias vezes por dia. E, mesmo quando ela morreu, eu não parei. Até quando a pele das minhas mãos começou a descamar, eu não parei. Mesmo quando os meus colegas de escola começaram a cochichar primeiro pelas minhas costas, depois a me chamar de maluca na minha frente mesmo, eu não conseguia parar. Então eu sei como é.

— Monica, eu sinto muito. Que idade terrível para perder a mãe — falou Hazard.

— Eu não a *perdi*, Hazard. Odeio essa expressão. Dá a impressão de que fomos fazer compras e eu a deixei para trás. E ela também não *se foi*. Não foi nada tão sutil ou pacífico. Foi uma coisa crua, feia e fedorenta e injusta *pra cacete*. — As palavras arranharam sua garganta.

Hazard pegou a mão cerrada dela, abriu-a e entrelaçou à dele.

— E o seu pai? Ele não conseguiu ajudar você?

— Meu pai também estava lidando mal com a situação. Ele é escritor. Você já leu aqueles livros infantis ambientados em um mundo de fantasia chamado Dragonlia? — Pelo canto do olho, ela viu Hazard assentir. — Pois bem, foi ele que escreveu. Na época, ele se enfiava no escritório e se enterrava em um mundo mais justo, onde o bem sempre triunfava e o mal era derrotado. Naquele primeiro Natal, éramos como dois marinheiros naufragados, ambos tentando se manter à tona, mas se agarrando a destroços separados ao redor.

— Como você conseguiu melhorar, Monica? — ele perguntou gentilmente.

— Fiquei pior antes de melhorar. Abandonei a escola por um tempo, parei até de sair de casa. Ficava só enterrada nos meus livros. E limpava, obviamente. O meu pai usou grande parte dos direitos autorais que ganhava para me pagar muita terapia, e, quando terminei os exames finais da escola, estava muito melhor. Ainda sou um pouco zelosa demais com higiene, mas, fora isso, totalmente normal! — ela terminou, com um toque de ironia.

— E eu que achava que você fosse a pessoa mais sã que eu já conheci. Veja só, não é? — comentou Hazard.

— Bom, eu achei que você fosse a pessoa mais sóbria que eu conhecia, até ontem — respondeu Monica, sorrindo para ele.

Eles se voltaram mais uma vez para a tela quando um novo episódio começou automaticamente.

Hazard pegou um punhado de pipoca e lançou uma do outro lado da sala. Monica não tinha ideia de onde havia aterrissado. Então ele repetiu o movimento. *Três vezes.*

— Hazard! — disse ela, irritada. — Que raio você acha que está fazendo?

— Chame isso de terapia de aversão — respondeu ele, lançando mais uma pipoca do outro lado da sala. — Tente assistir a um episódio inteiro sem se preocupar com as pipocas no chão.

Monica era capaz de fazer isso. Claro que era. Quanto tempo duravam aqueles malditos episódios, afinal? Ela ficou sentada por quinze minutos que pareceram horas, tentando não pensar nas malditas pipocas, aninhadas em fendas e frestas ou à espreita debaixo dos móveis.

Já bastava. Ela foi pegar o aspirador de pó.

— Você se saiu muito bem, Monica — comentou Hazard, depois que ela caçou e aspirou cada pipoca e voltou a se sentar.

— Você não tem ideia de como isso é difícil pra mim, Hazard — confessou Monica.

— É aí que você se engana — retrucou ele. — Eu sei exatamente como é difícil. É assim que eu me sinto toda vez que passo por um pub. Sabe, todos nós tentamos escapar da vida de alguma forma. Eu com as drogas, Julian se tornando um eremita, Alice com as redes sociais. Mas você não. Você é muito mais corajosa que qualquer um de nós. Você encara a vida de cabeça erguida, luta e recupera o controle. Só um pouco demais às vezes.

— Todos nós precisamos ser um pouco mais parecidos com o Riley, não é? — disse Monica. — É por isso que ele é tão bom para mim.

— Hum — respondeu Hazard.

Eles ficaram em silêncio por um tempo. No início estavam em lados opostos do sofá, mas agora haviam se encontrado no meio, cabeça com cabeça, as pernas balançando sobre os braços do sofá em cada extremidade.

— Sabe, Monica, essa é a história que você deveria ter escrito no caderno — disse Hazard. — O modo como lidou com a morte da sua mãe e se recuperou, *essa* é a sua verdade. Não todo aquele negócio de casamento e filhos.

Ela sabia que ele estava certo.

— Só por curiosidade — ele perguntou —, todas as latas de comida no seu armário estão viradas para a frente?

— É claro — respondeu ela. — De que outro modo eu conseguiria ler os rótulos?

Ele estendeu a mão, tirou com todo o cuidado uma pipoca do cabelo dela e colocou em cima da mesinha de centro. Por um momento, Monica achou que ele iria beijá-la. Mas claro que não iria.

— Hazard — disse ela.

Ele se virou e a fitou com atenção.

— Você poderia colocar essa pipoca na lixeira?

Riley

Riley chegou à conclusão de que os ingleses eram muito parecidos com o clima do lugar onde moravam — instáveis e imprevisíveis. Complicados. Quando parecia que tudo ia ficar bem, surgia uma ventania forte do nada e podia até chover granizo, as pedras quicando na calçada e na capota dos carros. Por mais que se checassem com toda a atenção as formações de nuvens e a previsão do tempo, nunca se podia ter certeza do que aguardava mais à frente.

Hazard não era mais o mesmo desde o casamento desastroso. Riley tinha certeza de que ele não bebera mais nem usara drogas desde então. O homem estava profundamente arrependido e parecia ter aprendido uma lição difícil, mas ficara mal.

Monica, enquanto isso, havia se aberto um pouco. Riley e ela vinham passando muito tempo juntos, com direito a momentos ardentes no sofá da casa dela, mas Monica era como uma rosa com espinhos — bela, perfumada, cheia de promessas, mas, se você chegasse perto demais, espetava.

Embora ele tivesse passado algumas noites na casa dela, os dois ainda não tinham transado. Aquilo confundia Riley. Sexo, para ele, era um dos prazeres simples da vida — como surfar, comer um bolo recém-assado e fazer uma boa caminhada ao nascer do sol. Ele não via motivo para se conterem, agora que não havia segredos entre os dois. Mas Monica parecia carregar o sexo de significados e o abordava com muita cautela. Como uma bomba não detonada.

E ela ainda não tinha dito se viajaria com ele. Não que isso fosse afetar os planos de Riley. Ele não precisava de planos. Bastava arrumar a mochila, ir até a estação de trem e ver o que acontecia depois. Mas *gostaria* de saber, só para, quando se imaginasse nos degraus do Coliseu, saber se deveria imaginar Monica sentada ao seu lado. Ou não.

Riley arrancou uma pequena erva daninha da sebe, que já estava absolutamente imaculada antes mesmo de ele começar o trabalho. A sra. Ponsonby era o tipo de mulher que gostava de tudo perfeito. Nada de ervas daninhas desgarradas no jardim dela, e o mesmo valia para pelos pubianos e maridos. E nada de diversão também, ele desconfiava. Ela havia preparado uma xícara de chá para ele e para Brett — do tipo pretensioso e com um leve sabor de flores. Riley preferia chá comum. Do tipo que ele sabia o que era.

Quando passou a xícara de chá para Riley, a sra. Ponsonby se roçou contra o seu braço e manteve o olhar fixo no dele por tempo demais.

— Se precisar de mais alguma coisa é só me dizer, Riley — falou ela. — Qualquer coisa mesmo — concluiu, como no roteiro de um filme pornô ruim dos anos 70.

Qual era o problema com aquelas donas de casa de Chelsea? Seria tédio? Estariam só procurando algum exercício físico que fosse mais divertido que o pilates de sempre? Ou seria a emoção do risco que corriam que as atraía? Talvez ele estivesse apenas imaginando tudo aquilo e a sra. Ponsonby só estivesse oferecendo um cookie de chocolate orgânico.

Assim que Riley terminou ali, foi para a Ajudantes da Mamãe, onde estava cultivando vasos de narcisos para o Monica's Café. A ideia era encher o lugar de flores para a aula de artes do dia 4 de março, para a homenagem pelos quinze anos da morte de Mary. Monica iria preparar um bolo. Lizzie, a nova amiga de Alice da creche, morava na região na época de Mary e se ofereceu para tentar encontrar algumas fotos dela na internet para que fizessem um cartaz.

Alice mudara um pouco desde que Lizzie se envolvera em sua vida. Ela parecia muito menos cansada e estressada agora que Bunty dormia direitinho, depois de Lizzie colocá-la em uma "rotina adequada". Riley não sabia exatamente o que isso significava, mas Alice anunciara a novidade como se Lizzie tivesse sequenciado o genoma humano. Riley também não sabia o que era um genoma, mas isso não vinha ao caso. Como Lizzie várias vezes tomava conta de Bunty, Alice não tinha mais a filha colada permanentemente ao quadril. Ela também havia parado de ficar olhando o tempo todo para o celular. Pelo visto, "a Lizzie disse" que ela precisava reduzir toda aquela história de rede social. O jeito como Alice passara a começar toda frase com "a Lizzie disse" era um pouco irritante, para ser sincero.

Julian ainda não tinha ideia de que seria feita a homenagem. Ele provavelmente nem sabia que Monica havia guardado na memória a data que ele mencionara tão casualmente, algum tempo antes. Até mesmo Alice conseguira guardar segredo. Ia ser uma grande surpresa.

Lizzie

Até o momento, Lizzie havia resistido ao desejo de bisbilhotar as gavetas de Alice. Parecia um pouco desleal. Mas ela não tinha essa lealdade no que se referia a Max, por isso fez uma boa busca nas coisas dele. Não encontrou nenhuma indicação de que ele estivesse traindo a mulher — nada de recibos duvidosos nos bolsos, batom nos colarinhos ou suvenires escondidos. Lizzie era especialista em farejar infidelidade — como um porco em busca de trufas. Ela ficou aliviada. Alice, apesar de maluquinha, tinha um bom coração e não merecia ser traída. Mas Lizzie continuaria de olho em Max. Se não era uma mulher que o mantinha tanto tempo longe de casa, era negligência e desinteresse pela esposa exausta e pela filhinha tão pequena.

Lizzie também estava de olho no que ia para o lixo. Alice e Max estavam bebendo um número considerável de garrafas de vinho, e ela desconfiava de que era Alice quem consumia a maior parte. Por outro lado, ficou bastante satisfeita ao ver o número de garrafas diminuindo desde que conseguira estabelecer uma rotina mais previsível e administrável para Bunty.

Finalmente, ela deu uma checada rápida na lixeira do banheiro. Era sempre interessante. E aquela não decepcionou. Encontrou um pacote vazio de pílulas para dormir (não era de admirar que Max não ajudasse em nada com as mamadas noturnas) e um teste de gravidez. Tinha dado negativo, graças a Deus. Um positivo talvez tivesse feito Alice cometer uma loucura. E pelo menos ela e Max ainda estavam fazendo sexo.

Agora Lizzie estava se divertindo muito fazendo pesquisas no Google no notebook de Alice, procurando fotos da mulher morta de Julian. Ela adorava vasculhar a internet. Era como uma gaveta gigante, apenas esperando para contar todos os seus segredos. Lizzie fez uma verificação rápida no histórico de navegação. Max tinha, previsivelmente, visto alguma pornografia, mas nada de muito mau gosto ou ilegal.

Ela procurou por "Mary e Julian Jessop" e encontrou uma foto maravilhosa deles no dia do casamento, de pé nos degraus da prefeitura de Chelsea. Mary estava usando um minivestido branco e botas brancas de salto alto, e ele usava um terno branco extremamente elegante, com calça boca de sino e camisa de seda roxa. Ambos estavam rindo. Ela enviou a imagem para a impressora de Alice. Sob a foto do casamento, Lizzie encontrou uma menção ao sobrenome de solteira de Mary: Sandilands. Ela abriu a página de pesquisa do Google de novo e digitou "Mary Sandilands". Agora a coisa ficou ainda mais interessante.

Lizzie ouviu a chave na fechadura e saiu rapidamente da página em que estava.

— Oi, Lizzie! Está tudo bem? — perguntou Alice.

— Tudo perfeito. Dei um pouco de papinha de arroz e purê de maçã para a Bunty e depois ela apagou. Duvido que você escute um pio até as seis da manhã.

— Você é um anjo — falou Alice. Ela tirou o casaco de cashmere e pendurou no gancho perto da porta, desceu dos sapatos de saltos vertiginosos e se sentou à mesa da cozinha ao lado de Lizzie. Max tinha subido direto. Ela ouviu a porta do escritório dele se fechar.

— Como foi o programa de vocês? — perguntou Lizzie.

— Tudo bem, obrigada — respondeu Alice, não exatamente entusiasmada, pensou Lizzie. — Um restaurante novo, fantástico, no fim da rua. Muito badalado. O Hazard também estava lá, com uma *garota*. Deslumbrante. Como você se saiu com as fotos?

— Muito bem. Encontrei algumas lindas. A Mary era de parar o trânsito. Me lembra um pouco a Audrey Hepburn. Aqueles olhos enormes e inocentes, como o Bambi. Olha só.

Lizzie estava sentada na cama ouvindo Jack roncar. Às vezes o barulho parava pelo que pareciam séculos, e ela se perguntava se ele teria morrido e, caso tivesse, quanto ela se importaria. Então, como um motor de carro voltando violentamente à vida, ele começava a roncar mais uma vez.

Ela coçou a cabeça. Droga. Tinha certeza de que um daqueles pestinhas da creche tinha enchido sua cabeça de piolhos de novo. Será que deveria dormir no quarto de hóspedes até exterminá-los? Lizzie olhou para a cabeça quase careca de Jack. A probabilidade de um piolho perdido encontrar algum lugar para se esconder ali era remota. Não queria ter outra discussão sobre parasitas com ele. Jack levara semanas para superar o incidente dos oxiúros.

Ela enfiou a mão na própria gaveta — rindo para si mesma da ironia — e pegou o caderno que encontrara na creche. Era sua vez agora, e ela sabia exatamente o que escrever.

Hazard

Já haviam se passado seis dias desde o *casamento*, e Hazard finamente sentia que as coisas estavam voltando aos trilhos. Havia se recuperado fisicamente do porre e se sentia mais determinado do que nunca. Ter saído tão espetacularmente dos trilhos o fizera lembrar por que a vida era tão melhor quando seguia seu rumo. Ele também aprendeu que "só uma taça" era uma miragem que jamais seria capaz de alcançar.

Os negócios de Hazard iam bem e ele estava, pela primeira vez desde que conseguia se lembrar, se sentindo feliz e *em paz*. Havia apenas uma área de sua vida que o preocupava. Além dos novos amigos da aula de artes, Hazard não tinha vida social. Desde que ficara sóbrio, havia se tornado um pouco recluso, e aquele estado de coisas não poderia continuar para sempre. Hazard também ficara um pouco abalado com o fato de quase ter beijado *Monica*. Não só ela não era absolutamente o tipo dele como também era namorada de Riley, e Hazard não andava por aí mexendo com as garotas de outros caras. Pelo menos, não mais.

O problema era que Hazard não conseguia lembrar qual *era* realmente o seu tipo.

Ele estava tentando passar um pente pelos cabelos embaraçados quando viu, meio escondido em cima da cômoda — como uma mensagem em uma garrafa, lançada ao mar de sua história antiga e que alcançara a costa naquele dia —, um bilhete. Estava escrito "O NOME DELA É BLANCHE", em sua caligrafia bastante bêbada. Então, embaixo, em uma caligrafia feminina: "E SEU NÚMERO É 07746-385-412. LIGUE PARA ELA".

Hazard sorriu. A maioria das mulheres ficaria furiosa se encontrasse aquele bilhete. Talvez Blanche fosse mais interessante do que ele se lembrava. Afinal naquele dia ele não estava muito senhor de si. E ela sem dúvida era o tipo dele — deslumbrante, loira, confiante e disposta a qualquer coisa. Ele devia ligar para ela. Havia um novo restaurante, que estava sendo muito badalado, exatamente o tipo de lugar que ele adorava, bem no fim da rua. Eles poderiam ir naquela noite mesmo, se ela estivesse livre.

Hazard estava certo sobre o restaurante. Era exatamente o seu tipo de lugar — estilo industrial, minimalista, cheio de pessoas bonitas e do burburinho de fofocas e competitividade. Era horrível. Hazard não pôde deixar de pensar em sua mesa no Monica's Café e sua velha poltrona de couro sob uma luminária comum, cercadas de livros. Ele olhou para a moça que o acompanhava, tentando ver alguma coisa por trás dos grandes olhos azuis, mas tudo o que conseguiu ver foi seu próprio rosto refletido, encarando-o de volta.

Blanche estava empurrando de um lado para o outro do prato a salada de endívia e beterraba que havia pedido, distraída. Ela certamente não comera mais que algumas garfadas. Hazard, por outro lado, estava *morrendo de fome* e havia acabado rapidamente com as porções minúsculas de comida que lhe haviam sido servidas. Aquela era uma sensação nova para ele. Hazard não *comia* de verdade em um restaurante chique havia anos. Passava a maior parte do tempo indo e voltando do banheiro para cheirar cocaína e depois fingia entusiasmo pela comida, que para ele tinha gosto de papelão.

— Você não *adorou* este lugar? — disse Blanche pela terceira vez, gritando para ser ouvida acima do barulho.

— Sim — mentiu Hazard. Então, tentando fazer um pouco mais de esforço para manter a conversa: — Eu me pergunto o que meu amigo

Julian acharia das peças de arte. Ele é um artista. — E apontou para as instalações feias e sem sentido penduradas no teto, como móbiles infantis projetados por alguém que usou ácido.

— Nooossa, um artista! Eu conheço? — gritou Blanche.

— Duvido. Ele tem setenta e nove anos — disse Hazard.

Blanche pareceu muito menos interessada.

— Hazard, você é *fofo demais*, cuidando de um *velhinho*! — comentou, rindo. — Sabe, quando eu estava na escola, tínhamos que tomar chá com *idosos* uma vez por semana como parte do serviço comunitário. Chamávamos aquilo de "surra de vovós". — Ela fez aspas no ar. — Não que a gente batesse em ninguém, obviamente. Ficávamos só sentados em quartos cheirando a mijo, ouvindo as bobagens chatas e intermináveis sobre os velhos tempos e contando os minutos para escapar e fumar um cigarro com o pessoal antes de voltar para a escola. — Ela deu uma risadinha e depois ficou pensativa. — Ei, você acha que ele vai te deixar uma herança *enorme*?

Hazard olhou para ela. Não parava de pensar em Monica, e em como seria mais divertido se ela estivesse ali. O que era estranho, porque "diversão" e "Monica" não eram palavras que se costumava colocar lado a lado. De qualquer forma, eles não estariam ali. Monica não reservaria uma mesa naquele lugar de jeito nenhum. Ele se forçou a se concentrar novamente na conversa sem sentido sobre conhecidos em comum, lugares sem alma e símbolos de status sem sentido.

Estava bem claro para Hazard que ele não conseguiria simplesmente se ajustar de novo em sua vida antiga. Havia mudado, não se encaixava mais. E não conseguia deixar de pensar, por mais que tentasse, que talvez fosse com Monica que se encaixasse. Monica, a mulher mais forte e mais vulnerável que ele conhecia.

Assim que pôde, Hazard pagou a conta — estremecendo com o preço exorbitante da salada que Blanche não havia comido — e deixou a garota com alguns amigos que ela encontrara no bar. Do outro lado do restaurante, viu Alice jantando com o marido. Que incrível que, mesmo depois do casamento e de uma filha, eles ainda pudessem aproveitar um jantar romântico daquele jeito, se sentindo tão à vontade na companhia um do outro que nem era preciso conversar.

Hazard saiu para a Fulham Road e passou pelo Monica's Café. Havia uma luz acesa no apartamento acima da loja. Ela provavelmente estava lá em cima com Riley, fazendo sexo selvagem e australiano.

Hazard caminhou em direção a sua casa vazia, silenciosa e segura.

Alice

Alice ainda estava se sentindo um pouco desanimada depois de sua "saída romântica" com Max. Em uma tentativa determinada de trazer o romance de volta ao relacionamento deles, depois da conversa que tivera com Monica no trem, ela havia reservado uma mesa para dois no novo restaurante no fim da rua. Alice tinha cometido o erro de dizer a Max, quando eles chegaram ao restaurante, que ambos estavam proibidos de falar sobre qualquer assunto que tivesse a ver com Bunty. O problema foi que nenhum deles parecia capaz de lembrar o que costumavam conversar antes de Bunty abençoar sua vida. Foram vários períodos embaraçosos de silêncio prolongado ao longo do jantar, e Alice percebera, para seu horror, que os dois haviam se transformado em um daqueles casais de que eles zombavam no início do relacionamento, que se sentavam em um restaurante sem absolutamente nada para dizer um ao outro.

Alice tirou uma foto e postou em sua página no Instagram. Era a primeira vez que postava em três dias. Estava tentando puxar um pouco o freio em tudo. Mas não resistiu a postar aquela foto, porque o Monica's Café estava lindo. Eles tinham acendido muitas velinhas e as mesas estavam cheias de narcisos. No meio da mesa central havia várias fotos deslumbrantes de Julian e Mary, um bolo de limão (o preferido de Julian) e algumas garrafas de Baileys.

— Agora estou começando a me preocupar — disse Monica. — Será que não é um pouco mórbido dar uma festa para uma pessoa morta? Não é melhor desarrumar isso tudo antes que o Julian chegue?

— Não, está lindo — comentou Hazard. — É muito importante celebrar a vida das pessoas que amamos. E, de qualquer forma, não foi isso que o Julian fez toda sexta-feira às cinco da tarde durante os últimos quinze anos? Só que agora ele tem amigos para celebrar com ele.

Alice estava surpresa com Hazard. Ela não havia imaginado que ele fosse tão sentimental. Aquele homem era uma massa de contradições. Se não fosse por Max, ela já estaria um pouco apaixonada por ele àquela altura. Quando olhou para ele, Alice o viu franzir a testa. Ela seguiu seu olhar até onde Riley estava abraçando Monica. Interessante. As coisas que se notam quando não se está olhando para a tela do iPhone... Quem imaginaria?

Estava tudo pronto e já passava das sete horas. Toda a turma da aula de artes estava reunida, esperando ansiosamente. Só faltava Julian.

— O Julian nunca se atrasa para a aula de artes — falou Monica, ignorando as evidências em contrário. — A única coisa que ele leva incrivelmente a sério são as aulas. Ah, e a moda, obviamente. E aquele cachorro sujo.

— Ele não é um cachorro, minha cara — disse Riley, em uma imitação excepcional de Julian. — É uma *obra-prima*. Você acha que já podemos começar com o Baileys? Ele pode recuperar o atraso.

— Claro — concordou Monica, olhando mais uma vez para a porta.

Por volta das sete e meia, o ambiente começou a ficar um pouco desanimado. Eles continuaram tentando distrair Monica, mas não estava adiantando. Alice pegou o celular e entrou na página de Julian no Instagram.

— Monica, localizei a nossa estrela — anunciou. — Ele acabou de postar uma foto com o elenco de algum reality show na Sloane Square.

— Inferno. Que *imbecil* — desabafou Monica. Alice não a ouvia tão irritada desde que ela a colocara para fora daquele mesmo café no Natal.

— E ele não está atendendo as minhas ligações.

— Vou mandar uma mensagem para ele pelo Insta — disse Alice. — Aposto que isso ele vai ver.

JULIAN. TRAGA ESSA SUA BUNDA OSSUDA PARA O CAFÉ DA MONICA AGORA MESMO, OU ELA VAI EXPLODIR. COM AMOR, ALICE, digitou enquanto observava Monica andar de um lado para o outro, mais furiosa a cada passo.

Eram oito da noite quando Julian finalmente apareceu, parecendo menos arrependido do que Alice achava que Monica esperava que ele estivesse. Se fosse esperto, ele começaria rapidamente a rastejar. Alice sabia como era estar na lista de desafetos de Monica, e não era divertido.

— Desculpe, pessoal! Espero que tenham começado sem mim! Vocês nunca vão adivinhar o que aconteceu... Meu Deus, para que tudo isso?

— Bem, organizamos uma festa surpresa para você. Imaginamos que talvez você estivesse se sentindo um pouco *pra baixo* hoje, já que faz quinze anos da morte da Mary, então pensamos em te ajudar a se lembrar dela — explicou Monica, em uma voz que era puro aço. — Você se esqueceu da data, não foi?

— Não, claro que não! — disse Julian, que obviamente tinha esquecido. — E muito obrigado a todos por isso. Vocês não têm ideia do que significa pra mim.

Alice olhou para Monica, para ver se Julian tinha conseguido acalmá-la. Nem um pouco.

— O que aconteceu com a *autenticidade*, Julian? O que aconteceu com *compartilhar a verdade*? Aliás, você ainda sabe o que é a verdade? — perguntou Monica.

Todos ficaram em silêncio, os olhos indo de Julian para Monica e de volta para ele, como se assistissem a uma final tensa em Wimbledon.

— Tá certo, tá certo, Monica, eu sou mesmo um velho bobo, desculpe — falou Julian, sem soar muito convincente, erguendo as mãos à frente do corpo, como se quisesse evitar um ataque. Monica não tinha terminado.

— Por que você está passando todo o seu tempo com seus "amigos" do Instagram? — Ela fez aspas agressivas no ar na palavra "amigos". — Com subcelebridades superficiais, pelo amor de Deus, e não com as pessoas que realmente se importam com você? Você não tem ideia do que significa amizade.

Alice ficou aliviada quando a porta se abriu, imaginando que um novo convidado poderia ajudar a quebrar a tensão. E Monica realmente se interrompeu.

Ela deu as costas a Julian e olhou na direção da porta, para a estranha bem-vestida de cabelos brancos, que parecia estranhamente familiar.

— Esta é uma festa particular — disse. — Posso ajudá-la?

— Você deve ser a Monica — falou a recém-chegada, parecendo muito composta, apesar da óbvia tensão na sala. — Sou a Mary. A mulher do Julian.

Mary

Mary não teve oportunidade de abrir a correspondência até a noite. Gus e William, os filhos de Anthony, haviam aparecido para almoçar com as mulheres e os filhos. Os dois rapazes tinham cinco filhos ao todo, que ela amava como se fossem seus próprios netos. Sempre que as mães não estavam olhando, Mary lhes dava moedas, chocolate e salgadinhos.

Tinha adorado bancar a matriarca naquele dia. Ficou vendo todos se deliciarem com o assado que preparara, de seu lugar na cabeceira da mesa grande de carvalho, com Anthony, seu parceiro, na outra ponta. Mas, aos setenta e cinco anos, Mary também achava dias como aquele bastante cansativos.

A pilha de correspondência não costumava ter nada interessante. Não naqueles dias. Surpresas eram para os jovens. Uma conta de luz, o catálogo de uma loja de roupas e a carta de agradecimento de uma senhora com quem ela havia almoçado na semana anterior. Mas também havia um envelope fino, sobrescrito a mão, em uma letra que ela não reconheceu. O nome na frente era "Mary Jessop", um sobrenome que ela não usava fazia quinze anos. Assim que deixara o Chelsea Studios, voltara a ser Mary Sandilands, e fora como redescobrir a jovem que havia sido.

Ela não deixara para trás apenas o nome de casada quinze anos antes; deixara tudo. Tinha escrito um bilhete explicando que, depois de anos tolerando a humilhação e o sofrimento por todas as outras mulheres com quem o marido se relacionava, finalmente se cansara. Também tinha deixado várias instruções — por exemplo, como pôr a máquina de lavar para funcionar —, escritas em pequenos pedaços de papel escondidos pela casa. Havia cuidado de Julian por tanto tempo que sabia que ele teria dificuldade em se virar sem ela. Talvez, toda vez que encontrasse uma das mensagens, Julian se lembrasse de quanto ela havia feito por ele. Aquele pensamento a confortou um pouco, até ela se dar conta de que Julian provavelmente havia colocado uma de suas modelos dentro de casa assim que esvaziara o guarda-roupa da esposa.

Algum instinto lhe disse para se sentar antes de abrir o envelope, por isso Mary se acomodou na poltrona confortável da cozinha, colocou os óculos de leitura e abriu cuidadosamente, com a tesoura da cozinha, o envelope muito bem fechado. Dentro, havia um caderno de exercícios encapado em plástico adesivo, e na capa se lia: *Projeto Autenticidade*. Que estranho. Por que alguém lhe enviaria aquilo? Ela abriu o caderno na primeira página. E reconheceu a caligrafia na mesma hora. Mary se lembrou da primeira vez que vira aquela letra: *Cara Mary, ficaria muito honrado se você se me acompanhasse a um jantar no The Ivy, no sábado às nove da noite. Atenciosamente, Julian Jessop.*

Ela achara tudo naquilo glamoroso e emocionante. O The Ivy, de que Mary já tinha ouvido falar muito a respeito, mas onde nunca estivera; jantar só às nove da noite; e, acima de tudo, o dono da letra — Julian Jessop, o artista. Mary tinha virado o papel em que o convite fora escrito e visto um esboço do outro lado — apenas alguns traços fortes a lápis, e ainda assim era inconfundivelmente o rosto dela.

Por que ela? Mary não tinha absolutamente nenhuma ideia, mas se sentiu muito grata. E permaneceu grata por quase quarenta anos, até que, um dia, descobriu que aquele sentimento de gratidão havia partido. E pouco depois ela partiu também.

Mary começou a ler o caderno.
EU ME SINTO SOZINHO.

Julian? O sol ao redor do qual todos eles giravam, mantido firme no lugar por sua força gravitacional. Como Julian poderia se sentir *solitário*? *Invisível*?

Então ela leu as palavras seguintes: *É irônico que a Mary... tenha morrido relativamente nova, aos sessenta anos.* O desgraçado. Ele a assassinara. Como ousava?

Mary supôs que não deveria estar totalmente surpresa. Julian sempre tivera uma relação bastante flexível e criativa com a verdade. Tinha sido a habilidade de reescrever eventos em sua cabeça para atender às próprias exigências que lhe permitira mentir para Mary por tanto tempo. Todas aquelas modelos que ele *só pintava, nunca aconteceu mais nada, como ela podia sequer sugerir tal coisa? Estava delirando, paranoica, ciumenta.* Ainda assim, o cheiro de sexo, misturado com o de tinta, pairava no ar como os flocos de poeira. Mary nunca mais conseguira sentir o cheiro de tinta a óleo sem se lembrar das traições.

Ela passara anos, décadas evitando ler as colunas de fofocas e ignorando o modo como grupos subitamente silenciavam quando ela entrava em uma sala, antes de mudarem rapidamente de assunto. Tentava não notar os olhares de pena de algumas mulheres e de hostilidade de outras.

Depois, passando rapidamente pela próxima inverdade de Julian, uma verdade simples: *Eu certamente era o mais amado. Agora percebo que eu subestimava Mary...*

E ela se deu conta de que fora por isso que ficara tanto tempo com ele: Julian a fazia se sentir inferior a ele, como se ele fosse tão melhor que ela em todos os sentidos que ela deveria ficar feliz só por poder compartilhar a vida com ele, pairando em seu firmamento.

Um acontecimento relativamente pequeno fora o estopim.

Mary tinha chegado em casa mais cedo, ainda usando o uniforme de parteira, depois que um suposto parto acabara sendo apenas contrações de Braxton Hicks. Julian estava esparramado no sofá, vestindo só o guarda-pó e fumando um Gauloises. Delphine, sua modelo mais recente, estava de pé próxima ao fogo, nua a não ser pelos sapatos de salto alto, tocando a viola de Mary — tocando mal.

Outras mulheres haviam tocado o marido dela por anos, mas ninguém tocava a sua viola. Ela pôs Delphine para fora, ignorando os protestos típicos de Julian sobre *arte* e *musa* e a *imaginação hiperativa* dela e que aquilo era *só uma maldita viola*.

Mary passara anos achando que Julian acabaria *amadurecendo* em relação àquelas traições, que um dia ele simplesmente descobriria que não tinha o desejo, ou a energia, ou que havia perdido o encanto. Mas a única coisa que mudara fora a diferença de idade entre ela e as meninas de Julian. A mais recente, calculou Mary, devia ser uns trinta anos mais nova que ela. No dia seguinte, enquanto Julian estava pintando a condessa de Denbigh em Warwickshire, Mary deixou seus pequenos bilhetes domésticos e foi embora.

Ela nunca olhou para trás.

Um ano depois, conheceu Anthony. Ele a adorava na época e continuava a adorá-la. Repetia constantemente como tinha sorte por tê-la encontrado. Anthony fazia Mary se sentir especial, amada e segura. Nunca a fizera se sentir grata, mas era assim que ela se sentia — todo santo dia.

Ela havia tentado ligar para Julian para falar sobre o divórcio e lhe escrevera várias vezes, mas não teve resposta, então acabou desistindo. Não precisava de uma folha de papel oficial para se sentir segura com Anthony, e casamento era algo que não havia funcionado muito bem para ela na primeira vez.

Às vezes Mary se perguntava se Julian estaria morto. Ela não ouvia falar dele fazia muito tempo. Mas o orgulho a impedia de pesquisar no Google ou de procurar alguém que pudesse saber onde ele estava ou o que estava fazendo. De qualquer forma, como a pessoa mais próxima dele, ela certamente teria sido informada se tivesse morrido, não?

Mary leu muito rapidamente as histórias que se seguiam à de Julian no caderno, incapaz de se concentrar direito, tentando — sem conseguir — não fazer julgamentos rápidos.

Monica — tente relaxar um pouco mais.
Hazard — homem corajoso, enfrentando seus demônios.
Riley — criança doce, espero que você consiga a sua garota.
Alice — você não faz ideia de como é sortuda por ter esse bebê.

Restava apenas uma história. Curta. Provavelmente escrita por quem tinha mandado o caderno para ela. A letra era descaradamente grande e curva, e havia uma carinha sorridente desenhada no "o" de "amor".

Cara Mary,

Meu nome é Lizzie Green. Esta é a minha verdade: sou extremamente curiosa. Alguns me chamariam de intrometida. Eu amo pessoas — suas peculiaridades, suas forças e seus segredos. E foi assim que encontrei você. Não morta, afinal, mas vivendo em Lewes.

Outra coisa que você deve saber sobre mim é que eu odeio enganações. Defenderei qualquer um até onde eu puder, desde que a pessoa seja honesta, comigo e consigo mesma. E Julian, como você sabe, não tem sido honesto.

Se há uma coisa que o Projeto Autenticidade deve ter como objetivo, é tornar o seu criador mais autêntico.

Por isso lhe enviei este caderno, e por isso estou lhe contando que Julian dá aula de artes no Monica's Café toda segunda-feira às sete da noite.

Com amor,
Lizzie

Julian

Como era possível se sentir tão horrorizado por ela estar ali, e ao mesmo tempo tão extasiado ao vê-la? As emoções conflituosas se agitavam dentro dele como as duas cores em uma luminária de lava. Mary estava diferente, é claro — quinze anos haviam se passado. O rosto dela estava... um pouco... flácido. Mas ela estava tão ereta, alta e forte como uma bétula prateada, luminosa.

Mary sempre tinha sido assim e ele simplesmente não percebera, ou só ficara assim depois de ir embora? Então, uma constatação desconfortável: talvez tivesse sido ele quem destruíra aquilo — aquela luminescência. Fora aquilo que o fizera se sentir atraído por Mary quando a conhecera, e aí ele a apagara.

Julian se lembrou de quando a conheceu, no refeitório do St. Stephen's Hospital. Ele tinha quebrado o dedo do pé ao pular o muro para os estúdios, já que havia perdido as chaves. Julian ouviu uma das outras parteiras chamá-la pelo nome — *Mary*. Ele não conseguia parar de olhar para ela, por isso fez o retrato dela em uma página do caderno de desenho que sempre carregava, rabiscou no verso um convite para jantar, arrancou a folha e deixou na bandeja dela quando passou mancando.

— Oi, Mary — disse Julian agora —, senti sua falta. — Três palavras que não poderiam nem começar a descrever quinze anos de arrependimento e solidão.

— Você me matou — retrucou ela.

— Sua partida *me* matou — falou ele, agarrando-se à cadeira mais próxima para se apoiar.

— Por que você mentiu, Julian? — perguntou Monica. Delicadamente, dessa vez.

Mary respondeu antes que ele tivesse chance:

— Ele só queria que vocês gostassem dele. Tudo o que Julian sempre quis foi que as pessoas gostassem dele. Sabe como é... — Ela fez uma pausa, procurando as palavras certas. O único som no café era dos carros lá fora subindo e descendo a Fulham Road. — Se a verdade não é como ele quer, ele a transforma. É como adicionar mais cores a um quadro para cobrir imperfeições. Não é mesmo, Julian?

— Sim, embora não tenha sido apenas isso, Mary — disse ele, então parou, parecendo um peixe ofegando por ar.

— Continue, Julian — pediu Monica.

— Acho que eu pensei que seria mais fácil acreditar que você estava morta do que ser constantemente lembrado de que eu afastei você. Todas as mulheres, todas as mentiras. Eu sinto muito. Muito mesmo — disse ele.

— Sabe, não foram apenas as mulheres, Julian. Eu estava acostumada com isso. Foi o modo como você me fez sentir tão *insignificante*. Você tem tanta energia. É como o sol. Quando está interessado em alguém, você volta seus raios para a pessoa e ela se deleita com o seu calor. Mas então você se vira para outro lugar e deixa a pessoa na sombra, e ela gasta toda a energia que tem tentando recriar a lembrança da luz.

Julian mal se atrevia a olhar para Monica, sua nova amiga que ele decepcionara, assim como a tantas outras pessoas ao longo dos anos.

— Eu não quis magoar você, Mary. Eu te amava. Ainda amo — disse ele. — Quando você foi embora, meu mundo desmoronou.

— É por isso que estou aqui. Eu li a sua história no caderno. — Só então Julian notou que Mary estava com o Projeto Autenticidade na mão. Como ela conseguira aquilo? — Achei que você mal notaria a minha ausência, que uma daquelas muitas moças ocuparia o meu lugar. Eu não fazia ideia de que você tinha achado tão difícil. Eu estava com raiva de você, mas nunca desejei que sofresse.

Ela foi até Julian, deixou o caderno em cima da mesa e pegou as mãos dele.

— Sente-se, seu velho tolo — falou.

E os dois se sentaram à mesa. Monica pegou uma garrafa de Baileys e alguns copos e colocou entre eles.

— Sabe, eu nunca mais bebi isso — comentou Mary. — Lembranças demais. De qualquer forma, tem um gosto horrível. Você teria um pouco de vinho tinto, minha querida?

— Não se preocupe, Monica, eu comprei os Baileys em promoção e podem ser devolvidos — Julian ouviu Riley dizer, como se importasse.

— Julian, vamos sair agora, dar um pouco de espaço a vocês — disse Hazard.

Julian assentiu com a cabeça e acenou em um gesto distraído, despedindo-se dos alunos, enquanto Hazard conduzia todos para fora. Somente Monica e Riley ficaram para trás, recolhendo os restos da festa.

— Você está feliz, Mary? — perguntou Julian, se dando conta de que realmente queria que ela estivesse.

— Muito — ela confirmou. — Depois que eu fui embora, aprendi a ser o meu sol. Encontrei um homem fantástico, um viúvo, Anthony. Vivemos em Sussex.

Certo, é claro que ele queria que ela fosse feliz, mas não feliz *demais*.

— E você parece feliz também — disse ela —, com todos esses novos amigos. Lembre-se de tratá-los bem, e não se deixe desviar novamente por toda aquela *bobagem*.

Monica se aproximou com uma garrafa de vinho tinto e duas taças.

— Talvez seja tarde demais para eu mudar — falou Julian, sentindo pena de si mesmo.

— Nunca é tarde demais, Julian — disse Monica. — Afinal você só tem setenta e nove anos. Ainda tem muito tempo para conseguir fazer as coisas do jeito certo.

— Setenta e nove? — disse Mary. — Monica, ele tem oitenta e quatro anos!

Monica

O Projeto Autenticidade era baseado em mentiras. A amizade de Monica e Julian, que acabara ocupando tanto a vida dela nos últimos tempos, não era o que parecia. Sobre o que mais Julian havia mentido? E ela acabara de passar horas planejando e executando um memorial para alguém que não estava morto.

Era quase meia-noite quando Julian e Mary foram embora do café.

Mary a abraçou antes de sair.

— Obrigada por cuidar do meu Julian — sussurrou no ouvido de Monica.

Seu hálito era como a lembrança de uma brisa de verão. Mary apertou a mão de Monica, a pele muito macia e frágil pela passagem dos anos. Então a porta se fechou atrás dos dois, o sino anunciando a partida deles como um carrilhão desordenado. E com eles se foi meio século de amor, paixão, raiva, arrependimento e tristeza, deixando para trás a sensação de um ar mais rarefeito.

Monica se sentia péssima com as suposições que havia feito: que Mary era insípida, um capacho e muito menos interessante que o marido. A Mary que ela havia conhecido naquela noite era maravilhosa — a mulher irradiava ternura, no entanto sua suavidade encobria uma força interna, força que lhe permitira deixar para trás quase quarenta anos de casamento e começar de novo.

Riley seguiu Monica até o apartamento dela.

— Caramba, que noite. Foi tudo um pouco *intenso*, não acha? — comentou. Monica se irritou com a maneira como ele resumiu tão casualmente uma noite de tanta emoção. — Quem você acha que enviou o caderno para a Mary?

— Deve ter sido a Lizzie — disse Monica. — Ela encontrou o caderno na creche depois que caiu da bolsa da Alice. Foi assim que acabou ajudando com a Bunty.

— Você não acha que foi um pouco *cruel* da parte dela delatar o Julian desse jeito? — perguntou Riley.

— Na verdade, acho que ela fez um favor a ele, forçando-o a confrontar suas mentiras. O Julian estava diferente quando saiu daqui esta noite, não achou? Menos arrogante e exibido, mais real. Acho que ele vai ser muito mais agradável e feliz a partir de agora. E talvez ele e a Mary possam ser amigos.

— Pode ser. Apesar de que eu sempre gostei do Julian do jeito que ele é. Você tem alguma coisa para comer? Estou faminto.

Monica abriu o armário da cozinha, embaraçosamente vazio.

— Tenho um pouco de chocolate de uso culinário, se você quiser — falou ela, quebrando um quadrado e colocando na boca, sentindo a energia retornar com a infusão de doçura. Agora que a tensão havia diminuído, Monica percebeu como estava com fome e exausta.

— Monica, *pare*! — alertou Riley. — Você não pode comer isso. É venenoso.

— Que maluquice é essa? — perguntou Monica, de boca cheia.

— Chocolate de uso culinário. É venenoso até estar cozido.

— Riley, a sua mãe lhe disse isso quando você era pequeno?

— Sim! — respondeu ele. E Monica viu quando a ficha caiu. — Ela mentiu pra mim, não é? Para que eu não roubasse o chocolate.

— Essa é uma das coisas que eu mais amo em você. Você sempre presume que as pessoas são boas e dizem a verdade, porque é assim que você é. Sempre acha que as coisas vão terminar bem, e por isso elas geralmente terminam mesmo. A propósito, ela também dizia que quando a van do sorvete tocava música significava que o sorvete tinha acabado?

— Sim, ela dizia — respondeu ele. — Mas a verdade é que eu tenho um lado sombrio, sabia? Todo mundo me acha tão legal, mas tenho tantos pensamentos ruins quanto qualquer pessoa. Falando sério.

— Não, você não tem, Riley — disse Monica, sentando-se ao lado dele no sofá. — Sabe, eu amo muitas coisas em você — continuou e passou alguns quadrados de chocolate para ele —, mas não amo você.

Monica se lembrou do que ouvira Mary dizer sobre aprender a ser o seu próprio sol. E se lembrou da conversa com Alice no trem. *Há vantagens em ser solteira.* Ela não precisava de ninguém ao redor de quem orbitar. Também não precisava de um bebê. *O bebê não traz o "felizes para sempre".* Ela sabia o que precisava dizer.

— Eu não posso viajar com você, Riley. Sinto muito. Preciso ficar aqui, com os meus amigos e o café.

— Eu meio que já esperava que você dissesse isso — ele respondeu, com uma expressão derrotada que não lhe era comum. Colocou o chocolate na mesa de centro, como se fosse um prêmio de consolação indesejado. — Eu entendo, Monica. De qualquer modo, a princípio eu planejava mesmo ir sozinho. Vou ficar bem.

Ela sabia que ele ficaria. Riley sempre ficaria bem.

— E, se você decidir que cometeu um erro terrível, sempre pode me encontrar em Perth.

— Ainda podemos ser amigos até você ir, não é? — perguntou Monica, imaginando se havia cometido um erro terrível. Com certeza aquilo era o que ela sempre quisera, e agora estava simplesmente jogando fora.

— Claro — respondeu ele. Então se levantou e foi em direção à porta.

Ela o beijou. Foi um beijo que dizia muito mais que um simples tchau. Dizia desculpe e obrigada, e eu quase amo você. Mas não totalmente.

E ela não queria viver com menos do que totalmente.

Riley saiu, levando com ele todos os devaneios que Monica tivera. Os dois na Ponte dos Suspiros em Veneza, nadando em uma praia isolada em uma ilha grega perfeita, se beijando em um bar em Berlim enquanto ouviam uma banda tocar. Riley ensinando os filhos deles a surfarem. Monica os levando de volta a Fulham para mostrar o café onde tudo começara.

Monica se sentou no sofá, sentindo-se muito, muito cansada. Ela olhou para a foto da mãe em cima da lareira, sorrindo para a câmera. E se lembrou de quando fora tirada — em uma viagem de férias da família à Cornualha, apenas algumas semanas antes do diagnóstico.

Eu sei que não preciso de um homem, mãe. Sei que não devo me conformar com pouco. Sou capaz de cuidar de mim mesma, é claro que sou.

Mas às vezes eu só desejo não ter que.

Hazard

Fazia uma semana desde o desastroso encontro de Hazard com Blanche e da conclusão a que chegara em relação a Monica.

Ele se jogou no trabalho, tomando para si todas as funções mais pesadas de jardinagem, para se distrair. Tinha parado de usar o Monica's Café como escritório e ficara chocado com a falta enorme que sentia das conversas sobre trabalho e dos jogos de gamão com Monica.

Era irônico que, depois de todas aquelas semanas bancando o Cupido para ela, a única pessoa com quem realmente quisesse que Monica ficasse agora era ele.

Mas ele tinha estragado tudo.

Suas lembranças do casamento eram irregulares, na melhor das hipóteses, mas uma cena havia se fixado em sua mente com clareza surpreendente, e se repetia sem parar: *Vá viver a vida, Monica, e pare de ser tão chata. Você não é minha mãe, nem minha mulher, nem mesmo minha namorada, graças a Deus.* Ou alguma coisa semelhante, tão terrível quanto.

Ela havia sido um amor com ele no dia seguinte e continuara a tratá-lo muito bem desde então. Não parecia guardar rancor, mas não haveria a menor possibilidade de Monica pensar em sair com ele agora que vira o que ele tinha de pior.

De qualquer forma, Monica ia viajar com Riley. O bom e velho Riley, que era o oposto completo de Hazard — confiável, honesto, descomplicado, gentil e generoso.

Se ele realmente gostava de Monica, deveria ficar feliz por eles. Riley era obviamente o homem certo a escolher. Mas Hazard não era um cara tão legal a esse ponto, e isso era parte do problema. Ele era perturbado e egoísta. E queria muito, muito mesmo, Monica para si.

Tudo em relação a Riley vinha irritando Hazard, do sotaque australiano idiota ao jeito como ele assobiava quando estavam trabalhando. *Para com isso, Hazard. Não é culpa dele. O Riley não fez nada de errado.*

Ele se virou para Riley, que assobiava alegremente ao seu lado.

— E então, para onde você e a Monica vão viajar primeiro? — perguntou, apesar de saber que aquela conversa iria doer.

— Cara, na verdade ela não vai comigo — respondeu Riley. — A Monica disse que tem muita coisa acontecendo aqui. Então estou por conta própria, a menos que consiga convencer o Brett a ir comigo.

Hazard se esforçou muito para não olhar para Riley e não deixar transparecer quanto aquela resposta dada de modo tão casual significava para ele. Hazard sabia que deveria comentar alguma coisa ou correria o risco de parecer um pouco indiferente, mas sabia que, se fizesse isso, se entregaria.

Era possível que Monica fosse ficar em Londres por causa dele? Hazard duvidava muito, mas talvez fosse um *sinal*. Certamente era uma *oportunidade*, que ele não podia deixar escapar. Precisava pelo menos falar com ela, antes que acabasse enlouquecendo.

Enquanto arrancava cardos gigantes do canteiro de flores alto demais, Hazard pensava no que poderia dizer.

Sei que eu sou um cara grosseiro e egoísta com problemas de dependência química e que fui horrível com você de um jeito imperdoável, mas eu acho você maravilhosa e nós daríamos muito certo juntos, se você me desse uma chance. Não estava exatamente se vendendo bem.

Monica, eu amo tudo em você, desde a sua força, sua ambição e seus princípios até a maneira como você cuida tão bem dos seus amigos e sua obsessão por padrões de classificação de higiene alimentar. Se me der uma chance, vou fazer tudo o que puder para ser digno de você. Um pouco carente demais, talvez.

Monica, todas aquelas coisas que você escreveu, sobre querer uma família e filhos e todo o conto de fadas... talvez eu também queira isso. Humm. A verdade era que ele ainda estava tentando se convencer disso, e estava determinado a ser honesto. Será que algum dia seria maduro e responsável o suficiente para ser pai? Além disso, não tinha certeza se era uma boa ideia trazer à tona o que ela escrevera no caderno; Monica era bastante sensível a respeito, como ele e Riley haviam descoberto.

Talvez ele devesse simplesmente aparecer no apartamento dela e improvisar. Afinal o que tinha a perder?

Hazard dirigiu até a Ajudantes da Mamãe no piloto automático. Precisava passar lá para deixar as ferramentas de jardinagem que eles iriam usar. No entanto, era impossível entrar e sair rapidamente do local, já que era sempre cercado por seus ajudantes de jardinagem mirins.

— Ei, Fin — disse ele ao garoto pequeno e magro que o ajudava a empilhar as ferramentas no galpão. — Você é bom com garotas?

— Eu? Eu sou o melhor! — falou Fin, estufando o peito. — Tenho CINCO namoradas. Mais até que o Leo. E ele tem um PlayStation 4.

— Uau. Qual é o seu segredo? Como você faz para elas saberem que você gosta delas de verdade?

— Fácil. Dou uma das minhas balas de ursinho para elas. E sabe o que eu faço se gosto muito, muito mesmo de uma garota?

— O quê? — perguntou Hazard, agachando-se para ficar na altura dos olhos de Fin.

— Dou uma bala em formato de coração pra ela — sussurrou Fin, o hálito quente junto ao ouvido de Hazard.

Alice

— *Eu não tinha* certeza se você estaria aqui, Julian, depois da história da Mary não estar morta e tudo o mais — falou Alice quando chegou ao túmulo do almirante. — Oi, Keith — cumprimentou, curvando-se para acariciar a cabeça do cachorro. Keith pareceu bastante aborrecido, como se receber tapinhas na cabeça fosse uma afronta à sua dignidade.

— Mary, como ficou claro, não está morta há quinze anos, minha cara menina — disse Julian, como se aquilo fosse novidade para ele —, mas eu ainda venho aqui. Não apenas para me lembrar dela, mas para manter uma conexão com o passado... com tanto que deixei para trás. Eu trouxe isto, em vez do Baileys. — E tirou da bolsa uma garrafa de vinho tinto, alguns copos de plástico e um saca-rolhas. — Nunca gostei muito de Baileys, e agora sei que nem a Mary bebe mais, então acho que não precisamos mais dele.

Alice, que nos últimos meses esvaziara secretamente os copos de Baileys na grama, ficou bastante aliviada. Ela se sentou no túmulo de mármore, ao lado de Julian, e pegou o copo de vinho que ele lhe entregou. O cemitério estava cheio de campânulas e as flores caíam das árvores como neve. Primavera, um tempo de novos começos. Ela tirou Bunty do carrinho e sentou a filha no colo. Bunty estendeu a mão para uma das flores e apertou-a no punho gordinho.

— Alice, querida, posso lhe contar a minha nova ideia? — perguntou Julian.

Ela assentiu, um pouco tensa. Nunca se sabia com que ideia Julian iria surgir.

— Andei pensando sobre o Projeto Autenticidade, sobre o motivo de eu ter começado, como me sentia solitário. E sei que há muitas pessoas por aí que se sentem exatamente assim, que passam dias inteiros sem falar com ninguém, fazendo todas as refeições sozinhas. — Alice assentiu. — Então me lembrei do Hazard contar sobre o tempo que passou na Tailândia e como, embora estivesse sozinho, o lugar em que estava hospedado tinha uma mesa comunitária e todos comiam juntos todas as noites.

— Sim, eu me lembro disso — disse Alice. — É uma ótima ideia. Imagine todas as pessoas diferentes que é possível conhecer, as conversas que se pode ter.

— Exatamente — concordou Julian. — Então eu pensei, por que não fazemos isso uma vez por semana no Monica's? Poderíamos convidar qualquer pessoa que não tivesse com quem comer para jantar em torno de uma mesa grande. Poderíamos cobrar dez libras por cabeça, e cada um levaria a própria garrafa. E pensei em pedir que todos que pudessem pagassem vinte libras, assim quem não tiver condições de pagar pode comer de graça. O que você acha?

— Acho brilhante! — falou Alice, batendo palmas. Bunty riu e bateu palmas também. — O que a Monica achou?

— Ainda não perguntei a ela — respondeu Julian. — Você acha que ela vai gostar da ideia?

— Tenho certeza que vai! Como você pretende chamar o evento?

— Pensei que talvez pudesse ser Clube de Jantar do Julian.

— Claro que pensou. Olha, o Riley chegou.

— Riley, meu rapaz, sente-se — disse Julian e entregou um copo de vinho ao recém-chegado. — Eu queria mesmo falar com você — continuou. — Meu aniversário é em 31 de maio, poucos dias antes de você ir embora. Pensei em dar uma festa, seria uma despedida para você e também uma forma de agradecer a todos vocês por me aturarem. O que acha?

— Seria incrível! — Riley respondeu. — Você vai fazer *oitenta* anos. Uau.

— Mas, Julian — Alice apontou —, você disse que nasceu no dia em que declaramos guerra à Alemanha, e tenho certeza de que foi em setembro, não em maio. — Ela tinha ganhado um prêmio de história na escola. Tinha sido sua maior (e única) conquista acadêmica.

Julian tossiu e pareceu um pouco constrangido.

— Você é realmente boa em história, não é, meu bem? Sim, posso ter errado ligeiramente o mês. E o ano, para ser sincero. Não vou fazer oitenta anos, e sim oitenta e cinco. O dia seguinte à declaração de guerra à Alemanha na verdade foi o meu primeiro dia na escola primária. Fiquei furioso por ninguém querer saber como tinha sido o meu dia no colégio. Mas enfim — continuou ele, rapidamente —, pensei que podíamos fazer a festa em Kensington Gardens, entre o coreto e o Round Pond. Eu sempre fazia minhas festas de aniversário lá. Nós juntávamos todas as espreguiçadeiras e enchíamos grandes baldes com Pimm's, soda limonada, frutas e gelo, qualquer um que tivesse um instrumento podia tocar e ficávamos até escurecer e os guardas do parque nos expulsarem.

— Parece um jeito absolutamente perfeito de me despedir de Londres — falou Riley. — Obrigado.

— O prazer é todo meu — disse Julian, radiante. — Vou pedir para a Monica organizar.

Julian

Julian não conseguia acreditar que Mary estava sentada *na casa dele*, ao lado da lareira, tomando chá. Ele estreitou bem os olhos para deixar a visão embaçada e foi como se estivessem de volta aos anos 90, antes de tudo dar errado. Mas Keith não estava tão feliz com a situação — Mary estava sentada na cadeira dele.

Ela passara para pegar algumas de suas coisas. Mas não quisera levar muito, dizendo que não era bom mergulhar demais no passado. Aquele era um novo conceito para Julian. Ele se preparou para ter a conversa que sabia ser necessária. Se não fizesse isso agora, Mary iria embora e ele talvez nunca mais encontrasse o momento certo.

— Sinto muito por toda a *história da morte*, Mary — falou, sem saber muito bem como abordar aquilo do jeito certo. — Sinceramente, eu não via como mentira. Passei tantos anos imaginando você morta que comecei a achar que era verdade.

— Eu acredito em você, Julian. Mas por quê? Por que me matar, antes de mais nada?

— Era mais fácil que encarar a verdade, eu imagino. O que eu obviamente deveria ter feito era passar todas as horas do dia tentando encontrar você e me redimir. Mas isso significaria ter que encarar como eu tinha sido horrível e me arriscar a ser rejeitado de novo, então eu... não fiz isso — disse ele, os olhos fixos na xícara de chá.

— Só por curiosidade — perguntou Mary, com um sorrisinho —, como eu morri?

— Ah, eu testei algumas versões diferentes ao longo dos anos. Por um tempo, você foi atingida pelo ônibus número 14 a caminho de casa, depois de comprar mantimentos no mercado da North End Road. A rua na frente dos estúdios ficou cheia de damascos e cerejas.

— Dramático! — comentou Mary. — Embora não seja muito justo com o motorista do ônibus. O que mais?

— Uma forma de câncer particularmente rara, mas agressiva. Eu cuidei heroicamente de você durante os últimos meses, mas não pude fazer nada para salvá-la — disse ele.

— Humm. Improvável. Você seria o pior dos enfermeiros. Nunca foi bom com doenças.

— Faz sentido. Estou bastante orgulhoso da minha versão mais recente, na verdade. Você foi pega no meio de um tiroteio entre gangues rivais de traficantes de drogas. Estava tentando ajudar um jovem que havia sido esfaqueado e estava sangrando na calçada, e acabou morta por sua bondade.

— Ahhh, gosto mais dessa. Me faz parecer uma heroína de verdade. Certifique-se apenas de que eu tenha levado um tiro no coração. Não quero um fim lento e doloroso — disse Mary. — A propósito, Julian. — Ele não gostava quando ela começava a frase com *a propósito*. O que se seguia nunca era agradável. — No caminho para cá, encontrei uma de suas vizinhas. Acho que se chama Patricia. Ela me falou sobre o fim do contrato de arrendamento do terreno, sobre querer vender as casas.

Julian suspirou. Estava se sentindo como nos velhos tempos, quando Mary o pegava fazendo algo que não devia.

— Ah, meu Deus, eles estão me perturbando com isso há meses, Mary. Mas como posso vender? Para onde eu iria? E quanto a tudo isso? — Ele gesticulou amplamente para todas as posses acumuladas na sala.

— São só *coisas*, Julian. Você pode acabar descobrindo que, sem elas, vai se sentir mais livre! Seria um novo começo, uma nova vida. Foi como eu me senti, deixando tudo isso para trás.

Julian tentou não se aborrecer com a ideia de Mary se sentindo "livre" dele.

— Mas há tantas lembranças aqui, Mary. Meus velhos amigos estão todos aqui. *Você está aqui* — disse ele.

— Não, Julian, eu não estou aqui. Estou em Lewes. E sou muito feliz. E você pode vir nos visitar sempre que quiser. Todas essas *coisas*, todas essas lembranças, só estão servindo para sufocar você, mantendo-o preso no passado. Você tem novos amigos agora, e lar é onde quer que eles estejam. Você poderia comprar um apartamento novo e começar do zero. Imagine só — sugeriu ela, fitando-o atentamente.

Julian se imaginou em um apartamento como aquele em que Hazard morava, aonde ele tinha ido tomar chá na semana anterior. Todas aquelas janelas grandes, linhas limpas e superfícies claras. *Piso aquecido*. Vasos de orquídeas brancas. Controle da intensidade da luz. Se imaginar em um lugar daqueles era totalmente bizarro, mas também estranhamente empolgante. Ele teria coragem de mudar de rumo aos setenta e nove anos? Ou aos oitenta e quatro, tanto fazia.

— De qualquer forma — continuou Mary —, vender seria o ideal a fazer. Não é justo impedir os vizinhos de fecharem o negócio. Você está atrapalhando muitas vidas. Já não está na hora de pensar nos outros, Julian, e fazer a coisa mais decente?

Julian sabia que ela estava certa. Mary sempre estava certa.

— Escute, há outra pessoa que preciso ver, por isso vou deixá-lo pensando no assunto. Me promete que vai pensar? — pediu Mary, inclinando-se para dar um abraço em Julian e plantando um beijo seco na bochecha dele.

— Tudo bem, Mary — disse Julian. E estava falando sério.

* * *

O PEQUENO CADERNO DAS COISAS NÃO DITAS

Julian bateu no número 4. A porta se abriu e revelou uma mulher imponente com as mãos nos quadris e uma expressão curiosa, mas nada simpática.

Os dois esperaram para ver quem ia falar primeiro. Julian cedeu. Ele detestava silêncios não preenchidos.

— Sra. Arbuckle — falou —, acredito que esteja querendo falar comigo.

— Bem, sim — respondeu ela —, faz *oito meses*. Por que está aqui agora? — Ela estendeu a palavra "agora" por algum tempo.

— Decidi vender — anunciou Julian.

Patricia Arbuckle descruzou os braços e soltou um longo suspiro, como um airbag esvaziando.

— Nossa, eu nunca... — falou. — É melhor você entrar. O que o fez mudar de ideia?

— Bem, é importante fazer a coisa certa — respondeu Julian, achando que dizer seu novo mantra em voz alta poderia ajudá-lo a se manter firme em suas resoluções —, e vender é a coisa certa. Vocês todos ainda têm anos de vida pela frente, e não vou ser eu a prejudicar suas economias. Me desculpe por ter demorado tanto para aceitar.

— Nunca é tarde, sr. Jessop. Julian — disse Patricia, parecendo definitivamente animada.

— Você não é a primeira pessoa a me dizer isso recentemente — comentou Julian.

Monica

Monica pendurou o pôster de Julian na janela, exatamente no mesmo local em que havia colado o anúncio procurando um professor de artes seis meses antes. Ela colou a fita cuidadosamente sobre as marcas deixadas pela anterior, que não tinha conseguido remover totalmente.

CANSOU DE COMER SOZINHA OU SOZINHO?
Junte-se à mesa comunitária no
CLUBE DE JANTAR DO JULIAN.
MONICA'S CAFÉ,
toda quinta-feira às 19 horas.
Traga sua própria garrafa.
£ 10 por cabeça, £ 20 se você estiver se sentindo generosa(o).
Se não puder pagar, você come de graça.

Ela lembrou que Hazard havia roubado seu cartaz e tirado cópias. Devia pedir a ele para copiar aquele também e distribuí-lo por Fulham, como penitência. Havia acabado de virar a placa na porta para "FECHADO" quando uma cliente chegou. Monica estava prestes a dizer que era tarde demais, até perceber que era Mary.

O PEQUENO CADERNO DAS COISAS NÃO DITAS

— Oi, Monica — disse ela. — Acabei de visitar o Julian, então pensei em passar aqui para deixar isto com você. — Ela enfiou a mão na bolsa e pegou o caderno que havia sido deixado no café seis meses antes. — Tentei entregar ao Julian, mas ele disse que o caderno o fazia lembrar que ele *não tinha* sido autêntico e que deveria ficar com você.

— Obrigada, Mary. — Monica pegou o caderno. — Você aceitaria uma xícara de chá? Com bolo? Acho que o momento pede bolo.

Mary se sentou diante do balcão enquanto Monica preparava o chá.

— Desculpe o susto que eu lhe dei aparecendo aqui daquele jeito — falou. — Pensei em entrar disfarçadamente e ficar no fundo da turma durante a aula de artes, depois conversar com o Julian em particular. Não esperava chegar no meio de um memorial. Menos ainda o meu.

— Pelo amor de Deus, não se desculpe! — Monica respondeu, servindo o chá. — Como você poderia saber? E fiquei tão feliz de ter a oportunidade de conhecer você!

— Eu também. Percebi que o Projeto Autenticidade na verdade me fez um favor. Sabe, eu saí de casa sem dar nenhuma explicação, sem me despedir, e deixei um pouco de mim para trás também. Toda aquela história. E o Julian é cheio de defeitos, mas como você sabe é um homem extraordinário. Vê-lo novamente me ajudou a encerrar algumas questões.

— Fico feliz — disse Monica.

— A propósito, espero que não se importe de eu perguntar, mas você resolveu as coisas com aquele homem que está loucamente apaixonado por você?

— O Riley? — disse Monica, achando que "loucamente" era um pouco de exagero. — Infelizmente não. Na verdade, aconteceu o contrário.

— Não, não — disse Mary —, não estou falando do australiano meigo, mas do outro. Aquele que estava sentado ali — ela indicou um canto. — Como um sr. Darcy emburrado, olhando para o Riley como se o rapaz tivesse roubado algo que ele queria desesperadamente.

— O *Hazard*? — perguntou Monica, atônita.

— Ah, então aquele era o Hazard — falou Mary. — Faz sentido. Eu li a história dele no caderno.

— Você está errada sobre o Hazard, Mary. Ele não está apaixonado por mim. Na verdade, somos totalmente opostos.

— Monica, eu passei a vida inteira como observadora. Sou muito rápida em enxergar as coisas. E sei o que vi. Ele me pareceu um homem um pouco complexo e machucado, e eu sei tudo sobre esse tipo.

— Mesmo se você estivesse certa, Mary — disse Monica —, esse não é um bom motivo para eu permanecer longe dele?

— Ah, mas você é muito mais forte do que eu era, Monica. Nunca deixaria ninguém tratar você como permiti que o Julian me tratasse. E sabe de uma coisa, apesar de tudo, não me arrependo de um único dia que passei com aquele homem. Nem um. Agora eu preciso ir.

Mary se inclinou por cima do balcão e deu um beijo em cada lado do rosto de Monica. E se foi, deixando Monica se sentindo estranhamente *eufórica*.

Hazard? Por que aquela ideia não a fazia soltar um riso de desdém? Era pura vaidade. Estava só gostando do fato de Mary achar que ela era o tipo de mulher que inspirava paixão. *Recomponha-se, Monica.*

Ela pegou no balcão o caderno verde, que havia feito o círculo completo. Ocorreu-lhe que quase todos leram a história dela, mas ela não tinha lido nenhuma além da de Julian. Aquilo certamente não parecia justo. Então se serviu de outra xícara de chá e começou a ler.

Hazard

Hazard tocou a campainha do apartamento de Monica. Eram quase dez horas da noite, mais tarde do que pretendia aparecer, mas havia mudado de ideia duas vezes sobre se deveria ir até lá ou não. Ele ainda não tinha certeza se estava fazendo a coisa certa, mas não era um covarde. Uma vozinha saiu pelo interfone.

— Quem é? — Tarde demais para desistir agora.

— Hum... É o Hazard — falou, sentindo-se como um Romeu moderno, tentando declarar seu amor por Julieta. Se ao menos ela tivesse um balcão em vez de um interfone.

— Ah. É você. O que você quer, pelo amor de Deus? — Aquilo dificilmente poderia ser descrito como Shakespeare. Ou como as boas-vindas que ele esperava.

— Preciso muito falar com você, Monica. Posso subir?

— Não consigo imaginar por que, mas pode. — Ela destrancou a porta da frente e ele a abriu, então subiu as escadas até o apartamento dela.

Hazard tinha uma lembrança nebulosa do apartamento de Monica do dia que passara lá, depois do casamento desastroso. Ele reparou em todos os detalhes, dessa vez com a mente desanuviada. Era como qualquer um que conhecesse minimamente Monica esperaria — limpíssimo e relativamente discreto, com paredes cinza-claras, móveis minimalistas e piso de tábuas de carvalho polido. Havia, no entanto, alguns itens que mostravam um toque inesperado, muito como a própria Monica — uma luminária em forma de flamingo, um manequim antigo que ela usava como cabideiro e uma parede toda ocupada por uma imagem incrível do David Bowie. Um leve cheiro de café subia através das tábuas do piso que dava para o andar de baixo.

Monica não parecia feliz em vê-lo. Aquele obviamente não era um bom momento para fazer sua grande declaração. Recuar! Que outro motivo ele poderia dar para aparecer ali tão tarde? *Pense, Hazard.*

Não adiantava, ele teria que ir em frente de qualquer jeito.

— Então? — ela perguntou.

— Hum... Monica, eu queria falar sobre o que sinto por você — disse ele, andando de um lado para o outro, já que estava nervoso demais para se sentar e, de qualquer modo, ela não tinha lhe oferecido a possibilidade.

— Eu sei exatamente o que você pensa de mim, Hazard — respondeu ela.

— Sabe? — Hazard estava confuso. Talvez aquilo fosse ser mais fácil do que ele pensava.

— Ãhã. *Ela tem uma intensidade que acho desconcertante, quase aterrorizante. Isso faz você lembrar de alguma coisa?*

Então Hazard viu o que ela estava segurando. O caderno. Monica estava lendo a história dele.

— Ou que tal isso? *A Monica me dá a sensação de que devo estar fazendo alguma coisa errada. Ela é o tipo de pessoa que organiza todas as latas nos armários viradas para a frente e os livros nas prateleiras em ordem alfabética.* Eu fiquei pensando mesmo por que você perguntou sobre as minhas malditas *latas* no outro dia!

— Monica, para. Me escuta — pediu Hazard, enquanto via seus sonhos explodirem como um acidente de carro em câmera lenta.

— Ah, eu não posso parar antes de ler a melhor parte! *Ela tem um ar de desespero que eu posso estar exagerando na minha imaginação porque li a história dela, mas que me dá vontade de fugir correndo.* — Então jogou o caderno em cima dele.

— Essa é a segunda vez que você joga alguma coisa na minha cabeça. Da última vez, foi um pudim de Natal — comentou ele enquanto se abaixava.

Aquilo não estava indo nada bem, mas, meu Deus, como Monica ficava linda quando estava com raiva, uma bola de fogo de energia e indignação. Ele precisava fazer com que ela o escutasse.

— Vá em frente, Hazard. Fuja correndo, cacete, por que não vai logo? Não vou impedir você!

— Quando escrevi tudo isso, eu não te conhecia.

— Eu sei que você não me conhecia. Então por que se sentiu autorizado a fazer julgamentos sobre os armários da minha cozinha, porra?

— Eu estava errado. Total e absolutamente errado. Não sobre os armários, por acaso, mas sobre todo o restante. — Ela o encarou, furiosa. O humor não ia funcionar, obviamente. — Você é uma das pessoas mais incríveis que eu já conheci. Escuta, o que eu *deveria* ter escrito era isso...

Ele respirou fundo e continuou.

— Eu fui até o Monica's Café para devolver o caderno do Julian. Não tinha a intenção de participar do joguinho idiota dele. Mas, quando percebi quem era ela, a mulher em quem eu havia esbarrado algumas noites antes... perdi a coragem. Fiquei com o caderno e levei comigo para a Tailândia. Não consegui esquecer a história daquela mulher, então decidi encontrar o homem perfeito e mandá-lo para ela. Mas aí comecei a perceber que o homem perfeito na verdade era eu. Não que eu seja perfeito, obviamente, longe disso. — Ele riu. O som saiu oco. Monica não riu. — Tenho total consciência de que não mereço aquela mulher, mas eu a amo. Cada pedacinho dela.

— Eu *confiei* em você, Hazard! Te contei coisas da minha vida que nunca tinha contado para ninguém... nem mesmo para o Riley. Achei que você, entre todas as pessoas, entenderia, não zombaria de mim — falou Monica, como se não tivesse ouvido uma palavra do que ele dissera.

— Monica, eu *realmente* entendo. Mais que isso, eu te amo *mais ainda* por causa do que você passou. Afinal são as falhas que deixam a luz entrar.

— Não cite Leonard Cohen, Hazard. Só vá embora. E não volte — pediu ela.

Hazard percebeu que não iria conseguir fazer Monica ouvi-lo naquele dia, se é que algum dia conseguiria.

— Tudo bem, eu vou — falou, voltando-se para a porta —, mas vou estar no túmulo do almirante na próxima quinta-feira às sete da noite. Por favor, por favor, só pense no que eu disse e, se mudar de ideia, me encontre lá.

Hazard estava voltando para casa pelo caminho mais longo, através de Eel Brook Common. Ainda não conseguia encarar a ideia de voltar para o apartamento vazio. Um homem estava sentado em um banco mais adiante, iluminado por um poste de luz e parecendo tão infeliz quanto Hazard se sentia. Ele tinha certeza de que o reconhecia de algum lugar. Provavelmente do antigo trabalho. O homem usava o típico terno sob medida, sapatos modelo oxford e um Rolex pesado no pulso.

— Oi — disse Hazard, depois se sentiu estúpido. Provavelmente não conhecia o cara.

— Oi — ele respondeu e se afastou para a ponta do banco, para que Hazard pudesse se sentar. — Você está bem?

— Na verdade, não. — Ele suspirou. — Problemas com uma mulher. Sabe como é. — O que estava fazendo? Toda aquela *troca*. Primeiro o Fin, e agora um cara aleatório em um banco no parque.

— Nem me fale — retrucou o cara. — Estou evitando ir pra casa. Você é casado?

— Não — respondeu Hazard. — No momento estou solteiro.

— Bem, siga o meu conselho, companheiro, e continue assim. Depois que a gente se casa, todas as regras são reescritas. Em um instante você tem tudo: sexo a qualquer hora, a mulher deslumbrante que mantém sua casa linda e seus amigos entretidos... então elas mudam. Antes que você se dê conta, estão cheias de estrias, os peitos *vazam*, a casa está lotada de brinquedos de plástico de cores berrantes, e toda a atenção delas vai para o bebê. E você passa a ser só o idiota que elas esperam que pague pela coisa toda.

— Eu entendo — falou Hazard, chegando à conclusão de que não gostava muito do novo confidente — e tenho certeza de que casamento não é fácil, mas o problema comigo é que, quando alguém me diz o que fazer, eu tenho o hábito de fazer exatamente o oposto.

Hazard se despediu, constrangido. Sentia pena da mulher daquele homem. Será que o cara era assim tão perfeito? O que tinha acontecido com "na alegria e na tristeza, na saúde e na doença"? Que *imbecil*, francamente.

Então ele se lembrou de onde conhecia o homem. Não fazia muito tempo que o vira, naquele restaurante horroroso a que tinha ido com Blanche. O cara estava jantando com Alice.

Riley

Riley presumira que sua vida voltaria ao normal: simples, descomplicada e fácil. Mas não tinha sido assim. Ele não conseguia esquecer Monica. Era como se um tornado o tivesse levado por alguns meses para uma terra em tecnicolor, onde tudo era um pouco estranho e *intenso*, onde ele não tinha ideia do que havia na próxima curva da estrada de tijolos amarelos, e agora ele estivesse de volta ao Kansas se sentindo estranhamente... murcho.

Por que tinha desistido tão facilmente? Por que não havia se esforçado mais para convencer Monica a ir com ele? Por que não se oferecera para ficar? Ele poderia viajar pela Europa, como planejado, mas depois voltar para Londres e continuar de onde haviam parado. De repente, tudo parecia tão óbvio.

Riley afastou a letargia que o atormentara nos últimos dias e, com uma onda renovada de energia, propósito e paixão, deixou seu apartamento e caminhou na direção da Fulham Road. Era tarde, por isso o cemitério estava trancado, mas ele mal reparou na distância extra que teria que percorrer, tamanha sua determinação. Tinha a sensação de ter se juntado às fileiras de heróis românticos que fariam qualquer coisa para conquistar sua bela princesa. Era o sr. Darcy, era Rhett Butler, era Shrek. Talvez não Shrek.

Quando se aproximou do apartamento de Monica, Riley percebeu que ela ainda estava acordada. As cortinas estavam abertas, e as luzes da sala cintilavam como um farol chamando-o para casa. Ele atravessou a rua e esticou o pescoço para tentar vê-la.

Não conseguiu. Mas viu Hazard. O que Hazard estava fazendo no apartamento dela tão tarde da noite? De repente, ele se sentiu muito idiota. Todas aquelas desculpas sobre responsabilidades e negócios, quando a verdade era que Monica estava saindo com outra pessoa. Todas as vezes que ele e Hazard, seu *amigo*, estavam trabalhando em um jardim e Hazard guiava a conversa para Monica. Agora aquilo fazia sentido.

Foi por isso que Hazard convidou Monica para o casamento? Riley tinha achado um pouco estranho, mas confiava no amigo. Confiava em ambos. Não deveria se surpreender. Hazard, com sua aparência forte, o ar de perigo que o nome já garantia, o raciocínio rápido e a perspicácia para os negócios, era a escolha óbvia.

Como podia ter sido tão ingênuo? Não era de admirar que Monica não conseguisse amá-lo.

Riley sentiu uma onda de exaustão o envolver. Desde a primeira vez que entrara ali, naquele café, tinha encontrado um espaço perfeito, feito sob medida para ele, naquela cidade maravilhosa, entre aquelas pessoas extraordinárias. Mas agora aquele espaço havia se fechado e ele tinha sido posto para fora. Um intruso indesejado, um corpo estranho. Estava na hora de seguir em frente.

Riley voltou na direção de Earl's Court, um homem completamente diferente do que tinha saído de lá meia hora antes. As pessoas achavam que, porque Riley era tão alegre e solar, ele não *sentia*. Mas estavam erradas. Estavam muito erradas.

Monica

Monica olhou para a longa fila do lado de fora do café. Lizzie tinha feito um trabalho brilhante e encontrara muitos dos convidados daquela noite. Ela dissera a Monica que a vantagem de bisbilhotar a vida de todos os seus vizinhos era que acabava sabendo exatamente quem morava sozinho e não recebia visitas, então Lizzie batera na porta dessas pessoas e as convidara. Depois passara na clínica médica do bairro e deixara alguns folhetos com a atendente para serem distribuídos, e fizera o mesmo com a bibliotecária da Biblioteca de Fulham e com uma amiga sua, Sue, assistente social local.

Monica abriu as portas e deu as boas-vindas a todos. As mesas do café tinham sido reunidas em uma só, com lugar para cerca de quarenta pessoas. A sra. Wu e Benji estavam cozinhando, Monica e Lizzie serviam as mesas e Julian fazia o papel de anfitrião com Keith, o único cachorro que agora tinha permissão oficial para ficar no café. Keith estava sentado aos pés de Julian embaixo da mesa, peidando nocivamente. Ou talvez fosse Julian.

Em pouco tempo, o café estava fervilhando de conversa e riso. A idade média dos convidados era de uns sessenta anos e, encorajados por Julian, estavam todos compartilhando histórias sobre o bairro ao longo dos anos.

— Quem se lembra dos banheiros e lavanderias públicas de Fulham? — perguntou Julian.

— Ah, sim, como se fosse ontem! — disse a sra. Brooks, que provavelmente era ainda mais velha que Julian.

Lizzie atualizava Monica sobre quem era quem. A sra. Brooks aparentemente morava na mesma rua de Lizzie, no número 67. O marido a deixara depois "daquele infeliz incidente com o homem do gás", e ela estava sozinha desde então.

— Costumávamos encher nossos carrinhos de bebê com lençóis, toalhas e colchas e levar tudo para a North End Road. O dia de lavar roupa era uma ótima desculpa para pôr as fofocas em dia. Conversávamos por horas, esfregando até as mãos parecerem ameixas secas. Senti falta quando finalmente conseguimos a nossa máquina de lavar. Ali funciona um estúdio de dança agora, sabia? Vou lá toda semana para praticar meus pliés.

— Sério? — perguntou Monica.

— Não, claro que não! — respondeu a sra. Brooks, com uma gargalhada. — Eu mal consigo andar. Se fizesse um plié, nunca mais me recuperaria!

— Quem viu Johnny Haynes jogar no Craven Cottage? — perguntou Bert, do número 43, de forma um tanto previsível. Bert era um frequentador regular do café, e todas as conversas que Monica tivera com ele ao longo dos anos haviam sido sobre o Fulham Futebol Clube. — Vocês sabiam que o Pelé o descreveu como o melhor passe de bola que ele já viu? Nosso Johnny Haynes. — Ele parecia quase às lágrimas, então deu um grande gole de cerveja e se recompôs.

— Eu costumava beber com George Best, sabia? — perguntou Julian.

— Isso não torna você especial. George bebia com todo mundo! — retrucou Bert.

A sra. Wu sorria ouvindo os elogios à sua comida e distribuía ordens a Benji como uma ditadora benevolente. Monica se perguntou se ele amaldiçoaria o dia em que fora puxado para o seio da família Wu.

Ela reconheceu um dos homens, que comia com entusiasmo o frango agridoce, como um morador de rua local. Sempre que tinham sobras no café, ela levava até o fim da rua, embaixo da Ponte Putney, onde costumava encontrá-lo. E havia acrescentado o folheto de Julian em sua última entrega.

— Essa é a melhor refeição que eu como em anos — ele comentou com Julian.

— Eu também — disse Julian. — Qual o seu nome?

— Jim — respondeu. — Prazer. E obrigado pelo jantar. Gostaria de poder pagar a você.

— Não precisa, meu caro — falou Julian, com um aceno de mão. — Um dia, quando você estiver com mais recursos, pode pagar pelo seu jantar e pelo de outra pessoa também. Agora, você me parece um homem que aprecia boas roupas. Eu normalmente não deixo ninguém chegar perto da minha coleção, mas, se quiser aparecer na minha casa amanhã, pode escolher uma roupa nova. Contanto que não seja uma Westwood. A minha generosidade não vai tão longe.

Monica se sentou ao lado de Julian e bateu palmas para silenciar o burburinho. Ninguém prestou atenção nela.

— Todo mundo calado! — bradou a sra. Wu, garantindo um silêncio imediato e chocado.

— Agradeço a todos por terem vindo — falou Monica. — Sou muito grata a Betty e Benji pela comida deliciosa e, é claro, ao nosso anfitrião maravilhoso, o criador deste clube de jantar, Julian. — Ela olhou para ele, recostado na cadeira, sorrindo amplamente e apreciando os aplausos, gritos e assobios.

Depois que todos retomaram as conversas, ele se virou para Monica.

— Onde está o Hazard? — perguntou.

— Não tenho ideia — respondeu ela, apesar de ter. E não pôde evitar checar o relógio. Quinze para as oito. Talvez ele ainda estivesse esperando no cemitério.

— Monica, a Mary me contou a teoria dela. Sou tão tolo por não ter reparado. Estou sempre envolvido demais comigo mesmo. O Riley é o menino mais encantador que há, mas é isso que ele é: só um menino, para quem a vida é fácil. Ele nunca teve que lidar com adversidades. O Hazard é mais complicado. Esteve na beira do precipício, olhando para o vazio. Sei porque já estive no mesmo lugar. Mas o Hazard sobreviveu e voltou mais forte. Ele seria bom para você. Vocês seriam bons juntos. — Ele pegou a mão dela. Monica olhou para a pele dele, marcada pela idade e pela experiência.

— Mas nós somos tão diferentes, o Hazard e eu — disse ela.

— E isso é bom. Vocês vão aprender um com o outro. Você não quer passar o resto da vida só se olhando no espelho. Acredite, eu tentei! — continuou Julian.

Sem se dar conta, Monica estava esmigalhando o biscoito da sorte diante dela. Ao perceber o que fazia, limpou tudo, varrendo as migalhas para um pratinho.

— Julian — disse —, se importa se eu deixar você cuidando de tudo aqui? Preciso fazer uma coisa.

— Claro, pode ir — falou ele. — Nós damos conta. Não damos, sra. Wu?

— Sim! Vá, vá! — disse a sra. Wu, acenando com as duas mãos à frente, como se estivesse espantando uma galinha do ninho.

Monica saiu correndo para a rua bem na hora em que o ônibus 14 se afastava do ponto. Ela foi atrás dele, batendo na porta, pedindo *por favor* ao motorista, só com o movimento dos lábios, apesar de saber que aquilo nunca funcionava.

Funcionou. O motorista parou e abriu as portas para deixá-la entrar.

— Obrigada! — disse ela, e afundou no assento mais próximo.

Monica checou o relógio. Oito da noite. Com certeza Hazard não teria esperado uma hora, certo? E, de qualquer modo, o cemitério não fechava às oito da noite? Seria uma viagem de ônibus desperdiçada.

Por que Hazard não havia dado o número de celular dele para que ela pudesse ligar? Seria fácil encontrar o número dele, ou o endereço, mas agora parecia que o destino estava de alguma forma envolvido naquilo. Se ela perdesse aquele encontro, então simplesmente não era para ser.

Monica sabia que aquilo não tinha a menor lógica nem nada a ver com ela, mas parecia ter mudado muito nos últimos meses. Para começar, a antiga Monica nunca teria considerado a possibilidade de se envolver romanticamente com um *dependente químico*. Onde *aquilo* se encaixava em sua lista de critérios?

Assim que desceu do ônibus, ela pôde ver que os portões de ferro fundido estavam trancados com uma corrente gigantesca e um cadeado. Deveria estar se sentindo um pouco aliviada por ter chegado tarde demais. Mas não se sentia.

Havia multidões de torcedores do Chelsea nas ruas depois do jogo recente, comendo hambúrgueres das vans temporariamente estacionadas nas ruas laterais. Um homem muito grande, bastante bêbado, vestido de Chelsea da cabeça aos pés, parou e encarou Monica. Era tudo o que ela precisava.

— Sorria, menina! — disse ele, previsivelmente. — Talvez nunca aconteça, sabia?

— Nunca vai acontecer se eu não conseguir entrar naquele cemitério — retrucou Monica.

— O que tem ali? Além do óbvio! Aposto que é amor. É amor, meu amor? — perguntou ele, rindo de si mesmo e dando um tapa nas costas do amigo, que cuspiu um bocado de cerveja por toda a calçada.

— Sabe, acho que pode ser — disse ela, se perguntando por que raio estava dizendo uma coisa daquela para um estranho quando nem sequer tinha admitido para si mesma.

— Vamos passar você por cima do muro, não vamos, Kevin? — disse seu novo amigo. — Segura isso.

Ele passou para Monica um hambúrguer já mordido, escorrendo ketchup e mostarda. Ela tentou não pensar na gordura em seus dedos. Na pressa de deixar o café, havia deixado o álcool em gel para trás. O homem levantou Monica como se ela não pesasse nada e a colocou nos ombros.

— Consegue alcançar o topo do muro? — perguntou.

— Sim! — confirmou Monica. Ela se ergueu para cima do muro, então se sentou com uma perna de cada lado.

— Vai conseguir descer?

Monica olhou para baixo. A altura era menor do lado de dentro do cemitério, e havia uma pilha de folhas secas para suavizar a queda.

— Sim, vou! Obrigada! Toma, isso é seu. — E passou o hambúrguer de volta para ele.

— Se der tudo certo, você pode batizar o seu primeiro filho em minha homenagem — disse o torcedor do Chelsea.

— Qual é o seu nome? — perguntou Monica, só por curiosidade.

— Alan! — respondeu ele.

Monica se perguntou como Hazard se sentiria em relação a um filho ou filha com o nome Alan.

Ela respirou fundo e pulou.

Hazard e Monica

Hazard checou a hora. De novo. Eram oito da noite e estava ficando escuro. Ele conseguiu ouvir o ronco baixo de um motor, quando um carro desceu lentamente pela passagem central. Os únicos carros permitidos no cemitério eram os da guarda dos parques. Estavam fechando, procurando por retardatários.

Hazard sabia que tinha que ir embora. Precisava aceitar que Monica não apareceria. Que nunca apareceria. Aquilo tudo tinha sido só uma fantasia ridícula. Por que ele tinha achado que era uma boa ideia? Poderia simplesmente ter deixado o número de celular e dito: "Me liga se mudar de ideia". Por que fizera aquele convite idiota para ela encontrá-lo — e em um *cemitério*, entre todos os lugares? Ele obviamente assistia a filmes de Hollywood demais.

E agora ali estava, se escondendo da polícia atrás de uma lápide, o que era uma estupidez, porque o trancariam ali. Monica não conseguiria entrar de qualquer modo, mesmo que quisesse, e ele ficaria preso ali durante a noite, congelando a bunda entre os fantasmas.

Hazard puxou o sobretudo ao redor do corpo e se sentou no chão frio, encostado na lápide do almirante, escondido de vista. Não tinha absolutamente nenhuma ideia do que fazer. Então, ouviu alguma coisa:

— Ah, pelo amor de Deus. É claro que ele não está aqui. Mulher idiota.

Hazard olhou ao redor da lápide e lá estava ela, irritada, linda, absoluta e inconfundivelmente Monica.

— Monica! — chamou ele.

— Ah, você ainda está aqui.

— Sim. Tinha esperança de que você aparecesse. — Santo Deus. Hazard, o cara que já partira tantos corações ao longo dos anos, o mulherengo, não fazia ideia do que dizer. — Será que você gostaria de uma bala de goma? — Aquele provavelmente era o momento mais importante da vida de Hazard e ele estava seguindo o conselho de um garoto de oito anos de idade. Era um completo idiota.

— Hazard, você é um completo idiota? Acha que eu acabei de invadir um cemitério trancado, violando uma lei pela primeira vez em toda a minha vida, porque estava atrás de uma *bala de goma*?

Então ela foi até ele e o beijou. Com vontade. Como se estivesse com sérias intenções.

Eles se beijaram até escurecer completamente, até seus lábios estarem inchados, até não conseguirem mais lembrar por que nunca tinham feito aquilo antes, até não saberem mais dizer onde um acabava e o outro começava. Hazard tinha passado quase duas décadas perseguindo a forma mais eficiente de entorpecer o cérebro e fazer o coração pulsar mais rápido. E ali estava a resposta. Monica.

— Hazard? — disse ela.

— Monica? — respondeu ele, só pela emoção de dizer o nome dela.

— Como vamos sair daqui?

— Acho que vamos ter que ligar para a guarda dos parques e inventar alguma razão para termos ficado presos no cemitério — respondeu ele.

— Hazard, só se passou uma hora e você já vai me fazer mentir para a polícia. Onde isso vai acabar? — disse ela.

— Eu não sei, mas mal posso esperar para descobrir.

E ele a beijou novamente, até ela não se importar mais com que mentira deveria contar, desde que ele não parasse.

* * *

Monica sabia que não estava em casa. Podia dizer, mesmo com as pálpebras fechadas, que aquele quarto, banhado pela luz do sol, era mais claro que o seu. Também era mais silencioso — nenhum barulho do trânsito da Fulham Road ou do sistema de aquecimento central velho dela. E cheirava diferente — a sândalo, hortelã e almíscar. E a sexo.

E foi então que ela começou a lembrar, as cenas da noite anterior voltando a sua mente. No banco de trás do carro da polícia, a mão de Hazard na coxa dela. Ele tateando para encontrar as chaves de casa que deixara cair, na urgência de destrancar a porta da frente. As roupas deles largadas em uma pilha no chão do quarto. Ela havia se lembrado de dobrá-las antes de dormir? Monica se lembrou, então, do sexo urgente, frenético, arquejante, seguido por outro mais lento, que se demorou até o sol começar a nascer.

Hazard. Ela esticou o pé através da vasta extensão da cama, procurando por ele. Que não estava ali. Teria ido embora? Fugido sem sequer deixar um bilhete? Não era possível que ela tivesse entendido tudo tão terrivelmente errado, era?

Monica abriu os olhos. E lá estava ele, sentado no chão só de cueca, esvaziando o conteúdo de uma gaveta em uma pilha ao seu lado.

— Hazard — chamou ela. — O que você está fazendo?

— Ah, bom dia, dorminhoca — ele respondeu. — Estou só abrindo espaço. Pra você. Sabe como é, caso você tenha alguma coisa que queira deixar aqui. Na sua própria gaveta.

— Ah, uau — disse ela, rindo. — Tem certeza de que está pronto para esse nível de compromisso?

— Pode debochar — falou Hazard, voltando para a cama e beijando-a de leve na boca —, mas eu nunca dei uma gaveta a alguém antes. Acho que finalmente estou pronto para dar esse passo. — Ele passou o braço ao redor dela e Monica descansou a cabeça em seu ombro, inspirando o cheiro dele.

— Nossa, estou lisonjeada de verdade — disse Monica. E estava mesmo. — Acho que estou pronta para seguir o fluxo. Sabe como é, deixar a vida me levar.

— Sério? — falou Hazard, erguendo uma sobrancelha em uma expressão cética.

— Bom, certamente estou pronta pra *tentar* — disse Monica, sorrindo de volta para ele.

E, pela primeira vez, ela não estava mesmo preocupada com o que aconteceria a seguir. Porque sabia, simplesmente *sabia*, com todas as fibras do seu ser, que era àquele lugar que pertencia.

— Muito bem, vamos fazer isso uma gaveta de cada vez — disse Hazard.

Alice

Alice vinha esperando o momento perfeito para conversar com Max, calma e racionalmente, sobre o casamento deles. Então, é claro, escolheu o pior momento.

Max tinha voltado tarde do escritório, como sempre. Alice conseguira preparar o jantar *do zero*, o que era uma raridade, mas agora a comida estava cozida demais e seca. Bunty estava com os dentinhos incomodando e tinha demorado uma eternidade para aquietar, e Alice estava exausta.

Eles se sentaram diante da mesa da cozinha, tendo o tipo de conversa sobre o dia que teriam com um estranho. Max pegou o prato (pela metade), foi na direção da lava-louça e o deixou em cima da pia.

— MAX! — gritou Alice. — Tem espaço de sobra na lava-louça. Por que você NUNCA coloca nada dentro dela?

— Alice, não há necessidade de começar a gritar como a porra de uma peixeira. Você bebeu demais de novo, não é? — retrucou Max.

— Não, eu não BEBI DEMAIS, droga — devolveu Alice, que provavelmente bebera. — Estou é de SACO CHEIO DE VOCÊ! Estou cansada de ser a única nesta casa a colocar louça na máquina, a única que recolhe as suas toalhas molhadas do chão, a única que levanta de noite quando a Bunty acorda, a única que faz qualquer arrumação, limpeza... — A lista era tão longa que ela terminou agitando os braços e dizendo: —

AAAAAHHHHH — como uma verdadeira adulta. — Você ao menos sabe usar a lava-louça? — perguntou, olhando para o marido.

— Não, mas não pode ser tão difícil — disse Max.

— Não é DIFÍCIL, Max! — ela gritou. — Só é ENTEDIANTE. E eu faço isso duas vezes TODOS OS DIAS!

— Mas, Alice, eu tenho um *trabalho* — ele argumentou, olhando para ela como se não tivesse ideia de quem ela era.

— E O QUE VOCÊ ACHA QUE É ISSO, MAX? — gritou novamente Alice. — EU NÃO PASSO O DIA TODO SENTADA FAZENDO AS UNHAS!

Quando terminou de falar, ela lembrou que, na verdade, tinha feito as unhas dias antes, enquanto Lizzie cuidava da Bunty. Mas tinha sido a primeira vez em *meses*. Ela cerrou os punhos para esconder as unhas. Então, surpresa, viu que estava chorando. Alice se sentou diante da mesa e largou a cabeça entre as mãos, esquecendo as unhas.

— Sinto muito, Max — falou entre soluços. — É que eu não sei se consigo continuar com isso.

— Com isso o quê, Alice? — perguntou ele, se sentando diante dela. — Ser mãe?

— Não — ela respondeu. — Nós dois. Não sei se consigo continuar com o nosso casamento.

— Por quê? Porque eu não coloquei meu prato na lava-louça?

— Não, não tem nada a ver com a droga da lava-louça, ou pelo menos não muito, é só que eu me sinto sozinha demais. Nós dois somos pais da Bunty e moramos na mesma casa, mas é como se fôssemos estranhos. Estou me sentindo solitária, Max.

Ele suspirou.

— Ah, Alice. Eu sinto muito. Mas não é só você que está achando tudo isso difícil, sabia? Sinceramente, também não era assim que eu imaginava a minha vida. Eu amo a Bunty, obviamente, mas sinto falta do nosso mundo perfeito. Dos fins de semana em hotéis chiques, da casa arrumada e da minha mulher linda e feliz.

— Eu ainda estou aqui, Max — lembrou Alice.

— Sim, mas você tá o tempo todo irritada e cansada. E, para dizer a verdade... — Ele parou por alguns instantes, como se avaliasse se deveria ou não continuar, então tomou a decisão errada. — Você se descuidou.

— EU ME DESCUIDEI? — gritou Alice, com a sensação de ter levado um soco no estômago. — Não estamos nos malditos anos 50, Max! Você não pode esperar que eu volte à forma em poucos meses, depois de dar à luz a *sua filha*. Isso simplesmente não acontece no mundo real.

— E eu me sinto negligenciado — disse ele, que obviamente tinha percebido que mudar de assunto era a única tática possível. — Você sabe como lidar com a Bunty, o que fazer, quando e como fazer. Eu me sinto um inútil. Sem qualificação. Por isso, acabo ficando no escritório por **mais** e mais tempo, porque lá sei exatamente o que se espera de mim e as **pessoas** fazem o que eu digo. Elas me *respeitam*. Tudo acontece dentro **do cronograma**. Eu estou no controle.

— **Eu** estou fazendo o meu melhor, Max, mas estou farta de me sentir **como** se não estivesse atendendo às expectativas. Nem as suas, nem as da sua mãe, nem as da Bunty, nem mesmo as minhas. Casamento e família são compromissos, certo? Exigem dedicação. Não é perfeito, fácil ou bonito, é confuso, cansativo e muito difícil a maior parte do tempo — disse Alice. E esperou que Max dissesse que a amava, que a ajudaria mais, que eles poderiam fazer o casamento dar certo.

— Talvez pudéssemos contratar uma babá, Alice. Para alguns dias na semana. O que acha? — ele sugeriu.

— Não temos como arcar com isso, Max. E, mesmo se tivéssemos, não quero pagar alguém para cuidar da minha filha só para que eu possa passar mais tempo fingindo que sou a sua mulher ideal na sua vida ideal — disse Alice, tentando não chorar.

— Bom, eu não sei qual é a resposta, Alice. Só sei que você não está feliz, nem eu. — Então ele subiu as escadas para o escritório e fechou a porta, como sempre fazia.

O PEQUENO CADERNO DAS COISAS NÃO DITAS

Alice se sentiu insuportavelmente triste. Ela pegou o celular e rolou a página do Instagram, olhando todas as fotos do seu mundo impecável, com o marido lindo e a bebê fofa. Conseguiria desistir daquela miragem? Ela e Bunty conseguiriam se virar por conta própria?

Alice pensou em Mary, que deixara Julian depois de quarenta anos de casada e hoje parecia tão luminosa e feliz. Pensou em Monica, que, como ela soubera na véspera, havia deixado Riley, apesar de já ter *quase quarenta anos*. Pensou em todos os seus novos amigos, com vidas que não pareciam lindas como uma foto do Instagram, mas eram muito mais profundas, fortes e interessantes que aquilo.

Ela também era capaz de ser assim. Não era?

Certamente, seria melhor viver uma vida bagunçada, com defeitos, às vezes não muito bonita, mas real e honesta, que tentar o tempo todo ter uma vida de perfeição que na verdade era uma farsa, não é?

Alice olhou para a sua página novamente: @aliceinwonderland. *Moda da vida real para mães da vida real e seus bebês. Emoji sorridente.* Talvez ela pudesse mostrar como *realmente* era a vida real das mães. Poderia postar sobre a bagunça, a exaustão, as estrias, a barriga que ainda não voltara a ser reta e a desintegração do casamento. Poderia abandonar aquele emoji sorridente e irritante também. O que estava pensando? Com certeza não era a única mãe do mundo farta de tentar ser perfeita o tempo todo.

A ideia de acabar com o fingimento provocou um alívio imenso, como tirar a lingerie de contenção no fim do dia.

Estou fazendo um ótimo trabalho. Ou, pelo menos, o melhor trabalho que eu posso, disse a si mesma, já que ninguém mais diria. *E, se isso não for bom o suficiente para o Max, ou para os meus seguidores do Instagram, então eles podem encontrar outra pessoa para colocar na porra de um pedestal, porque eu não posso mais ficar em cima dele.*

Alice ajeitou Bunty no quadril com uma das mãos e tocou a campainha com a outra. Lizzie abriu a porta, revelando uma casa aconchegante, alegremente caótica e bagunçada, exatamente como aquela em que Alice havia crescido. Max desdenharia do lugar, pensou, o que a fez lembrar do motivo de estar ali.

— Lizzie, sinto muito incomodá-la tão tarde — falou —, mas a Bunty e eu podemos ficar com você por alguns dias? Só até descobrirmos o que fazer?

Alice realmente torcia para que Lizzie não fizesse nenhuma pergunta, porque ela ainda não havia descoberto nenhuma das respostas. Só sabia que precisava de um pouco de espaço para pensar, longe do Max. Longe de todas as expectativas e recriminações. Lizzie deve ter entendido, porque, pela primeira vez, manteve a curiosidade sob controle. Alice tinha certeza de que aquilo não duraria muito tempo.

— Claro que podem, criança — disse ela, fazendo Alice entrar e fechando a porta com firmeza.

Monica

Monica se sentou segurando um copo de Pimm's, as costas contra uma árvore em Kensington Gardens. Ela viu um casal em pé próximo ao grupo deles. Estavam de mãos dadas e pareciam muito reservados.

— Julian. Estou tão feliz por você ter convidado a Mary!

— Sim. E o namorado dela. A gente pode chamar de namorado quando ele tem quase oitenta anos? Parece esquisito...

— Ele é definitivamente o que descreveríamos como um grisalho bonitão, não é? — perguntou Monica. — Assim como você, é claro — acrescentou rapidamente, sabendo que de outra forma o orgulho de Julian ficaria ferido.

— Ele parece um cara legal, se a pessoa gosta desse tipo — comentou Julian. — Um pouco sem graça, mas enfim... É melhor eu apresentá-lo a todos.

Julian caminhou em direção a Mary e Anthony, seguido por Keith. Ambos parecendo um pouco pomposos e artríticos.

— Keith não é um cachorro — Monica o ouviu dizer a Anthony —, ele é meu personal trainer.

Benji se aproximou e se sentou ao lado de Monica.

— Monica, eu queria te contar uma coisa — falou. — Não quero roubar a cena do Julian e do Riley, mas não consigo guardar segredo de você por mais tempo.

Ela achava que sabia o que ele estava prestes a dizer.

— O Baz e eu vamos nos casar. — Viva! Exatamente o que ela esperava. A frase seguinte, no entanto, foi uma surpresa. — E gostaríamos muito que você fosse a nossa madrinha. Você aceita? Por favor, diga que sim!

— Ah, Benji, estou tão emocionada por vocês — disse ela, e o abraçou. — Eu ficaria muito honrada.

— Eba! Mal posso esperar para contar ao Baz! A Betty acha que o casamento foi totalmente ideia dela, é óbvio. Já está planejando o cardápio para a recepção. A cerimônia vai ser na prefeitura de Chelsea... como o Julian e a Mary, com um final mais feliz, espero. Depois vamos dar uma festa no restaurante da Betty.

— Então a Betty está completamente tranquila em relação à coisa toda agora? — perguntou Monica.

— Parece que sim — respondeu Benji. — Embora tenha ficado profundamente perturbada em relação aos direitos dos gays na China. Sabia que a homossexualidade só foi legalizada lá em 1997? Mas o que realmente a chateia é que a China não permite que casais gays, lá ou no exterior, adotem.

— Bom, se alguém pode convencer a República Popular da China a mudar sua política, tenho certeza de que é a sra. Wu. Ah, é tudo tão maravilhoso — disse Monica.

Ela se deu conta de que, provavelmente pela primeira vez, não estava nada além de feliz de verdade em receber a notícia de outro casamento. Esperou sentir a familiar pontada de inveja, mas não veio. Hazard se aproximou e se sentou do outro lado dela.

— Você parece feliz — disse ele.

— E estou — respondeu ela, desejando poder compartilhar a novidade. Mas Monica se orgulhava de ser boa em guardar segredos. — Parece que está tudo se acertando.

— Sabe, esta é a primeira festa a que vou desde criança em que não sinto necessidade de encher a cara. Até naquela época eu tomava uma overdose de refrigerante. Não é incrível?

— É, Hazard. *Você* é incrível. Ah, preciso dar uma coisa ao Riley. Volto já.

Ela caminhou até Riley, cercado por um grupo de amigos australianos, incluindo Brett, que iriam com ele para Amsterdã em alguns dias.

— Riley, posso falar rapidinho com você? — perguntou.

Na mesma hora, ele se afastou do grupo e a seguiu até um lugar tranquilo, um pouco mais longe da festa.

— Eu queria te agradecer. Pelo que você escreveu no caderno sobre mim. Que eu seria uma ótima mãe. Você não tem ideia de quanto isso significa para mim, mesmo se eu nunca tiver a oportunidade de confirmar se você estava certo.

— Eu esqueci que tinha escrito aquilo, mas é a mais absoluta verdade — falou ele, com um sorriso.

— Tenho uma coisa pra você — disse Monica. Ela enfiou a mão na bolsa e pegou um pacote de formato estranho, embrulhado em papel estampado com azevinhos e heras. — Era pra eu ter dado no Natal, mas, com toda a agitação da chegada do Hazard e do pudim voador, acabei não entregando. Agora parece o momento certo para fazer isso.

Riley pegou o pacote e abriu, com a empolgação genuína de um menino de cinco anos.

— Monica, que linda! — falou, virando o presente nas mãos. Era uma pá de jardineiro, perfeitamente projetada, com *Riley* gravado no cabo.

— É para que você possa fazer jardinagem onde quer que esteja — explicou ela.

— Obrigado. Adorei. Vou pensar em você, em *todos* vocês — apressou-se a corrigir —, sempre que usar. Por favor, podemos manter contato? Quero saber o que vai acontecer com você e o Hazard.

— É tão evidente assim? — perguntou Monica, secretamente empolgada por ser. — Você não ficou chateado?

— Sabe, a princípio fiquei. Um pouco — respondeu Riley. — Mas eu amo vocês dois e, agora que me acostumei com a ideia, não poderia estar mais feliz.

Monica se perguntou como Riley conseguia ser tão generoso. Em seu lugar, ela estaria fervendo de raiva e enfiando alfinetes em bonequinhos de vodu. E ele parecia mesmo um pouco triste, por trás dos sorrisos efusivos. Ou talvez ela estivesse imaginando coisas.

— Riley, você realmente é uma das pessoas mais legais que eu já conheci — declarou Monica, dando um abraço nele que o fez demorar só um pouquinho além do necessário. — Vou sentir a sua falta. Todos nós vamos.

— O Hazard também vai ser um ótimo pai, sabia? — disse Riley.

— Você acha? Ele não tem tanta certeza. Ainda não confia totalmente em si mesmo — confidenciou Monica, se dando conta na mesma hora de que aquilo agora importava muito pouco para ela.

— Basta pedir a ele para perguntar às crianças da Ajudantes da Mamãe se ele seria um bom pai. Elas vão convencê-lo! — garantiu Riley.

— Sabe, é bem capaz de eu fazer isso — disse Monica.

— Pessoal, tenho um anúncio a fazer — chamou Julian, usando uma concha de servir para bater na lateral do balde cheio de Pimm's. — Quando a Mary foi embora, ela deixou para trás algo muito especial. Não, não estou falando de mim. — Ele fez uma pausa para as risadas, como um artista do West End cativando a audiência. — Ela deixou a viola dela. Espero que toque para nós agora. Mary? — E entregou a ela a viola, que provavelmente escondera em uma das bolsas que levara.

— Santo Deus, eu não toco há anos. Olá, velha amiga. Vou tentar — disse Mary.

Ela virou o instrumento nas mãos, acostumando-se novamente à sensação e ao peso da viola. Com cuidado, afinou cada uma das cordas e começou a tocar, devagar e com cautela a princípio, depois com exuberância, engatando uma jiga irlandesa acelerada. Uma multidão se aglomerou ao redor deles. Famílias, a caminho de casa depois de alimentar os cisnes, pararam para ver quem estava tocando com tanto talento e paixão.

Monica foi até Julian e se sentou na grama, ao lado da espreguiçadeira dele, coçando Keith — que era como uma sombra, sempre ao lado dele — atrás das orelhas.

— Monica, eu queria lhe dizer que estou muito satisfeito por você e o Hazard — disse Julian. — Gostaria apenas de levar um pouco de crédito por isso, se você não se importa.

— Claro que você tem crédito, Julian. Afinal, se não fosse pelo seu caderno, eu jamais teria voltado a falar com ele depois da primeira vez que nos esbarramos. Literalmente — disse Monica.

— Não deixe isso escapar, viu, Monica? Não cometa os erros que eu cometi. — Ele olhou para Mary e Anthony com uma expressão que ficava entre a felicidade e a tristeza.

— Você não acha o Hazard um pouco parecido demais com você, acha, Julian? — perguntou Monica timidamente, torcendo para que ele não se ofendesse. Julian riu.

— Ah, não, não se preocupe. O Hazard é muito melhor e menos idiota do que eu. E você é muito mais forte do que a Mary naquela época. A sua história de amor vai ser bem diferente, com um final bem diferente. De qualquer forma, não se preocupe, eu tive uma conversinha com ele. Uma espécie de *conversa paternal*.

Monica se sentiu ao mesmo tempo horrorizada e intrigada com aquela ideia. Desejou ter sido uma mosca na parede para ouvir aquela conversa.

— Tenho uma coisa para você, Julian — disse ela.

— Minha cara menina, você já me deu um presente — argumentou Julian, indicando a echarpe de seda estampada que ele havia colocado alegremente ao redor do pescoço.

— Não é outro presente, é só algo que está voltando para casa — disse ela e passou para ele um caderno verde com duas palavras na capa: *Projeto Autenticidade*. O caderno parecia um pouco gasto depois de todas as viagens que fizera. — Eu sei que você disse para a Mary que não poderia ficar com ele porque não tinha sido *autêntico*, mas agora você é e deve guardá-lo. Foi com você que tudo começou e é com você que deve terminar.

— Ah, meu caderno. Bem-vindo de volta. Você embarcou em uma aventura e tanto, não? — disse ele, colocando o caderno com cuidado no colo e acariciando-o, como se fosse um gato. — Quem teve a brilhante ideia de encapá-lo com esse plástico? — perguntou. Então, ao ver que Monica sorria: — Ah, que bobagem a minha. Eu não deveria precisar perguntar.

Mary estava tocando uma música de Simon & Garfunkel e todos cantavam junto. Bunty, sentada com Alice e Lizzie, se levantou e aplaudiu. Então, ao se dar conta de que não havia ninguém segurando-a de pé, pareceu chocada e caiu sentada de novo. Onde estaria Max?, se perguntou Monica.

Estava ficando escuro. As pessoas que tinham ido tomar sol e os que haviam levado os cães para passear já tinham ido embora, e os mosquitos começavam a aparecer para se alimentar. Monica chamou alguns táxis para ajudá-los a levar o que sobrara da comida, os copos e as toalhas de piquenique de volta para o café. Julian ficou vendo-os arrumarem tudo e começarem a se encaminhar na direção da rua.

— Vamos, Julian! — Monica chamou.

— Vão na frente — disse ele. — Gostaria de cinco minutinhos só para mim. Vou em seguida.

— Tem certeza? — ela perguntou, sem querer deixá-lo sozinho. Ela percebeu que, subitamente, Julian aparentava cada ano dos oitenta e cinco que tinha. Talvez fosse apenas o efeito do anoitecer, as sombras preenchendo os vincos em seu rosto.

— Sim, honestamente. Gostaria de um tempo para refletir — disse ele.

Hazard estendeu a mão no banco de trás do táxi para ajudar Monica a entrar. Ela percebeu que, naquele gesto, estava tudo o que queria na vida. Olhou para Julian sentado na espreguiçadeira, a cabeça de Keith descansando em seu colo. Ele acenou para ela, ainda com o caderno na mão. Apesar de todas as suas idiossincrasias e imperfeições, ele era realmente a pessoa mais extraordinária que Monica já conhecera.

De todos os cafés do mundo, ela ficava muito grata por Julian ter escolhido o dela.

Julian

Julian viu os táxis partirem com uma sensação de contentamento. E se deu conta de que, pela primeira vez desde que conseguia se lembrar, gostava de si mesmo. Era uma sensação boa. Ele baixou a mão e afagou a cabeça de Keith.

— Agora somos só eu e você, meu velho.

Mas não eram só os dois. Ele viu várias pessoas se aproximarem vindas de diferentes direções, carregando espreguiçadeiras, toalhas de piquenique, instrumentos musicais. Elas não sabiam que a festa tinha acabado?

Julian pensou em se levantar, ir até lá e avisar que era hora de ir para casa, mas não conseguiu fazer seus músculos cooperarem. Estava muito cansado.

A luz estava tão baixa agora que ele levou algum tempo para distinguir o rosto dos novos convidados, mas, conforme eles se aproximavam, viu que não eram estranhos, e sim velhos amigos. Seu professor de artes plásticas na Slade. O proprietário da galeria na Conduit Street. Até um amigo da escola que ele não via desde que eram adolescentes, envelhecido agora, mas com o mesmo cabelo ruivo inconfundível e o sorriso atrevido.

Julian sorriu para todos eles. Então viu, contornando o Round Pond, o irmão. Sem muletas, sem cadeira de rodas, andando. O irmão acenou para ele, em um movimento fluido e controlado que Julian não via desde que o outro tinha vinte e poucos anos.

Conforme os contornos de seus amigos e familiares se tornavam mais distintos, os detalhes ao seu redor — as árvores, a grama, a lagoa e o coreto — se dissipavam.

Julian sentiu uma pontada de nostalgia tão profunda que parecia uma faca no peito.

Ele esperou a dor diminuir, mas isso não aconteceu. Na verdade ela se espalhou, chegando até a ponta dos dedos e a sola dos pés, até Julian não conseguir mais sentir o corpo, apenas a sensação de dor. A dor se transformou em luz — brilhante e ofuscante —, depois no sabor do ferro, depois em som. Um grito agudo, que se transformou em murmúrio e então em nada. Nada mesmo.

Epílogo
Dave

Dave estava um pouco triste por seu dia de trabalho estar chegando ao fim. Normalmente ele ficava desesperado para trancar o parque e chegar ao pub, mas naquele dia estava dividindo o turno com Salima, uma das novas estagiárias, e o tempo pareceu correr, já que havia passado o turno inteiro tentando reunir coragem para convidá-la para ir ao cinema com ele. Já estava quase escuro. Ele estava ficando sem tempo.

— Dave, pare! — disse Salima, assustando-o. — Não tem alguém sentado naquela espreguiçadeira ali?

Ele olhou para onde ela estava apontando, na direção do coreto.

— Acho que você está certa. Vai acabar descobrindo que sempre sobra um! Espera aqui, eu vou dar uma olhada nele. Não quero que ninguém passe a noite trancado aqui. Veja como eu faço: educado mas firme, esse é o truque. — Ele parou o carro em uma vaga e desligou o motor. — Não vai demorar.

Dave foi em direção ao homem sentado na espreguiçadeira, tentando andar de um jeito que parecesse forte e viril, já que estava ciente dos olhos de Salima em suas costas. Quando se aproximou, se deu conta de que o retardatário era bem idoso. E estava dormindo. Havia um terrier velho e decadente sentado ao lado dele, como uma sentinela, os olhos fixos e enevoados com cataratas. Talvez fosse uma boa ideia oferecer carona para o homem e o cachorro, presumindo que ele morasse perto. Aquilo daria a ele mais tempo com Salima, e o faria parecer gentil — o que ele obviamente era.

O homem estava sorrindo enquanto dormia. Dave se perguntou com que estaria sonhando. Com alguma coisa boa, ao que parecia.

— Olá! — disse Dave. — Desculpe acordá-lo, mas está na hora de ir embora.

Ele pousou a mão no braço do homem e apertou com um pouco de força, para despertá-lo. Havia alguma coisa errada. A cabeça do homem caiu para o lado de um jeito que parecia... sem vida.

Dave pegou a mão fria dele e tentou encontrar a pulsação. Nada. E nenhum sinal de respiração. Ele nunca tinha visto um cadáver antes, muito menos tocado em um. Pegou o celular com as mãos levemente trêmulas e começou a digitar o número da emergência.

Então percebeu que o homem estava segurando alguma coisa na outra mão. Um caderno. Com muito cuidado, Dave abriu os dedos dele. Talvez fosse importante. O parente mais próximo do homem certamente iria querer ficar com aquilo. Ele olhou para a capa e viu duas palavras escritas em uma bela letra inclinada: *Projeto Autenticidade*. Dave guardou o caderno cuidadosamente no bolso interno do casaco.

AGRADECIMENTOS

O pequeno caderno das coisas não ditas é uma história muito pessoal para mim. Cinco anos atrás, eu — assim como Alice — vivia uma vida que parecia perfeita, enquanto a realidade era bem diferente. Como Hazard, eu era dependente química. Meu vício era em vinhos caros e de qualidade (porque, se a garrafa for cara o suficiente, você é um *connoisseur*, não um alcoólatra, certo?). Depois de muitas tentativas fracassadas de parar, decidi — como Julian — contar a minha verdade para o mundo, e comecei escrevendo um blog sobre a minha batalha para parar de beber, que depois virou livro: *The Sober Diaries*.

O que eu descobri é que contar a verdade sobre a sua vida é mágico e pode mudar de forma positiva a vida de muitas outras pessoas. Então, meu primeiro agradecimento é a todas as pessoas que leram o meu blog e o meu livro e gastaram seu tempo para entrar em contato comigo e me contar a diferença que a minha sinceridade fez para elas. Este romance foi inspirado em vocês.

Eu estava um tanto apavorada com a ideia de fazer a transição da não ficção para a ficção e não tinha certeza se seria capaz. Por isso fiz o curso de escrita criativa de três meses na Curtis Brown Creative. Há pouco tempo olhei de novo o projeto que apresentei quando me matriculei e o trecho de três mil palavras de *O livro que mudou vidas* (como era chamado na época). Era realmente péssimo, então tenho muito a agradecer à minha tutora durante o curso, Charlotte Mendelson, assim como a Anna Davis e Norah Perkins.

Uma das melhores coisas sobre esse curso foi o maravilhoso grupo de escritores que conheci lá. Depois que acabou, nós formamos o "Clube da Escrita" e ainda nos encontramos regularmente para compartilhar nossos projetos e beber cerveja (para eles, e água para mim), rindo e chorando com a montanha-russa que é a vida de um escritor. Obrigada a todos vocês — Alex, Clive, Emilie, Emily, Jenny, Jenni, Geoffrey, Natasha, Kate, Kiare, Maggie e Richard. E um agradecimento especial a Max Dunne e Zoe Miller, as primeiras pessoas a ler meu terrível primeiro rascunho.

Agradeço também aos meus outros primeiros leitores: Lucy Schoonhoven, que me ajudou com australianos e jardinagem e tem um olho certeiro para erros gramaticais e repetições; Rosie Copeland, pelos conselhos inestimáveis sobre arte e artistas; Louise Keller, por seu conhecimento sobre transtornos de saúde mental; e Diana Gardner-Brown, pela compreensão e inspiração.

Minhas duas colegas de caminhada com os cachorros — Caroline Firth e Annabel Abbs — me mantiveram sã e foram boas caixas de ressonância durante os últimos anos de escrita, aprovação e edição. Lembro de quando encontrei Annabel pela primeira vez, do nervosismo que senti enquanto contava que queria escrever um livro. Ela respondeu que também estava escrevendo um, *The Joyce Girl*. Ainda não acredito que ambas conseguimos publicar nossos livros. Adorei trilhar esse caminho com você, minha amiga.

Eu odeio que me fotografem, e Caroline tirou uma foto informal minha em uma das nossas caminhadas, quando eu estava descabelada e sem maquiagem, que generosamente me deixou usar desde então como foto oficial de autora.

Meu próximo agradecimento vai para a minha agente maravilhosa, Hayley Steed, por amar meu livro desde o começo, ajudar a torná-lo ainda melhor e ser uma amiga e mentora fantástica ao longo do processo de publicação. Monica deve a Hayley a obsessão por organizar tabelas do

Excel com um código de cores. Um enorme agradecimento ao fenômeno que é Madeleine Milburn, pelos sábios conselhos e orientação. A Madeleine Milburn Agency é uma usina de força extraordinária, mas também uma família, e todos lá fizeram com que eu me sentisse muito acolhida e me ajudaram a tornar este livro o melhor que poderia ser. Obrigada a todos vocês.

Você não estaria lendo este livro se não fosse pela incrível equipe de direitos internacionais da Madeleine Milburn, que garantiu que a história estivesse nas melhores mãos ao redor do mundo. Alice Sutherland-Hawes administrou leilões simultâneos em diversos países e vendeu *O pequeno caderno das coisas não ditas* para inacreditáveis vinte e oito mercados nas duas semanas antes da Feira do Livro de Frankfurt. Liane-Louise Smith e Georgina Simmonds trabalharam incansavelmente com as editoras locais para que esta história chegasse até você.

Também agradeço a Sally Williamson, da Transworld UK, e a Pamela Dorman, da Pamela Dorman Books, nos EUA, minhas brilhantes editoras. Ter Sally e Pam apoiando você lhe dá a sensação de ter poderes mágicos, e trabalhar com elas na edição foi um aprendizado único. Sem elas, este livro seria apenas uma sombra do que você leu.

Guardei o melhor para o final — minha família. Ao meu marido, John, por sempre acreditar em mim, até quando eu não acreditava, e por ser tão perspicaz e honesto sobre a minha escrita, mesmo quando isso me levou a jogar um manuscrito na cabeça dele. Aos meus pais maravilhosos, que não poderiam ser mais prestativos e orgulhosos de mim. Este livro é dedicado ao meu pai, o melhor escritor que eu conheço, cuja coluna na revista paroquial é lendária. Papai leu não apenas o primeiro rascunho, mas também os nove seguintes, comentando detalhadamente cada um. Só para avisar, se você estiver planejando deixar uma crítica não muito favorável na Amazon, ele vai te responder! E aos meus três filhos — Eliza, Charlie e Matilda —, meus maiores fãs e minha inspiração diária.

Uma coisa que me surpreendeu ao trabalhar com o mercado editorial foi a quantidade de pessoas necessárias para publicar um livro. Não apenas as que eu já mencionei, mas tantas outras, que adicionaram talento, entusiasmo, sabedoria, tempo e energia para trazer este livro às suas mãos. Tradutores, capistas, preparadores, revisores, a equipe de vendas e muitos mais. Então aqui vai a lista completa de créditos, incluindo todas as pessoas do Brasil que ajudaram a trazer a minha história até você.

Editorial
Raïssa Castro
Ana Paula Gomes
Raquel Tersi
Andressa Fernandes

Tradução
Ana Rodrigues

Edição de texto
Ana Paula Gomes
Lígia Alves

Design
Juliana Misumi
Raphael Chiacchio

Marketing
Everson Castro
Mariana Buarque
Lucas Reis
Débora Souza

Produção
Marco Rodrigues
Marcos Farias
Verônica Paranhos

Comercial
Roberta Machado
Franciele da Silva

E-book
Bruna Neves

Assessoria
Kátia Müller

Direitos autorais
Elisabete Figueiredo
Patricia Begari

Impresso no Brasil pelo Sistema Cameron da Divisão Gráfica da
DISTRIBUIDORA RECORD DE SERVIÇOS DE IMPRENSA S.A.